Von Stephen King sind
als Heyne-Taschenbücher erschienen:

Brennen muß Salem · Band 01/6478
Im Morgengrauen · Band 01/6553
Der Gesang der Toten · Band 01/6705
Die Augen des Drachen · Band 01/6824
Der Fornit · Band 01/6888
Dead Zone – Das Attentat · Band 01/6953
Der Talisman · Band 01/7662
Friedhof der Kuscheltiere · Band 01/7627
Danse macabre · Band 19/2
›es‹ · Band 41/1
Sie · Band 41/2
Schwarz · Band 41/11
Drei · Band 41/14
Angst pur · Band 19/91

Von Stephen King sind unter dem
Pseudonym Richard Bachmann
als Heyne-Taschenbücher erschienen:

Der Fluch · Band 01/6601
Menschenjagd · Band 01/6687
Sprengstoff · Band 01/6762
Todesmarsch · Band 01/6848
Amok · Band 01/7695

INHALT

VORWORT

Am Anfang war das Wort.

Geschichten wurden nicht geschrieben. Sie wurden gesprochen, erzählt, gesungen, in Bewegung und Tanz dargestellt, mit derben Skulpturen versinnbildlicht, in Sand gezeichnet, an Höhlenwände gemalt. Ihr Thema war bemerkenswert konstant: ›In jeder Studie über das menschliche Individuum und die menschliche Gesellschaft‹, schreibt der Anthropologe Yi-Fu Tuan, ›ist Angst ein Thema.‹ Angst. Immer wieder Angst: vor der Dunkelheit, vor Dürre, vor Krankheiten, vor Katastrophen, vor dem Tod – und vor echten und imaginären Dämonen, die im Inneren und Äußeren hausen. Geschichten wurden erzählt, um diese Ängste auszutreiben, um andere vor deren Gefahren zu warnen... und manchmal nur, um diese zu erzeugen.

Als das geschriebene Wort aufkam – ungefähr zur Zeit von *Gilgamesch*, vor etwa viertausend Jahren –, eröffnete das dem Konzept der Geschichte neue Dimensionen: Zum erstenmal konnte eine Geschichte ihren Erzähler überdauern, konnte über große Entfernungen hinweg intakt bleiben... über große Zeiträume. Die nachfolgenden Jahrhunderte sahen eine eindrucksvolle Anhäufung von Geschichten der Angst – in epischen Gedichten, Sagas und Legenden, im Alten und Neuen Testament, in Liederzyklen, Elisabethanischen Dramen, der Dichtung der Romantik –, aber nur die Methoden des Geschichtenerzählens veränderten sich, nicht das ständige Thema.

Vor 1700 gibt es kaum Beispiele dafür, daß Geschichten der Angst als literarisches *Genre* bezeichnet wurden. Dann kam der moderne Roman auf, der vom in der Literaturgeschichte sogenannten ›Schauerroman‹ populär gemacht wurde. Wir erinnern uns noch an einige seiner frühen Vertreter – Beckford, Lewis, Maturin, Radcliffe, Walpole –, aber der Schauerroman war die erste geschriebene Unterhaltungsliteratur für die Mittelschicht und somit die erste echte Form populärer Literatur. Seither bemühen sich Akademiker angestrengt, eine Literatur zu erklären und zu rechtfertigen, deren Absicht – und sogar einzige moralische Funktion – es war, Unbehagen hervorzurufen.

Die Flamme des Schauerromans leuchtete hell bis ins frühe neunzehnte Jahrhundert. Die großen Romantiker – Blake, Byron, Coleridge, Keats, die Shelleys – unterlagen ihrem Einfluß und beeinflußten dann ihrerseits die Zukunft der Literatur der Angst durch ein Triumvirat symbolischer Figuren: Vampir, Wanderer und Sucher verbotenen Wissens.

Jenseits des Atlantik wurde Charles Brockden Brown zum Vater der amerikanischen Literatur, indem er es wagte, Geschichten des Schreckens in einer Zeit zu schreiben, da Schreiben zur ›bloßen‹ Unterhaltung als unmoralisch galt. Seine bekannteren Nachfahren – Hawthorne, Melville und Poe – schufen die bemerkenswerteste Literatur Mitte des neunzehnten Jahrhunderts und verwoben Geheimnisse und Fantasie zu einem Gobelin, den die puritanische Schuld scharlachrot färbte. Und sie schrieben nicht nur Texte von Romanlänge, sondern auch in einer neuen Form: der der Kurzgeschichte.

In Amerika war es Poe; in England Joseph Sheridan

Le Fanu. Sie schrieben über die Angst (worüber auch sonst?) und schufen die moderne Kurzgeschichte. Gegen Ende des neunzehnten Jahrhunderts hatten die talentierten – und dem Übernatürlichen nicht abgeneigten – Hände von Dickens, Hardy, James und Kipling die Kurzgeschichte zu einer bedeutenden literarischen Form entwickelt – sehr zum Entzücken einer neuen und stetig wachsenden Leserschaft der Arbeiterklasse, die durch die ›penny dreadfuls‹ und die ›shilling shockers‹* erstmals mit geschriebener Literatur in Berührung kamen. Es war eine Blütezeit für die Literatur der Angst – man denke nur an ein paar Schriftsteller, die in den neunziger Jahren des vorigen Jahrhunderts aktiv waren: Bierce, Blackwood, die Gebrüder Benson, Conrad, Chambers, Doyle, Haggard, Hodgson, Jacobs, Henry James, M. R. James, Machen, Stevenson, Stoker, Wells, Wilde.

Der Erste Weltkrieg dämmte die Flut des Übernatürlichen ein; es schien, als würden die Gespenster in seinem Kielwasser nicht mehr wandeln, sondern bei den Millionen Toten ruhen. Die Literatur der Angst verschwand, von gelegentlichen Dilettanten wie de la Mare abgesehen; aber in den ›weird tales‹ – den ›unheimlichen Geschichten‹ – von Lovecraft und seiner Generation kehrte sie mit wehenden Fahnen zurück und porträtierte das Universum nicht mehr nur als böse, sondern als gleichgültig. Mit dem Aufkommen des Films wich das Wort dem Bild; die Stories überlebten jahrzehntelang praktisch ausschließlich auf den Seiten billiger Pulp-Magazine.

Die Filmstudios Universal und RKO, Toho und

* Frühe Form von ›Groschenromanen‹; Anmerkung des Übersetzers.

Hammer favorisierten bis Mitte des zwanzigsten Jahrhunderts das ›Monster‹ als vorherrschende Ikone der Geschichte des Schreckens. Und aus dem Zweiten Weltkrieg ging eine neue Art von Monster hervor: Schriftsteller wie Barden, Bloch und Thompson – und nicht zuletzt die legendären E.C.-Comics – verschmolzen die Ästhetik der Kriminalliteratur mit der des Übersinnlichen und schufen so Geschichten der Unvernunft oder des ›psychologischen Horrors.‹ Diese symbolischen Geschöpfe der Nacht wichen einem literarischeren Bösen, und in den sechziger Jahren nahm die Gesellschaft die potentielle Wirklichkeit des dunklen Übernatürlichen in einer Weise zur Kenntnis, wie frühere Generationen das nicht getan hatten. Schriftsteller suchten die Konfrontation mit traditionellen religiösen Systemen und Überzeugungen und lösten eine Woge sogenannter ›okkulter Literatur‹ aus, die sowohl Ira Levin wie auch William Peter Blatty an die Spitzen der Bestsellerlisten katapultierte.

Dann kam Stephen King. Er ist, wie Dickens hundert Jahre vorher, ein populärer Schriftsteller, der ideale Wortführer für eine demokratische Kunst der Dunkelheit; seine Bücher schufen eine Begeisterung für die Lektüre und das Verfassen von Geschichten der Angst, wie sie seit dem späten neunzehnten Jahrhundert nicht mehr ihresgleichen hatte. Er ist heute der populärste englischsprachige Schriftsteller und wird Schätzungen zufolge Ende des Jahrzehnts eine Gesamtauflage von 100 Millionen Büchern haben. Sein Erfolg wird häufig als ›Phänomen‹ bezeichnet, und seinen ständig steigenden Verkaufszahlen begegnet man mit einem Staunen, das an Fassungslosigkeit – und gelegentlich Spott – grenzt, als wären seine Geschichten eine Laune, ein Kuriosum, und nicht die jüngsten Beispiele einer Literaturgeschichte, die von der unheimlichen Geschichte geprägt und geleitet worden ist.

Diese Reaktion stimmt besonders verwunderlich, wenn man bedenkt, daß King der erste ist, der seine Leser darauf hinweist, daß er in einer langen und ehrenhaften Tradition schreibt. Seine erste Geschichte hier, *Die Reploiden*, ist ein mustergültiges Beispiel dafür. Es handelt sich um einen trefflichen Aufguß des ironischen, der Science Fiction verhafteten Horrors der fünfziger Jahre, ein ›Reploid‹ der Kurzgeschichten, die King selbst in seiner Jugend gern gelesen hat. Prämisse und der Hintergrund von Hollywood signalisieren eine Homage an Jack Finney, dessen Werke – speziell *The Body Snatchers** und *The Woodrow Wilson Dime* – man zu den Haupteinflüssen auf King zählen muß.

Turnschuhe, die nächste Geschichte, ist bereits ein ›typischer King‹, eine beunruhigende und dennoch nervös humorvolle Gespenstergeschichte, die in der Schallplattenindustrie angesiedelt ist. Ihren Kern bildet unser instinktives (und, wie King klar ist, zweifellos homophobes) Mißtrauen gegenüber öffentlichen Toiletten; es handelt sich wieder einmal um einen von Kings sorglosen Angriffen gegen die Barrieren von Manieren und gutem Geschmack. *Turnschuhe* könnte sogar nach einer Unterhaltung über meine Anthologie *Horror vom Feinsten* ausgelöst worden sein, als ich den Mangel an originellen Spukhausgeschichten beklagte. »Tatsächlich?« antwortete King. »Wie wäre es mit einem *Scheiß*haus, in dem es spukt?«)

Kings letzter Beitrag ist die Novelle *Entschlossenheit*,

* dt.: ›Die Körperfresser‹

die seine Begeisterung für das Ausgeflippte mit seiner Neigung zum Ironischen verbindet. Es ist eine Geschichte von Hexerei, die sich um die bizarre Beziehung zwischen einem schwarzen Zimmermädchen und dem gequälten Schriftsteller rankt, dessen Suite sie saubermachen muß, und die bei Lektoren keinen Anklang gefunden hat. Der Leser sei daher gewarnt: *Entschlossenheit* ist wahrscheinlich Kings am wenigsten schmackhafte Story, und sie wird sich ganz bestimmt einmal als eines seiner kontroversesten Werke erweisen.

Dan Simmons gewann 1986 mit seinem ersten Roman, *The Song of Kali*, einem im modernen Kalkutta angesiedelten Baldachin tatsächlicher und imaginärer Schrekken, den World Fantasy Award. Diese Ehre etablierte ihn als einen der bedeutendsten neuen Schriftsteller der achtziger Jahre. Er war wie Clive Barker – mit dem er häufig verglichen wird – zuerst Kurzgeschichtenautor; mit seiner ersten Veröffentlichung gewann er einen Kurzgeschichtenwettbewerb der Zeitschrift *Twilight Zone*. Die drei hier enthaltenen Kurzgeschichten von Simmons sind deutlicher Beweis für die Bandbreite seiner Ambitionen und seiner Begabung.

Metastasis ist ebensosehr eine Hommage wie Kings *Die Reploiden*. Die Geschichte eines Mannes, der von halluzinatorischen Visionen und einem messianischen Impuls getrieben wird, scheint vom Geist von Philip K. Dick geprägt zu sein. Und doch konnte nur Dan Simmons *Metastasis* schreiben, denn das quälende Thema ist in einen schriftstellerischen Stil verpackt, der mühelos von nüchterner Reportage zu fiebernder Subjektivität wechselt. Der Leser wird, wie schon bei *Song of Kali*, von der schieren Kühnheit von Simmons'

Stil überwältigt – und seinem besessenen, starren Blick, der auch vor extremen und expliziten Nahaufnahmen nicht zurückschreckt.

Aber bilderreiche Sprache ist nicht alles, was Simmons zu bieten hat, wie seine zweite Geschichte, *Vanni Fucci lebt in der Hölle*, mit ihrer Komik beweist. Diese beißende Satire geht einen Schritt weiter als das Magazin *Mad* und seinen *Szenen, die wir gerne sehen würden* und präsentiert eine dunkle Wunscherfüllungsfantasie für Fernsehprediger wie Jerry Falwell, Oral Roberts und andere himmlische Scharlatane.

Die abschließende Novelle *Iversons Gruben* zeigt uns noch eine andere Seite von Dan Simmons: den Historiker. In einer Story, die mehr als einhundert Jahre amerikanischer Geschichte umfaßt und auf einem der blutigsten Schlachtfelder aller Zeiten spielt, nämlich Gettysburg, verschmilzt Simmons die realen Schrecken des Bürgerkriegs mit den übernatürlichen Schrecken ruheloser, unbegrabener Toter. Es ist eine Story, die uns daran erinnert, daß letztlich alle Historiker Geschichten des Schreckens erzählen, denn die Vergangenheit ist ein Gespenst, das in unserem täglichen Leben spukt.

George R. R. Martin beschließt den Band mit dem Kurzroman *Maskerade*. Er galt – und gilt – zwar in erster Linie als Verfasser von Fantasy und Science Fiction, aber Martin ist Lesern von Horror-Literatur durch seine Romane *Fevre Dream* und *Armageddon Rock* und gelegentliche Kurzgeschichten, die in dem Band *Songs the Dead Men Sing* gesammelt wurden, kein Unbekannter mehr. Er arbeitete als Drehbuchautor während der kurzen Wiederbelebung der Fernsehserie *Twilight Zone* und ist derzeit Berater für die CBS-Fernsehserie *Beauty and the Beast*.

Diejenigen, die mit Martins Science Fiction vertraut sind, wird die rationalistische Art und Weise seiner Ausflüge ins Übernatürliche nicht überraschen, ebensowenig seine Vorliebe für das Fremde; aber sein unbestreitbarer humanistischer Impuls wird sie sicher überraschen. Martins Figuren wirken auf nervöse Weise lebendig, ihre Geschichten sind voller Dramatik und atemloser Abenteuerlichkeit. Tatsächlich gehören seine Werke zu den am wenigsten introspektiven des modernen Horrors. Und auch zu den vielseitigsten: Er ist ein vollendeter Weltenschöpfer, seine Geschichten haben einen lebhaften Hintergrund und vermitteln die Schauplätze sehr unmittelbar.

Sein Beitrag in diesem Buch, *Maskerade*, verbindet die hartgesottene Detektivliteratur mit dem Werwolf-Thema; sie präsentiert einen der unwahrscheinlichsten und dennoch überzeugendsten Werwölfe der neueren Zeit. In einer an Chandler oder Hammett gemahnenden Landschaft mit regnerischen Straßen und heruntergekommenen Bürogebäuden, Automaten und schaurigen Villen, blutigen Schlachthöfen und Wäldern schildert Martin ein Katz-und-Maus-Spiel, bei dem es um brutalen Tod geht und dessen Spieler Werwölfe und Menschen sind... und andere Geschöpfe.

Drei Schriftsteller. Sieben Geschichten. Ein einziges Thema.

Unser Titel nennt sie Nachtvisionen. Zweifellos wird eine Ansammlung der üblichen Phrasen den Umschlag zieren: Geschichten des Grauens, übernatürlicher Horror etc. Doch das sind nur Etiketten, die für den Massenkonsum gedacht sind, Etiketten, die ebenso einengend sind wie ›Krimi‹ oder ›Romantic

Thriller‹ oder ›Science Fiction‹. Zu einer anderen Zeit, an einem anderen Ort, hätte man diese Geschichten vielleicht Literatur des Schreckens genannt, Schauer-Romantik, Stoff für Gruselheftchen...

Aber Stephen King, Dan Simmons und George R. R. Martin sind in erster Linie Schriftsteller; wir glauben nur deshalb, sie schreiben eine bestimmte *Art* von Literatur, weil uns das die Verlage einreden. Diejenigen, die die Geschichte unserer Literatur kennen, wissen ganz genau, daß uns die Geschichten, die diese Schriftsteller erzählen, schon von Anfang an begleiten... und sie werden uns bis zum Ende begleiten. Wie uns der Essayist F. Gonzalez-Crussi vergegenwärtigt: ›Es gibt für Schriftsteller wie für Leser nur zwei Themen von Interesse: Liebe und Tod, *eros* und *thanatos*. Und sollten uns die Zwänge unserer Zeit, Faulheit oder Trägheit dazu zwingen, uns kurz zu fassen, dann könnten wir auch mit nur einem Thema auskommen...‹

Mit einem Wort: Horror.

Douglas E. Winter
Alexandria, Virginia
Februar 1988

STEPHEN KING

DIE REPLOIDEN

Niemand wußte genau, wie lange es schon so ging. Nicht lange. Zwei Tage, zwei Wochen; viel länger konnte es nicht sein, überlegte Cheney. Nicht, daß es wichtig gewesen wäre. Es war nur so, daß sich die Leute das Spiel mit dem zusätzlichen Anreiz ansahen, daß ein Teil davon echt war. Als die Vereinigten Staaten – die ganze Welt – von der Existenz der Reploiden erfuhren, war das ziemlich spektakulär. War möglicherweise gut so. Heutzutage konnte etwas ewig unbemerkt weitergehen, wenn es nicht spektakulär war. Weder glaubt man daran, noch glaubt man nicht daran. Es ist schlicht und einfach Teil des unheimlichen Godhead-Mantras, welches den zunehmend schneller verlaufenden Strom von Ereignissen und Erfahrungen gegen Ende des Jahrhunderts ausmacht. Es fällt immer schwerer, die Aufmerksamkeit der Leute zu erregen. Das erfordert schon Maschinengewehre in einem überfüllten Flughafen oder eine Handgranate, die den Mittelgang eines mit Nonnen besetzten Busses, der in einem mit Waffen und Dschungel überwucherten Land in Zentralamerika an einer Straßensperre steht, entlanggerollt wird. Die Reploiden wurden am Morgen des 30. November 1989 nach den Geschehnissen der beiden ersten chaotischen Minuten der *Tonight Show*, die in der Nacht zuvor im malerischen Burbank, Kalifornien, aufgezeichnet worden war, zur nationalen – und internationalen – Schlagzeile.

Der Bühnenmanager sah aufmerksam zu, wie der rote

Sekundenzeiger der Zwölf entgegentickte. Das Studiopublikum sah ebenso gebannt zur Uhr wie der Bühnenmanager. Wenn der rote Sekundenzeiger bei zwölf angelangt war, war es fünf Uhr, und die Aufzeichnung der x-ten *Tonight Show* würde beginnen.

Als der Sekundenzeiger die Acht passierte, regte sich das Publikum murmelnd und wurde von seiner eigenen seltsamen Version von Lampenfieber ergriffen. Schließlich repräsentierten sie *Amerika*, oder etwa nicht? Doch!

»Wir brauchen Ruhe, Leute, bitte«, sagte der Bühnenmanager freundlich, und das Publikum verstummte wie folgsame Kinder. Doc Severinsens Schlagzeuger trommelte ein kurzes Riff auf dem Snare, dann hielt er die Stecken sachte zwischen Daumen und Fingern, ließ die Handgelenke locker hängen und beobachtete den Bühnenmanager, nicht die Uhr, wie es die Leute der Show immer machten. Für Techniker und Schauspieler *war* der Bühnenmanager die Uhr. Als der Sekundenzeiger die Zehn passierte, zählte der Bühnenmanager laut bis *vier*, dann hielt er drei Finger hoch, zwei Finger, einen Finger... und zuletzt die geballte Faust, aus der ein Finger dramatisch ins Publikum deutete. Ein Schild APPLAUS leuchtete auf, aber das Studiopublikum war schon darauf vorbereitet, Leben in die Bude zu bringen; es hätte keine Rolle gespielt, wäre das Schild in Sanskrit geschrieben gewesen.

Und so nahm alles wie geplant seinen Anfang: auf die Sekunde pünktlich. Das war nicht überraschend; der Stab der *Tonight Show* hatte Mitglieder, die, wären sie bei der Polizei von L. A. angestellt gewesen, mit allen Ehren in den Ruhestand entlassen worden wären. Die Doc Severinsen Band, eine der besten Show-Kapellen der Welt, spielte die altbekannte Titelmelodie *Ta-da-da-Da-da*..., und die dröhnende, hallende Stimme von Ed McMahon rief enthusiastisch: »Aus Los Angeles, der Unterhaltungsmetropole der Welt, die *Tonight Show*, live, mit Johnny Carson! Johnnys Gäste heute abend sind die Schauspielerin Cybill Shepherd, bekannt aus *Moonlighting!*« Aufgeregter Beifall des Publikums. »Der Zauberer Doug Henning!« Noch lauterer Beifall aus dem Publikum. »Pee Wee Herman!« Eine neuerliche Woge Beifall, diesesmal bekräftigt durch Jubelrufe von Pee Wees Fans. »Aus Deutschland die Flying Schnauzers, die einzigen Hundeakrobaten der Welt!« Lauterer Beifall, dazwischen Gelächter aus dem Publikum. »Ganz zu schweigen von Doc Severinsen, dem einzigen Fliegenden Bandleader, und seiner Hundeband!«

Die Bandmitglieder spielten nicht ihre Instrumente, sondern bellten gehorsam. Das Publikum lachte lauter, applaudierte lauter.

Im Regieraum von Studio C lachte niemand.

Ein Mann im bunten Sportmantel und einem lockigen schwarzen Haarschopf stand hinter der Bühne, schnippte müßig mit den Fingern und sah über die Bühne zu Ed, aber das war alles.

Der Regisseur gab das Zeichen, damit die Kamera zwei zum x-ten Mal die Totale von Ed brachte, und da war Ed auf den AUF-SENDUNG-Monitoren. Der Regisseur hörte jemanden murmeln: »Wo *ist* er, verdammt?« als Eds hallende Stimme, ebenfalls zum x-ten Mal, verkündete: »Und *hiiiieeer* ist JOHNNY!«

Wilder Beifall des Publikums.

»Kamera drei«, bellte der Regisseur.

»Aber da ist nur dieser...«

»Kamera *drei*, gottverdammt!«

Kamera drei übertrug das Bild, das den geheimen Alptraum eines jeden Fernsehregisseurs zeigte: eine gähnend leere Bühne... Und dann trat jemand, ein Fremder, voll Selbstvertrauen *auf* diese leere Bühne, als hätte er das alleinige Recht, dort zu sein, und verbreitete seine unbestreitbare Präsenz, Charme und Autorität. Aber wer immer er auch war, er war ganz eindeutig *nicht* Johnny Carson. Und es war auch keines der anderen bekannten Gesichter, an die sich Studio- und Fernsehpublikum gewöhnt hatten, wenn Johnny nicht da war. Dieser Mann war größer als Johnny, anstelle des bekannten silbernen Haares hatte er einen üppigen Schopf panähnlicher schwarzer Locken. Das Haar des Fremden war so schwarz, daß es an manchen Stellen beinahe blau zu schimmern schien, wie das Haar von Superman in den Comics. Der Sportmantel, den er anhatte, war nicht gerade grell genug, ihn in die Kategorie von Autohändlern Marke ›Schön-Se-zu-seh'n-und-dies-ist-die-gnä'-Frau?‹ zu verweisen, aber Carson hätte ihn nicht mit einer drei Meter langen Stange angerührt.

Der Beifall des Publikums hielt zunächst an, aber dann wurde er ganz eindeutig dünner.

»Was läuft hier bloß?« fragte jemand im Regieraum. Der Regisseur verfolgte alles gebannt und stumm.

Statt wie gewohnt einen unsichtbaren Golfschläger zu schwingen, begleitet von einem Trommelwirbel und beifälligen Rufen aus dem Publikum, bewegte dieser dunkelhaarige, breitschultrige unbekannte Herr im grellen Mantel die Hände auf und ab, und seine Augen folgten rhythmisch den emsigen Handflächen bis zu einem Punkt direkt über seinem Kopf: Er ahmte einen Jongleur nach, der eine Menge zerbrechlicher Gegenstände in der Luft hat, und das machte er mit der sicheren Anmut eines langjährigen Showmasters. Lediglich sein Gesichtsausdruck, etwas Subtiles, wie ein Schatten, verriet einem, daß die Gegenstände Eier oder Ähnliches waren, die zerbrechen würden, wenn er sie fallen ließ. Es war tatsächlich genau so, wie Johnny dem unsichtbaren Ball nachsah, der den unsichtbaren Fairway entlangrollte, und dabei so tat, als würde er einen meisterlichen Schlag zur Kenntnis nehmen... es sei denn, er beschloß, die Darbietung zu variieren, was er konnte und von Zeit zu Zeit auch tat, ohne sichtbar aus dem Rhythmus zu geraten.

Er tat so, als würde er das letzte Ei – oder was immer für einen zerbrechlichen Gegenstand er hatte – doch fallenlassen, und sein Blick folgte ihm mit übertriebenem Mißfallen zu Boden. Dann erstarrte er einen Augenblick. Dann sah er zur Kamera drei links... mit anderen Worten zu Doc und dem Orchester.

Nachdem er sich das Videoband mehrmals angesehen hatte, kam Dave Cheyney zu einer für ihn zwingenden Schlußfolgerung, die freilich von zahlreichen Kollegen – einschließlich seines eigenen Partners – in Frage gestellt wurde.

»Er hat auf einen Tusch gewartet«, sagte Cheyney. »Das sieht man seinem Gesicht an. Ist so alt wie die Burleske selbst.«

Sein Partner, Pete Jacoby, sagte: »Ich dachte immer, Burleske wäre etwas, wobei das heroinsüchtige *Mädchen* die Kleider auszieht, während der heroinsüchtige *Typ* Trompete spielt.«

Cheyney gestikulierte ungeduldig. »Dann denk an die Dame, die zu Stummfilmen Klavier spielte. Oder an die, die während der Seifenopern im Radio Schmalz mit der Orgel spielte.«

Jacoby sah ihn mit großen Augen an. »Hatten sie so

was, als du noch ein Kind warst, Daddy?« sagte er mit hoher Fistelstimme.

»Könntest du einmal ernst bleiben?« fragte Cheyney ihn. »Ich glaube nämlich, daß wir hier eine ernste Angelegenheit haben.«

»Wir haben hier etwas sehr Einfaches. Wir haben es mit einem Verrückten zu tun.«

»Nein«, sagte Cheyney und drückte mit einer Hand nochmals den schnellen Rücklauf des Videorecorders, während er mit der anderen eine neue Zigarette anzündete. »Wir haben es mit einem geübten Showmaster zu tun, der stinkesauer ist, weil der Typ an der Trommel sein Stichwort verpaßt hat.« Nach einer nachdenklichen Pause fügte er hinzu: »Herrje, das macht *Johnny* auch immer. Und wenn der Bursche, der den Tusch bringen soll, seinen Einsatz verpennt, würde er wahrscheinlich genauso reagieren.«

Aber da spielte das alles noch keine Rolle. Der Fremde, der nicht Johnny Carson war, hatte Zeit, sich zu erholen, einen verwirrten Ed McMahon anzusehen und zu sagen: »Wir müssen heute Vollmond haben, Ed – glauben Sie...« Und da kamen die Sicherheitsleute von NBC und packten ihn.

»He! Was bildet ihr euch ein...«

Aber da hatten sie ihn schon fortgeschleppt.

Im Regieraum von Studio C herrschte völliges Schweigen. Die Publikumsmonitoren zeigten ebensolches Schweigen. Kamera vier war ins Publikum gerichtet und zeigte hundertundfünfzig stumme, fassungslose Gesichter. Kamera zwei, die auf Ed McMahons Gesicht justiert war, zeigte einen Mann, der auf beinahe kosmische Weise durcheinander war.

Der Regisseur nahm eine Packung Winston aus der

Brusttasche, holte eine heraus, steckte sie in den Mund, zog sie wieder heraus und drehte sie um, so daß der Filter von ihm weg zeigte, dann biß er die Zigarette unvermittelt in zwei Hälften. Er warf die Hälfte mit dem Filter in eine Richtung und spie die ohne Filter in die andere.

»Hol eine Show mit Rickles aus dem Achiv«, sagte er. »Ohne Joan Rivers. Und wenn ich Totie Fields treffe, werden Köpfe rollen.« Dann entfernte er sich mit gesenktem Kopf. Als er den Regieraum verließ, stieß er einen Stuhl so heftig beiseite, daß dieser gegen die Wand stieß, abprallte, einem blassen Angestellten von USC beinahe den Schädel zertrümmerte und schließlich auf die Seite fiel.

Einer der Regieassistenten sagte dem Angestellten mit leiser Stimme: »Keine Bange; das ist nur Freds Art, ehrenhaftes *Seppuku* zu begehen.«

Der Mann, der nicht Johnny Carson war, wurde zum Polizeirevier Burbank gebracht, wo er nicht nur lautstark nach seinem Anwalt brüllte, sondern nach seinen An*wälten*. In Burbank gibt es, wie in Beverly Hills und Hollywood Heights, einen Flügel im Polizeirevier, der schlicht und einfach ›Spezielle Sicherheitssektion‹ genannt wird. Das umfaßt viele Aspekte der manchmal verrückten Gesetzesvertretung in Tinsel Town. Die Polizisten mögen sie nicht, die Polizisten respektieren sie nicht... aber sie machen mit. Man ist kein Nestbeschmutzer. Grundregel Eins.

In die ›Spezielle Sicherheitssektion‹ wird möglicherweise ein kokainschnupfender Filmstar gebracht, dessen letzter Film siebzig Millionen Dollar eingespielt hat; möglicherweise wird die brutal zusammengeschlagene Frau eines mächtigen Filmproduzenten dorthin gebracht; und auch der Mann mit den schwarzen Locken wurde dorthin gebracht.

Der Mann, der am Nachmittag des 29. November anstelle von Johnny Carson auf der Bühne im Studio C erschienen war, wies sich als Ed Paladin aus, und er nannte den Namen mit dem Gebaren von jemandem, der fest damit rechnet, daß alle, die ihn hören, auf die Knie fallen und sich möglicherweise bekreuzigen. Auf seinem kalifornischen Führerschein, der Blue Cross Blue Shield-Karte, und auf den Amex- und Diners' Club-Karten stand ebenfalls Edward Paladin.

Seine Fahrt vom Studio C endete zumindest vorübergehend in einem Zimmer der ›Speziellen Sicherheitssektion‹ des Polizeireviers von Burbank. Das Zimmer war mit stabilem Kunststoff verkleidet, der beinahe wie Mahagoni aussah, und mit einem flachen, runden Sofa und geschmackvollen Sesseln möbliert. Auf dem gläsernen Kaffeetischchen stand eine Box Zigaretten Marke Dunhill, unter den dort ausgelegten Zeitschriften befanden sich *Fortune* und *Variety, Vogue, Billboard* und *GQ*. Der Teppichboden war nicht ganz knöcheltief, sah aber so aus, und auf dem Großbildfernseher lag eine Programmzeitschrift. Dazu eine – momentan abgeschlossene – Bar und an einer Wand ein sehr hübsches Neo-Jackson-Pollock-Gemälde. Aber die Wände waren mit Korkmatten isoliert, und der Spiegel über der Bar war so groß und glänzend, daß er nichts anderes sein konnte als eine einseitig durchsichtige Glasscheibe.

Der Mann, der sich Ed Paladin nannte, steckte die Hände in die Taschen seines zu grellen Sportmantels, sah sich mißfällig um und sagte: »Ein Verhörzimmer bleibt ein Verhörzimmer, auch wenn es nicht so aussieht.«

Detective First Grade Richard Cheyney sah ihn einen Augenblick gelassen an. Schließlich sprach er mit der sanften und höflichen Stimme, die ihm seinen nur halb scherzhaften Spitznamen ›Polizist der Stars‹ eingebracht hatte. Teilweise sprach er so, weil er Leute des Showbusiness aufrichtig mochte und respektierte. Teilweise, weil er ihnen nicht traute. Sie logen die halbe Zeit und wußten es selbst nicht einmal.

»Mr. Paladin, könnten Sie uns bitte sagen, wie Sie ins Studio der *Tonight Show* gekommen sind und wo Johnny Carson ist?«

»Wer ist Johnny Carson?«

Pete Jacoby – der Henny Youngman sein wollte, wenn er erwachsen war, wie Cheyney oft dachte – sah Cheyney mit einem kurzen, trockenen Blick an, der mindestens so gut war wie das Pokerface von Jack Benny. Dann sah er Edward Paladin wieder an und sagte: »Johnny Carson ist der Typ, der früher Mr. Ed war. Sie wissen doch, das sprechende Pferd? Ich meine, fast jeder kennt Mr. Ed, das berühmte sprechende Pferd, aber nur die wenigsten wissen, daß es nach Genf ging, um sich einer Spezies-Umwandlung zu unterziehen, und als es zurückkam, da war es...«

Cheyney gestattete Jacoby häufig seine Auftritte – anders konnte man sie wirklich nicht nennen, und Cheyney konnte sich noch an ein Verhör erinnern, als Jacoby einen Mann, der angeklagt war, seine Frau und sein Kind totgeschlagen zu haben, dazu brachte, Tränen der Heiterkeit, nicht der Reue, zu lachen, während er das Geständnis unterschrieb, das ihn für den Rest seines Lebens hinter Gitter bringen würde –, aber heute abend nicht. Er mußte die Flamme unter seinem Arsch nicht *sehen,* er konnte sie spüren, und sie wurde immer größer gestellt. Pete war in manchen

Dingen einfach ein bißchen langsam; das war vielleicht der Grund dafür, daß er es auch in den nächsten zwei oder drei Jahren nicht zum Detective First bringen würde... wenn überhaupt jemals.

Vor etwa zehn Jahren hatte sich in einer kleinen, unbekannten Stadt namens Chowchilla etwas Schreckliches zugetragen. Zwei Menschen – jedenfalls gingen sie auf zwei Beinen, wenn man sich auf die Nachrichtenfilme verlassen konnte – hatten einen Bus voller Schulkinder entführt, sie lebendig begraben und dann eine riesige Geldsumme gefordert. Andernfalls, sagten sie, konnten die Kinder bleiben, wo sie waren, und Baseballkarten tauschen bis ihnen die Luft ausging. Die Sache war glücklich ausgegangen, aber sie hätte zum Alptraum werden können. Johnny Carson war weiß Gott kein Schulbus voll Kinder, aber der Fall besaß genau dieselbe Faszination: Er war ein seltenes Ereignis, über das sowohl der *Los Angeles Times-Mirror* wie auch der *National Enquirer* auf Seite eins berichten würden. Pete begriff nicht, daß etwas reichlich Seltenes passiert war: In der Welt tagtäglicher Polizeiarbeit, einer Welt, in der fast alles in unterschiedlichen Grautönen gefärbt war, waren sie plötzlich in eine Situation schroffer und klarer Kontraste geworfen worden: Erledigt die Sache binnen vierundzwanzig Stunden, im äußersten Fall sechsunddreißig, oder das FBI schaltet sich ein... und ihr könnt uns am Arsch lekken.

Alles war so schnell geschehen, daß er auch später nicht ganz sicher war, aber er glaubte, sie waren beide von der unausgesprochenen Vermutung ausgegangen, daß Carson entführt worden war und dieser Kerl etwas damit zu tun hatte.

»Wir werden Schritt für Schritt vorgehen, Mr. Paladin«, sagte Cheyney, und obwohl er zu dem Mann sprach, der von einem der Sessel – er hatte sich von vorneherein strikt geweigert, auf das Sofa zu sitzen – böse zu ihm aufschaute, sah er ganz kurz zu Pete. Sie waren seit zwölf Jahren Partner, und mehr als dieser kurze Blick war nicht nötig.

Keine Komiker-Auftritte mehr, Pete.

Nachricht empfangen.

»Zuerst kommt die Miranda-Warnung«, sagte Pete freundlich. »Ich bin verpflichtet, Sie darauf hinzuweisen, daß sie sich im Gewahrsam der Stadtpolizei von Burbank befinden. Obwohl ich nicht sofort dazu verpflichtet bin, möchte ich hinzufügen, daß eine Anklage wegen Hausfriedensbruch...«

»*Hausfriedensbruch*!« Paladins Gesicht nahm einen zornigen Ausdruck an.

»... auf Gelände, das sich im Besitz der National Broadcasting Company befindet oder von ihr geleast wurde, gegen Sie erhoben wurde. Ich bin Detective First Grade Richard Cheyney. Dieser Mann ist mein Partner, Detective Second Grade Peter Jacoby. Wir würden uns gerne mit Ihnen unterhalten.«

»Sie meinen verhören.«

»Was das Verhör betrifft, so habe ich derzeit nur eine Frage«, sagte Cheyney. »Ansonsten möchte ich mich im Augenblick nur mit Ihnen unterhalten. Mit anderen Worten, ich habe eine Frage, die mit der erhobenen Anklage zusammenhängt; die restlichen beschäftigen sich mit anderen Dingen.«

»Und was ist das für eine verdammte Frage?«

»Das würde die Reihenfolge durcheinanderbringen«, sagte Jacoby.

Cheyney sagte: »Ich muß Sie darauf aufmerksam machen, daß Sie das Recht haben...«

»Meinen Anwalt hinzuzuziehen, worauf Sie sich verlassen können«, sagte Paladin. »Und ich habe gerade entschieden, daß ich keine einzige verdammte Frage beantworten werde, und sei es nur, wo ich heute zu Mittag gegessen habe und was, bevor er nicht hier ist. Albert K. Dellums.«

Er betonte den Namen, als müßte er beiden Polizisten Schauer der Ehrfurcht über den Rücken jagen, aber Cheyney hatte noch nie von ihm gehört, und Pete auch nicht, wie sein Gesichtsausdruck verriet.

Was für ein Verrückter dieser Ed Paladin auch sein mochte, ein Dummkopf war er nicht. Er sah den raschen Blick, den die beiden Polizisten wechselten, und interpretierte ihn mühelos. *Kennst du den?* fragten Cheyneys Augen die von Jacoby, und Jacoby antwortete: *Habe ich in meinem ganzen Leben noch nicht gehört.*

Zum erstenmal nahm das Gesicht von Mr. Edward Paladin einen Ausdruck der Verwirrung an – nicht der Angst, noch nicht.

»Al *Dellums*«, sagte er mit lauter Stimme – wie zahlreiche Amerikaner in Übersee, die zu glauben scheinen, der Kellner versteht sie, wenn sie nur laut und langsam genug sprechen. »Al Dellums von Dellums, Carthage, Stoneham und Tayloe. Sollte mich eigentlich nicht sehr überraschen, daß Sie noch nie etwas von ihm gehört haben. Er ist ja auch nur einer der bedeutendsten und bekanntesten Anwälte dieses Landes.« Paladin schob den linken Ärmel seines nur ein wenig zu grellen Sportmantels hoch und sah auf die Uhr. »Wenn Sie ihn zu Hause anrufen, meine Herren, ist er sauer. Wenn Sie ihn in seinem Klub anrufen – und ich glaube, heute abend *ist* er im Klub –, ist er *stinksauer*.«

Cheyney ließ sich von Drohungen nicht beeindrukken. Könnte man sie für einen halben Dollar pro Kilogramm verkaufen, dann müßte er in seinem ganzen Leben nichts mehr arbeiten. Doch der kurze Blick hatte ihm gezeigt, daß Paladins Armbanduhr nicht nur eine Rolex war, sondern eine Rolex Midnight Star. Es konnte natürlich eine Imitation sein, aber sein Instinkt sagte ihm, daß sie echt war. Teilweise lag das an seinem deutlichen Eindruck, daß Paladin nicht *versuchte*, Eindruck zu schinden – er wollte wissen, wie spät es war, nicht mehr und nicht weniger. Und wenn die Uhr echt war... nun, es gab Autos, die man für weniger kaufen konnte. Wie konnte sich ein Mann, der sich eine Rolex Midnight Star leisten konnte, in so eine unheimliche Geschichte verwickeln lassen?

Jetzt mußte *er* derjenige gewesen sein, der soviel Verwirrung zeigte, daß Paladin sie lesen konnte, denn der Mann lächelte – ein humorloses Zähnefletschen, das künstliche Zähne zeigte. »Die Klimaanlage hier drinnen ist ganz nett«, sagte er, überkreuzte die Beine und zupfte abwesend die Bundfalte zurecht. »Sie sollten sie genießen, so lange Sie noch können. Ein Rundgang im Hof von Watts ist selbst um diese Jahreszeit eine ziemlich schwüle Angelegenheit.«

Mit einem schroffen und brutalen Tonfall, der überhaupt nicht zu seiner sonstigen fröhlichen und singenden Komikerstimme paßte, sagte Jacoby: »Halten Sie den Mund, Pißkopf.«

Paladin fuhr herum und starrte ihn mit aufgerissenen Augen an. Und Cheyney hätte wieder schwören können, daß es schon Jahre her war, seit jemand zum letztenmal so mit diesem Mann gesprochen hatte. Jahre, seit es jemand *gewagt* hatte.

»Was haben Sie gesagt?«

»Ich habe gesagt, halten Sie den Mund, wenn Detective Cheyney mit Ihnen spricht. Geben Sie mir die Nummer Ihres Anwalts. Ich kümmere mich darum, daß er angerufen wird. Bis dahin sollten Sie vielleicht Ihren Kopf aus dem Arschloch ziehen, sich umsehen und zur Kenntnis nehmen, wo Sie sind und in welchen Schwierigkeiten Sie stecken. Ich finde, Sie sollten sich klar machen, daß bisher zwar nur eine Anklage gegen Sie erhoben wurde, es aber genügend werden könnten, Sie bis ins nächste Jahrhundert in den Knast zu bringen... und zwar schon, wenn die Sonne morgen früh aufgeht.«

Jacoby lächelte. Es war nicht sein Hallo-Leute-jemand-aus-Duluth-hier?-Komikerlächeln. Es war ein kurzes Zähnefletschen, wie das von Paladin, mehr nicht.

»Sie haben recht – die Klimaanlage hier drinnen ist nicht schlecht. Außerdem funktioniert der Fernseher, und die Leute darin sehen nicht aus, als wären sie seekrank. Und der Kaffee ist gut – aufgebrüht, kein löslicher. Wenn Sie noch ein paar klugscheißerische Bemerkungen auf Lager haben, können Sie in einer Untersuchungszelle im fünften Stock auf Ihr Verhör warten. Im fünften sind die einzige Unterhaltung Kinder, die nach ihren Müttern schreien, und Penner, die sich auf die Schuhe kotzen. Ich weiß nicht, für wen Sie sich *halten*, und es ist mir auch egal; denn was mich anbelangt, sind Sie ein *Niemand*. Ich habe Sie noch nie im Leben gesehen, ich habe noch nie im Leben von Ihnen gehört, und wenn Sie zu weit gehen, reiße ich Ihnen die Arschritze ein Stück weiter auf.«

»Das reicht«, sagte Cheyney leise.

»Ich reiße Sie Ihnen soweit auf, daß Sie mit einem Lastwagen von Ryder reinfahren können, *Mister* Paladin – haben Sie verstanden? Haben Sie das gebongt?«

Mittlerweile waren Paladins Augen kurz davor, an Stielen aus den Höhlen zu baumeln. Er hatte den Mund offen. Dann holte er wortlos die Brieftasche aus der Manteltasche – *eine Art Echsenleder*, dachte Cheyney, *zwei Monatslöhne... vielleicht drei.* Er nahm die Karte seines Anwalts – die Privatnummer war auf die Rückseite geschrieben, stellte Cheyney fest; sie war eindeutig nicht auf die Vorderseite gedruckt – und gab sie Jacoby. Jetzt zitterten seine Finger zum erstenmal wahrnehmbar.

»Pete?«

Jacoby sah ihn an, und Cheyney stellte fest, daß es keine Schauspielerei war; es war Paladin tatsächlich gelungen, seinen gemütlichen Partner aus der Fassung zu bringen. Gewaltige Leistung.

»Ruf persönlich an.«

»Okay.« Jacoby ging hinaus.

Cheyney sah Paladin an und stellte plötzlich sehr zu seinem Erstaunen fest, daß ihm der Mann leid tat. Bis jetzt hatte er verwirrt ausgesehen; nun sah er verblüfft und ängstlich aus, wie ein Mann, der aus einem Alptraum aufwacht und feststellt, daß der Alptraum immer noch andauert.

»Geben Sie gut acht«, sagte Cheyney, nachdem die Tür zugefallen war, »und ich zeige Ihnen eines der Geheimnisse des Westens. Zumindest von West L. A.«

Er schob den Neo-Pollock zurück, zum Vorschein kam kein Tresor, sondern ein Schalter. Er drückte ihn, dann schob er das Bild wieder an Ort und Stelle.

»Das ist einseitig durchsichtiges Glas«, sagte Cheyney und deutete mit dem Daumen auf den zu großen Spiegel hinter der Bar.

»Es überrascht mich nicht besonders, das zu hören«, sagte Paladin, und Cheyney überlegte, daß der Mann die beschissene Art der ›Reichen und Bekannten‹ in L. A. haben mochte, aber auch ein nahezu perfekter Schauspieler war: Nur ein Mann mit Cheyneys Erfahrung konnte sehen, wie nahe Paladin den Tränen tatsächlich war.

Aber nicht Tränen der Schuld, das war so gottverdammt *nervtötend*.

Tränen der Verwirrung.

Er verspürte wieder dieses absurde Gefühl des Bedauerns; absurd deshalb, weil es von der Unschuld des Mannes ausging: Er wollte nicht Edward Paladins Alptraum sein, wollte nicht die Hauptfigur in einem Roman von Kafka sein, wo plötzlich keiner mehr weiß, wo sie sind oder warum sie da sind.

»Ich kann mit dem Glas nichts anstellen«, sagte Cheyney. Er kam zurück und setzte sich gegenüber von Paladin an den Kaffeetisch, »aber ich habe gerade den Ton abgeschaltet. Sie sprechen nur zu mir, und umgekehrt.« Er nahm eine Packung Kent aus der Brusttasche, steckte eine in den Mundwinkel und hielt Paladin die Packung hin. »Rauchen Sie?«

Paladin nahm die Packung, betrachtete sie und lächelte. »Sogar meine alte Marke. Ich habe seit der Nacht, in der Yul Brunner gestorben ist, nicht mehr geraucht, Mr. Cheyney. Ich glaube, ich sollte jetzt nicht wieder damit anfangen.«

Cheyney steckte die Packung wieder in die Tasche. »Können wir reden?« fragte er.

Paladin verdrehte die Augen. »Mein Gott, es ist Joan Raiford.«

»Wer?«

»Joan Raiford. Sie wissen schon: ›Ich habe Elizabeth Taylor zur Marine World geführt, und als sie Shamu, den Wal, sah, fragte sie mich, ob er mit Gemüse serviert werden würde.‹ Ich wiederhole, Detective Cheyney: Werden Sie erwachsen. Ich habe keinen Grund anzunehmen, daß dieser Schalter keine Attrappe ist. Mein Gott, für wie unschuldig halten Sie mich?«

Joan Raiford? *Hat er das wirklich gesagt? Joan* Raiford?

»Was ist denn?« fragte Paladin freundlich. Er überkreuzte die Beine anders herum. »Haben Sie gedacht, ich breche zusammen, sage: Ich werde auspacken, aber lassen Sie nicht zu, daß sie mir ans Leder gehen, ja?«

Mit der ganzen Kraft seiner Persönlichkeit, die er aufbringen konnte, sagte Cheyney: »Ich glaube, hier ist etwas oberfaul, Mr. Paladin. Sie haben etwas durcheinandergebracht, und ich habe etwas durcheinander gebracht. Wenn Ihr Anwalt kommt, bringen wir vielleicht Licht ins Dunkel, vielleicht auch nicht. Sehr wahrscheinlich nicht. Also hören Sie mir zu, und benützen Sie um Gottes willen Ihr Gehirn. Ich habe Ihnen die Miranda-Warnung gegeben. Sie haben gesagt, Sie möchten Ihren Anwalt hier dabei haben. Wenn ein Tonband das mitgeschnitten hat, dann habe ich meinen eigenen Fall versaut. Ihr Anwalt müßte nur ein einziges Wort sagen – *Verführung* –, und Sie würden als freier Mann hinausgehen, und zwar einerlei, was mit Carson passiert ist. Und ich könnte als Parkwächter in einer der verlausten kleinen Städte an der Grenze arbeiten gehen.«

»Das sagen Sie«, antwortete Paladin, »aber *ich* bin kein Anwalt.«

Aber... *Überzeugen Sie mich,* sagten seine Augen. *Ja, reden wir darüber, mal sehen, ob wir zusammenfinden, denn*

Sie haben recht, etwas ist hier faul. Also... Überzeugen Sie mich.

»Lebt Ihre Mutter noch?« fragte Cheyney unvermittelt.

»Was... ja, aber was hat das mit...«

»Reden Sie mit mir, sonst nehme ich höchstpersönlich zwei Motorradstreifen, und wir drei werden Ihre Mutter morgen vergewaltigen!« kreischte Cheyney. *»Ich werde sie höchstpersönlich in den Arsch ficken! Und dann schneiden wir ihr die Titten ab und legen sie in den Vorgarten! Also reden Sie endlich!«*

Paladins Gesicht war weiß wie Milch: ein Weiß, das so weiß war, daß es fast blau wirkte.

»Sind Sie *jetzt* überzeugt?« fragte Cheyney leise. »Ich bin nicht verrückt. Ich werde Ihre Mutter nicht vergewaltigen. Aber mit einer solchen Aussage auf Band könnten Sie sagen, Sie seien der Bursche auf der grasbewachsenen Bergkuppe in Dallas, und die Polizei würde das Tonband zurückhalten. Ich will mit Ihnen *reden*, Mann. Was geht hier *vor?*«

Paladin schüttelte niedergeschlagen den Kopf und sagte: »Ich weiß nicht.«

Im Zimmer hinter dem Spiegel gesellte sich Jacoby zu Lieutenant McEachern, Ed McMahon – der immer noch fassungslos aussah – und einer Gruppe von Technikern an einer Konsole High-Tech-Ausrüstung. Gerüchteweise lieferten sich der Polizeichef von L. A. und der Bürgermeister ein Wettrennen nach Burbank.

»Redet er?« fragte Jacoby.

»Ich glaube schon«, sagte McEachern. Er hatte einmal kurz zu Jacoby gesehen, als dieser eintrat. Jetzt konzentrierte er sich wieder auf das Fenster. Die Männer, die auf der anderen Seite saßen, Cheyney rauchend und entspannt, Paladin nervös aber bemüht, sich zusammenzunehmen, wirkten durch das einseitig durchsichtige Glas leicht gelblich. Ihre Stimmen klangen deutlich und unverzerrt durch die Lautsprecher.

Ohne den Blick von den Männern zu nehmen, sagte McEachern: »Haben Sie seinen Anwalt erreicht?«

Jacoby sagte: »Die Privatnummer auf der Karte gehört einer Putzfrau namens Howlanda Moore.«

McEachern warf ihm einen weiteren raschen Blick zu.

»Schwarz, wie es sich angehört hat, Mississippi-Delta, schätze ich. Im Hintergrund schreiende und streitende Kinder. Sie hat nicht gerade gesagt: *Ich wesse vehexn, wennse nich' aufhörrn*, aber es kam dem ziemlich nahe. Sie hat die Nummer seit drei Jahren. Ich habe zur Sicherheit noch zweimal gewählt.«

»Grundgütiger«, sagte McEachern. »Haben Sie es unter der Büronummer versucht?«

»Ja«, antwortete Jacoby. »Anrufbeantworter. Glauben Sie, daß ConTel ein guter Fang ist, Loot?«

McEachern sah mit seinen grauen Augen wieder in Jacobys Richtung.

»Die Nummer auf der Vorderseite der Karte gehört einem ziemlich großen Börsenmaklerbüro«, sagte Jacoby leise. »Ich habe die Anwälte in den gelben Seiten durchgesehen. Kein Albert K. Dellums. Am nahesten kommt Albert Dillon, ohne Buchstaben in der Mitte. Die Anwaltskanzlei auf der Karte existiert nicht.«

»Gott sei uns gnädig«, sagte McEachern; dann wurde die Tür aufgerissen, und ein kleiner Mann mit dem Gesicht eines Affen sprang herein. Der Bürgermeister hatte offenbar das Wettrennen nach Burbank gewonnen.

»Was geht hier vor?« fragte er McEachern.
»Ich weiß nicht«, antwortete McEachern.

»Also gut«, sagte Paladin ergeben. »Reden wir darüber. Mir ist zumute, Detective Cheyney, als hätte ich gerade zwei Stunden mit einer desorientierenden Rummelplatzfahrt verbracht. Oder als hätte mir jemand LSD in den Drink gekippt. Da die Unterhaltung nicht mitgeschnitten wird, sagen Sie mir Ihre einzige Verhörfrage? Fangen wir damit an.«

»Also gut«, antwortete Cheyney. »Wie sind Sie aufs Studiogelände gekommen, und wie ins Studio C?«

»Das sind zwei Fragen.«

»Entschuldigung.«

Paladin lächelte ein wenig.

»Ich bin auf das Gelände und ins Studio gekommen«, sagte er, »wie ich seit über zwanzig Jahren ins Studio komme. Mit meinem Ausweis. Und der Tatsache, daß ich jeden Sicherheitsbeamten auf dem Gelände kenne. Scheiße, ich bin schon länger als die meisten hier.«

»Dürfte ich den Ausweis sehen?« fragte Cheyney. Seine Stimme war leise, aber er spürte einen starken Puls im Hals.

Paladin sah ihn einen Augenblick argwöhnisch an, dann holte er wieder die Brieftasche aus Echsenhaut heraus. Er suchte einen Moment und legte schließlich einen perfekten NBC-Mitarbeiterausweis auf den Tisch.

Das heißt, perfekt bis auf eines.

Cheyney drückte die Zigarette aus, nahm den Ausweis und studierte ihn. Der Paß war laminiert. In der Ecke war der NBC-Pfau, den nur langjährige Mitarbeiter auf ihren Karten hatten. Das Gesicht auf dem Foto war das Gesicht von Edward Paladin. Größe und Gewicht waren korrekt. Natürlich kein Platz für Augenfarbe, Haarfarbe oder Alter; schließlich hatte man es mit einer Persönlichkeit zu tun. Gib acht, Fremder, hier gibt es Tiger.

Das einzige Problem mit dem Ausweis war, er war lachsrosa.

NBC-Mitarbeiterausweise waren grellrot.

Cheyney hatte noch etwas gesehen, als Paladin nach dem Ausweis gesucht hatte. »Könnten Sie bitte einen Dollarschein aus Ihrer Brieftasche hier auf den Tisch legen?« bat er leise.

»Warum?«

»Das werde ich Ihnen gleich zeigen«, sagte Cheyney. »Ein Fünfer oder Zehner würde auch gehen.«

Paladin betrachtete ihn, dann machte er die Brieftasche wieder auf. Er nahm seinen Ausweis entgegen, verstaute ihn und holte vorsichtig einen Dollarschein heraus. Er drehte ihn, so daß er Cheyney zugewandt war. Cheyney holte seine eigene Brieftasche – eine schrammige alte Lord Buxton mit ausgefransten Kanten; er sollte sich eine neue kaufen, aber das war leichter gesagt als getan – aus der Jackentasche und brachte selbst einen Dollar zum Vorschein. Er legte ihn neben den von Paladin und drehte die beiden Banknoten so herum, daß Paladin sie richtig sehen konnte – damit Paladin sie betrachten konnte.

Was Paladin fast eine Minute lang schweigend tat. Sein Gesicht wurde langsam dunkelrot... und dann wich die Farbe Stück für Stück daraus. Er wollte wahrscheinlich schreien: WAS, ZUM TEUFEL, IST HIER LOS? dachte Cheyney später, aber er brachte nur ein kurzatmiges leises Keuchen zustande: »... was...«

»Ich weiß nicht«, sagte Cheyney.

Rechts lag Cheyneys Dollar, graugrün, nicht gerade brandneu, aber immerhin noch so neu, daß er nicht das zerknitterte, abgegriffene Aussehen eines Geldscheins hatte, der schon durch viele Hände gegangen war. Große Ziffern in der oberen, kleinere in den unteren Ecken. FEDERAL RESERVE NOTE in kleinen Buchstaben zwischen den oberen Einsern, und darunter THE UNITED STATES OF AMERICA, größer. Der Buchstabe A in einem Siegel links neben Washington, zusammen mit der Versicherung: THIS NOTE IS LEGAL TENDER, FOR ALL DEBTS, PUBLIC AND PRIVATE. Es war ein Geldschein von 1985 mit der Unterschrift von James A. Baker III.

Paladins Schein sah ganz anders aus.

Die Ziffern in den vier Ecken waren gleich; auch THE UNITED STATES OF AMERICA war gleich; auch die Versicherung, daß man mit der Banknote sämtliche privaten und öffentlichen Schulden bezahlen konnte, war gleich.

Aber Paladins Schein war hellblau.

Anstelle von FEDERAL RESERVE NOTE stand CURRENCY OF GOVERNEMENT.

Anstelle des Buchstabens A der Buchstabe F.

Aber am meisten erweckte das Bild des *Mannes* auf dem Geldschein Cheyneys Aufmerksamkeit, genau wie das Bild des Mannes auf Cheyneys Banknote Paladins Aufmerksamkeit erregte.

Auf Cheyneys graugrünem Schein war George Washington.

Auf Paladins blauem war James Madison.

TURNSCHUHE

John Tell arbeitete gerade einen Monat in den Tabori Studios, als er die Turnschuhe zum erstenmal bemerkte. Die Tabori Studios befanden sich in einem Gebäude, das einmal den Namen Music City gehabt hatte, heute aber nicht mehr viel hermachte.

Die Turnschuhe waren weiß – oder waren es einmal gewesen, als sie neu waren. Wie sie aussahen, war das schon lange her. Mehr fiel ihm da nicht daran auf: Nur ein paar alte Turnschuhe unter der Tür der ersten Kabine der Herrentoilette im dritten Stock. Tell ging an ihnen vorbei und in die dritte und letzte Kabine. Ein paar Minuten später kam er wieder heraus, wusch sich die Hände, trocknete sie ab, kämmte sich das Haar und ging wieder ins Studio F, wo Paul Janning, der Mann, der ihn eingestellt hatte, und wahrscheinlich sein erster echter Freund, eine Platte einer Heavy Metal-Band namens The Dead Beats mixte.

Tell hatte Janning, einen Rock-Produzenten mit einigem Gewicht, während einer Party anläßlich der Premiere eines Konzertfilms gesehen. Sie hatten ein paar gemeinsame Bekannte und kamen gut miteinander zurecht. Tell, dem gewöhnliche Unterhaltungen normalerweise schwerfielen, konnte sich mit Paul Janning natürlich und ungehindert unterhalten. Janning bat ihn um seine Telefonnummer und rief ihn ein paar Tage später an, ob er nicht zu dem dreiköpfigen Team gehören wollte, das das erste Album der Dead Beats mischte. »Ich weiß wirklich nicht, ob man aus Schweinsleder Seidenbörsen machen kann«, hatte

Janning gesagt, »aber da Atlantic die Rechnungen bezahlt, warum versuchen wir es nicht einmal?«

Etwa eine Woche nachdem er die Turnschuhe zum erstenmal gesehen hatte, sah Tell sie wieder. Er bemerkte nur, daß es dieselben Turnschuhe waren, weil sie an derselben Stelle standen: unter der Tür der ersten Kabine in der Herrentoilette im dritten Stock. Weiß – jedenfalls früher –, mit Schmutz in den tiefen Falten. Er bemerkte eine leere Öse. Turnschuh hatte die Schnürsenkel an einem falsch gebunden. *Scheinst die Augen nicht ganz offen gehabt zu haben, als du das getan hast, alter Freund,* dachte Tell und ging weiter zur dritten Kabine – die er auf eine unbestimmte Weise als ›seine‹ Kabine betrachtete.

Diesesmal sah er die Turnschuhe wieder an, als er hinausging, und da fiel ihm etwas Seltsames auf: Auf einem lag eine tote Fliege.

Als er ins Studio F zurückkam, saß Janning am Mischpult und hatte den Kopf in den Händen vergraben.

»Alles klar, Paul?« fragte Tell.

»Nein.«

»Was ist denn?«

»Ich habe mich geirrt.«

»Wovon sprichst du?« Tell sah sich nach Georgie Ronkler um, konnte ihn aber nirgends finden. Überraschte ihn nicht. Janning hatte in gewissen Abständen Anfälle, und Georgie verzog sich immer, wenn er einen aufkommen spürte. Er behauptete, sein Karma ließe nicht zu, daß er sich mit Gefühlsausbrüchen beschäftigte. »Ich weine schon bei Supermarkteröffnungen«, sagte Georgie.

»Man *kann* aus Schweinsleder keine Seidenbörsen

machen«, sagte Janning düster. Er deutete zur Glasscheibe zwischen dem Tonstudio und dem Aufnahmeraum. »Jedenfalls nicht bei solchen Schweinen.«

»So schlimm ist es nicht«, sagte Tell, der genau wußte, daß er log. Es war noch schlimmer. Die Dead Beats bestanden aus vier dummen Typen und einer dummen Schlampe, die persönlich abstoßend und beruflich Stümper waren.

»Verpiß dich«, sagte Janning.

»Ich hasse Gefühlsausbrüche«, sagte Tell.

Janning sah zu ihm auf und kicherte. Einen Augenblick später lachten sie beide.

Das Mischen war eine Woche später beendet. Tell bat Janning um ein Empfehlungsschreiben und ein Band.

»Okay, aber du weißt, du darfst das Band erst jemandem vorspielen, wenn das Album veröffentlicht worden ist«, sagte Janning.

»Ich weiß.«

»Ich verstehe nicht, wie du das überhaupt jemandem vorspielen kannst. Verglichen mit diesen Typen hören sich die Dead Kennedys wie die Beatles an.«

»Komm schon, Paul. Es ist ja vorbei.«

Er lächelte. »Ja. Das ist es. Sollte ich je wieder in der Branche tätig werden, rufe ich dich an.«

»Das wäre toll.«

Sie schüttelten sich die Hände. Tell verließ das Gebäude, das einmal Music City geheißen hatte, und er verschwendete keinen Gedanken mehr an die Turnschuhe unter der Tür von Kabine eins.

Janning, der seit zwanzig Jahren im Geschäft war, hatte ihm einmal gesagt, wenn es darum ging, Bop zu mischen – er nannte es nie Rock and Roll, immer nur

Bop –, war man entweder Scheiße oder Superman. Im Monat nach dem Abmischen des Albums der Dead Beats war John Tell Scheiße. Er arbeitete nicht. Er wurde nervös wegen der Miete. Zweimal rief er Janning fast an, aber etwas in ihm sagte ihm, daß das ein Fehler wäre.

Dann, Ende Mai, starb der Musikmischer eines Films mit dem Titel *Karate Masters of Massacre* an einem massiven Herzanfall, und Tell bekam zwei Wochen Arbeit im Brill Building – das früher Tin Pan Alley geheißen hatte –, um das Mischen zu vollenden. Es handelte sich größtenteils um rechtefreie alte Songs – und ein paar zirpende Sitars –, aber er konnte die Miete damit bezahlen. Am letzten Arbeitstag hatte er seine Wohnung kaum betreten, als das Telefon läutete und Paul Janning ihn fragte, ob er die letzte Ausgabe von *Billboard* gesehen hatte.

Tell verneinte.

»Kam auf Platz neunundsiebzig.« Es gelang Janning, angeekelt, erheitert und erstaunt zu klingen. »Von *null*.«

»Was denn?« Aber er wußte es, sobald er die Frage ausgesprochen hatte.

»Diving in the Dirt.«

Das war der Titel eines Stücks von *Beat It 'Til It's Dead*, dem Album der Dead Beats, das Tell und Janning auch nur entfernt als Single-Material betrachtet hatten.

»Scheiße.«

»Stimmt, aber ich glaube trotzdem, es wird in die Top Ten kommen. Und das bedeutet, wahrscheinlich wird auch das Album in die Top Ten kommen. Vergoldete Scheiße ist immer noch Scheiße, aber Geschäft ist Geschäft, hab' ich recht?«

»Das hast du«, sagte Tell und zog die Schreibtischschublade auf, ob die Kassette der Dead Beats, die Janning ihm am letzten Tag des Mischens gegeben hatte, noch da war.

»Was machst du jetzt?«

»Einen Job suchen.«

»Möchtest du wieder mit mir arbeiten? Daltreys neues Album. Fängt in zwei Wochen an.«

»Aber gerne!«

Das Geld war gut, aber nicht nur das; nach den Dead Beats und zwei Wochen *Karate Masters of Massacre* würde die Arbeit mit Roger Daltrey sein, als käme man in einer kalten Nacht an einen warmen, anheimelnden Ort. Der Mann konnt sich als völliger Scheißkerl erweisen, aber wenigstens konnte er *singen*. Und es wäre schön, wieder mit Janning zu arbeiten. »Wo?«

»Wie gehabt. Tabori.«

»Ich bin da.«

Roger Daltrey konnte nicht nur singen, er entpuppte sich als netter Kerl. Tell glaubte, daß die nächsten drei, vier Wochen gut sein würden. Er hatte einen Job, er wurde als Produzent eines Albums genannt, das Platz einundvierzig der *Billboard*-Charts erreicht hatte – und ›Diving in the Dirt‹ war auf Platz siebzehn und stieg immer noch –, und er machte sich zum erstenmal, seit er vor vier Jahren von Pennsylvania nach New York gekommen war, keine Sorgen mehr wegen der Miete.

Es war Juni, die Bäume waren dicht belaubt, die Mädchen trugen Miniröcke, und die Welt war schön. Das empfand Tell an seinem ersten Arbeitstag mit Paul Janning bis gegen ein Uhr fünfundvierzig. Dann betrat er die Toilette im dritten Stock, sah dieselben weißen Turnschuhe unter der Tür vor Kabine eins, und plötzlich war seine gute Laune dahin.

Es sind nicht dieselben.

Aber sie waren es. Die leere Öse war der sicherste Anhaltspunkt, aber alles andere war auch gleich. *Genau* gleich, einschließlich der Stelle, wo sie standen.

Der einzige Unteschied war, jetzt lagen mehr tote Fliegen um sie herum.

Er ging langsam in die dritte Kabine, ›seine‹ Kabine, ließ die Hosen runter und setzte sich. Es überraschte ihn nicht, daß der Drang, der ihn hierher geführt hatte, vollkommen verschwunden war. Er saß einfach nur da und lauschte nach Geräuschen. Leise Geräusche von Bewegungen. Rascheln einer Zeitung. Möglicherweise ein kurzes Grunzen der Anstrengung. Verdammt, ein Furz hätte auch schon ausgereicht.

Kein Ton war zu hören.

Weil ich alleine hier drinnen bin, dachte Tell. *Abgesehen von dem Toten dort in der ersten Kabine.*

Die Tür wurde aufgestoßen. Tell hätte beinahe laut aufgeschrien.

Jemand ging summend zu den Pissoirs. Gleichzeitig fiel Tell eine Erklärung ein, und er entspannte sich. Es war so einfach, daß es absurd war... und zweifellos zutreffend. Er sah auf die Uhr und stellte fest, es war ein Uhr siebenundvierzig.

Ein Mann mit festen Gewohnheiten ist ein glücklicher Mann, hatte sein Vater stets gesagt. Tells Vater war ein schweigsamer Mensch gewesen, und das war einer seiner wenigen Aphorismen – zusammen mit: *Mach erst die Hände sauber, und dann den Teller.* Wenn feste Gewohnheiten wirklich Glück bedeuteten, dann war Tell wohl, schätzte er, ein glücklicher Mensch. Und wenn man feste Gewohnheiten hatte, überlegte er, dann kam der Drang wohl auch jeden Tag um dieselbe Zeit... jedenfalls bei ihm. Turnschuh hatte einfach dieselbe innere Uhr, das war alles, und die Turnschuhe waren immer unter der Tür von Kabine eins, weil das ›seine‹ Kabine war, so wie Nummer drei die von Tell war.

Müßte man an den Kabinen vorbei, um zu den Pissoirs zu gelangen, dann hättest du diese Kabine häufig leer gesehen, und ebensohäufig mit anderen Schuhen unter der Tür. Und wie groß sind die Chancen, daß eine Leiche unentdeckt in der Toilette eines Geschäftshauses bleiben kann, und das...

Er überlegte, wann er zum letztenmal hier gewesen war.

... etwa neun Wochen lang.

Die Antwort darauf lautete: Unmöglich. Er konnte sich vorstellen, daß die Hausmeister nicht zu scharf darauf waren, die Kabinen zu putzen – die toten Fliegen –, aber sie mußten jeden Tag oder jeden zweiten Tag die Toilettenpapiervorräte auffrischen, richtig? Und selbst wenn man das alles unberücksichtigt ließ, fingen Tote nach einer Weile an zu riechen, nicht? Weiß Gott, dies war nicht der Platz mit dem angenehmsten Geruch auf Erden – und wenn der Dicke hier gewesen war, der für Janus Music unten arbeitete, war er beinahe unbewohnbar –, aber der Gestank einer Leiche wäre doch sicher ganz *anders.*

Woher willst du das wissen? Hast du jemals eine verweste Leiche gerochen?

Nein, aber er war ziemlich sicher, daß er den Geruch erkennen würde. Logik war Logik, und feste Gewohnheiten waren feste Gewohnheiten, und damit basta. Der Bursche war wahrscheinlich Bleistiftspitzer bei Janus oder Schreiber bei Snappy Kards auf der anderen Seite des Flurs.

Veilchen sind blau, und Rosen sind rot!
Gib zu, du dachtest, ich wäre schon tot!
Dabei sitz' ich nur immer, wie du, auf dem Pott!

Was für ein Mist, dachte Tell und stieß ein schrilles Lachen aus. Der Bursche, der die Tür aufgestoßen und ihn so erschreckt hatte, daß er beinahe geschrien hätte, war zu den Waschbecken gegangen. Jetzt hielt das Plätschern – als er sich die Hände wusch – kurz inne. Tell konnte sich vorstellen, wie er lauschte und sich fragte, wer da in einer der Kabinen lachte, wie er sich fragte, ob es ein Witz war, ein schmutziges Bild, oder ob der Mann einfach nur verrückt war. Schließlich gab es Verrückte in New York. Jede Menge. Man sah sie ständig, wie sie mit sich selbst redeten und ohne ersichtlichen Grund lachten... so wie Tell gerade eben.

Er stellte sich vor, wie Turnschuh lauschte, konnte es aber nicht.

Plötzlich war ihm nicht mehr zum Lachen zumute.

Plötzlich wollte er nur hier weg.

Aber er wollte nicht, daß ihn der Mann am Waschbecken sah. Der Mann würde ihn ansehen. Nur einen Moment, aber das würde ausreichen zu wissen, was er dachte. Leuten, die hinter geschlossenen Toilettentüren lachten, konnte man wahrscheinlich nicht trauen.

Klick-klack von Schuhen auf den alten Porzellanfliesen. *Huuuuuiii* der Tür, die aufgerissen wurde, und *sshhhhhh*, als sie langsam wieder zufiel. Man konnte sie aufstoßen, aber das pneumatische Scharnier verhinderte, daß sie zuschlug. Das könnte den Mann am Empfang stören, der Camel rauchte und die neueste Ausgabe von *Krrang*! las.

Herrgott, es ist so still *hier drinnen. Warum hat sich der Typ nicht bewegt?*

Aber es herrschte nur Schweigen, schwer und glatt und allumfassend; eine Stille, wie sie die Toten in ihren Särgen hören müßten, wenn die Toten noch hören könnten, und nun war Tell wieder überzeugt, daß Turnschuh tot war, scheiß auf die Logik, er war tot, seit wer weiß wie lange schon, er saß da drinnen, und wenn man die Tür aufmachte, würde man ein zusammengesunkenes, verwestes Ding sehen, das da saß und eine Hand zwischen den Beinen baumeln hatte, und man würde sehen...

Einen Augenblick war er kurz davor zu rufen: *He, Turnschuh! Alles in Ordnung mit dir?*

Aber was wäre, wenn Turnschuh antwortete, und zwar nicht mit fragender oder erboster Stimme, sondern mit einem froschgleichen, knirschenden Krächzen?

Plötzlich sprang Tell auf, schnell auf, spülte die Toilette und knöpfte die Hose zu, zog den Reißverschluß hoch, als er schon zur Tür unterwegs war; und er wußte, in ein paar Sekunden würde er sich albern vorkommen, aber das war ihm einerlei. Aber er mußte einen Blick riskieren, als er an der ersten Kabine vorbei kam. Schmutzige weiße Turnschuhe. Und tote Fliegen.

In meiner *Kabine waren keine toten Fliegen. Und wie kommt es, daß neun Wochen vergangen sind und er immer noch nicht die leere Öse bemerkt hat? Oder hat er sie ununterbrochen an, sogar im Bett?*

Tell schlug die Tür beim Hinausgehen trotz der pneumatischen Dämpfung ziemlich heftig zu. Der Mann am Empfang, der eine rauchende Camel zwischen den Fingern hielt, sah ihn mit der kühlen Neugier an, die er für gewöhnliche Sterbliche reserviert hatte – im Gegensatz zu Göttern in Menschengestalt wie Roger Daltrey.

Tell eilte den Flur entlang zu den Tabori Studios.

»Paul?«

»Was?« antwortete Janning ohne vom Mischpult aufzusehen. Georgie Ronkler stand daneben, betrachtete Janning eingehend und nagte an der Nagelhaut – mehr als die Nagelhaut hatte er nicht mehr; ab der Stelle, wo sie sich von Haut und Nervenenden verabschiedeten, existierten seine Fingernägel schlichtweg nicht mehr. Er war dicht neben der Tür. Wenn Janning zu toben anfing, würde Georgie die Flucht ergreifen.

»Ich glaube, es gibt da ein Problem in...«

Janning stöhnte. »*Noch* eins?«

»Was meinst du damit?«

»Ich meine die Schlagzeug-Spur. Die ist *total* verdorben, und ich weiß nicht, wie man das ändern kann.« Er drückte auf einen Schalter; Trommeln ertönten im Studio. »Hörst du das?«

»Sie meinen das Snare?«

»*Natürlich* meine ich das Snare! Es ist meilenweit vom Rest der Percussion entfernt, dabei sollte es *Bestandteil* davon sein!«

»Ja, aber...«

»Verfluchte *Pisse*, ich kann so eine Scheiße nicht ab! Ich habe hier vierzig Spuren – *vierzig gottverfluchte Spuren, um einen simplen Bop-Song aufzunehmen, und ein IDIOT von Techniker...*«

Tell sah aus den Augenwinkeln, daß Georgie wie ein kühles Lüftchen verschwand.

»Hör zu, Paul, wenn du den EQ runternimmst...«

»Der EQ hat nichts damit zu tun...«

»Sei still und hör einen Moment zu«, sagte Tell beruhigend – etwas, das er zu keinem anderen auf der Welt hätte sagen können – und drückte einen Schalter. Janning hörte auf zu toben und hörte zu. Er stellte eine Frage. Tell beantwortete sie. Dann stellte er eine Frage, die Tell *nicht* beantworten konnte, aber Janning konnte sie sich schließlich selbst beantworten, und plötzlich tat sich ein ganzes Spektrum neuer Möglichkeiten für einen Song mit dem Titel ›Answer to You, Answer to Me‹ auf.

Nach einer Weile spürte Georgie Ronkler, daß sich der Sturm verzogen hatte, und kam wieder herein.

Und Tell vergaß, daß er von den Turnschuhen erzählen wollte.

Am nächsten Abend dachte er wieder an sie. Er war bei sich zu Hause, saß auf dem Klo und las *Die Lahmen werden die Ersten sein*, während aus den Lautsprechern im Schlafzimmer leise Vivaldi erklang. Obwohl sich Tell mit dem Abmischen von Rock and Roll seinen Lebensunterhalt verdiente, besaß er nur vier oder fünf eigene Platten, die meisten davon von Creedence Clearwater Revival.

Er sah verblüfft von seinem Buch auf. Plötzlich war ihm eine Frage von wahrhaft kosmischer Lächerlichkeit gekommen: *Wie lange ist es her, daß du zum letztenmal abends geschissen hast, John?*

Er wußte es nicht, aber er dachte sich, daß er künftig diesbezüglich etwas flexibler sein würde. Es schien, als hätte sich mindestens eine seiner Gewohnheiten verändert.

Als er fünfzehn Minuten später im Wohnzimer saß und das Buch vergessen im Schoß hielt, fiel ihm noch etwas anderes ein: Er war heute nicht einmal in der Toilette im dritten Stock gewesen. Um zehn waren sie über die Straße gegangen, um einen Kaffee zu trinken, und er hatte auf der Toilette des Donut Shop gepinkelt, während Paul und Georgie an der Theke saßen, Kaffee tranken und sich über Overdubs unterhielten. In der Mittagspause hatte er im Brew'n Burger eine Pinkelpause gemacht... und noch einmal am Spätnachmittag im ersten Stock, als er hinuntergegangen war, um Post abzugeben, die er ebensogut in den Briefkasten neben den Fahrstühlen hätte stecken können.

Vermied er die Herrentoilette im dritten Stock? Hatte er das den ganzen Tag über getan, ohne es zu bemerken? Darauf konnte er seine Stinkesocken setzen. Er war ihr wie ein ängstlicher Schuljunge aus dem Weg gegangen, der einen ganzen Block Umweg in Kauf nimmt, damit er nicht am hiesigen Spukhaus vorbei muß. Er hatte sich von einem Paar schmutzigen Turnschuhen Angst machen lassen.

Tell sagte laut und sehr deutlich: »Das muß aufhören.«

Aber das war am Donnerstagabend, und am Freitagabend geschah etwas, das alles veränderte. Da fiel die Tür zwischen ihm und Paul Janning ins Schloß.

Tell war ein schüchterner Mann, der nicht leicht Freundschaft schloß. In der High School hatte ihn einmal eine Laune des Schicksals mit einer Gitarre in der Hand auf die Bühne verschlagen – womit er selbst als allerletztes gerechnet hätte. Der Bassist einer Gruppe mit Namen The Satin Saturns hatte sich am Tag vor einem gutbezahlten Auftritt eine Salmonellenvergiftung geholt. Der Leadgitarrist, der ebenfalls der Schulkapelle angehörte, wußte, daß John Tell Baß und Rhythmusgitarre spielen konnte. Dieser Leadgitarrist war groß und brutal. John Tell war klein und zierlich. Daß er die Wahl hatte, entweder das Instrument des erkrankten Bassisten zu spielen oder sich verprügeln zu lassen, trug erheblich dazu bei, seine Angst vor einem großen Publikum zu vertreiben.

Nach dem dritten Stück wußte er, daß er keine Angst mehr hatte. Nach der ersten Runde wußte er, hier war er zu Hause. Jahre nach diesem ersten Auftritt hörte Tell eine Geschichte über Bill Wyman, den Bassisten der Rolling Stones. Sie berichtete, daß Wyman einmal tatsächlich während eines Auftritts eingeschlafen war – nicht in einem winzigen Klub, sondern in einem großen Konzertsaal –, von der Bühne stürzte und sich das Schlüsselbein brach. Tell vermutete, die meisten Menschen lachten über die Geschichte oder vermuteten, daß Wyman etwas genommen hatte, aber Tell vermutete, daß sie wahr war. Er hatte herausgefunden, daß Bassisten die unsichtbaren Männer der Rock-Welt waren. Es gab Ausnahmen – zum Beispiel Paul McCartney –, aber die bestätigten nur die Regel.

Weil der Job so unscheinbar war, herrschte ständig Mangel an Bassisten. Als sich die Satin Saturns einen Monat später auflösten – der Leadgitarrist und der Rhythmusgitarrist hatten eine Schlägerei gehabt –, trat Tell einer Band bei, die der Rhythmusmann der Saturns gründete – bei der ersten Probe hatte er immer noch ein großes purpurnes Veilchen –, und so still und leise entschied sich der weitere Verlauf seines Lebens.

In einer Band zu spielen – nicht nur bei einer Party zu sein, sondern die Party zu *machen* –, das gefiel Tell. Man stand in vorderster Front, wurde bewundert, beinahe vergöttert, und war trotzdem unsichtbar. Manchmal mußte man ein wenig Back-up singen, aber niemand erwartete von einem, daß man eine *Rede* oder so etwas hielt. Dieses Leben, Teilzeitstudent und Vollzeitbandmitglied, führte er etwa zehn Jahre lang. Er verdingte sich in New York als Sessionmusiker, fing an, am Mischpult herumzuspielen, und fand heraus, daß er auf der anderen Seite der Glasscheibe noch ein bißchen besser – und noch unsichtbarer – war. Während dieser ganzen Zeit hatte er nur einen wahren Freund gefunden: Paul Janning. Und Georgie Ronkler unterschied sich gar nicht so sehr von ihm, wie ihm nach den Geschehnissen dieses Freitagabends klar wurde.

Er und Paul tranken etwas an einem der schwarzen Tische in McManus' Pub, unterhielten sich über das Mischen, das Geschäft, die Mets, was auch immer, als Jannings rechte Hand plötzlich unter dem Tisch war und Tell sanft zwischen den Beinen streichelte.

Tell zuckte so heftig zurück, daß die Kerze auf dem Tisch umkippte und Jannings Weinglas überschwappte. Ein Kellner kam herüber und stellte die Kerze auf, bevor sie das Tischtuch ansengen konnte. Dann ging er wieder. Tell sah Janning mit aufgerissenen und schockierten Augen an.

»Tut mir leid«, sagte Janning und sah aus, als *täte* es ihm leid... aber er sah gleichzeitig ungerührt aus.

»Mein *Gott*, Paul!« Mehr fiel ihm nicht ein, und das hörte sich hoffnungslos unzureichend an.

»Ich dachte, du wärst bereit, das ist alles«, sagte Janning. »Sonst wäre ich etwas subtiler vorgegangen. Es ist nur so, daß ich dich schon ziemlich lange will.«

»Bereit?« wiederholte Tell. »Bereit? Was meinst du damit? Bereit *wofür*?«

»Dich zu bekennen. Es dir selbst einzugestehen und dich zu bekennen.«

»Ich bin nicht so«, sagte Tell, aber sein Herz schlug ganz schnell. Teilweise, weil er bestürzt war, teilweise wegen der unumstößlichen Gewißheit, die er in Jannings Augen sah, aber größtenteils einfach vor Mißfallen. Was Janning getan hatte, schloß ihn aus. Es hielt ihm auch den Mund zu, aber das war vorläufig zweitrangig.

»Lassen wir es, ja? Bestellen wir einfach und tun so, als wäre es nie passiert.« *Bis du es willst*, sagten diese unumstößlich überzeugten Augen.

Oh, es ist schon passiert, wollte Tell sagen, aber die Hand – die sein ganzes Leben lang da gewesen war – hielt ihm den Mund zu. *Sag nichts, was du bereuen könntest, dies ist ein Job, ein guter Job, du brauchst das Daltrey-Band in deinen Bewerbungsunterlagen noch dringender als den Lohn für die nächsten zwei Wochen. Sei vorsichtig, John.*

Aber das war nicht alles. Das war nur der kleinste Teil. Tatsache war, daß sein Mund zuklappte. Wie immer. Er schnappte zu wie eine Bärenfalle, eine Bärenfalle mit rostigen, unnachgiebigen Kiefern, und sein ganzes Herz war unter den zusammengebissenen Zähnen, und der Kopf darüber. Das war der größte Teil.

»Also gut«, sagte er. »Es ist nie passiert.«

In dieser Nacht schlief Tell schlecht, und wenn, dann hatte er schlimme Träume: einem, in dem Janning ihn unter dem Tisch bei McManus' anfaßte, folgte ein anderer mit den Turnschuhen unter der Toilettentür, aber diesesmal machte Tell sie auf und sah Paul Janning dort sitzen, einen Leichnam mit einem riesigen, verwesenden Ständer, der wie ein Ausrufungszeichen aus dem Schamhaar herausragte. Dieser Leichnam machte mit einem deutlichen Knirschen den Mund auf. »Ganz recht; ich *wußte*, daß du bereit bist«, sagte er mit einer Wolke grünlicher, verdorbener Luft, und Tell wachte auf, als er ins Laken gewickelt auf den Boden fiel. Es war vier Uhr morgens. Die ersten Spuren Helligkeit waren gerade zwischen den Klüften der Häuser vor dem Fenster zu sehen. Er zog sich an und rauchte eine Zigarette nach der anderen, bis es Zeit war, zur Arbeit zu gehen.

Am Samstag gegen elf Uhr – sie arbeiteten sechs Tage pro Woche, damit Daltrey seinen Termin halten konnte –, ging Tell in die Toilette im dritten Stock, um zu pinkeln. Er stand gleich hinter der Tür, rieb sich die Schläfen und sah schließlich zu den Kabinen.

Er konnte nichts sehen. Der Winkel stimmte nicht.

Dann vergiß es! Scheiß drauf! Geh pissen und hau wieder ab!

Er ging langsam zu einem Pissoir und machte den Reißverschluß auf.

Es dauerte lange, bis etwas kam.

Auf dem Weg hinaus blieb er wieder stehen, neigte den Kopf und ging schließlich in den Bereich der Kabinen – gerade so weit, daß er unter die erste schauen konnte.

Die schmutzigen weißen Turnschuhe waren immer noch da. Das Gebäude, das einmal als Music City bekannt gewesen war, stand Samstagvormittags so gut wie leer, aber die Turnschuhe waren noch da.

Tell sah eine Fliege gerade außerhalb der Kabine. Er beobachtete mit einer Art leerer Gier, wie sie unter der Kabinentür hindurch und auf einen der Turnschuhe krabbelte. Dort verharrte sie und fiel einfach tot um. Sie fiel in den wachsenden Berg um die Turnschuhe herum. Tell sah ohne jegliche Überraschung – jedenfalls verspürte er keine –, daß sich zwischen den Fliegen eine große Küchenschabe befand, die wie eine Schildkröte auf dem Rücken lag.

Er entfernte sich mit ausgreifenden, schmerzlosen Schritten, und der Rückweg zum Studio kam ihm äußerst eigenwillig vor; es war, als ginge er nicht, sondern als schwebte das Gebäude an ihm vorbei, um ihn herum, wie Stromschnellen um einen Fels.

Wenn ich wieder dort bin, sage ich Paul, daß ich mich nicht wohl fühle, und nehme den Rest des Tages frei, dachte er, aber das würde er nicht tun. Paul war den ganzen Morgen in einer gereizten, unfreundlichen Stimmung gewesen, und Tell wußte, er war teilweise – oder vielleicht ganz – dafür verantwortlich. Würde Paul ihn aus verschmähter Liebe feuern? Vor einer Woche hätte er über diese Vorstellung gelacht. Aber vor einer Woche hatte er auch noch geglaubt, was man ihm beigebracht hatte, als er heranwuchs: Freunde waren Freunde, und Gespenster waren nur Einbildung. Glaubte er, daß die Turnschuhe in der Herrentoilette einem Gespenst gehörten? Ja, das glaubte er tatsächlich. Was in Verbindung mit dem Erlebnis gestern abend alles umkehrte: *Freunde* waren Einbildung und *Gespenster* waren echt.

»Der verlorene Sohn kehrt zurück«, sagte Janning ohne sich umzudrehen, als Tell die zweite der beiden Studiotüren aufmachte – die ›Tote Luft-Tür‹ genannt wurde. »Ich dachte schon, du wärst da drinnen gestorben, Johnny.«

»Nein«, sagte Tell. »Ich nicht.«

Es war ein Gespenst; Tell fand auch heraus, wessen Gespenst, und zwar am Tag vor Abschluß der Daltrey-Abmischung und dem Ende seiner Beziehungen zu Paul Janning, aber bevor es soweit war, geschahen noch eine ganze Menge anderer Dinge. Aber im Grunde genommen waren alle nur kleine Wegsteine, die John Tells Weg in Richtung Nervenzusammenbruch kennzeichneten. Er wußte, daß es geschah, wußte auch, warum es geschah, aber er konnte es trotzdem nicht verhindern. Es war, als würde er nicht selbst auf dieser speziellen Straße fahren, sondern chauffiert werden.

Anfangs hatte sein Vorgehen einfach und logisch ausgesehen: dieser Herrentoilette und sämtlichen Fragen nach den Turnschuhen aus dem Weg zu gehen. Einfach nicht mehr daran denken.

Aber er mußte *immerzu* daran denken. Es fiel ihm in den unpassendsten Augenblicken wieder ein und pochte in ihm wie ein alter Kummer. Er saß zu Hause und sah sich eine alberne Quizsendung in der Glotze an und muße an die Fliegen denken oder an Hausmeister, die Toilettenpapier wechselten, und dann sah er auf die Uhr und stellte fest, daß eine Stunde vergangen war. Manchmal überlegte er, ob es sich um einen boshaften Streich handeln konnte.

Paul hat das eingefädelt, und wahrscheinlich der Dünne von Janus Music, mit dem er sich ab und zu unterhält, und wahrscheinlich auch der Typ vom Empfang mit seinen Camels und dem skeptischen Blick. Nicht George, der könnte es nicht vor mir verheimlichen, selbst wenn Paul ihn anschreien würde, aber bei allen anderen wäre es denkbar. Scheiße, vielleicht hat sogar Roger Daltrey selbst einmal diese Turnschuhe angezogen!

Ihm war klar, daß diese Gedanken paranoide Hirngespinste waren, aber das Schlimme war, sie verschwanden auch nach dieser Erkenntnis nicht. Die Gedanken hatten ein Eigenleben in seinem Gehirn. Er wollte sie verdrängen; Paul Janning führte keinen Kreuzzug an, um ihm eins auszuwischen, und sein Verstand antwortete: *Klar, klingt logisch,* und fünf Stunden später – vielleicht auch nur zwanzig Minuten – sah er die ganze Bande, wie sie unten in Desmond's Steak House saßen, zwei Blocks entfernt: Paul, der Mann vom Empfang, der Camel rauchte, vielleicht sogar der Dicke von Snappy Kards, und alle aßen Krabbencocktails und tranken. Und lachten natürlich. Lachten über *ihn,* während die schmutzigen weißen Turnschuhe, die sie der Reihe nach anzogen, in einer zerknüllten braunen Tüte unter dem Tisch standen.

Tell konnte die braune Tüte *sehen*. So schlimm war es gekommen.

Aber das Schlimmste war folgendes: Die Toilette im dritten Stock übte eine Anziehungskraft auf ihn aus. Es war, als wäre da drinnen ein starker Magnet, und seine Hosentaschen voller Eisenspäne. Hätte ihm jemand so etwas *erzählt,* hätte er gelacht – vielleicht nur in Gedanken, wenn die Person, die erzählte, ernst gewirkt hätte –, aber es war tatsächlich da, ein Gefühl wie eine Faszination, das er jedesmal hatte, wenn er auf dem Weg ins Studio oder zum Fahrstuhl an der Toilette vorbeikam. Es war ein schreckliches Gefühl, als würde er im sechzigsten Stock auf ein offenes Fenster zugezerrt werden oder als würde er hilflos, wie von außerhalb seines Körpers, mit ansehen, wie er eine Pistole hochhob und den Lauf in den Mund nahm.

Er wollte es noch einmal sehen. Ihm war klar, daß dieser eine Blick ausreichen würde, ihn fertig zu machen, aber das spielte keine Rolle. Er wollte es noch einmal sehen.

Jedesmal, wenn er vorbeiging, diese geistige Anziehung.

In seinen Träumen machte er die Tür immer und immer wieder auf. Nur um hineinzusehen.

Für einen wirklich *guten* Blick hinein.

Er konnte es nicht loswerden. Auch das war schlimm. Er wußte, wenn er es loswerden, wenn er es jemand anderem erzählen konnte, würde es seine Form verändern, vielleicht sogar einen Griff bekommen, an dem er es festhalten konnte. Er ging zweimal in Bars, wo er mit den Männern neben sich Gespräche anfangen konnte. Denn Bars, dachte er, waren die Orte, wo Gespräche am billigsten waren. Tiefstpreise.

Beim erstenmal hatte er kaum den Mund aufgemacht, als der Mann, den er sich ausgesucht hatte, eine Predigt über die Yankees, Billy Martin und dieses Arschloch George Steinbrunner anfing. Besonders Steinbrunner schien dem Mann auf den Keks zu gehen. Es war unmöglich, ihn auch nur einmal zu unterbrechen, und Tell gab bald jeglichen Versuch auf.

Beim zweitenmal konnte er ein vergleichsweise beiläufiges Gespräch mit einem Mann anfangen, der wie ein Bauarbeiter aussah. Sie unterhielten sich über das Wetter und Baseball – aber dieser Mann war, wie Janning, ein Fan der Mets und nicht völlig verrückt nach dem Thema –, leiteten über zu Jobs und so weiter. Tell schwitzte. Es war, als würde er eine schwere körperliche Arbeit ausführen – vielleicht eine Schubkarre voll Beton eine Schräge hinaufschieben –, aber er hatte auch den Eindruck, als würde er sich ganz gut anstellen.

Der Mann, der wie ein Bauarbeiter aussah, trank

Black Russians. Tell blieb bei Bier. Ihm war, als würde er es, so schnell er es trank, wieder ausschwitzen, aber nachdem er dem Mann ein paar Drinks spendiert und dieser ihm ein paar Krüge bezahlt hatte, faßte Tell den Mund, aufs Thema zu kommen.

»Wollen Sie etwas wirklich Seltsames hören?« sagte er.

»Sind Sie schwul?« fragte der Mann, der wie ein Bauarbeiter aussah, bevor Tell ein weiteres Wort sagen konnte. Er drehte sich auf dem Barhocker herum und sah Tell mit liebenswürdiger Neugier an. »Ich meine, mir ist es gleich, ob Sie es sind oder nicht; ich dachte mir nur, ich sage Ihnen gleich, daß Sie mich mit so was verschonen sollen. Klare Fronten, verstehen Sie?«

»Ich bin nicht schwul«, sagte Tell.

»Oh. Was ist dann das Seltsame?«

»Hm?«

»Sie sprachen von etwas wirklich Seltsamem.«

»Oh, so seltsam war es eigentlich gar nicht«, sagte Tell, sah auf die Uhr und sagte, daß es spät wurde.

Drei Tage vor Ende der Session ging Tell aus dem Studio F hinaus, um zu pinkeln. Zu diesem Zweck besuchte er neuerdings die Toilette im sechsten Stock. Er hatte zuerst die im vierten, dann die im fünften benützt, aber beide befanden sich direkt über der im dritten, und er hatte gespürt, wie der Besitzer der Turnschuhe stumm durch die Decken drang und an ihm zu saugen schien. Aber die Herrentoilette im sechsten Stock befand sich auf der anderen Seite des Gebäudes, womit das Problem gelöst zu sein schien.

Er ging auf dem Weg zum Fahrstuhl am Empfangstisch vorbei, blinzelte und stand plötzlich in der Toilette im dritten Stock, wo die Tür leise hinter ihm zusank, und nicht im Fahrstuhl. Er hatte noch nie solche Angst gehabt. Teilweise wegen der Turnschuhe, aber teilweise wegen dem Wissen, daß ihm drei bis sechs Sekunden seines Gedächtnisses fehlten. Sein Verstand hatte zum erstenmal in seinem Leben einfach ausgesetzt.

Er hatte keine Ahnung, wie lange er dort stehengeblieben wäre, wäre nicht plötzlich die Tür hinter ihm aufgegangen und ihm schmerzhaft in den Rücken gestoßen worden. Es war Paul Janning. »Entschuldigung, Johnny«, sagte er. »Ich hatte keine Ahnung, daß du zum Meditieren hierherkommst.«

Er ging, ohne eine Antwort abzuwarten, an Tell vorbei – er hätte auch keine bekommen, dachte Tell später; Tell konnte kein Wort herausbringen, seine Zunge klebte am Gaumen fest – und zu den Kabinen. Es gelang Tell, zum ersten Pissoir zu gehen und den Reißverschluß aufzumachen, weil er genau wußte, Paul würde seine Freude daran haben, wenn er jetzt ausflippte. Paul hatte Tells entsetzte Ablehnung damals scheinbar gelassen hingenommen. Aber die Zeiten änderten sich.

Tell betätigte die Pissoirspülung und machte den Reißverschluß wieder zu; er hatte sich nicht einmal die Mühe gemacht, den Penis herauszuholen, der sich in der Unterwäsche anfühlte, als wäre er ungefähr zur Größe einer Erdnuß geschrumpft. Er wollte hinausgehen... dann blieb er stehen. Er drehte sich um, ging zwei Schritte, bückte sich und sah unter der Tür von Kabine eins hindurch.

Die Turnschuhe waren da, sie waren mittlerweile von Bergen toter Fliegen umgeben.

Ebenso Paul Jannings Gucci-Schuhe.

Tell sah so etwas wie eine Doppelbelichtung oder einen der billigen Gespenstereffekte aus der Fernsehsendung *Topper*. Zuerst sah er Pauls Schuhe durch die Turnschuhe; dann schienen die Turnschuhe solider zu werden und er sah sie durch die Schuhe, als wäre Paul das Gespenst. Aber selbst wenn er durch sie hindurchsah, bewegten sich Pauls Schuhe ein wenig hin und her, während die Turnschuhe fest an Ort und Stelle blieben, wie immer.

Tell ging hinaus. Er war zum erstenmal seit zwei Wochen ruhig.

Am nächsten Tag machte er das, was er wahrscheinlich schon von Anfang an hätte tun sollen: Er lud Georgie Ronkler zum Essen ein und fragte ihn, ob er jemals etwas Seltsames über das Gebäude gehört hatte, das Music City genannt wurde. Es war ihm ein Rätsel, warum er nicht früher darauf gekommen war. Er wußte nur: Was gestern geschehen war, schien sein Denken irgendwie geklärt zu haben, wie ein heftiger Schlag oder eine Ladung kalten Wassers. Georgie wußte vielleicht nichts, aber vielleicht doch; er arbeitete seit mindestens sieben Jahren mit Paul und größtenteils in Music City.

»Ach, Sie meinen das Gespenst«, sagte Georgie und lachte. Sie waren im Cartin's, einem Delikatessen-Restaurant an der 6th Avenue, und es herrschte mittägliche Regsamkeit. Er biß in sein Corned-beef-Sandwich, kaute, schluckte und trank etwas Selters mit den beiden Strohhalmen in der Flasche. »Wer hat Ihnen davon erzählt, Johnny?«

»Ein Hausmeister«, sagte Tell. Seine Stimme war völlig ruhig.

»Sicher, daß Sie es nicht gesehen haben?« fragte Georgie blinzelnd. Das war das Äußerste an Spott, was Georgie zustande brachte.

»Nee.« Er hatte es nicht gesehen. Nicht richtig. Nur Turnschuhe und tote Fliegen.

»Nun, früher hat jeder davon gesprochen«, sagte Georgie, »daß der Geist des Burschen spukt. Es hat ihn direkt da oben erwischt, wissen Sie. Auf dem Klo.«

»Ja«, sagte Tell, »das habe ich auch gehört. Aber der Hausmeister wollte mir nicht mehr erzählen; vielleicht hat er auch nicht mehr gewußt. Er hat einfach gelacht und ist weggegangen.«

»Das ist schon passiert, bevor ich mit Paul zusammengearbeitet habe. Paul hat mir davon erzählt.«

»Hat er das Gespenst nie selbst gesehen?« fragte Tell, der die Antwort kannte. Gestern hatte Paul in dem Gespenst *gesessen*. Hatte darin *geschissen*, um die brutale, vulgäre Wahrheit zu sagen.

»Nein, er hat immer darüber gelacht.« Georgie legte das Sandwich weg. »Sie wissen ja, wie er manchmal sein kann. Ein wenig b-böse.« Wenn er gezwungen war, etwas auch nur annähernd Negatives über jemanden zu sagen, stotterte Georgie stets etwas.

»Ich weiß; aber vergessen wir Paul; wer war dieses Gespenst? Was ist mit ihm passiert?«

»Oh, er war nur ein Drogendealer«, sagte Georgie. »Das war 1972 oder '73, schätze ich. Vor der Flaute.«

Tell nickte. Zwischen 1975 und 1980 war die Rockindustrie lahmgelegt. Die Jugend gab ihr Geld für Videospiele aus, nicht mehr für Schallplatten. Zum schätzungsweise fünfzigstenmal seit 1955 verkündeten die Fachleute den Tod des Rock and Roll. Aber der erwies sich, wie schon früher, als ausgesprochen lebendiger Leichnam. Videospiele waren plötzlich *out*;

MTV erschien auf der Bildfläche; eine neue Welle Stars wurde aus England importiert; Bruce Springsteen wurde mit einem Male zu dem, was ihm die Zeitungen schon vor zehn Jahren prophezeit hatten.

»Vor der Flaute lieferten die Bosse der Plattenindustrie vor großen Konzerten persönlich Koks in den Aktentaschen hinter der Bühne ab«, sagte Georgie. »Ich war damals Konzertmischer und habe es selbst gesehen. Es gab da einen Burschen – ich will seinen Namen nicht sagen, w-weil er tot ist, seit 1978, aber Sie würden ihn kennen –, der von seiner Plattenfirma vor jedem Auftritt ein Glas Oliven bekam. Das Glas war immer in hübsches Papier verpackt, mit Schleifchen und Bändern und allem. Aber die Oliven lagen nicht in Wasser, sondern in Kokain. Er tat sie in seine Drinks. Nannte sie A-a-a-abheb-Martinis.«

»Wette, das waren sie auch«, murmelte Tell.

»Nun, damals dachte jeder, Koks wäre eine gute, saubere Methode, sich anzutörnen. Es machte einen nicht süchtig wie Heroin oder v-versaute einen, so daß man nicht mehr arbeiten konnte. Und dieses Gebäude, Mann, dieses Gebäude war ein regelmäßiger Schneesturm. Tabletten und Pot und auch Hasch, aber größtenteils Kokain. Das war die große Modedroge. Und dieser Bursche...«

»Wie hieß er?«

Georgie zuckte die Achseln und bearbeitete sein Sandwich. »Weiß ich nicht. Aber er war wie einer dieser Botenjungen aus den Delikateßgeschäften, die man im Fahrstuhl mit Kaffee und Krapfen und Kuchen rauf- und runterfahren sieht. Aber statt Kaffee und so weiter brachte dieser Bursche Dope. Man sah ihn – habe ich jedenfalls gehört – zwei- oder dreimal die Woche, wie er bis ganz nach oben fuhr und sich dann nach unten vorarbeitete. Er hatte einen Mantel über dem Arm und eine Krokoledertasche in der Hand. Er hatte den Mantel auch wenn es heiß war über dem Arm. Das war, damit die Leute die Handschellen nicht sahen. Aber ich schätze, manchmal haben sie sie d-d-doch gesehen.«

»Die *was*?«

»H-H-H-Handschellen«, sagte Georgie und spuckte Brotkrümel und Corned beef, worauf er sofort knallrot wurde. »Herrje, Johnny, das tut mir leid.«

»Macht nichts. Möchten Sie noch ein Selters?«

»Ja, danke«, sagte Johnny dankbar.

Tell gab der Kellnerin ein Zeichen.

»Er war also der Bote«, sagte er, hauptsächlich, um Georgie wieder zu beruhigen. Georgie tupfte sich immer noch die Lippen mit der Serviette ab.

»Ganz recht.« Das frische Selters kam, und Georgie trank davon. »Wenn er im achten Stock aus dem Fahrstuhl trat, war die Aktentasche, die er an Handschellen ums Handgelenk hatte, voller Stoff. Wenn er wieder im Erdgeschoß ankam, war sie voller Geld.«

»Der beste Trick seit der Verwandlung von Blei in Gold«, sagte Tell.

»Hm?«

»Nichts. Erzähl weiter.«

»Da gibt es nicht mehr viel zu erzählen. Eines Tages kam er nur bis zum dritten Stock. Er lieferte seinen Stoff ab, ging im dritten Stock aufs Klo, und dort hat ihn jemand weggeputzt.«

»Erschossen?« fragte Tell, der zweifelnd an Schalldämpfer dachte – im Film gaben die immer ein Geräusch von sich, das verdächtig nach pneumatischen Türscharnieren klang.

»Ich habe gehört«, sagte Georgie, »daß jemand die

Tür der Kabine, in der er saß, aufgerissen hat und ihm einen Bleistift ins Auge gestoßen hat.«

Tell sah die Szene einen Augenblick so deutlich vor sich wie er die zerknüllte Papiertüte unter dem Tisch der Verschwörer gesehen hatte: einen gelben Eberhard Faber Nr. 2, schwarz und fein gespitzt, der durch die Luft sauste und dann in den verblüfften schwarzen Brunnen einer Pupille eindrang. Er zuckte zusammen.

Georgie nickte. »Wahrscheinlich stimmt es nicht. Ich meine, *das* nicht. Wahrscheinlich hat ihn einfach jemand erstochen, Sie wissen schon.«

»Ja.«

»Aber wer es getan hat, muß schon einen scharfen Gegenstand bei sich gehabt haben«, sagte Georgie.

»Ja?«

»Ja. Die Aktentasche war fort.«

Tell sah Georgie an. Auch das konnte er sich vorstellen.

»Als die Bullen kamen und den Burschen von der Toilette geholt haben, fanden sie seine linke Hand in der S-schüssel.«

»Oh«, sagte Tell.

Georgie sah auf seinen Teller. Es lag immer noch ein halbes Sandwich darauf. »Schätze, ich b-b-bin satt«, sagte er und lächelte unbehaglich.

Auf dem Rückweg zum Studio fragte Tell: »Der Geist dieses Burschen soll also angeblich... in der Toilette spuken?« Und plötzlich lachte er, denn so gräßlich die Geschichte gewesen war, die Vorstellung von einem Gespenst, das auf dem Herrenklo spukte, hatte etwas Komisches an sich.

Georgie lächelte. »Sie kennen ja die Leute. Anfangs

haben sie das behauptet. Als ich am Anfang mit Paul arbeitete, kamen Leute und behaupteten, sie hätten ihn da drinnen *gesehen*. Nicht *ganz* – nur seine Turnschuhe unter der Kabinentür.«

»Nur seine Turnschuhe.«

»Ja. Darum wußte man, daß sie es sich ausdachten oder einbildeten, weil man es nur von den Leuten hörte, die ihn kannten, als er noch lebte. Von Leuten, die wußten, daß er Turnschuhe anhatte.«

Tell, der elf Jahre alt gewesen war und im ländlichen Pennsylvania gelebt hatte, als der Mord geschah, nickte. Sie waren beim Gebäude angekommen. Als sie durch die Halle zu den Fahrstühlen gingen, sagte Georgie: »Aber Sie wissen ja, wie schnell sich das Glück in dieser Branche wendet. Heute hier, morgen fort. Ich bezweifle, ob noch jemand hier arbeitet, der damals dabei war, abgesehen von ein paar H-Hausmeistern, und die haben sicher nichts bei dem Burschen gekauft.«

»Und er war wahrscheinlich einer von denen, die man überhaupt nicht bemerkte, wenn man nicht bei ihm kaufte.«

»Ja. Es sei denn, man war ein B-Bulle. Daher hört man die Geschichte kaum noch, und es gibt niemanden mehr, der behauptet, er hätte den Burschen *gesehen*.«

Sie standen vor den Fahrstühlen.

»Georgie, warum bleibst du bei Paul?«

Obwohl Georgie den Kopf senkte und seine Ohren purpurrot wurden, schien ihn dieser unvermittelte Themenwechsel nicht zu überraschen. »Er sorgt für mich.«

Gehst du mit ihm ins Bett, Georgie? Auch etwas, das er nicht fragen konnte. Nicht fragen würde, selbst wenn er es gekonnt hätte. Weil Georgie es ihm sagen würde.

Tell, der es kaum über sich brachte, mit Fremden zu reden, und der niemals Freundschaft schloß – abgesehen vielleicht von heute –, umarmte Georgie Ronkler plötzlich. Georgie Ronkler umarmte ihn ebenfalls. Dann lösten sie sich voneinander, der Fahrstuhl kam, das Mischen ging weiter, und am nächsten Abend um Viertel nach sechs, nach Arbeitsende und Jannings brüskem Gruß – als er ging hatte er Georgie im Schlepptau –, betrat Tell die Herrentoilette im dritten Stock, um sich den Besitzer der weißen Turnschuhe anzusehen.

Als er sich mit Georgie unterhielt, war ihm etwas eingefallen, das er vergessen gehabt hatte. Etwas so Einfaches, daß man es schon in der ersten Klasse lernte. Erzählen war nur die eine Hälfte. *Zeigen* war die andere.

Diesesmal hatte er keine Lücke im Bewußtsein, und er empfand auch keine Angst... nur ein konstantes, tiefes Trommeln in der Brust. Seine sämtlichen Sinne waren geschärft. Er roch Chlor, die rosa Desinfektionssteine in den Pissoirs, alte Fürze. Er konnte winzige Risse in der Farbe an der Wand sehen, abgeblätterte Stellen an den Rohren. Er konnte das hohle Klakken seiner Absätze hören, als er zur ersten Kabine ging.

Die Turnschuhe waren beinahe unter toten Fliegen begraben.

Zuerst waren es nur eine oder zwei. Weil sie nicht sterben mußten, bevor die Turnschuhe da waren, und die waren erst da, als ich sie gesehen habe.

»Warum ich?« sagte er deutlich in die Stille.

Die Turnschuhe bewegten sich nicht, und keine Stimme antwortete.

»Ich habe dich nicht *gekannt*, ich bin dir nie *begegnet*, ich nehme nicht einmal den Stoff, den du verkauft hast. Also warum ich?«

Einer der Turnschuhe zuckte. Papiernes Rascheln toter Fliegen. Dann glitt der Turnschuh – es war der falsch gebundene – zurück.

Tell machte die Tür auf. Eine Angel quietschte auf angemessen gruslige Weise. Und da war er. *Geheimnisvoller Gast, bitte eintragen,* dachte Tell.

Der geheimnisvolle Gast saß auf der Kloschüssel, eine Hand baumelte schlaff zwischen seinen Beinen. Er war fast genau so, wie Tell ihn in seinen Träumen gesehen hatte, mit einem Unterschied: Er hatte nur die eine Hand. Der andere Arm endete mit einem staubigen scharlachroten Stumpf, an dem auch ein paar tote Fliegen klebten. Erst jetzt wurde Tell klar, daß er Turnschuhs Hosen nie gesehen hatte – und sah man nicht immer, wie sich heruntergelassene Hosen über den Schuhen stauten, wenn man unter eine Toilettenkabinentür sah? Etwas hilflos Komisches oder einfach Schutzloses oder eins aufgrund des anderen? Er hatte sie nicht gesehen, weil sie oben waren, Gürtel zugeknöpft, Hosenschlitz geschlossen. Es waren Hosen mit weiten Aufschlägen. Er versuchte sich zu erinnern, wann Hosen mit weiten Aufschlägen aus der Mode gekommen waren, konnte sich aber nicht erinnern.

Über der Hose trug Turnschuh ein blaues Flanellhemd, in dem auf jeder Bursttasche ein Peace-Zeichen aufgestickt war. Er hatte das Haar rechts gescheitelt. Tell konnte tote Fliegen im Scheitel sehen. Am Haken an der Tür hing der Mantel, von dem Georgie ihm erzählt hatte. Auf den eingesunkenen Schultern lagen auch tote Fliegen.

Er hörte ein knirschendes Geräusch, beinahe wie das, das die Tür von sich gegeben hatte. Es waren die Sehnen im Hals des Toten, wurde Tell klar. Turnschuh hob den Kopf. Dann sah er ihn an, und Tell sah ohne jegliche Überraschung, daß das Gesicht, das ihn ansah, abgesehen von den zwei Zentimetern Bleistift, die aus dem rechten Auge ragten, genau dasselbe war wie das, das er jeden Morgen im Rasierspiegel erblickte. Turnschuh war er selbst, und er war Turnschuh.

»Ich *wußte*, daß du bereit bist«, sagte er mit der tonlosen Stimme eines Mannes, der seine Stimmbänder schon lange nicht mehr benützt hat, zu sich selbst.

»Bin ich nicht«, sagte Tell. »Geh weg.«

»Du solltest hier sitzen«, sagte Tell zu Tell, und der Tell unter der Klotür sah Ringe weißen Pulvers unter den Nasenlöchern des Tell, der auf dem Klo saß. Er hatte es also selbst genommen und nicht nur gedealt. Er war hier hereingekommen, um kurz mal zu schnupfen, und jemand hatte die Tür aufgerissen und ihm den Bleistift ins Auge gebohrt. Aber wer verübte einen Mord mit einem Bleistift? Vielleicht nur jemand, der das Verbrechen...

»... aus einer Laune heraus begangen hat«, sagte Turnschuh mit seiner heiseren, tonlosen Stimme.

Und Tell – der Tell, der unter der Klotür stand – begriff plötzlich eine ganze Menge. Dies war kein vorsätzlicher Mord gewesen, wie Georgie zu vermuten schien. Der Mörder hatte nicht unter der Tür durchgesehen, und Turnschuh hatte den Riegel nicht vorgeschoben. Oder...

»Er war kaputt«, vollendete das Ding mit seiner tonlosen, heiseren Stimme.

Kaputt. Ja. Der Killer hatte einen Bleistift in der Hand gehabt, wahrscheinlich nicht einmal als Waffe, sondern einfach nur, weil man ab und zu etwas in der Hand halten wollte, eine Zigarette, einen Schlüsselbund, einen Bleistift oder Kuli, um damit herumzuspielen. Tell dachte, daß der Bleistift wahrscheinlich in Turnschuhs Auge gesteckt hatte, bevor einer von beiden überhaupt gewußt hatte, daß der Mörder ihn dort hineinstoßen wollte. Da der Killer möglicherweise ein Kunde gewesen war, der wußte, was sich in der Aktentasche befand, hatte er die Tür wieder zugemacht, das Gebäude verlassen und... nun, *etwas* geholt...

»Er ging in ein Eisenwarengeschäft, fünf Blocks entfernt, und kaufte eine Metallsäge«, sagte Turnschuh mit seiner tonlosen Stimme, und Tell merkte plötzlich, daß es nicht mehr *sein* Gesicht war; es war das Gesicht eines Mannes, der um die dreißig war und vage indianisch aussah. Tells Haar war hellblond, und so war das dieses Mannes anfangs auch gewesen, aber jetzt war es pechschwarz und stumpf.

»Klar«, sagte Tell. »Er wickelte sie in eine Papiertüte und kam zurück, nicht? Wenn jemand dich bereits gefunden hätte, wäre eine große Menschenmenge um das Klo herumgestanden. Das wird er sich gedacht haben. Vielleicht sogar schon die Bullen. Wenn keine Aufregung herrschte, wollte er hereingehen und die Aktentasche holen.«

»Er hat zuerst versucht, die Kette durchzusägen«, sagte die heisere Stimme. »Da ihm das nicht gelang, hat er mir die Hand abgesägt.«

Sie sahen einander an. Tell stellte plötzlich fest, daß er den Toilettendeckel und die schmutzigen weißen Kacheln der Wand hinter dem Leichnam sehen konnte... dem Leichnam, der schließlich doch zum Gespenst wurde.

»Weißt du es jetzt?« fragte es Tell. »Warum du?«

»Ja. Du mußtest es jemandem erzählen.«

»Erzählen ist Scheiße«, sagte das Gespenst, und dann lächelte es ein Lächeln von so tiefempfundener Gemeinheit, daß Tell entsetzt war. »Nur zwei Dinge zählen, zeigen... und essen. Essen wäre noch besser gewesen.«

Dann war es verschwunden.

Tell sah auf den Boden und stellte fest, daß auch die Fliegen verschwunden waren.

Er mußte aufs Klo. Plötzlich mußte er ganz dringend aufs Klo.

Er ging in die Kabine, machte die Tür zu, ließ die Hose herunter und setzte sich. An diesem Abend ging er fröhlich pfeifend nach Hause. Ein Mann mit festen Gewohnheiten ist ein glücklicher Mann, pflegte sein Vater zu sagen.

Tell schätzte, daß das stimmte.

ENTSCHLOSSENHEIT

1

Um die Ecke, abseits der Türsteher, Limousinen, Taxis und Drehtüren am Eingang des Le Palais, einem der ältesten und nobelsten Hotels in New York, befand sich eine weitere Tür – klein, unauffällig, unscheinbar.

Martha Rosewall näherte sich ihr eines Morgens um Viertel vor sieben; sie hatte ihre blaue Jeanstasche in einer Hand und ein Lächeln im Gesicht. Die Tasche war ungewöhnlich. Das Lächeln nicht. Sie war mit ihrer Arbeit nicht unzufrieden; Chefin der Dienstmädchen in Stock zehn bis zwölf des Le Palais zu sein war für manche sicher nichts Besonderes, aber für eine Frau, die als Mädchen in Babylon, Alabama, aus Mehlsäcken genähte Kleider angehabt hatte, war es eine ganze Menge. Es war einfach so, daß an einem gewöhnlichen Morgen jemand mit einem gewöhnlichen Gesichtsausdruck zur Arbeit erschien – was heißen soll, mit einem Ausdruck, der sagte: *Der größte Teil von mir ist noch im Bett,* und nicht viel mehr.

Seit sie gestern um halb vier von der Arbeit nach Hause gekommen war und das Päckchen gefunden hatte, das ihr Sohn aus Ohio geschickt hatte, war für Martha nichts mehr gewöhnlich gewesen. Das Langerwartete war endlich eingetroffen. Sie hatte gestern nacht kaum geschlafen – sie hatte immer wieder aufstehen und sich vergewissern müssen, ob es kein Traum und immer noch da war. Schließlich hatte sie es zum Schlafen unter ihr Kissen gelegt, so wie eine Brautjungfer ein Stück Hochzeitstorte.

Sie schloß mit ihrem Schlüssel auf und ging drei Stufen in einen langen, blaßgrün gestrichenen und mit Dandux-Wäschewagen gesäumten Flur hinab. Sie waren mit frisch gewaschenen und gebügelten Bettlaken vollgestapelt. Der Flur war von ihrem sauberen Geruch erfüllt, einem Geruch, den Martha auf unbestimmte Weise stets mit dem Geruch von frischgebakkenem Brot assoziiert hatte.

Aus der Halle drang leise Musik, aber die hörte Martha gar nicht mehr, ebensowenig wie das Summen des Lastenfahrstuhls oder das Klirren des Porzellans in der Küche.

Etwa in der Mitte des Flurs befand sich eine Tür mit der Aufschrift CHEFS DER DIENSTMÄDCHEN. Sie trat ein, hing den Mantel auf und ging in das Zimmer, wo die Chefinnen – es waren insgesamt elf – ihre Kaffeepausen machten, Probleme von Angebot und Nachfrage ausarbeiteten und versuchten, den endlosen Papierkram zu erledigen.

Hinter diesem Zimmer mit dem riesigen Schreibtisch, dem schwarzen Brett, das über eine ganze Wand reichte, und den ständig überquellenden Aschenbechern befand sich ein Umkleideraum. Die Wände bestanden aus grünem Rauhputz. Bänke, Spinde und zwei lange Stahlrohre mit Kleiderbügeln, die man nicht stehlen konnte.

Die Tür zum Waschraum ging auf. Delores Williams und eine warme Dampfwolke kamen heraus. Delores hatte gerade geduscht und war in ein Le Palais-Handtuch eingewickelt; sie zog sich gerade eine Le Palais-Bademütze vom Kopf. Sie sah Martha nur einmal in das strahlende Gesicht und kam dann mit ausgebreiteten Armen auf sie zu. »Es ist gekommen!« rief sie. »Du hast es bekommen!«

Martha wußte erst, daß sie weinen würde, als die Tränen schon flossen. Sie umarmte Delores und preßte das Gesicht gegen Delores' warmen, feuchten Hals.

»Schon gut, Liebes«, sagte Delores. »Du läßt alles raus. Laß es alles raus.«

»Es ist nur, weil ich so *stolz* auf ihn bin«, sagte sie. »Ich bin so *stolz.*«

»Aber sicher«, sagte Delores, und als Martha schließlich aufhörte zu weinen, sagte Delores, daß sie es sehen wollte. »Aber du mußt es selbst halten«, fügte sie lachend hinzu. »Ich werde nicht darauf tropfen – ich habe keine Lust, durch ein Loch im Hals zu sprechen.«

Und so nahm Martha Rosewall mit der Ehrfurcht, die man heiligen Gegenständen entgegenbringt – was es für sie auch war –, den ersten Roman ihres Sohnes aus der blauen Jeanstasche. Sie hatte das Buch sorgfältig in Seidenpapier eingewickelt und unter ihre braune Nylonuniform gelegt. Jetzt entfernte sie das Seidenpapier vorsichtig, damit Delores das Heiligtum ansehen konnte.

Delores betrachtete den Schutzumschlag, der drei Soldaten zeigte, einen davon mit Kopfverband, die mit feuernden Gewehren einen Hügel hinaufstürmten, sehr eingehend. Der Titel, *Blaze of Glory*, war in grellroten Buchstaben gedruckt. Und unter dem Bild stand: *Roman von Peter Rosewall.*

»Gut, und jetzt zeig mir, was *wirklich* wichtig ist, Martha!« sagte Delores.

Ohne ihr zu widersprechen schlug Martha die Widmungsseite auf, auf der stand: *›Dieses Buch ist meiner Mutter Martha Rosewall gewidmet. Mom, ohne dich hätte* *ich es nicht geschafft.‹* Unter der gedruckten Widmung stand in einer dünnen, krakeligen Handschrift: *›Ohne dich hätte ich es wirklich nicht geschafft! Ich liebe dich, Pete.‹*

»Ist das nicht wunderschön?« sagte Delores und spürte, wie ihr selbst Tränen in die Augen traten.

»Es ist mehr als wunderschön«, sagte Martha. Sie schlug das Buch wieder ins Seidenpapier ein. »Es stimmt.« Sie lächelte, und Delores sah in diesem Lächeln mehr als Liebe. Sie sah Triumph.

2

Martha und Delores arbeiteten von sieben bis drei. Nach der Arbeit gingen sie ab und zu in die Patisserie, die Cafeteria des Hotels. In größeren Abständen gingen sie auch ins Le Cinq, die kleine, an die Halle angrenzende Bar, wo sie einen Drink nahmen – für gewöhnlich einen Singapore Sling für Delores und immer eine Pink Lady für Martha. An dem Tag, als Martha Delores das Buch ihres Sohnes gezeigt hatte, führte Delores Martha in die gemütliche Dunkelheit des Le Cinq, suchte ihr einen angenehmen Platz in einer Nische und ließ sie dort vor einer Schüssel Goldfischli sitzen, während sie kurze mit Ray sprach, der an diesem Nachmittag Barkeeper war. Ray grinste, nickte und machte mit Daumen und Zeigefinger einen Kreis. Delores kam wieder zur Nische und schlüpfte hinein. Martha sah sie argwöhnisch an.

»Was sollte *das* denn?«

»Wirst schon sehen«, sagte Delores. Fünf Minuten später kam Ray mit einem silbernen Eiskübel auf einem Ständer herüber und stellte ihn neben sie. Darin befanden sich eine Flasche Champagner Perrier-Jouet und zwei gekühlte Gläser.

»Was denn!« sagte Martha mit einer Stimme, die halb erschrocken und halb erheitert klang. Sie sah Delores verblüfft an.

»Psst«, sagte Delores, und Martha, um bei der Wahrheit zu bleiben, gehorchte.

Ray machte die Flasche auf, legte den Kork neben Delores und schenkte ihr ein klein wenig ein. Delores winkte ab und blinzelte Ray zu.

»Wohlsein, Ladys«, sagte Ray und warf Martha eine Kußhand zu. »Und gratulieren Sie Ihrem Jungen von mir, Teuerste.« Er entfernte sich, bevor die immer noch fassungslose Martha etwas sagen konnte.

Delores schenkte beide Gläser voll und hob ihres. Nach einem Augenblick folgte Martha ihrem Beispiel. Die Gläser klirrten sanft. »Auf das erste Buch deines Sohnes«, sagte Delores, und sie tranken. Delores stieß den Rand ihres Glases ein zweites Mal gegen den von Marthas Glas. »Und auf deinen Sohn«, sagte sie. Sie tranken noch einmal, und Delores stieß ein drittes Mal an, bevor Martha ihr Glas abstellen konnte. »Und auf die Liebe einer Mutter«, sagte sie.

»Amen«, sagte Martha, und ihr Mund lächelte zwar, aber ihre Augen nicht – nicht ganz. Nach den ersten beiden Trinksprüchen hatte sie jedesmal diskret an dem Champagner genippt. Jetzt trank sie das ganze Glas leer.

3

Delores hatte die Flasche Champagner bestellt, damit sie und ihre beste Freundin Peter Rosewalls Durchbruch auf die angemessene Weise feiern konnten, aber das war nicht der einzige Grund. Sie war neugierig, weil ihr Marthas Worte noch im Gedächtnis waren – *Es ist mehr als wunderschön, es stimmt.* Und der Ausdruck des Triumphs hatte sie noch neugieriger gemacht.

Sie wartete, bis Martha das dritte Glas Champagner getrunken hatte, dann sagte sie: »Was hast du zu dieser Widmung gemeint, Martha?«

»Was?«

»Als du gesagt hast, es wäre mehr als wunderschön, es würde stimmen.«

Martha sah sie so lange schweigend an, daß Delores schon befürchtete, sie würde überhaupt nichts mehr sagen. Dann stieß sie ein so verbittertes Lachen aus, daß es schockierend war – jedenfalls für Delores. Sie hatte keine Ahnung gehabt, daß die fröhliche kleine Martha Rosewall derart verbittert sein konnte, trotz des harten Lebens, das sie führte. Aber dieser Ausdruck des Triumphs war auch wieder dabei, ein beunruhigender Kontrapunkt.

»Sein Buch wird ein Bestseller werden«, sagte Martha. »Davon bin ich überzeugt. Pete sagt das auch, und er sagt, den Kritikern wird es gefallen. Er sagt, beides zusammen kommt selten einmal vor, aber bei ihm wird es so sein. Und ich glaube es auch. Weil das bei *ihm* auch so war.«

»Bei wem?«

»Petes Vater«, sagte Martha und sah sie gelassen an.

»Aber...« Delores wußte nicht, was sie sagen sollte. Plötzlich bedauerte sie es, daß sie den Champagner bezahlt hatte. Sie hatte feiern und möglicherweise ein Geheimnis hören wollen. Sie wußte nicht genau, was für ein Geheimnis sie erwartet hatte, aber auf keinen Fall die Enthüllung, daß Pete nicht Johnny Rosewalls Sohn war. Nicht, daß Johnny Rosewall ein Glücksgriff gewesen wäre, nach allem, was Martha gesagt hatte, aber dennoch...

Sie räusperte sich und sagte: »Wenn Johnny nicht Petes Vater ist, Lieb...«

Martha verzog das Gesicht zu einer Grimasse von unerträglichem Ekel, als sie den Namen ihres verstorbenen Mannes hörte.

»Er war Petes *biologischer* Vater«, sagte sie. »Man muß nur seine Nase und die Augen betrachten, um *das* zu sehen. Er war nur nich' sein *natürlicher* Vater. Hasse noch mehr davon, Liebste? Tut wirklich glatt runterlaufen.« Sie war beschwipst – gewissermaßen beinahe betrunken –, und der Süden stahl sich wieder in Marthas Stimme wie ein Kind, das aus einem Versteck hervorkriecht.

Delores schenkte Martha den Rest Champagner ein. Martha hielt das Glas am Stiel hoch und betrachtete, wie der Champagner das gedämpfte Nachmittagslicht im Le Cinq in Gold verwandelte. Dann trank sie einen Schluck, stellte das Glas ab und lachte wieder dieses verbitterte, abgehackte Lachen.

»Du weißt nicht, wovon ich spreche, oder?«

Delores gestand, daß sie das nicht wußte, fügte aber nicht hinzu, daß sie nicht mehr so sicher war, ob sie es hören wollte; doch in Wahrheit war ein Teil in ihr, der es immer noch wissen wollte.

»Gut, ich werde es dir erzählen«, sagte Martha.

»Wahrscheinlich wirst du mir nicht glauben, und wenn doch, willst du vielleicht nichts mehr mit mir zu tun haben, aber ich muß es nach all den Jahren jemandem erzählen – und jetzt, wo er den Durchbruch geschafft hat, um so mehr. Weiß Gott, *ihm* kann ich es nicht erzählen – ihm am allerwenigsten. Aber... glückliche Söhne wissen nie, wie sehr ihre Mütter sie lieben, welche Opfer sie bringen, welche Entschlossenheit sie aufbieten können – oder?«

Delores schüttelte nur den Kopf, weil sie Angst hatte, überhaupt etwas zu sagen, und Martha fing an zu sprechen.

4

Martha sah keinen Grund, die grundlegendsten Sachverhalte anzusprechen. Die beiden Frauen arbeiteten seit elf Jahren im Le Palais zusammen und waren die meiste Zeit davon eng befreundet gewesen.

Martha wußte über das Alkoholproblem von Delores' Mann Bescheid, und wie Delores schließlich die Karten auf den Tisch gelegt und gesagt hatte: Mach eine Entziehungskur, sonst verlasse ich dich. Harvey Williams war danach noch mehr als einmal rückfällig geworden, aber Delores hatte seine aufrichtigen Bemühungen erkannt. Sie war bei ihm geblieben, und ihr Mann hatte die Trunksucht schließlich überwunden.

Martha kannte den großen Kummer in Delores' Leben – das erste Kind, das im Mietshaus, wo sie gewohnt hatten, die Treppe hinuntergestürzt war, das Kind, das vier Tage in der Intensivstation lag und schließlich gestorben war. Sie hatte weitere Kinder bekommen, alles in allem vier – die älteste Tochter war heute Oberschwester in einem Krankenhaus in Cleveland –, aber kein Kind kann eines ersetzen, das man verloren hat.

Entsprechend wußte Delores alles über Johnny Rosewall und sämtliche Probleme, die er nicht lösen konnte – die er gar nicht hatte lösen wollen. Suff, Drogen, andere Frauen. Martha war in New York gewesen, naiv, und hatte ihn geheiratet, als sie im zweiten Monat schwanger war. Doch schon damals, hatte Martha ihr gestanden, hatte sie eine Ahnung gehabt, was Johnny Rosewall war – Johnny mit seinem schwarzen Trans-Am – mit vierundzwanzig Prozent finanziert – und seinen spitzen Gamaschenschuhen.

Dieses erste Kind hatte sie im dritten Monat verloren. Nach weiteren fünf Monaten war sie fest entschlossen, Johnny zu verlassen – zu viele lange Nächte, zu viele halbherzige Ausflüchte, zu viele blaue Augen. Wenn er betrunken war, sagte sie, verliebte sich Johnny in seine Fäuste.

»Er hat immer gut ausgesehen«, hatte sie einmal zu Delores gesagt, »aber ein Scheißkerl in J. Press-Hosen ist trotzdem ein Scheißkerl.«

Dann stellte sie fest, daß sie wieder schwanger war. Als sie es Johnny erzählte, schlug er ihr mit einem Besenstiel in den Magen, um eine Fehlgeburt herbeizuführen. Seine Erklärung war, sie konnten sich einfach keinen Hosenscheißer leisten, und daß sie sie auch im Le Palais, wo sie eine Stelle als Zimmermädchen hatte, feuern würden, wenn sie erfuhren, daß sie schwanger war.

Zwei Nächte später hatten Johnny und zwei Freunde versucht, ein Spirituosengeschäft an der 49. Straße auszurauben. Der Inhaber hatte eine Schrotflinte unter dem Tresen. Er holte sie heraus. Johnny Rosewall hatte einen nickelverbrämten 32er, eine Spezialanfertigung. Er richtete ihn auf den Inhaber und drückte ab; der Revolver explodierte. Ein Bruchstück des Laufs drang durch das rechte Auge in Johnnys Gehirn und tötete ihn auf der Stelle.

Was Delores von Marthas Vergangenheit wußte, lief auf Folgendes hinaus: Ihre Freundin war einen bösen Mann losgeworden. Sie hatte bis zum siebten Monat im Le Palais gearbeitet; sie hatte von Mrs. Proulx, der damaligen Chefin der Dienstmädchen, die Zusage erhalten, daß sie ihren alten Job wiederhaben konnte, wenn sie wollte; sie hatte einen sieben Pfund schweren Jungen zur Welt gebracht, den sie Peter nannte; und Peter hatte schließlich einen Roman mit dem Titel *Blaze of Glory* geschrieben, den jeder – einschließlich des Book-of-the-Month-Club und Universal Pictures – für einen todsicheren Bestseller hielt.

Das alles hatte sie gehört, aber Delores hatte nichts von Mama Delorme oder Peter Jeffries gehört, dem Mann, den Martha Peters ›natürlichen Vater‹ nannte; jedenfalls nicht bis zu diesem Nachmittag im Le Cinq, als Champagnergläser vor ihnen standen und sich ein Vorausexemplar von Peters Roman in der schlichten blauen Jeanstasche neben Marthas Füßen befand.

5

»Wir wohnten natürlich in Harlem«, sagte Martha zu Delores. Sie sah auf ihr Champagnerglas hinunter, das sie zwischen den Fingern drehte. »In der Stanton

Street, die am Station Park die neunzehnte kreuzt. Ich war neulich mal wieder da. Schlimmer denn je – viel schlimmer –, aber es war schon damals, 1959, nicht gerade schön.

Beim Station Park am Ende der Stanton Street wohnte eine Frau, die jeder nur Mama Delorme nannte, und jeder schwor, daß sie eine *Bruja*-Frau war. Ich selbst habe nicht an sowas geglaubt, und einmal habe ich Tavia Kinsolving, die im selben Haus wie Johnny und ich wohnte, gefragt, wie die Leute denn in einem Zeitalter, wo Satelliten um die Erde kreisten und es ein Heilmittel für praktisch jede Krankheit unter der Sonne gab, noch einen solchen Unsinn glauben konnten. Sie war eine gebildete Frau – war an der Julliard gewesen – und wohnte nur in Harlem, weil sie ihre Mutter und drei jüngere Brüder versorgen mußte. Ich dachte, sie würde mit mir übereinstimmen, aber sie lachte nur und schüttelte den Kopf.

›Willst du mir sagen, du glaubst an *Bruja?*‹ fragte ich sie.

›Nein, ich glaube nicht an *Bruja*‹, sagte sie, ›aber ich glaube an *sie,* Martha. Sie ist anders. Auf tausend – oder zehntausend, oder eine Million – Frauen, die behaupten, eine Hexe zu sein, kommt eine, die tatsächlich eine ist. Wenn das stimmt, dann ist Mama Delorme diese Frau.‹

Ich habe nur gelacht. Menschen, die *Bruja* nicht brauchen, können darüber lachen, denke ich, so wie Menschen, die nicht beten müssen, wohl *darüber* lachen können. Damals dachte ich noch, ich könnte Johnny ändern, einen Mann aus ihm machen – wenn du *das* verstehst.«

Delores nickte. Sie verstand es.

»Dann hatte ich die Fehlgeburt. Ich glaube, Johnny

war der Hauptgrund dafür, daß ich sie hatte, obwohl ich das damals nicht einmal mir selbst eingestehen wollte. Er hat mich dauernd geschlagen und dauernd getrunken. Er nahm das Geld, das ich ihm gab, und dann holte er mir noch mehr aus dem Geldbeutel. Wenn ich ihm sagte, er solle damit aufhören, Geld aus meiner Tasche zu stiebitzen, tat er beleidigt und behauptete, das hätte er nie getan. Das heißt, wenn er nüchtern war. Wenn er betrunken war, hat er nur gelacht.

Ich habe meiner Momma unten in Babylon geschrieben – es tat mir weh, diesen Brief zu schreiben, ich schämte mich und habe fast die ganze Zeit geweint, während ich ihn schrieb –, aber ich mußte wissen, was sie dachte. Sie schrieb mir, ich sollte verschwinden, ich sollte sofort verschwinden, bevor er mich ins Krankenhaus brachte, oder noch Schlimmeres. Meine ältere Schwester Kissy machte es noch besser; sie schickte mir eine Busfahrkarte für den Greyhound und schrieb nur zwei Worte mit rosa Stift auf den Umschlag: FAHR SOFORT.«

Martha lächelte traurig und trank noch einen Schluck Champagner.

»Nun, ich bin nicht gefahren. Ich dachte mir, ich hätte zuviel Würde. Ich schätze, es war nichts weiter als alberner Stolz. Wie auch immer, es lief auf dasselbe hinaus. Ich blieb. Dann wurde ich wieder schwanger – nur wußte ich nicht, daß ich schwanger war. Mir wurde morgens nicht einmal übel... aber das war beim erstenmal auch nicht der Fall gewesen.«

»Du bist doch nicht zu dieser Mama Delorme gegangen, weil du schwanger warst?« fragte Delores. Sie war zur Überzeugung gelangt, Martha mußte zu dieser *Bruja*-Frau gegangen sein, weil sie sie bitten wollte, den Braten in der Röhre wegzumachen.

»Nein«, sagte Martha. »Ich ging zu ihr, weil Tavia Kinsolving mir sagte, Mama Delorme könne mir verraten, was das war, das ich in Johnnys Tasche gefunden hatte. Weißes Pulver in einer kleinen Glasflasche.«

»Oh-oh«, sagte Delores.

Martha lächelte wieder. »Möchtest du wissen, wie schlimm es werden kann?« fragte sie. »Wahrscheinlich nicht, aber ich werde es dir trotzdem erzählen. Schlimm ist, wenn dein Mann trinkt und keine regelmäßige Arbeit hat. *Wirklich* schlimm ist, wenn er trinkt, keinen Job hat und dich verprügelt. Aber echt beschissen schlimm ist es, wenn man in der Manteltasche seines Mannes – in die man gegriffen hat, um einen Dollar zu finden, damit man im Markt an der Ecke Klopapier kaufen kann – eine kleine Glasflasche mit einem Löffel darin findet und bei allen Heiligen hofft, daß es Koks ist und kein Heroin.«

»Du hast es zu Mama Delorme gebracht?«

Martha lachte bemitleidenswert.

»Die *ganze* Flasche? Nein, Sir, nein, Ma'am, auf gar keinen Fall. Das Leben war kein Zuckerschlecken für mich, aber *sterben* wollte ich nicht. Wenn er nach Hause gekommen wäre und festgestellt hätte, daß eine ganze Flasche mit zwei Gramm fehlt, dann hätte er mich gepflügt wie ein Erbsenbeet. Ich habe ein klein wenig in ein Taschentuch gewickelt. Dann ging ich zu Tavia, und Tavia riet mir, zu Mama Delorme zu gehen, was ich getan habe.«

»Wie war sie?«

Martha schüttelte den Kopf, weil sie ihrer Freundin nicht genau schildern konnte, wie Mama Delorme gewesen war, wie seltsam die halbe Stunde in der Wohnung der Frau im dritten Stock gewesen war und wie sie die aberwitzig verdrehte Treppe beinahe hinuntergerannt war, weil sie meinte, die Frau würde ihr folgen. Die Wohnung war dunkel und stickig gewesen, vom Geruch von Kerzen und alten Tapeten und Zimt und sauer gewordenen Duftkissen erfüllt. An einer Wand hing ein Bild von Christus, an einer anderen eins von Nikodemus.

»Sehr seltsam«, sagte Martha schließlich. »Sie hätte siebzig oder neunzig oder hundertzehn sein können. Eine rosa-weiße Narbe verlief an der Nase entlang über die Stirn und bis in den Haaransatz. Hat ein wenig wie ein Blitz ausgesehen. Und sie zog das rechte Auge etwas herunter, so daß es wie ein Blinzeln aussah. Sie saß in einem Schaukelstuhl und hatte ein Strickzeug im Schoß. Ich trat ein, und sie sagte: ›Ich muß dir dreierlei sagen, junge Dame. Erstens, du glaubst nicht an mich. Zweitens, die Flasche, die du in der Tasche deines Mannes gefunden hast, ist voll mit Heroin White Angel. Drittens, du bist in der dritten Woche mit einem Jungen schwanger, den du nach seinem natürlichen Vater taufen wirst.«

6

»Als ich später wieder klar denken konnte, da sagte ich mir, daß sie bei den beiden ersten Punkten nichts getan hatte, was ein guter Bühnenzauberer nicht auch gekonnt hätte – einer dieser Gedankenleser, die einen weißen Turban tragen. Vielleicht hatte Tavia Kinsolving sie angerufen und ihr gesagt, daß ich kommen würde. Es hätte so einfach sein können, aber eigentlich ist es einerlei, wie es dazu gekommen war. Wesentlich ist, eine Frau, die daran interessiert ist, als *Bruja*-Frau bekannt zu werden, findet Mittel und Wege, wie eine *Bruja*-Frau auszusehen. Verstehst du, was ich meine?«

»J-ja...« sagte Delores zweifelnd.

»Und was die Tatsache anbelangt, daß sie mir sagte, ich sei schwanger – nun, vielleicht hatte ich selbst so eine Ahnung gehabt, daß ich es war, und sie besaß das *Shining;* aber selbst wenn, war es kaum mehr als gut geraten, was sie anbetraf, oder... Meine Mutter wußte verdammt gut, wann eine Frau schwanger war, manchmal bevor die Frau selbst es wußte und manchmal bevor es *rechtens* war, daß sie schwanger war, wenn du verstehst, was ich meine.«

Delores lachte und nickte.

»Sie sagte, es wäre ihr Geruch – ihr Geruch veränderte sich, und manchmal konnte man diesen neuen Geruch schon einen Tag nachdem sie geschwängert worden war bemerken, wenn man eine feine Nase hatte.«

Delores nickte. Sie hatte auch schon von solchen Sachen gehört.

»Doch das war alles nicht wichtig, denn ich *wußte*, daß sie es wußte – sie wußte alle drei Dinge, die sie mir gesagt hatte, und sie hatte sie nicht auf dubiose Weise erfahren. Wenn man bei ihr war, glaubte man an *Bruja* – jedenfalls an ihr *Bruja*. Aber dieses Gefühl verschwand nicht, so wie ein Traum verschwindet, wenn man aufwacht, oder wie der Glaube an einen guten Schwindler verschwindet, wenn man nicht mehr unter seinem Einfluß steht.«

»Was hast du getan?«

»Nun, gleich neben der Tür stand ein alter Sessel mit durchgesessenem Polster, und ich schätze, das war mein Glück; denn als sie das sagte, wurde alles, was ich sah, irgendwie grau, und meine Knie gaben nach. Ich hätte mich so oder so gesetzt; wäre der Sessel nicht gewesen, dann eben auf den Boden.

Sie saß einfach da, wartete, bis ich meine fünf Sinne wieder beisammen hatte, und strickte derweil. Es war, als hätte sie das alles schon hundertmal vorher erlebt. Hatte sie wohl auch.

Als mein Herz schließlich wieder langsamer schlug, machte ich den Mund auf und sagte: ›Ich verlasse meinen Mann.‹

›Nein‹, antwortete sie sofort, ›er verläßt *dich*. Du wirst ihn gehen sehen, so ist das. Bleib. Wirst etwas Geld bekommen. Du wirst denken, er hat das Baby weggemacht, aber das hat er nicht.‹

›Wie‹, sagte ich, und es schien, als *könnte* ich nicht mehr sagen. ›Wie... wie... wie...‹ nur so. Ich kann noch heute, sechsundzwanzig Jahre später, die alten abgebrannten Kerzen riechen, das Kerosin in der Küche und den alten, sauren Geruch von trockenen Tapeten, wie alter Käse. Ich kann sie sehen, alt und zerbrechlich in ihrem alten blauen Kleid mit den Tupfen, die einmal weiß gewesen waren, damals aber schon so gelb wie alte Zeitungen waren. Sie war so *klein*, aber es strömte so eine Aura der Macht von ihr aus, wie ein helles, helles Licht...«

Martha trank den letzten Schluck Champagner und stellte das Glas mit einem leisen Klick ab.

»Hat wohl keinen Zweck, weiter darüber zu sprechen«, sagte sie. »Wenn du dort gewesen wärst, hättest du es auch gespürt. Aber ich kann es dir unmöglich beschreiben.

›Wie ich etwas mache oder warum du diesen Scheißkerl vom Land geheiratet hast, ist jetzt beides nicht wichtig‹, sagte sie. ›Wichtig ist, daß du den natürlichen Vater des Kindes finden mußt.‹

›Was meinen Sie damit?‹ sagte ich. ›*Johnny* ist der natürliche Vater des Kindes.‹ Ein Zuhörer hätte denken können, sie warf mir vor, ich hätte hinter dem Rücken meines Mannes herumgevögelt, aber ich dachte nicht einmal daran, wütend auf sie zu sein. Ich war einfach zu verwirrt.

Sie schnaubte nur und winkte mit der Hand ab, als wollte sie sagen: *Pah!* ›An *dem* Mann is' nix natürlich‹, sagte sie.

Dann beugte sie sich näher heran, und ich hatte ein wenig Angst. Sie hatte soviel *Wissen* in sich, und ich hatte nicht den Eindruck, als wäre all dieses Wissen gut.

›Jedes Kind, wassne Frau bekommt, schießt 'er Mann ausm Pimmel, Mädchen‹, sagte sie. ›*Das* weißt du doch, nich?‹

Das wußte ich nicht, aber ich spürte, wie ich trotzdem mit dem Kopf nickte, als hätte sie mit Händen, die ich nicht sehen konnte, nach meinem Kopf gegriffen und würde ihn selbst bewegen.

›Ganz recht‹, sagte sie und nickte bei sich. ›So hat Gott es gewollt. Wie ne Schaukel, nich? Klaro! 'n Mann schießte Kinder aus seinem Piller, also sinne Kinder seine. Aber ne Frau trächt se aus un' gebärt se und erzieht se, daher sindse ihre. So hat Gott es gewollt. Aber der Mann, der's Kind in dein' Bauch schießt, is nich' sein 'türlicher Vater – der wäre kein natürlicher Vater, selbst wenner dabei wäre, weil er nie für dich bestimmt war. Also sag mir, Mädchen: Wer ist der natürliche Vater des Kindes?‹ Und sie beugte sich zu mir.

Ich konnte nur den Kopf schütteln und sagen, daß

ich nicht wußte, wovon sie sprach. Aber ich glaube, ein Teil von mir – der Teil im Verstand, der nur in Träumen denken kann –, ich glaube, dieser Teil wußte es. Vielleicht bilde ich mir das nur ein, weil ich alles weiß, aber das glaube ich nicht. Ich glaube, einen Augenblick oder zwei flackerte sein Name tatsächlich durch meinen Verstand – Peter Jefferies.

Ich sagte: ›Bitte – Sie machen mir angst – ich weiß nicht, was Sie von mir hören wollen – ich weiß nichts über natürliche Väter oder unnatürliche Väter oder so etwas – ich weiß nicht einmal, ob ich schwanger bin!‹

Nun, sie lehnte sich einen Moment zurück, dann lächelte sie. Ihr Lächeln war wie Sonnenschein und beruhigte mich. ›Ich wollte dir keine Angst machen, Kleines‹, sagte sie. ›Das hatte ich überhaupt nicht vor. Ich mache uns eine Tasse Tee, die wird dich beruhigen. Ich habe nur das zweite Gesicht, und manchmal ist es stark. Ich mache uns Tee. Wird dir schmecken. Etwas ganz Besonderes.‹

Ich wollte ihr sagen, daß ich keinen Tee wollte, aber ich konnte es nicht. Es schien eine Riesenanstrengung zu sein, den Mund aufzumachen, und meine ganze Kraft war zu den Beinen hinaus entwichen.

Sie hatte eine fettige kleine Küche, in der es fast so dunkel wie in einer Höhle war, und ich saß im Sessel neben der Tür – derselbe, in den ich gesunken war, als sie mich gleich beim Eintreten mit den Sachen überfallen hatte – und sah ihr zu, wie sie mit einem Löffel offenen Tee in eine alte, schrammige Keramikkanne füllte und einen Kessel auf den Gasherd stellte.

Ich saß da und dachte mir, daß ich nichts Besonderes von ihr wollte, überhaupt gar nichts aus dieser fettigen dunklen Küche. Ich dachte mir, nur einen kleinen Schluck, um nicht unhöflich zu sein, und dann so schnell wie möglich hinaus und nie mehr wieder zurück.

Aber dann brachte sie zwei Porzellantassen, die so sauber wie Schnee waren, und ein Tablett mit Zucker und Sahne und frisch gebackenen Brötchen. Sie schenkte den Tee ein, und er roch gut und heiß und stark. Er weckte mich irgendwie, und ehe ich mich versah, hatte ich zwei Tassen getrunken und auch eines der Brötchen gegessen.

Sie trank eine Tasse und aß ein Brötchen, und wir unterhielten uns über normalere Themen – wen in der Straße wir kannten, woher ich kam, wo ich gerne einkaufen ging, und so weiter. Dann sah ich auf die Uhr und stellte fest, daß über eineinhalb Stunden vergangen waren. Ich stand auf, aber mir wurde schwindlig und ich sank einfach wieder auf den Sessel zurück.«

Delores sah sie mit aufgerissenen Augen an.

»›Sie haben mir Drogen gegeben‹, sagte ich zu ihr und hatte Angst, aber der ängstliche Teil von mir war ganz tief drinnen.

›Mädchen, ich will dir nur helfen‹, sagte sie, ›aber du willst nicht sagen, was ich wissen muß, und ich weiß verdammt genau, daß du nicht tun wirst, was getan werden muß, selbst wenn du es gesagt hast. Daher habe ich mich um beides gekümmert. Du wirst hier ein kleines Schläfchen halten, aber vorher wirst du mir den Namen des natürlichen Vaters deines Babys verraten.‹

Und während ich da auf dem Sessel mit dem durchgesessenen Polster saß und ganz Harlem draußen hörte, sah ich Peter Jefferies so deutlich, wie ich dich jetzt vor mir sehe, Delores. Er war so weiß, wie ich schwarz bin, so groß, wie ich klein bin, so gebildet, wie ich dumm bin. Wir waren so unterschiedlich wie zwei Menschen nur sein können, mit einer Ausnahme – wir kommen beide aus Alabama, ich aus Babylon an der Grenze zu Florida, er aus Birmingham. Er wußte nicht einmal, daß es mich gab – ich war nur die Niggerfrau, die die Suite im elften Stock des Hotels saubermachte, wo er immer wohnte. Und was mich betrifft, ich ging ihm so gut es ging aus dem Weg, weil ich ihn reden gehört und handeln gesehen habe und genau wußte, was für ein Mann er war. Nicht nur, daß er ein Glas, aus dem ein Schwarzer getrunken hatte, nur dann benützte, wenn es danach zweimal gespült worden war; das hatte ich häufig gesehen, und es störte mich nicht mehr. Es war einfach so, daß er ein reinrassiger Hurensohn war. Weißt du was? Er war in vieler Hinsicht wie Johnny, oder wie Johnny gewesen wäre, wäre er klug gewesen und hätte eine Ausbildung gehabt und hätte Gott daran gedacht, Johnny eine große Scheibe Talent mitzugeben, anstatt nur seinen Riecher für Ärger.

Ich dachte nie an ihn, ging ihm nur immer aus dem Weg. Aber als sie sich über mich beugte, diese alte schwarze *Bruja*-Frau mit ihrem Zimtgeruch, der direkt aus ihren Poren zu kommen schien, da nannte ich seinen Namen ohne zu zögern. ›Peter Jefferies‹, sagte ich. ›Peter Jefferies, der Mann, der in 1163 wohnt, wenn er nicht in Alabama ist und seine Bücher schreibt. Er ist der natürliche Vater. Aber er ist weiß!‹

Sie beugte sich dichter zu mir und sagte: ›Nein, Liebes, das ist er nicht. Im Inneren ist jeder Mann schwarz. Du glaubst mir nicht, aber es stimmt. Im Innern eines Mannes ist zu jeder Stunde von Gottes Tag schwarze Mitternacht. Aber ein Mann kann die Nacht zum Licht machen, und darum ist das weiß, was aus einem Mann in die Frau kommt. *Natürlich* hat nichts mit der Farbe zu tun. Und nun machst du die Augen zu, Kleines, weil du müde bist. Jetzt! Sofort! Jetzt! Kämpfe nicht dagegen an! Mama Delorme wird dir nichts tun, Kindchen. Hab nur was, wassich dir inne Hand geben muß. Jetzt – nein, nicht hinsehen, einfach die Hand darum schließen.‹ Ich gehorchte und spürte etwas Eckiges. Wie Glas oder Plastik.

›Wirst dich an alles erinnern, wennes Zeit dafür wird, daran zu denken. Und jetzt schlaf. Psssst... schlaf... pssst...‹

Und genau das habe ich getan«, sagte Martha. »Als nächstes erinnere ich mich, wie ich die Treppe hinunterlief, als wäre der Teufel hinter mir her. Ich konnte mich nicht erinnern, wovor ich weglief, aber das war einerlei; ich lief trotzdem. Und ich bin nie wieder dorthin gegangen, nur einmal, und da habe ich sie nicht gesehen.«

7

Sie verstummte, und sie sahen sich beide um wie Frauen, die gerade aus einem gemeinsamen Traum aufgewacht sind. Sie sahen, daß sich das Le Cinq allmählich füllte – es war fast fünf Uhr; Angestellte kamen auf einen oder drei Drinks nach Feierabend herein.

Obwohl keine es laut aussprach, wollten beide plötzlich anderswo sein. Sie hatten zwar ihre Uniformen nicht mehr an, aber sie spürten beide, daß sie nicht zu diesen Männern mit den Anzügen, Aktentaschen und ihren Unterhaltungen über Aktien, Anlagen, Obligationen und Politik gehörten.

»Ich habe zu Hause eine Kasserolle und ein Sechserpack Bier«, sagte Martha plötzlich schüchtern. »Ich könnte ersteres wärmen und letzteres kühlen... wenn du den Rest hören möchtest.«

»Liebes, ich glaube, ich *muß* den Rest hören«, sagte Delores und lachte ein wenig nervös.

»Und ich glaube, ich muß es erzählen«, antwortete Martha, aber sie lachte nicht. Sie lächelte nicht einmal.

»Ich muß nur Harve anrufen.«

»Mach das«, sagte Martha, und während Delores telefonierte, vergewisserte sich Martha, daß das kostbare Buch immer noch in der Jeanstasche war.

8

Die Kasserolle war – soweit die beiden sie geschafft hatten – aufgegessen, beide hatten ein Bier getrunken. Martha fragte Delores noch einmal, ob sie sicher war, daß sie den Rest hören wollte. Delores bejahte.

»Weil vieles nicht sehr angenehm ist. Das muß ich dir ehrlich sagen. Manches ist schlimmer als in den Magazinen, die alleinstehende Männer in den Zimmern zurücklassen, wenn sie abreisen.«

Delores wußte, was für Magazine sie meinte, konnte sich aber nicht vorstellen, daß ihre ordentliche kleine Freundin etwas mit den Sachen zu tun hatte, die darin abgebildet waren. Sie versicherte Martha noch einmal, daß sie alles hören wollte, und nachdem sie beiden ein frisches Bier geholt hatte, erzählte Martha weiter.

9

»Ich war schon wieder zu Hause, als ich richtig wach wurde, und weil ich mich kaum erinnern konnte, was in der Wohnung von Mama Delorme vorgefallen war, beschloß ich, daß es das Beste sein würde, alles zu vergessen – es hinter mir zu lassen. Aber ich wußte, was ich besser nicht vergessen sollte, war das kleine bißchen Pulver, das ich aus der Flasche, die ich in Johnnys Mantel fand, genommen hatte. Es war immer noch in Papier eingewickelt in meiner Tasche. Ich war ziemlich sicher, daß sie es überhaupt nicht angesehen hatte, und ich wollte es nur loswerden. Vielleicht durchsuchte ich Johnnys Taschen normalerweise nicht, aber er meine ganz sicher, falls ich einen Dollar behalten wollte, den er brauchte.

Ich wollte es herausholen, und da merkte ich erst, daß ich etwas fest in der Hand hielt, wie ein Kind das Geld festhält, das seine Mutter ihm für das Kino am Samstagnachmittag gegeben hat, bis es das Geld ausgeben kann. Ich holte es heraus und sah es an, und da war ich erst wirklich sicher, daß ich bei ihr gewesen war, obwohl ich immer noch nicht wußte, was wir genau gesprochen hatten.

Es war ein kleines Plastikkästchen mit einem Deckel, durch den man durchsehen und den man aufmachen konnte. Im Inneren war nur ein getrockneter alter Pilz – aber nach allem, was Tavia über die Frau gesagt hatte, dachte ich mir, es könnte vielleicht ein Giftpilz sein, möglicherweise einer, der einem so ein Bauchgrimmen verschafft, daß man sich wünschte, er hätte einen gleich umgebracht, wie das manche tun.

Ich beschloß, daß ich ihn sofort das Klo runterspülen würde, zusammen mit dem Pulver, das er in die

Nase schnupfte, aber als es darum ging, konnte ich es nicht. Hatte das Gefühl, als wäre sie direkt bei mir im Zimmer und würde mir sagen, es nicht zu tun. Ich hatte Angst, in den kleinen Spiegel zu schauen, weil ich dachte, ich würde sie darin sehen.

Nun, dort war kein Klo in der Wohnung, so wie hier – und mit dem Bier und dem Champagner obendrein, werden wir das wohl auch bald benützen –, es war am Ende des Flurs, ein Badezimmer für den zweiten und dritten Stock. Eines von Parkers Kindern kam von unten rauf, klopfte gegen die Tür und trat dann dagegen, so daß ich keine Chance hatte, meine Willenskraft zusammenzunehmen.

Daher steckte ich das kleine Plastikschächtelchen wieder in die Tasche, nahm es mit in die Wohnung und stellte es in der Küche ganz hinten auf ein Regal. Und dort vergaß ich es völlig.«

10

Sie schwieg einen Augenblick, trommelte mit den Fingern unruhig auf den Tisch und sagte dann: »Schätze, ich sollte dir etwas mehr über Peter Jefferies erzählen. Er war im Zweiten Weltkrieg und hat Bücher darüber geschrieben. Romane. Das Buch von meinem Peter handelt von Vietnam und der Zeit, die er dort verbracht hat; Peter Jefferies Bücher handelten von dem Krieg, den er immer Big Two nannte, wenn er betrunken war und Partys mit seinen Freunden feierte. Das erste schrieb er, da war er noch beim Militär; es wurde 1946 veröffentlicht. Es hatte den Titel *Blaze of Heaven*.«

Delores sah sie lange wortlos an, schließlich sagte sie: »Stimmt das? Stimmt das wirklich?«

»Ja. Vielleicht siehst du schon, worauf ich hinaus will. Vielleicht verstehst du etwas besser, was ich mit natürlichen Vätern meine. *Blaze of Heaven – Blaze of Glory.*«

»Aber wenn dein Peter das Buch dieses Mr. Jefferies gelesen hat, wäre es da nicht möglich, daß...«

»Natürlich wäre es *möglich*«, sagte Martha und machte wieder ihre *Pah*-Geste, »aber es *war* nicht so. Aber ich werde nicht versuchen, dich davon zu überzeugen. Entweder bist du überzeugt, wenn ich fertig bin, oder nicht. Ich wollte dir nur ein wenig über den Mann erzählen.«

»Dann weiter«, sagte Delores.

»Von 1957, als ich anfing im Le Palais zu arbeiten, bis 1968, als er Probleme mit dem Herzen und der Leber bekam, sah ich ihn ziemlich oft. So wie der Mann trank und sich aufgeführt hat, war eigentlich nur verwunderlich, daß er nicht schon früher Ärger bekommen hat. 1969 war er nur ein halbes Dutzendmal da, und ich kann mich noch erinnern, wie schlecht er ausgesehen hat; er war nie dick gewesen, aber da hatte er soviel Gewicht verloren, daß er wie ein Strich in der Landschaft aussah. Trank aber trotzdem weiter, trotz seines gelben Gesichts. Ich hörte ihn im Bad husten und kotzen und manchmal vor Schmerzen weinen, und ich dachte mir: ›Das war's; das reicht; er wird einsehen, was er sich selbst antut; jetzt wird er damit aufhören.‹ Aber er hat nie aufgehört.

1970 war er nur zweimal da. Hatte einen Mann bei sich, auf den er sich stützte und der sich um ihn kümmerte. Er trank immer noch, obwohl er es, wie ich weiß, nicht sollte.

Im Februar 1971 kam er zum letztenmal. Er hatte einen anderen Mann bei sich – ich schätze, der andere war angeekelt und hat einfach gekündigt. Da saß er schon im Rollstuhl. Als ich zum Saubermachen ins Zimmer kam, sah ich auch, was im Bad zum Trocknen aufgehängt war. Der Mann trug zu alledem noch Gummihosen. War ein stattlicher Mann gewesen, aber da nicht mehr. Er sah einfach... *zerrüttet* aus. Verstehst du, wovon ich spreche?«

Delores zitterte ein wenig und nickte. Sie wußte es. Sie hatte derlei Kreaturen bei einigen Treffen der AA gesehen, die sie zusammen mit Harvey besucht hatte, menschliche Wracks die an die Felsen des Alkoholmeers gespült worden waren.

»Er nahm immer Suite 1163, eine Ecksuite mit Blick auf das Chrysler Building, und ich habe immer sein Zimmer gemacht. Nach einer Weile redete er mich sogar mit meinem Namen an, aber das lag nur an meinem Namensschild und seinem Gedächtnis. Ich glaube nicht, daß er mich jemals wirklich *gesehen* hat. Bis 1960 ließ er immer zwei Dollar auf dem Fernseher liegen, wenn er abreiste. Bis 1964 dann drei. Und danach, bis zum Ende, fünf. Für damalige Verhältnisse waren das gute Trinkgelder, aber er gab eigentlich nicht mir das Trinkgeld; er folgte einfach einer Gewohnheit. Für Leute wie ihn sind Gewohnheiten wichtig. Er gab so Trinkgeld, wie er einer Dame die Tür aufgehalten hätte. Wie er wahrscheinlich als Kind seine Zähne unter das Kopfkissen gelegt hat. Und ich war eben die Reinemachefee, nicht die Zahnfee.

Er kam, um mit seinen Verlegern zu sprechen, manchmal mit Leuten von Film oder Fernsehen, und er rief seine Freunde an – manche waren auch in der Verlagsbranche, andere Schriftsteller – und feierte

Partys. Immerzu Partys. Ich sah es immer an der Schweinerei, die ich am nächsten Tag saubermachen mußte: Dutzende leerer Whiskeyflaschen, hauptsächlich Jack Daniels, Millionen Zigarettenkippen, nasse Handtücher in den Waschbecken und der Badewanne, überall Überreste des Zimmerservice; einmal fand ich eine ganze Platte Shrimps, die ins Klo gekippt worden war. Überall Glasringe, und häufig schnarchten Leute auf den Sofas oder auf dem Boden. Meistens. Manchmal waren die Partys auch noch im Gange, wenn ich am nächsten Tag um halb elf anfing aufzuräumen. Das waren meistens... wie nennen Männer das... Herrenrunden. Reden und trinken. Und immer über den Krieg, den Krieg, den Krieg. Wen sie im Krieg gekannt hatten. Wie sie in den Krieg gekommen waren. Unter wem sie gedient hatten und wer im Krieg unter ihnen gedient hatte. Was sie im Krieg gesehen hatte. Wie Menschen im Krieg getötet worden waren. Manchmal – nicht allzu oft – pokerten sie auch um hohe Einsätze, anstatt nur über den Krieg zu sprechen. Fünf oder sechs Männer saßen mit offenen Hemden und aufgezogenen Krawatten um einen Glastisch herum, auf dem mehr Geld lag, als eine Frau wie ich in ihrem ganzen Leben verdient.

Aber meistens ging es um den Krieg.

Für Männer, die ihn so sehr zu lieben schienen, haben sie verdammt viel gekotzt, wenn sie darüber sprachen.«

11

Delores sagte, sie wäre überrascht, daß die Direktion den Mann nicht einfach hinausgeworfen hatte, berühmter Schriftsteller oder nicht – sie waren ziemlich streng, was solche Vorkommnisse anbelangte, und waren vor ein paar Jahren, wie sie gehört hatte, noch strenger gewesen.

»Nein, nein, nein«, sagte Martha und lächelte ein wenig. »Jetzt hast du einen falschen Eindruck bekommen. Du denkst, der Mann und seine Freunde haben sich aufgeführt wie diese Rock-Gruppen, die Hotelsuiten zertrümmern und Sofas aus dem Fenster werfen. Peter Jefferies hatte *Stil*. Er war kein gewöhnliches Frontschwein im Zweiten Weltkrieg, so wie mein Peter in Vietnam; er war in West Point gewesen, als Lieutenant hingegangen und als Major zurückgekehrt. Er entstammte einer alten Familie aus dem Süden. Er konnte vier verschiedene Krawattenknoten binden und wußte, wie man sich über die Hand einer Dame beugte, wenn man sie küßte.

Er hatte *Stil*.«

Marthas Lächeln nahm einen neuen Ausdruck an, als sie das Wort aussprach; der Ausdruck war verbittert und bewundernd zugleich.

»Ich schätze, er und seine Freunde wurden manchmal etwas laut, aber sie wurden selten rüpelhaft – das ist ein Unterschied, auch wenn er schwer zu erklären ist, und sie verloren nie die *Kontrolle*. Wenn sich jemand im Nachbarzimmer beschwerte – und das war immer nur eines, weil er stets die Ecksuite nahm – und jemand von der Rezeption Mr. Jefferies' Zimmer anrufen und ihn und seine Gäste bitten mußte, etwas leiser zu sein, dann wurden sie immer leise. Verstehst du?«

»Ja«, sagte Delores.

»Und das ist nicht alles. Ein erstklassiges Hotel kann *für* Leute wie Mr. Jefferies arbeiten. Es kann sie beschützen. Sie können Partys feiern und es sich gutgehen lasse mit ihrem Fusel und ihren Karten und möglicherweise ihren Drogen.«

»Hat er...«

»Ich weiß nicht. Er hatte am Ende jede Menge Tabletten, weiß Gott, aber sie hatten alle ein Etikett. Ich will eigentlich nur sagen, daß Stil eben Stil anzieht. Er kam lange Zeit hierher, und du denkst vielleicht, es war wichtig, daß er ein großer, berühmter Schriftsteller war, aber nur, weil du nicht so lange dabei bist wie ich. Für sie war es wichtig, aber noch wichtiger war, daß er schon lange hierherkam, und am allerwichtigsten war, daß sein Vater, ein Großgrundbesitzer aus Alabama, vor ihm hergekommen war. Die Leute, die damals das Hotel führten, gaben viel auf Tradition. Oh, ich weiß, die es heute führen, die sagen das auch, und sie meinen es vielleicht sogar ernst, wenn es ihnen paßt, aber damals gaben sie *wirklich* viel darauf. Wenn sie wußten, daß Mr. Jefferies mit Southern Flyer von Birmingham kam, wurde das Zimmer neben der Suite geräumt, wenn das Hotel nicht gerade bis unters Dach ausgebucht war. Sie haben ihm das leere Zimmer nebenan nie berechnet; sie wollten ihm nur die Peinlichkeit ersparen, seinen Freunden sagen zu müssen, sie sollten leiser sein.«

Delores schüttelte langsam den Kopf. »Das ist erstaunlich.«

»Glaubst du es nicht, Liebste?«

»Ich glaube es«, sagte sie, »aber es ist trotzdem erstaunlich.«

Das verbitterte, bewundernde Lächeln wurde wieder sichtbar. »Für *Stil* ist nichts zuviel... jedenfalls war das früher so. Verdammt, sogar mir war klar, daß er Stil hatte, obwohl er es fertigbrachte, seinen Freunden einen Niggerwitz zu erzählen, während ich im

Zimmer war und Aschenbecher leerte, oder nebenan im Schlafzimmer, um das Bett zu machen. Oh, er haßte die Schwarzen, das stimmt, aber nicht nur uns – er haßte praktisch alle. Wenn es um Haß ging, war der Mann für Gleichberechtigung. Als John Kennedy starb, war Jefferies zufällig in der Stadt und gab eine Party.

Seine sämtlichen Freunde waren da, und sie feierten bis in den nächsten Tag hinein. Ich konnte es kaum ertragen, im Zimmer zu sein, was sie alles sagten – wie alles gut werden könnte, wenn auch noch jemand seinen Bruder umlegen würde, der erst zufrieden sein würde, wenn jedes anständige Kind im Lande fickte, während die Beatles im Fernsehen und über Stereo spielten und die verdammten Nigger mit einem Fernseher unter jedem Arm wild durch die Straßen zogen.

Es wurde so schlimm, daß ich wußte, ich würde ihn anschreien. Ich sagte mir immer, ich solle still sein, meine Arbeit machen und, so schnell ich konnte, wieder verschwinden; ich sagte mir, ich solle nicht vergessen, daß der Mann der natürliche Vater meines Pete war; ich sagte mir, daß Pete erst drei Jahre alt war und ich diesen Job brauchte und ihn verlieren würde, wenn ich nicht den Mund hielt.

Dann sagte einer von ihnen: ›Und wenn wir Bobby haben, dann schnappen wir uns den verdammten Bruder, die Tunte!‹ Und einer der anderen sagte: ›Und dann schnappen wir uns alle männlichen Kinder und feiern *wirklich* eine Party!‹

›Ganz recht‹, sagte Mr. Jefferies. ›Und wenn wir den letzten Kopf auf der Burgmauer haben, machen wir eine so große Party, daß ich den beschissenen Madison Square Garden mieten muß!‹

Da mußte ich gehen. Ich hatte Kopfschmerzen und Magenkrämpfe, so sehr hatte ich mich bemüht, den Mund zu halten. Ich habe das Zimmer nur halb aufgeräumt verlassen, das habe ich weder vorher noch nachher jemals getan; aber manchmal hat es auch seine Vorteile, schwarz zu sein: Er bemerkte nicht einmal, daß ich fort war. Keiner von ihnen hat gemerkt, daß ich nicht mehr da war.«

Sie hatte wieder das verbitterte Lächeln auf den Lippen.

12

»Ich verstehe nicht, wie du sagen kannst, daß so ein Mann Stil hat«, sagte Delores, »oder ihn den natürlichen Vater deines Kindes nennen konntest, wie die Umstände auch gewesen sein mögen. Mir scheint, er war nichts weiter als ein Tier.«

»Nein – er war kein Tier. Er war ein Mensch. In mancher Hinsicht – in *vieler* Hinsicht – war er ein böser Mensch, aber dennoch ein Mensch. Und er hatte dieses etwas, das ich mit *Stil* meine. Das merkt man auch in seinen Büchern. Nur klarer.«

»Du hast eines gelesen?«

»Liebes, ich habe *alle* gelesen«, sagte Martha. Als ich Ende 1959 mit dem weißen Pulver bei Mama Delorme war, hatte er erst drei geschrieben, aber ich hatte zwei gelesen. Mit der Zeit holte ich auf, weil er noch langsamer schrieb als ich las.« Sie grinste. »Und das ist ziemlich langsam, kannst du mir glauben.«

Delores sah zweifelnd zu Marthas Bücherregal. Dort standen Bücher von Alice Walker, Rita Mae Brown,

Yellowback Radio Broke Down von Ishmael Reed, ein paar Titel von Kurt Vonnegut – aber sonst herrschten auf den drei Brettern Romantic Thriller und Kriminalromane von Agatha Christie vor.

»Geschichten über den Krieg scheinen irgendwie gar nicht deine Sache zu sein, Martha, wenn du verstehst, was ich meine.«

»Natürlich verstehe ich das«, sagte Martha. Sie stand auf und brachte frisches Bier. »Und ich will dir etwas Ironisches verraten, Delores Williams: Wäre er ein netter Mensch gewesen, hätte ich sie nicht alle gelesen, nicht einmal ein einziges. Und ich will dir noch etwas Ironisches verraten: Wenn er ein netter Mensch gewesen wäre, wären sie wahrscheinlich gar nicht so gut gewesen.«

»Oh, *das* glaube ich nicht.«

»Verlange ich auch nicht! Ich erzähle nur, was mir widerfahren ist und was *ich* glaube. Soll ich jetzt weitererzählen?«

»Ja, selbstverständlich«, sagte Delores.

»Nun, ich brauchte nicht bis 1963 und zur Ermordung Kennedys, um herauszufinden, was für ein Mensch er war. Das wußte ich schon im Sommer '58. Da wußte ich schon, was für eine geringe Meinung er von der Menschheit allgemein hatte – nicht von seinen Freunden, ich zweifle nicht daran, daß er für die gestorben wäre, aber von allen anderen. Alle waren nur darauf aus, Kohle zu machen – diesen Ausdruck hat er dauernd gebraucht. Kohle machen, Kohle machen, alle wollten Kohle machen. Es schien, als wären er und seine Freunde der Meinung, es wäre ziemlich schlimm, Kohle zu machen, es sei denn, sie spielten Poker und hatten jede Menge vor sich aufgestapelt. Dann schien es mir, als würden sie selbst echt Kohle machen. Mir schien, als würden sie *eine Menge* Kohle machen, er eingeschlossen.

Er sagte häßliche Sachen und lachte über Menschen, die sich bemühten, die Welt zu verbessern, er haßte Schwarze und Juden – die er immer die gottverdammten Itzigs nannte – und er war der Überzeugung, wir sollten uns einmischen und den Russen oder den Kubanern, wer immer gerade aufmüpfig wurde, eines auf die Fresse geben.

Ich hörte mir das alles an und fragte mich, wie es kam, daß alle Kritiker und Rezensenten sagten, er habe großartige Bücher geschrieben. Eines hatte sogar den National Book Award gewonnen, und man sprach bis zu seinem Tod davon, ihm den Pulitzer Preis zu geben. Das haben sie aber nie getan, und ich wette, das ist ihm verdammt an die Eier gegangen.

Schließlich beschloß ich, daß ich mich selbst davon überzeugen wollte, wie sich alle so irren und einen Scheißkerl wie ihn für einen Mann mit Herz halten konnten. Ich ging in die öffentliche Bibliothek und holte mir sein erstes Buch, *Blaze of Heaven*.

Ich rechnete damit, es würde so etwas sein wie des Kaisers neue Kleider, alle würden einander anlügen, weil keiner als erster zugeben wollte, daß er einen Fehler gemacht hatte, aber das war ganz und gar nicht so. Das Buch handelte von fünf Männern und was ihnen im Krieg zugestoßen ist, und ihren Frauen und Freundinnen daheim. Als ich auf dem Umschlag las, daß es vom Krieg handelte, habe ich die Augen verdreht und gedacht, es wäre wie eine der langweiligen Geschichten, die sie sich gegenseitig erzählten.«

»Nicht?«

»Ich habe die ersten zehn oder zwanzig Seiten gelesen und dachte mir: ›Das ist nicht so gut. Es ist nicht so schlecht wie ich erwartet habe, aber es passiert nichts.‹ Dann las ich noch dreißig Seiten und habe mich irgendwie... nun, irgendwie festgelesen. Als ich das nächste Mal aufsah, war es Mitternacht und ich hatte zweihundert Seiten verschlungen. Ich dachte mir: ›Du mußt ins Bett, Martha. Du mußt gleich ins Bett, denn halb sechs ist bald. Aber ich habe trotz meiner schweren Lider noch dreißig Seiten gelesen, und es war Viertel vor eins bis ich endlich dazu kam, mir die Zähne zu putzen.«

Martha verstummte, sah zum dunklen Fenster und der meilenweiten Nacht dahinter, und ihre Augen umwölkten sich mit Erinnerungen; die Lippen kniff sie etwas zusammen. Sie schüttelte unmerklich den Kopf.

»Ich wußte nicht, wie ein Mann, der so langweilig war, wenn man ihm zuhörte, so schreiben konnte, daß man das Buch, das er geschrieben hatte, nie zuschlagen wollte und sich wünschte, es würde nie aufhören. Wie er sich so plastische Figuren ausdenken konnte, daß man weinte, wenn sie starben – und als Norah am Ende von *Blaze of Heaven* von einem Taxi angefahren und getötet wurde, da *habe* ich geweint. Ich verstand nicht, wie ein Mann, der so gemein und garstig war, solche Gefühle in einem entfachen konnte. Das Buch war voller Schmerz und schlimmer Sachen, aber es war auch voller Güte... und Liebe...«

Sie lachte.

»Ich kann es nicht so erklären, wie ich es möchte«, sagte sie. »Ich bin kein Kritiker.«

»Du hast es sehr gut erklärt«, sagte Delores.

Martha schaute zufrieden aber ungläubig drein.

»Damals arbeitete ein Mann namens Billy Beck im Hotel, ein netter junger Mann, der an der Fordham seinen Abschluß in Englisch machte, wenn er nicht als Türsteher arbeitete. Wir haben uns ab und zu unterhalten...«

»War er farbig?«

»Großer Gott, nein!« Martha lachte. »Bis 1965 gab es keine schwarzen Türsteher im Le Palais. Schwarze Träger und schwarze Liftboys und Garagenpersonal, aber keine schwarzen Türsteher. Wurde als nicht richtig betrachtet. Leuten mit Stil, so wie Mr. Jefferies, hätte das nicht gefallen.

Wie dem auch sei, ich fragte Billy, wie die Bücher eines Mannes so wunderbar sein konnten, wo er doch in Wirklichkeit ein Mistkerl in Person war. Billy fragte mich, ob ich den Witz von dem dicken Diskjockey mit der dünnen Stimme kannte, und ich antwortete, ich wüßte nicht, wovon er sprach. Dann sagte er mir, er wüßte die Antwort auf meine Frage nicht, aber er erzählte mir etwas, das einer seiner Professoren einmal über Thomas Wolfe gesagt hatte. Dieser Prof hatte gesagt, manche Schriftsteller – und Wolfe war einer von ihnen – waren überhaupt nichts Besonderes, bis sie sich hinsetzten und einen Füller in die Hand nahmen. Er sagte, für solche Leute ist ein Füller dasselbe, was eine Telefonzelle für Clark Kent ist. Er sagte, Thomas Wolfe war wie...« Sie zögerte, dann lächelte sie. »War wie ein göttliches Windglockenspiel. Er sagte, ein Windglockenspiel allein ist nichts Besonderes, aber wenn der Wind hindurch weht, erzeugt es die herrlichsten Töne.

Ich glaube, Peter Jefferies war auch so ein Glockenspiel. Er *hatte* Stil, er war mit Stil erzogen worden und hatte ihn, aber er selbst konnte nichts zu diesem Stil. Es war, als hätte Gott ihn ihm aufs Konto gegeben, und er gab ihn einfach aus.«

Martha lächelte wieder.

»Ich will dir was sagen«, meinte sie. »Als ich ein paar seiner Bücher gelesen hatte, tat er mir leid.«

»*Leid?*«

»Weil seine Bücher schön waren, und er häßlich. Er und mein Johnny waren gar nicht so verschieden. Aber Johnny war in gewisser Weise glücklicher dran, weil er nie mehr hätte sein können, als er war. Mr. Jefferies – seine Bücher waren wie Träume, die er gehabt hatte. Als hätte er seinen Füller genommen und alle Teile der Welt erträumt, an die er nicht glaubte oder glauben konnte.«

Sie stand auf, ging zum Kühlschrank und holte noch zwei Dosen Bier.

Delores lachte und sagte, daß sie verzichtete. »Harvey wird es in meinem Atem riechen«, sagte sie. »Er sagt zwar nichts offen heraus, aber er wird nervös.«

»Du solltest es besser nehmen«, sagte Martha, »denn jetzt kommen wir in trübere Gewässer.« Und nachdem sie ihrer Freundin eingehend in die Augen gesehen hatte, nahm Delores das Bier.

13

»Noch etwas zu dem Mann«, sagte Martha. »Er war nicht sexy. Jedenfalls nicht so, wie man einen Mann normalerweise sexy findet.«

»Du meinst, er war ein...«

»Nein, er war keine Schwuchtel, kein Homo oder Schwuler oder wie immer man sie heute nennt. Er wirkte nicht sexy auf Männer, aber er wirkte auch nicht besonders sexy auf Frauen. Zweimal, vielleicht dreimal in all den Jahren, in denen ich sein Zimmer aufgeräumt habe, habe ich beim Saubermachen in den Aschenbechern im Schlafzimmer Kippen mit Lippenstift gefunden. Dann roch es auch nach Parfüm in der Suite, und einmal habe ich einen Lidstift von Coty im Bad gefunden; er war unter den Spiegel gerollt, wo man ihn kaum sehen konnte.

Ich schätze, er hatte Call-Girls bestellt, die es ihm besorgten, aber zwei- oder dreimal in all den Jahren ist nicht viel, was?«

»Sicher nicht«, sagte Delores und dachte an die vielen Slips, die sie unter Betten hervorgeholt hatte, die vielen Kondome, die in nicht gespülten Toiletten schwammen, und die falschen Wimpern, die sie auf und unter Kissen gefunden hatte.

»Ich glaube, er wirkte auf sich selbst sexy«, sagte Martha. »Das glaube ich. Nur auf sich selbst. Ich habe eine Menge Laken mit verkrusteten Flecken darauf gewechselt, wenn du verstehst, was ich meine.«

Delores nickte.

»Und er hatte immer eine Dose Creme im Bad oder manchmal auf dem Nachttisch neben dem Bett. Ich glaube, er hat sich damit eingecremt, wenn er abgedrückt hat. Damit er sich die Haut nicht wundrieb.«

Die beiden Frauen sahen einander an und fingen plötzlich an, hysterisch zu kichern.

»Bist du sicher, daß er kein Schwuler war, Liebste?« fragte Delores schließlich.

»Ich sagte Creme, nicht Vaseline«, sagte Martha, und das war zuviel. Die nächsten fünf Minuten lachten die beiden Frauen bis ihnen die Tränen aus den Augen quollen. Delores verschüttete Bier, das schäumend über den Tisch lief, und dann lachten sie *darüber*.

14

Aber eigentlich war nichts komisch, und das wußte Delores auch. Und als Martha fortfuhr, da hörte sie einfach zu und konnte kaum glauben, was sie hörte.

»Es war etwa eine Woche nach meinem Besuch bei Mama Delorme, vielleicht auch zwei«, sagte Martha. »Ich kann mich nicht erinnern. Ist lange her. Aber da war ich ziemlich sicher, daß ich schwanger war – mir wurde nicht übel oder so, aber ich hatte das *Gefühl*. Nicht an den Stellen, wo man es vermuten sollte. Es ist, als wüßten das Zahnfleisch, die Zehennägel oder der Nasenrücken vor dem Rest des Körpers Bescheid, was los ist. Oder man möchte um drei Uhr nachmittags Chop Suey und sagt sich: ›Herrje! Was soll *das* denn?‹ Aber man weiß, was es soll.

Ich war im Schlafzimmer seiner Suite. Er war zu einem Treffen mit seinen Verlegern gegangen. Das Doppelbett war auf beiden Seiten zerwühlt, aber das hatte nichts zu sagen; er schlief immer unruhig. Manchmal war das Laken unter der Matratze hervorgezogen, wenn ich kam.

Nun, ich zog den Überwurf und die beiden Decken darunter weg – er hatte niederen Blutdruck und deckte sich immer mit allem zu, was da war – und dann zog ich das Laken ab und sah es auf der Stelle. Es war sein Saft, größtenteils getrocknet.

Ich stand da und sah mir das an... oh, ich weiß nicht, wie lange. Es war, als wäre ich hypnotisiert. Ich sah ihn, wie er dalag, nachdem seine Freunde nach Hause gegangen waren, wie er dalag und nur den Rauch roch, den sie zurückgelassen hatten, und seinen eigenen Schweiß, ich sah ihn, wie er auf dem Rücken lag, mit der Hand an sich herumspielte und an etwas dachte und sich einen abwichste. Das sah ich so deutlich, wie ich dich jetzt sehe, Delores; ich konnte nur nicht sehen, woran er dachte, was für Bilder er im Kopf erzeugte, um sich selbst fertigzumachen... und wenn ich daran denke, wie er redete und wie er war, wenn er nicht seine Bücher schrieb, bin ich ganz froh, daß ich es nicht gesehen habe. Vielleicht hätte ich nie wieder ruhig schlafen können.«

Delores sah sie erstarrt an und sagte nichts.

»Als nächstes weiß ich nur noch, wie... dieses Gefühl über mich kam.« Sie verstummte und dachte nach. »Dieser *Zwang* kam über mich. Es war, als wollte man um drei Uhr nachmittags Chop Suey oder Eis und Essiggurken um zwei Uhr morgens oder... was hast du denn gewollt, Delores?«

»Speckschwarte«, sagte Delores mit so tauben Lippen, daß sie sie kaum spüren konnte. »Harvey ging weg, bekam aber keine, daher hat er einfach Schweinespeck gekauft, und den habe ich *verschlungen.*«

Martha nickte.

15

Als Delores aus dem Badezimmer zurückkam, konnte sie Martha zuerst nicht ansehen. Als sie sich schließlich dazu zwang, stellte sie fest, daß Martha sie voll herzlicher Güte und Mitgefühl ansah, die ihr fast das Herz brachen. Ohne zu wissen, was sie tat, ging sie um den Tisch herum und umarmte ihre Freundin. Vor zwanzig Minuten hatten sie hysterisch miteinander gelacht, jetzt war Martha in unbeherrschte Tränen ausgebrochen. Nach einigen Augenblicken der Beherrschung stimmte Delores ein, und als sie Martha auf die Stirn küßte und bat, sie möge fortfahren, vermischten sich ihre Tränen.

16

»Ich habe den Rest des Tages in dieser Art Benommenheit gearbeitet. Es war, als wäre ich hypnotisiert. Leute redeten mit mir, und ich antwortete ihnen, aber es war, als würde ich sie durch eine Glaswand hören und auf dieselbe Weise mit ihnen sprechen. Ich erinnere mich, ich habe gedacht: *Ich bin tatsächlich hypnotisiert. Sie hat mich hypnotisiert. Die alte Frau. Hat mir einen dieser posthypnotischen Befehle gegeben, wie wenn ein Hypnotiseur sagt: ›Wenn jemand das Wort Kücken zu Ihnen sagt, gehen Sie auf alle Viere hinunter und bellen wie ein Hund‹, und der Bursche, der hypnotisiert worden ist, macht das dann die nächsten zehn Jahre, auch wenn niemand Kükken zu ihm sagt. Sie hat etwas in meinen Tee getan und mir dann das gesagt. Diese wüste Sache.*

Mir war auch klar, warum sie es getan hatte. Eine alte Frau, die so abergläubisch ist, daß sie an Wasserkuren glaubt und daran, daß man einen Mann verhexen kann, einen zu lieben, wenn man ihm im Schlaf einen Tropfen Periodenblut auf die Ferse streicht, und an Wünschelrutengehen und an Gott weiß, was noch alles... wenn so eine Frau, die eine fixe Idee von natürlichen Vätern hatte, Hypnose beherrschte und eine Frau wie mich hypnotisierte... nun, das zu tun, was ich getan habe... ich glaube, dann würde sie genau das tun. Weil sie es *selbst* glaubt. Und ich hatte ihr seinen Namen genannt, nicht? Wahrhaftig.

Damals dachte ich nicht daran, daß ich mich fast gar nicht an meinen Besuch bei Mama Delorme erinnern konnte, bis ich das in Mr. Jefferies' Schlafzimmer getan hatte. Aber in jener Nacht erinnerte ich mich.

Ich brachte den Tag hinter mich. Ich meine, ich habe nicht geweint oder geschrien oder mich gehen lassen oder so etwas. Meine Schwester Kissy hat sich schlimmer aufgeführt, als sie bei Dämmerung Wasser aus dem alten Brunnen schöpfte und eine Fledermaus herausgeflogen kam und sich in ihren Haaren verfing. Ich hatte nur das Gefühl, als wäre ich hinter einer Glaswand, und ich dachte mir, wenn das alles ist, kann ich damit klarkommen.

Als ich daheim war, wurde ich plötzlich durstig. Durstiger als jemals in meinem Leben – mir war, als würde in meinem Hals ein Sandwurm toben. Ich fing an, Wasser zu trinken. Es war, als könnte ich gar nicht genug trinken. Und ich fing an zu spukken. Ich spuckte und spuckte und spuckte. Dann fühlte ich mich übel im Magen. Ich lief ins Bad und betrachtete mich im Spiegel, streckte die Zunge heraus, und eine Sekunde oder zwei sah sie ganz weiß aus, als wäre sie immer noch mit seinem... du weißt schon, bedeckt.

Dann übergab ich mich. Ich übergab mich, bis mich meine Beine nicht mehr trugen und ich vor der Kloschüssel auf die Knie sank. Ich weinte und flehte zu Gott, er möge mir verzeihen, ich wollte aufhören zu erbrechen, bevor ich das Baby verlor, wenn ich tatsächlich eines in mir hatte. Und dann dachte ich daran, wie ich in seinem Schlafzimmer gestanden und seinen Samen vom Laken gekratzt und gegessen hatte, ohne auch nur darüber nachzudenken, was ich tat – ich sage dir, Delores, ich konnte mich *sehen*, wie ich es tat, als würde ich mich selbst in einem Film sehen. Und dann übergab ich mich wieder, und mir war zumute, als wäre das Innerste meines Magens nach außen gekehrt.

Mrs. Parker hat mich gehört und kam zur Tür und fragte mich, ob alles in Ordnung sei. Das half mir etwas, mich wieder zu fangen, und als Johnny an diesem Abend nach Hause kam, hatte ich das Schlimmste überstanden. Er war betrunken und auf Streit aus. Als ich mich nicht darauf einließ, schlug er mir eine aufs Auge und ging wieder weg. Ich war beinahe froh, daß er mich geschlagen hatte, denn danach hatte ich etwas anderes, worüber ich nachdenken konnte.

Als ich am nächsten Tag in Mr. Jefferies Suite kam, saß er im Pyjama im Wohnzimmer und machte sich Notizen auf einem gelben Kanzleiblock. Er hatte immer welche bei sich, die bis zum Ende mit einem roten Gummiband zusammengehalten waren. Als er das letzte Mal im Le Palais war und sie nicht dabeihatte, da wußte ich, er war bereit zu sterben. Nicht, daß er mir leid getan hätte.«

Martha sah mit einem Ausdruck zum Küchenfenster, in dem weder Gnade noch Verzeihen waren; es war ein kalter Ausdruck, der das völlige Fehlen von Herzensempfindungen bedeutete.

»Als ich am nächsten Tag hinkam und ihn sah, war ich erleichtert, denn es bedeutete, daß ich das Aufräumen verschieben konnte. Er hatte die Zimmermädchen nicht gerne um sich, wenn er arbeitete, und es konnte sein, daß er das Zimmer erst gemacht haben wollte, wenn Yvonne um drei kam.

Ich sagte: ›Ich komme später wieder, Mr. Jefferies.‹

›Machen Sie es jetzt‹, sagte er. ›Seien Sie einfach still. Ich habe teuflische Kopfschmerzen und eine verdammt gute Idee, und diese Verbindung bringt mich um.‹

Ich schwöre, normalerweise hätte er mich gebeten, später wiederzukommen. Mir schien beinahe, als könnte ich die alte schwarze Mama lachen hören.

Ich ging ins Bad und machte dort sauber, nahm die benützten Handtücher mit und räumte neue ein, legte eine frische Seife hin, und frische Streichhölzer, und dabei dachte ich die ganze Zeit: *Aber du kannst niemanden hypnotisieren, der nicht hypnotisiert werden will, alte Frau. Was immer du mir an diesem Tag in den Tee getan hast, was immer du mir befohlen hast und wie oft du es mir befohlen hast, ich bin schlauer als du. Ich bin schlauer als du und widersetze mich dir.*

Ich ging ins Schlafzimmer und sah das Bett an. Ich dachte mir, es würde für mich aussehen wie ein Schrank für ein Kind, das Angst vor dem schwarzen Mann hat, aber ich sah, daß es nur ein Bett war. Ich wußte, ich würde nichts tun, und das war eine Erleichterung. Also zog ich es ab, und da war wieder so ein klebriger Fleck, noch feucht, als wäre er erst gegen halb zehn aufgewacht und hätte sich da um die Sache gekümmert.

Ich sah ihn und wartete, ob ich etwas empfinden würde. Nichts. Es waren nur die Spuren eines Mannes mit einem Brief, aber ohne Briefkasten, um ihn einzustecken, wie du und ich das schon hundertmal gesehen haben. Und die alte Frau war ebenso wenig eine *Bruja*-Frau wie ich. Vielleicht war ich schwanger, vielleicht auch nicht, aber wenn, dann war es Johnnys Kind. Er war der einzige Mann, mit dem ich je im Bett gewesen war, und ich konnte den Samen dieses Mannes essen, bis er mir zu den Ohren herauskam, das würde nichts ändern.

Es war ein bewölkter Tag, aber in diesem Augenblick sah ich, wie die Sonne hervorkam, als hätte Gott sein endgültiges Amen über die Sache gesprochen. Ich kann mich nicht erinnern, daß ich jemals so erleichtert war. Ich stand da und dankte Gott, alles war in Ordnung, und während ich das tat, kratzte ich alles von seinem Samen vom Laken ab, was ich bekommen konnte, und aß es.

Es war wieder, als würde ich außerhalb von mir stehen und zusehen. Und ein Teil von mir sagte: *Du bist schon verrückt, das zu tun, Mädchen, aber es ist völlig verrückt, es zu tun, während er nebenan im Zimmer ist; er könnte jeden Augenblick hereinkommen, um ins Bad zu gehen, und sehen, wie du seinen Samen vom Laken ißt. So dick, wie die Teppiche hier sind, würdest du ihn nicht kommen hören. Und das wäre das Ende deines Jobs im Le Palais – und höchstwahrscheinlich in jedem anderen größeren Hotel in New York. Ein Mädchen, das bei so etwas erwischt wird, würde in dieser Stadt nie wieder als Zimmermädchen arbeiten, jedenfalls nicht in einem einigermaßen anständigen Hotel.*

Aber das alles war einerlei; ich aß weiter, bis ich fertig war – zumindest bis ein Teil in mir zufrieden war –, und dann stand ich einfach eine Weile da und betrachtete das Laken in meiner Hand. Ich konnte den nassen Fleck sehen, aber jetzt war er nur naß, weil ich mit der Zunge daran geleckt hatte. Das andere war weg. Ich konnte aus dem Nebenzimmer überhaupt nichts hören, und da dachte ich, daß er hinter mir war, unter der Tür stand und mich ansah. Ich wußte, wie er aussehen würde. Als ich ein Mädchen war, kam jedes Jahr ein Jahrmarkt nach Babylon, und die hatten einen Mann bei sich – schätze jedenfalls, daß es ein Mann war –, der immer von der eigentlichen

Vorstellung ferngehalten wurde. Er saß in einem Loch, und jemand erzählte eine Geschichte, von wegen er wäre das fehlende Glied und so weiter, und dann warf er ein Huhn hinunter, und das Monster biß ihm den Kopf ab. Bradford, mein ältester Bruder – der vor ungefähr zwanzig Jahren in Biloxi bei einem Autounfall gestorben ist –, ging einmal dorthin. Mein Vater sagte, es würde ihm leid tun, aber er hat es Bradford nicht verboten, weil Brad schon neunzehn war, ein Mann. Er ging, und eigentlich wollten ich und Kissy ihn später fragen, wie es gewesen war, aber als wir dann seinen Gesichtsausdruck sahen, haben wir nicht mehr gefragt. Wir wußten es besser, verstehst du?«

Delores nickte.

»Und ich wußte, Mr. Jefferies stand da, stand schon eine *ganze Weile* da, und wenn ich mich umdrehte und ihn ansah, würde er genau wie Brad dreinblicken, nachdem er gesehen hatte, wie das Monster dem Huhn den Kopf abgebissen hat.

Ich drehte mich um, ohne das Laken loszulassen, aber er war nicht da. Nur meine Schuldgefühle hatten ihn vor meinem geistigen Auge erscheinen lassen. Ich ging zur Tür, sah hinaus und stellte fest, daß er immer noch im Wohnzimmer war und schneller denn je auf sein Kanzleipapier schrieb. Also ging ich zurück, machte das Bett und räumte das Zimmer auf, wie immer, aber es war, als würde es jemand anders machen. Das Gefühl, als wäre ich hinter einer Glaswand, war wieder da, und stärker denn je.

Ich kümmerte mich um die gebrauchten Handtücher und Bettlaken, die ich zur Schlafzimmertür hinausschaffte, wie sich das gehört – als ich 1957 zu arbeiten anfing, lernte ich als erstes, daß man das Bettzeug *niemals* durch das Wohnzimmer einer Suite auf den Flur bringt –, und dann kam ich wieder in das Zimmer, wo er war. Ich wollte ihm sagen, daß ich das Wohnzimmer später machen würde, wenn er nicht arbeitete. Aber als ich ihn sah – wie er sich aufführte –, war ich so überrascht, daß ich unter der Tür stehenblieb und ihn ansah.

Er ging so schnell im Zimmer auf und ab, daß der gelbe Seidenpyjama um seine Beine flatterte. Er hatte die Hände im Haar und zauste es in alle Richtungen. Er sah aus wie einer dieser denkenden Mathematiker in alten Cartoons in der *Saturday Evening Post*. Sein Blick war wild, als hätte er einen schlimmen Schock hinter sich. Zuerst dachte ich, daß er doch gesehen hatte, was ich getan hatte, und daß er sich jetzt... du weißt schon... daß er sich...«

»Daß er sich so ekelte, daß er verrückt geworden war?«

Martha nickte.

»Aber wie sich herausstellte, hatte es nichts mit mir zu tun. Das war das einzige Mal, daß er sich mit mir unterhalten hat, abgesehen davon, wenn er mich fragte, ob ich noch Schreibpapier besorgen könnte oder ein anderes Kissen oder die Klimaanlage anders einstellen. Er redete mit mir, weil er *mußte*. Etwas war mit ihm geschehen – etwas sehr Großes –, und ich schätze, er mußte mit jemandem darüber reden, weil er sonst verrückt geworden wäre.

›Mein Kopf platzt‹, sagte er.

›Das tut mir leid, Mr. Jefferies‹, sagte ich, ›ich kann Ihnen etwas Aspirin holen, wenn Sie...‹

›Nein‹, sagte er. ›Nicht solche Kopfschmerzen. Ich hatte einen Einfall. Als wäre ich Forellenfischen gegangen und hätte statt dessen einen Speerfisch am

Haken. Ich verdiene meinen Lebensunterhalt mit Bücherschreiben. Erfundene Geschichten.‹

›Ja, Sir, Mr. Jefferies‹, sagte ich. ›Ich habe zwei gelesen und fand sie sehr gut.‹

›*Tatsächlich*‹, sagte er und sah mich an, als wäre ich verrückt geworden. ›Nun, es ist sehr freundlich, daß Sie das sagen. Ich wachte heute morgen jedenfalls auf und hatte einen Einfall.‹

Ja, Sir, dachte ich bei mir, *du hast wirklich einen Einfall gehabt, und den hast du dann auf das Laken gespritzt. Aber das ist nicht mehr da, also mußt du dir keine Gedanken machen.* Ich hätte beinahe laut gelacht. Aber weißt du, Delores, ich glaube, das wäre ihm gar nicht aufgefallen.

›Ich habe mir das Frühstück bestellt‹, sagte er und deutete auf den Teewagen des Zimmerservice neben der Tür, und ich habe beim Essen über diesen kleinen Einfall nachgedacht. Ich dachte mir, es könnte eine Kurzgeschichte werden. Es gibt da eine Zeitschrift, wissen Sie, der *New Yorker*... ach, vergessen Sie's.‹ Du verstehst schon, er wollte einer kleinen schwarzen Schlampe wie mir nicht den *New Yorker* erklären.«

Delores lachte.

»›Als ich mit dem Frühstück fertig war‹, fuhr er fort, ›dachte ich schon, daß es für eine Novelle reichen würde. Und dann habe ich daran gearbeitet... ein paar Einzelheiten ausgeweitet... und jetzt...‹ Er stieß ein schrilles kurzes Lachen hervor. ›Ich glaube, ich habe seit zehn Jahren keinen so guten Einfall mehr gehabt. Vielleicht noch nie. Glauben Sie, es wäre möglich, daß Zwillingsbrüder – zweieiige, keine eineiigen – im Zweiten Weltkrieg auf verschiedenen Seiten kämpften?‹

›Nun, vielleicht nicht im Pazifik‹, sagte ich. Ich glaube nicht, daß ich bei anderen Gelegenheiten überhaupt die Nerven aufgebracht hätte, mit ihm zu reden, Delores – ich wäre einfach nur dagestanden und hätte Maulaffen feilgehalten. Aber mir war immer noch zumute, als wäre ich hinter Glas oder als hätte ich beim Zahnarzt Lachgas bekommen und mich noch nicht ganz davon erholt.

Er lachte als wäre das das Komischste, was er je gehört hatte, und sagte: ›Nein, dort nicht – in Europa. Und während der Ardennenschlacht begegnen sie einander von Angesicht zu Angesicht.‹

›Nun, ich schätze, das wäre möglich...‹ wollte ich sagen, aber da lief er schon wieder schnell im Wohnzimmer herum und strich mit den Händen durchs Haar, so daß es immer zerzauster aussah.

›Ich weiß, es hört sich wie ein Melodrama an‹, sagte er, ›ein albernes Stück Kolportage, so wie *Der rote Schal*, aber die Vorstellung von Zwillingen... und man könnte es vernünftig erklären... ich weiß auch schon wie...‹ Er wirbelte zu mir herum. ›Hätte das eine dramatische Wirkung?‹

›Ja, Sir, wir alle mögen Geschichten über Brüder, die nicht wissen, daß sie Brüder sind, besonders, wenn es sich um Zwillinge handelt‹, sagte ich.

›Unbedingt‹, sagte er. ›Und ich will Ihnen noch etwas sagen...‹ Dann verstummte er und bekam einen seltsamen Gesichtsausdruck. Er war seltsam, aber ich konnte ihn perfekt lesen. Es war, als hätte er gerade gemerkt, daß er etwas Dummes machte, als hätte er sich das Gesicht mit Rasierschaum eingeseift und plötzlich gemerkt, daß er einen Elektrorasierer in der Hand hielt. Er unterhielt sich mit einer Niggerin, einem Zimmermädchen, über den möglicherweise besten Einfall seines Lebens – einer Niggerin, deren

Vorstellung von einer guten Geschichte wahrscheinlich *The Edge of Night* oder *Search for Tomorrow* war. Er hatte vergessen, daß ich zwei seiner Bücher gelesen hatte...«

»Oder er dachte, es wäre eine Lüge, um ihm zu schmeicheln und ein besseres Trinkgeld zu bekommen«, murmelte Delores.

»Ja, vielleicht. Wie dem auch sei, der Gesichtsausdruck verriet, daß ihm gerade klar geworden war, mit wem er sprach, das ist alles.

›Ich glaube, ich werde meinen Aufenthalt verlängern‹, sagte er. ›Sagen Sie der Rezeption Bescheid, ja?‹ Er drehte sich herum und ging wieder auf und ab, wobei sein Fuß gegen den Teewagen stieß. ›Und schaffen Sie das weg, ja?‹

›Soll ich später wiederkommen und...‹ sagte ich.

›Ja, ja, ja‹, sagte er, ›kommen Sie später wieder und machen Sie, was Sie wollen, aber jetzt seien Sie ein gutes Mädchen, nehmen Sie den Wagen und gehen Sie.‹

Das tat ich, und ich war in meinem ganzen Leben noch nie so erleichtert wie in dem Augenblick, als die Zimmertür hinter mir ins Schloß fiel. Ich rollte den Teewagen des Zimmerservice an die Wand. Er hatte Orangensaft und Rührei und Speck gehabt. Ich wollte gerade weggehen, da sah ich, daß ein Pilz auf seinem Teller lag, den er zusammen mit dem letzten Rest Eiern und etwas Speck zur Seite geschoben hatte. Ich sah ihn an, und mir war, als wäre in meinem Kopf ein Licht angezündet worden. Mir fiel der Pilz wieder ein, den *sie* mir gegeben hatte – die alte Mama Delorme –, den Pilz im Plastikgefäß. Ich erinnerte mich zum erstenmal seit jenem Tag daran. Ich erinnerte mich wieder, ich hatte ihn nach Hause getragen, in meiner Tasche gefunden und aufs Regal gestellt. Der auf seinem

Teller sah ganz genauso aus – alt und runzlig und vertrocknet, als wäre es ein Giftpilz, der einem schrecklich elend machen kann.«

Sie sah Delores ruhig an.

»Er hatte davon gegessen. Mehr als die Hälfte, würde ich sagen.«

17

»Mr. Buckley war an diesem Tag an der Rezeption, und ich sagte ihm, daß Mr. Jefferies seinen Aufenthalt verlängern wollte. Mr. Buckley sagte, das dürfte keine Schwierigkeiten machen, obwohl Mr. Jefferies vorgehabt hatte, schon am nächsten Tag abzureisen.

Dann ging ich in die Küche des Zimmerservice, unterhielt mich mit Bedelia Aaronson – sie ist letztes Jahr gestorben, Gott sei ihrer guten Seele gnädig – und fragte sie, ob sie heute morgen etwas Ungewöhnliches bemerkt hatte – oder jemanden. Bedelia fragte mich, wen ich meinte, und ich sagte, ich wüßte es nicht. Sie sagte: ›Warum fragst du, Marty?‹ und ich antwortete, das würde ich lieber nicht sagen. Sie sagte, es wäre niemand hier gewesen, nicht einmal der Mann vom Lebensmittelhändler, der mit dem Mädchen ausging, das die Bestellungen aufgab.

Ich wollte gerade gehen, da sagte sie: ›Es sei denn, du meinst die alte Negerdame, die sich auf der Suche nach dem Klo verirrt hatte.‹

Ich drehte mich um und fragte, was das für eine alte Negerdame gewesen sei.

›Nun‹, sagte Bedelia, ›ich denke, sie kam von der Straße herein und hat die Toiletten gesucht. Kommt ein- bis zweimal täglich vor. Sie haben Angst, danach zu fragen, weil ihnen das Hotelpersonal eher den Weg zur Tür als zu den Toiletten zeigt. Sie kam wahrscheinlich herunter, ist statt nach rechts nach links gegangen und hier gelandet und...‹ Sie verstummte und sah mich an. ›Alles in Ordnung, Martha? Du siehst aus, als würdest du ohnmächtig werden!‹

›Ich werde nicht ohnmächtig‹, sagte ich. ›Was hat sie gemacht?‹

›Sie ist einfach herumspaziert, hat sich die Frühstückstabletts angesehen, als wüßte sie nicht, wo sie ist‹, sagte sie. ›Armes altes Ding! Sie sah aus wie achtzig. Als könnte ein starker Wind sie wie einen Drachen zum Himmel wehen... Martha, komm her und setz dich. Du siehst aus wie das Bildnis des Dorian Gray in diesem Film.‹

›Wie hat sie ausgesehen?‹

›Ich habe dir *gesagt,* wie sie ausgesehen hat. Sie hat ausgesehen wie eine alte Frau. Ich kann mich nur noch erinnern, daß sie eine gräßliche Narbe hatte – sie verlief von der Nase über die Stirn bis zum Haaransatz. Sie...‹

Aber ich hörte ihr nicht mehr zu, denn da *wurde* ich ohnmächtig und kippte in eine große Schüssel Salat à la Chef, den sie zum Mittagessen machte.«

18

»Sie ließen mich früher nach Hause, und kaum war ich dort, war mir wieder zumute, als wollte ich spukken und viel Wasser trinken, und ich wußte, ich würde wahrscheinlich wieder vor der Toilette enden und mir die Eingeweide auskotzen. Aber ich setzte mich einfach ans Fenster, sah auf die Straße hinaus und dachte nach.

Sie hatte mich nicht hypnotisiert – das wußte ich. Es war mächtiger als Hypnose. Ich war noch nicht sicher, ob ich an so etwas wie Hexerei glaubte, aber sie hatte tatsächlich *etwas* mit mir gemacht, und was immer es war, ich würde damit fertigwerden müssen. Ich konnte meine Stelle nicht kündigen, schließlich hatte ich einen Mann, der keinen Pfifferling wert war, und möglicherweise war ein Baby unterwegs. Ich konnte nicht einmal darum bitten, in einen anderen Stock versetzt zu werden. Ein oder zwei Jahre vorher hätte ich das gekonnt, aber ich wußte, sie überlegten sich, ob sie mich zur stellvertretenden Aufseherin für Stock zehn bis zwölf machen wollten, und das bedeutete mehr Gehalt. Und es bedeutete, daß ich denselben Job wahrscheinlich wieder bekommen würde, wenn ich das Baby hatte.

Meine Mutter hatte ein Sprichwort: *Was man nicht heilen kann, muß man ertragen.* Ich überlegte mir, ob ich wieder zu der alten schwarzen Mama am Ende der Straße gehen und sie bitten sollte, es von mir zu nehmen, aber irgendwie wußte ich, daß sie das nicht machen würde. Sie hatte entschieden, daß es das Beste für mich war, was sie tat, und ich habe im Laufe meines Lebens eines gelernt, Delores, daß man nie Leute umstimmen kann, wenn sie davon überzeugt sind, daß sie dir einen Gefallen tun.

Ich saß da, machte mir meine Gedanken und sah auf die Straße hinaus, auf das Kommen und Gehen der Leute, und dabei döste ich irgendwie ein. Kann nicht länger als fünfzehn Minuten gewesen sein, aber als ich wieder aufwachte, da wußte ich noch etwas.

Die alte Frau wollte, daß ich seinen Samen esse, und das konnte ich nicht tun, wenn er nach Birmingham zurückkehrte. Daher ging sie in die Küche des Zimmerservice, legte ihm den Pilz auf den Teller, und er hat einen Teil davon gegessen und danach diesen Einfall gehabt. Wurde ein Buch daraus, falls dich das interessiert; *Boys in the Mist* heißt es. Es handelt genau von dem, was er mir an jenem Tag erzählt hatte von Zwillingsbrüdern, einem amerikanischen und einem deutschen Soldaten, die sich während der Ardennenschlacht begegnen. Den Kritikern gefiel es nicht so gut wie *Blaze of Heaven*, aber den Leuten, die Bücher gekauft haben, muß es sehr gut gefallen haben, denn es war sein größter Bestseller überhaupt.«

Nach einer Pause fügte sie hinzu: »Das habe ich in seinem Nachruf gelesen.«

19

»Er blieb noch eine Woche. Jeden Tag, wenn ich hineinging, saß er im Wohnzimmer am Schreibtisch, immer noch im Pyjama, und schrieb auf sein Kanzleipapier. Ich fragte ihn, ob ich später kommen sollte, und er sagte mir, ich sollte das Schlafzimmer machen, aber leise sein. Er sah beim Sprechen nicht einmal vom Schreiben auf. Jedesmal, wenn ich hineinging, sagte ich mir, daß ich es heute nicht machen würde, und ich habe es trotzdem jedesmal getan. Es war nicht, als würde ich gegen – wie nennt man das? einen Zwang? – ankämpfen. Es war vielmehr so, daß ich blinzelte und feststellte ich hatte es schon getan. Oder war gerade *dabei*. Er kam nie herein, und sein Samen war immer auf dem Laken und immer noch feucht, als wäre er jeden Morgen genau um dieselbe Zeit aufgewacht und hätte sich einen runtergeholt. Ich hatte damals wie heute keinerlei Zweifel daran, daß er genau das tat. Er hatte meine morgendliche Übelkeit und ich seine nächtlichen Alpträume.

Nachts dachte ich immer darüber nach, was ich tat, und ich fing an zu spucken, trank Wasser und ging aufs Klo und übergab mich ein- oder zweimal. Mrs. Parker machte sich solche Sorgen, daß ich ihr schließlich sagte, es läge daran, daß ich schwanger war, aber sie sollte es Johnny nicht sagen, weil ich nicht wußte, wie er es aufnehmen würde.

Johnny Rosewall war auf jeden Fall ein egoistischer Hundesohn, aber ich glaube, selbst ihm wäre aufgefallen, daß etwas mit mir nicht stimmte, hätte er nicht über seine eigenen Angelegenheiten nachdenken müssen – er und ein paar seiner Taugenichtse von Freunden wollten einen Spirituosenladen überfallen. Er hatte nicht einmal viel Zeit, mich zu verprügeln. Ich wußte schon, daß ich ihn verlassen mußte, konnte aber nicht die Kraft dazu aufbringen. Mir war immer noch, als würde ich hinter einer Glaswand leben.

Dann ging ich eines Morgens in Suite 1163, und Mr. Jefferies war nicht mehr da. Er hatte die Koffer gepackt und war nach Alabama zurückgekehrt, um sein Buch zu schreiben und über seinen Krieg nachzudenken. Oh, Delores, ich kann dir gar nicht sagen, wie froh ich war! Mir war zumute, wie Lazarus empfunden haben mußte, als er erfuhr, daß er noch einmal eine Chance bekommen hatte. Plötzlich schien mir, als könnte doch noch alles gut werden, wie in einem Märchen: Ich würde Johnny von dem Baby erzählen, er würde ein anderer Mensch werden, seinen Stoff wegwerfen und sich eine feste Anstellung suchen. Er würde mir ein guter Mann und seinem Sohn ein guter Vater werden – ich war bereits sicher, daß es ein Junge werden würde.

Ich ging ins Schlafzimmer von Mr. Jefferies' Suite und sah das Bettzeug, das wieder so zerwühlt war wie immer, wenn er da war, die Decken weggekickt und die Laken zusammengerollt. Ich ging wie in einem Traum hinüber und zog die Decke zurück. Ich dachte mir: *Na gut, wenn es sein muß ... aber es ist das letzte Mal.*

Aber wie sich herausstellte, hatte ich das letzte Mal bereits hinter mir. Er hatte keine Flecken auf dem Laken zurückgelassen. Und da ich dir alles gesagt habe, kann ich dir auch noch etwas sagen: Ein Teil von mir war beinahe enttäuscht.

Es war vorbei. Welchen Zauber die alte *Bruja*-Frau auch immer über mich – und über den Schriftsteller – gesprochen haben mochte, es war vorbei. *Das ist gut,* dachte ich mir, *ich habe es satt. Und mich interessieren keine natürlichen Väter, solange Johnny ein guter Vater für meinen Kleinen wird.*«

20

»Ich habe es ihm am selben Abend gesagt«, sagte sie und fügte dann trocken hinzu: »Er war nicht gerade erfreut über die Aussicht, Daddy zu werden, wie ich dir schon gesagt habe.«

»Er hat dich mit einem Besenstiel verprügelt, damit du es verlierst«, sagte Delores.

»Ja. Er hat mich mehr als einmal geschlagen. Er hat mich etwa fünfmal geschlagen, und dann stand er über mir – ich lag weinend in der Ecke – und schrie: ›Bist du verrückt, Weib? Wir bekommen *kein* Kind! Wir bekommen *kein* gottverdammtes Kind! Ich glaube, du hast den Verstand verloren!‹ Dann drehte er sich um und ging hinaus.

Ich lag eine Weile da, dachte an meine erste Fehlgeburt und hatte eine Heidenangst, die Schmerzen würden jeden Augenblick einsetzen, und ich würde wieder eine Fehlgeburt bekommen. Ich dachte an meine Mommy, die mir geschrieben hatte, ich sollte ihn verlassen, bevor er mich ins Krankenhaus brachte, und an Kissy, die mir die Fahrkarte für den Greyhound geschickt und GEH SOFORT auf den Umschlag geschrieben hatte. Als ich sicher war, daß ich das Baby nicht verlieren würde, stand ich auf, um einen Koffer zu packen und mich schleunigst aus dem Staub zu machen – auf der Stelle, bevor er zurückkam. Aber ich hatte kaum die Schranktür aufgemacht, da mußte ich wieder an Mama Delorme denken. Mir fiel ein, ich hatte ihr gesagt, ich würde Johnny verlassen, und sie hatte geantwortet: ›Nein – er verläßt *dich*. Du wirst ihn gehen sehen, so ist das. Bleib. Wirst etwas Geld bekommen. Du wirst denken, er hat das Baby weggemacht, aber das hat er nicht.‹

Es war, als wäre sie persönlich da und würde mir sagen, was ich suchen und was ich machen sollte. Ich ging an den Schrank, aber ich suchte nicht mehr nach meiner Kleidung. Ich wühlte seine durch und fand ein paar Sachen in eben dem Mantel, in dem ich das Fläschchen White Angel gefunden hatte. Das war sein Lieblingsmantel, und ich glaube, der verriet schon alles, was man über Johnny Rosewall wissen mußte. Es war ein grell purpurfarbenes Ding, das nach Nigger aussah. Ich verabscheute ihn. Und diesesmal fand ich kein Fläschchen Stoff. Ich fand in einer Tasche ein Rasiermesser und in der anderen den Revolver, den er sich irgendwo für den Überfall auf den Spirituosenladen gekauft hatte, den er und seine Kumpane planten. Ich nahm die Waffe heraus und betrachtete sie, und dasselbe Gefühl wie in Mr. Jefferies' Schlafzimmer kam über mich – als würde ich etwas machen, nachdem ich gerade aus tiefem Schlaf erwacht war.

Ich ging mit der Waffe in der Hand in die Küche und legte sie auf die kleine Arbeitsplatte neben dem Herd. Dann machte ich das Schränkchen darüber auf und tastete hinter den Gewürzen und der Teedose herum. Zuerst konnte ich nicht finden, was sie mir gegeben hatte, und eine schreckliche, lähmende Panik kam über mich. Ich hatte Angst, so wie man in Träumen Angst hat. Dann fand ich die Plastikschachtel und holte sie hervor.

Ich machte sie auf und holte den Pilz heraus. Er war ein häßliches Ding, zu schwer für seine Größe und *warm,* Delores. Es war, als hielte man ein Stück Fleisch, das noch nicht ganz gestorben war. Was ich immer wieder in Mr. Jefferies' Schlafzimmer gemacht habe, diese ekelhafte Sache – ich will dir eines sagen: Ich würde lieber das noch hundertmal machen, anstatt nur noch einmal diesen Pilz anzufassen.

Ich nahm ihn in die rechte Hand und hob mit der linken den billigen kleinen 32er hoch. Dann drückte ich mit der Rechten, so fest ich konnte, und spürte, wie der Pilz darin zerquetscht wurde; es hörte sich an... nun, ich weiß, das ist beinahe unglaublich... aber es hörte sich an, als hätte er geschrien. Glaubst du, das wäre möglich?«

Delores schüttelte langsam den Kopf. Sie wußte gar nicht, ob sie es glaubte oder nicht, sie wußte nur eines mit völliger Gewißheit: daß sie es nicht glauben *wollte*.

»Nun, ich glaube es auch nicht. Aber so hat es sich nun mal angehört. Und noch etwas, das du nicht glauben wirst, im Gegensatz zu mir, weil ich es gesehen habe: Er blutete. Der Pilz blutete. Ich sah einen Blutstrahl aus meiner Faust kommen und auf die Waffe spritzen. Aber das Blut verschwand, sobald es den Lauf berührte.

Nach einer Weile kamen nur noch Tropfen, dann nichts mehr. Ich machte die Hand auf und rechnete damit, daß sie voll Blut sein würde, aber da war nur der zerquetschte Pilz, in den die Abdrücke meiner Finger gepreßt waren. Kein Blut auf dem Pilz, meiner Hand, der Waffe, nirgends. Und ich dachte mir, vielleicht habe ich mir alles nur eingebildet, aber dann zuckte er in meiner Hand, und einen Augenblick sah er gar nicht wie ein Pilz aus; er sah aus wie ein winzig kleiner Penis, der immer noch am Leben war. Ich dachte an das Blut, das zwischen meinen Fingern hervorgequollen war, als ich ihn drückte, und mir fiel ein, wie sie gesagt hatte: ›Jedes Kind, wassne Frau bekommt, schießt 'er Mann ausm Pimmel, Mädchen.‹ Er zuckte wieder – ich schwöre dir, ich habe es *gesehen*, Delores –, und da schrie ich und warf ihn in den Müll. Dann hörte ich Johnny die Treppe heraufkommen, schnappte die Waffe, ging ins Schlafzimmer und steckte sie ihm wieder in die Manteltasche. Dann ging ich angezogen, mit den Schuhen, ins Bett und zog die Decke bis zum Kinn hoch. Er kam herein, und ich sah, daß er betrunken oder stoned war oder beides und nichts Gutes im Schilde führte. Er hatte einen Teppichklopfer in einer Hand. Ich weiß nicht, woher er ihn hatte, aber ich wußte, was er damit vorhatte.

›Wirst kein Baby bekommen, Weib‹, sagte er. ›Komm hierher.‹

›Nein‹, sagte ich, ›ich werde kein Baby bekommen. Leg das Ding weg. Brauchst du nicht. Du hast dich schon um das Baby gekümmert, du wertloser Scheißkerl.‹

Ich wußte, es war gefährlich, ihn so zu nennen; er hätte wütend werden und erneut über mich herfallen können, aber ich dachte mir, vielleicht würde er mir dadurch glauben... und so war es. Er kam nicht zu mir herüber, um mich zu schlagen, sondern bekam ein breites, albernes Grinsen ins Gesicht. Ich kann dir sagen, ich habe ihn nie so sehr gehaßt wie in diesem Augenblick.

›Es ist fort?‹ sagte er.

›Ja, es ist fort‹, sagte ich.

›Wo?‹ sagte er.

›Ich habe die Schweinerei unten im Bad weggeschafft‹, sagte ich, ›was dachtest du denn?‹

Da kam er herüber und versuchte mich zu küssen, um Gottes willen. Mich küssen! Ich drehte mich weg, und er schlug mir auf den Kopf, aber nicht sehr fest.

›Wirst schon sehen, daß ich es besser weiß‹, sagte er. ›Wir werden später noch genug Zeit für Kinder haben.‹

Dann ging er wieder weg. Zwei Nächte später haben er und seine Freunde den Spirituosenladen überfallen, und sein Revolver explodierte ihm ins Gesicht und tötete ihn.«

»Du glaubst, daß du die Waffe verhext hast, nicht?« sagte Delores.

»Nein«, sagte Martha ruhig. »Ich glaube, *sie* hat es getan. Sie hat mich nur benützt. Sie sah, daß ich mir nicht selbst helfen würde, also hat sie mich *gezwungen*,

»Aber du glaubst, daß die Waffe verhext war.«

»Nein«, sagte Martha wieder und lächelte dann ein kaltes, beunruhigendes Lächeln voller Gewißheit. »Ich *glaube* nicht, daß sie verhext war; ich *weiß* es.«

21

»Und das ist das Ende«, sagte Martha achselzuckend. »Johnny starb, und ich bekam Pete. Erst als ich in der Schwangerschaft nicht mehr arbeiten konnte, wurde mir klar, wie viele Freunde ich hatte. Hätte ich es gewußt, hätte ich ihn schon früher verlassen.«

»Aber das ist doch nicht wirklich das Ende, oder?« fragte Delores.

»Nun, *zwei* Sachen gibt es noch«, sagte sie. »Kleinigkeiten.« Aber Delores dachte, es sah nicht so aus, als wären es Kleinigkeiten für sie.

»Etwa vier Monate nach Petes Geburt ging ich noch einmal zu Mama Delorme. Ich wollte nicht, aber ich ging trotzdem. Ich hatte zwanzig Dollar in einem Umschlag. Ich konnte es mir nicht leisten, aber ich wußte irgendwie, daß ihr das Geld zustand. Es war dunkel. Die Treppe schien noch schmaler als vorher zu sein, und je weiter ich hinaufkam, desto deutlicher konnte ich den Geruch von ihr und ihrer Wohnung wahrnehmen. Verbrannte Kerzen und trockene Tapete und den Zimtgeruch ihres Tees.

Da hatte ich zum letztenmal das Gefühl – das Gefühl, etwas wie in einem Traum zu tun. Ich ging zur Tür und klopfte. Niemand antwortete, daher klopfte ich noch einmal. Da ich immer noch keine Antwort bekam, kniete ich mich hin, um den Umschlag unter der

Tür durchzuschieben. Da erklang ihre Stimme direkt auf der anderen Seite, als hätte sie sich auch niedergekniet. Ich hatte in meinem ganzen Leben keine solche Angst wie damals, als ihre brüchige Stimme unter dem Türspalt hervor erklang – es war, als würde man eine Stimme aus einem Grab hören.

›Wirst einen prächtigen Jungen haben‹, sagte sie. ›Wird wie sein Vater werden. Sein *natürlicher* Vater.‹

›Ich habe Ihnen etwas mitgebracht‹, sagte ich. Ich konnte meine eigene Stimme kaum hören.

›Schieb es herüber, Liebes‹, flüsterte sie. Ich schob den Umschlag halb durch, sie zog ihn vollends hinüber. Ich hörte, wie sie ihn aufriß, und ich wartete. Wartete nur.

›Das ist genug‹, flüsterte sie. ›Geh jetzt, und komm nie wieder zu Mama Delorme zurück, hast du verstanden?‹

Ich stand auf und lief so schnell ich konnte hinaus.«

22

Martha stand auf, ging zum Bücherregal und kam einige Augenblicke später mit einer gebundenen Ausgabe wieder zurück. Delores fiel sofort die Ähnlichkeit des Schmutzumschlags mit dem von Peter Rosewalls Buch auf. Dieses war *Blaze of Heaven* von Peter Jefferies, und der Umschlag zeigte ein paar GIs, die eine feindliche Stellung stürmten. Einer hatte eine Granate in der Hand, der andere feuerte mit einem M-1.

Martha kramte in der blauen Jeanstasche, holte das Buch ihres Sohnes heraus, entfernte das Seidenpapier, in das es eingewickelt war, und legte es behutsam neben Jefferies' Buch. *Blaze of Heaven; Blaze of Glory.* Nebeneinander gelegt konnte man die Gemeinsamkeiten kaum übersehen.

»Das war eines«, sagte Martha.

»Ja«, sagte Delores zweifelnd. »Sie sehen sich ähnlich. Aber ich halte es immer noch für möglich...«

»Nein«, sagte Martha. »Das habe ich nicht gemeint.«

Sie nahm Jefferies' Roman hoch. Sie betrachtete ihn einen Moment nachdenklich, dann sah sie Delores an. »Das habe ich etwa ein Jahr nach der Geburt meines Sohnes gekauft«, sagte sie. »Es war noch lieferbar, aber der Buchhändler mußte es beim Verlag bestellen. Als Mr. Jefferies einmal im Hotel war, nahm ich allen Mut zusammen und fragte, ob er es mir signieren würde. Ich dachte, er wäre vielleicht entrüstet über meine Bitte, aber ich glaube, er war sogar ein wenig geschmeichelt. Sieh her.«

Sie schlug die Widmung von *Blaze of Heaven* auf.

Delores las das Gedruckte und verspürte ein unheimliches Wiedererkennen im Kopf. *Dieses Buch ist meiner Mutter ALTHEA DIXMONT JEFFERIES gewidmet, der besten Frau, die ich je kennengelernt habe.* Und darunter hatte Jefferies mit schwarzer Tinte, die allmählich zu verblassen begann, geschrieben: »Für Martha Rosewall, die meine Spuren beseitigt und sich nie beschwert.« Darunter hatte er unterschrieben und *August 1960* vermerkt.

Die Worte der handgeschriebenen Widmung kamen Delores zuerst verächtlich vor... dann unheimlich. Aber bevor sie darüber nachdenken konnte, hatte Martha das Buch ihres Sohnes aufgeschlagen, *Blaze of Glory* ebenfalls die Widmungsseite, und hatte sie neben Jefferies' Buch gelegt. Delores las die gedruckte

Widmung noch einmal: *Dieses Buch ist meiner Mutter Martha Rosewall gewidmet. Mom, ohne dich hätte ich es nicht geschafft.* Darunter hatte er mit einem Kugelschreiber geschrieben: *Ohne dich hätte ich es wirklich nicht geschafft! Ich liebe dich, Pete.*

Aber das las sie eigentlich nicht, sie sah es nur an. Ihr Blick ging zwischen der Widmungsseite, die im August 1960 geschrieben worden war, und der vom April 1985 hin und her, hin und her.

»Siehst du es?« fragte Martha leise.

Delores nickte. Sie sah es.

Die dünne, krakelige Handschrift war in beiden Büchern genau dieselbe, und das gleiche ließ sich fast auch von den Unterschriften sagen.

Nur das Datum und die Nachnamen waren anders.

DAN SIMMONS

METASTASIS

An dem Tag, als Louis Steig einen Anruf von seiner Schwester bekam, in dem sie ihm mitteilte, daß ihre Mutter zusammengebrochen und mit der Diagnose Krebs in ein Krankenhaus in Denver eingewiesen worden war, sprang er sofort in seinen Camaro, raste mit Höchstgeschwindigkeit nach Denver, kam auf einem vereisten Streckenabschnitt ins Schleudern, überschlug sich siebenmal mit dem Auto und lag schließlich mit Schädelbruch und mehreren ernsten Prellungen im Koma. Er war neun Tage bewußtlos. Als er aufwachte, wurde ihm gesagt, daß ein winziges Knochenstück in den linken Hirnlappen eingedrungen war. Er blieb weitere achtzehn Tage im Krankenhaus – nicht einmal das, in dem seine Mutter lag –, und als er es wieder verließ, hatte er schlimmere Kopfschmerzen als er sich je hätte vorstellen können, verschwommene Sicht, die Diagnose der Ärzte, daß möglicherweise ein ernster Gehirnschaden entstanden war, und eine Nachricht seiner Schwester, daß der Krebs ihrer Mutter tödlich und im Endstadium war.

Das Schlimmste hatte noch nicht einmal angefangen.

Es dauerte noch drei Tage, bis Louis seine Mutter besuchen konnte. Die Kopfschmerzen blieben, und auch sein Sehvermögen blieb leicht getrübt – wie bei einem schlecht eingestellten Fernseher –, aber die Anfälle unerträglicher Schmerzen und unkontrollierter Übelkeit hatten aufgehört. Seine Schwester Lee fuhr, und seine Verlobte Debbie begleitete ihn während der zwanzig Meilen langen Fahrt von Boulder zum Denver General Hospital.

»Sie schläft meistens, aber das liegt weitgehend an den Medikamenten«, sagte Lee. »Sie geben ihr starke Dosen schmerzstillender Mittel. Wahrscheinlich wird sie dich auch nicht erkennen, wenn sie wach ist.«

»Ich verstehe«, sagte Louis.

»Der Arzt sagt, sie muß die Geschwulst seit mindestens einem Jahr gespürt und gewußt haben... was die Schmerzen bedeuten. Wenn sie doch nur... Damals hätte sie nur eine Brust verloren, möglicherweise beide aber sie wären vielleicht imstande gewesen, sie zu...« Lee holte tief Luft. »Ich war den ganzen Morgen bei ihr. Ich kann... ich kann heute einfach nicht noch einmal mit hinauf, Louis. Ich hoffe, du verstehst das.«

»Ja«, sagte Louis.

»Soll ich mit dir kommen?« fragte Debbie.

»Nein«, sagte Louis.

Louis saß fast eine Stunde bei seiner Mutter und hielt ihr die Hand. Ihm schien es, als wäre die schlafende Frau auf dem Bett eine Fremde. Er erkannte trotz seiner verschwommenen Sicht, daß sie zwanzig Jahre älter aussah als die Frau, die er gekannt hatte; ihre Haut war grau und teigig, die Hände voller Krampfadern und Blutergüsse von den Infusionsnadeln, die Arme schienen gar keine Muskeln mehr zu haben, und der Körper unter dem Krankenhausnachthemd sah geschrumpft und eingefallen aus. Sie war von einem üblen Geruch umgeben. Louis blieb dreißig Minuten länger, als die Besuchszeit es zuließ, und ging erst, als seine Kopfschmerzen mit unverminderter Heftigkeit zurückzukehren drohten. Seine Mutter erwachte nicht. Louis drückte die rauhe Hand, küßte sie auf die Stirn, stand auf und ging.

Er war fast aus dem Zimmer, als er in den Spiegel sah und eine Bewegung erblickte. Seine Mutter schlief noch, aber jemand saß auf dem Stuhl, von dem Louis gerade aufgestanden war. Er wirbelte herum.

Der Stuhl war leer.

Louis' Kopfschmerzen loderten hinter seinem linken Auge auf, als wäre er mit einem weißglühenden Draht gestochen worden. Er sah wieder zum Spiegel, wobei er den Kopf langsam bewegte, damit Schmerzen und Schwindelgefühl nicht noch stärker wurden. Das Bild im Spiegel war klarer, als es seine Sicht seit Tagen gewesen war.

Etwas saß auf dem Stuhl, von dem er gerade aufgestanden war.

Louis blinzelte und trat dichter an den Wandspiegel; er blinzelte ein wenig, um das Bild aufzulösen. Die Gestalt auf dem Stuhl war schemenhaft, verschwommen vor einem scharfen Hintergrund, aber ihre Realität und Leibhaftigkeit ließ sich nicht bestreiten. Zuerst dachte Louis, es wäre ein Kind – die Gestalt war klein und zierlich, etwa wie ein magerer Zehnjähriger –, aber dann beugte er sich dichter an den Spiegel, blinzelte durch den Nebel seiner Kopfschmerzen und vergaß alle Gdanken an Kinder.

Die kleine Gestalt, die sich über seine Mutter beugte, hatte einen großen, kahlen Kopf, der auf einem dünnen Hals und einem noch dünneren Körper saß. Die Haut war weiß – nicht weiß wie Fleisch, sondern weiß wie Papier, wie Fischbäuche –, die Arme bestanden aus Haut und Sehnen, die eng um lange Knochen geschlungen waren. Die Hände waren blaß und groß, die Finger mindestens dreizehn Zentimeter lang, und noch während Louis hinsah, wurden sie gespreizt und verharrten über dem Nachthemd seiner Mutter. Louis blinzelte und stellte fest, daß der Kopf der Gestalt nicht rasiert war, sondern schlicht und einfach kahl – er konnte Adern unter der durchscheinenden Haut sehen –, und der Kopf war beunruhigend breit, aufgedunsen und im Vergleich zum Körper so unproportional, daß Louis bei dem Anblick an Fotos von Embryos und Föten denken mußte. Wie als Reaktion auf diesen Gedanken fing der Kopf des Dinges langsam zu kreisen an, als könnte der lange, dünne Hals das Gewicht nicht mehr tragen. Louis dachte an eine Schlange, die sich ihrer Beute nähert.

Louis konnte nichts anderes tun, als das Bild blasser Haut, kantiger Knochen und wie Blutergüsse gefärbter Schatten betrachten. Er dachte kurz an Häftlinge in Konzentrationslagern, die am Zaun entlangschlurften, an seit Wochen tote Leichen, die wie aufblasbare Ballons aus verfaultem weißem Gummi zur Oberfläche trieben. Dies war schlimmer.

Es hatte keine Ohren. Ein unregelmäßiges Loch mit rötlichen Fleischwülsten öffnete sich direkt in den mißgestalteten Kopf. Die Augen waren verquollene Löcher, tiefe blau-schwarze Höhlen, in die jemand wie zum Scherz gelbliche Murmeln eingesetzt hatte. Keine Lider. Die Augen waren eindeutig blind und so dick mit grauem Star überzogen, daß Louis Schichten gestreiften Schleims sehen konnte. Und doch schossen sie hierhin und dorthin, der pfeilschnelle, lauernde Blick eines Raubtiers, während sich der große Kopf der schlafenden Gestalt von Louis' Mutter näherte. Louis wurde klar, daß das Ding auf seine Weise sehen konnte.

Louis wirbelte herum, machte den Mund auf, um

zu schreien, ging zwei Schritte auf das Bett und den plötzlich freien Stuhl zu, blieb mit geballten Fäusten stehen, während ihm der stumme Schrei noch auf den Lippen lag, und wandte sich dann wieder dem Spiegel zu.

Das Ding hatte keinen Mund als solchen, keine Lippen, aber unter der langen, dünnen Nase schienen die Knochen von Kiefer und Wangen unter der weißen Haut zu verschmelzen und formten einen Rüssel, eine lange, biegsame Schnauze aus Muskeln und Knorpel, die in einer makellosen runden Öffnung endete, welche leicht pulsierte, während blaßrosa Schließmuskeln um den inneren Rand herum sich im Rhythmus von Atem oder Puls des Wesens zusammenzogen und entspannten. Louis taumelte, hielt sich an der Lehne eines freien Stuhls fest und kniff die Augen zu, weil ihm plötzlich übel vor pochenden Kopfschmerzen und plötzlichen Schwindelanfällen war. Er war sicher, daß es nichts Obszöneres als das geben konnte, was er gerade gesehen hatte.

Louis machte die Augen auf und stellte fest, daß er sich irrte.

Das Ding hatte langsam, beinahe lieblich die dünne Decke und das Bettuch weggezogen, die Louis' Mutter zudeckten. Jetzt beugte es den ungestalten Kopf über die Brust seiner Mutter, bis die Öffnung des obszönen Rüssels nur noch Zentimter von den verwaschenen Blumen auf dem Krankenhausnachthemd entfernt war. Etwas kam aus der fleischigen Öffnung, etwas Graugrünes, in Segmente Unterteiltes und Feuchtes. Winzige, fleischige Fühler sondierten die Luft. Der große weiße Kopf beugte sich weiter hinunter, Knorpel und Muskeln zogen sich zusammen, dann wurde langsam eine zehn Zentimeter lange Made herausgepreßt, die sich sachte wand, während sie über Louis' Mutter hing.

Louis warf den Kopf zurück und stieß einen Schrei aus, versuchte, sich umzudrehen, versuchte, die Hände von ihrem eisenharten Griff um die Stuhllehne zu lösen, versuchte, vom Spiegel wegzusehen. Und konnte es nicht.

Unter den polypenhaften Fühlern der Made befand sich ein Gesicht, welches nur aus Mund bestand, die Freßöffnung eines Tiefseeparasiten. Diese pulsierte, als die feuchte Made sachte auf die Brust seiner Mutter fiel, sich krümmte, wand und rasch vor dem Licht floh. In seine Mutter hinein. Das Ding hinterließ keine Wunde, keine Spur, nicht einmal ein Loch im Krankenhausnachthemd. Louis konnte sehen, wie sich die Haut ganz leicht wölbte, während die Made unter dem blassen Fleisch der Brust seiner Mutter verschwand.

Der weiße Kopf des Kind-Dings wich zurück, die gelben Augen sahen Louis aus dem Spiegel heraus direkt an, dann senkte es erneut das Gesicht über die Haut seiner Mutter. Eine zweite Made kam heraus, fiel herunter, grub sich ein. Eine dritte.

Louis schrie erneut, überwand seine Lähmung, drehte sich herum, lief zum Bett und dem scheinbar leeren Stuhl, schlug in die scheinbare Leere, kickte den Stuhl in die entfernteste Ecke und riß seiner Mutter Decke und Laken und Nachthemd herunter.

Zwei Schwestern und ein Krankenpfleger kamen gelaufen, als sie Louis' Schreie hörten. Sie platzten in das Zimmer, fanden ihn über die nackte Gestalt seiner Mutter gebeugt, wo er mit den Fingern an der vernarbten und flachen Brust seiner Mutter kratzte, der die Chirurgen vor kurzem beide Brüste abgenommen hatten. Nach einem Augenblick schockierter Reglosigkeit packten eine Schwester und der Krankenpfleger Louis und hielten ihn fest, während die andere Schwester eine Spritze mit einem starken Beruhigungsmittel füllte. Aber bevor sie sie ihm verabreichen konnte, sah Louis in den Spiegel, deutete auf eine Stelle auf der anderen Seite des Betts, schrie ein letztes Mal und verlor das Bewußtsein.

»Das ist vollkommen normal«, sagte Lee am nächsten Tag nach ihrem zweiten Besuch in der Boulder Klinik. »Eine durchaus verständliche Reaktion.«

»Ja«, sagte Louis. Er stand im Pyjama da und sah ihr zu, wie sie die Bettdecke zurückschlug.

»Dr. Kirby sagt, Verletzungen dieses Gehirnteils können seltsame emotionale Reaktionen auslösen«, sagte Debbie vom Fenster her. »Wie bei wieheißterdochgleich... Reagans Pressesekretär, der vor Jahren angeschossen wurde; natürlich nur vorübergehend.«

»Ja«, sagte Louis, legte sich zurück und bettete den Kopf auf den hohen Kissenstapel. An der Wand gegenüber hing ein Spiegel. Er ließ ihn nicht aus den Augen.

»Mom war heute morgen eine Weile wach«, sagte Lee. »*Wirklich* wach. Ich sagte ihr, daß du bei ihr warst. Sie kann... kann sich natürlich nicht an deinen Besuch erinnern. Sie möchte dich sehen.«

»Vielleicht morgen«, sagte Louis. Der Spiegel zeigte ihre drei seitenverkehrten Ebenbilder. Nur die von ihnen drei. Sonnenschein fiel wie ein gelbes Band über Debbies rotes Haar und Lees Arm. Die Kissenbezüge hinter Louis' Kopf waren grell weiß.

»Morgen«, stimmte Lee zu. »Oder vielleicht übermorgen. Vorerst solltest du die Medikamente nehmen, die Dr. Kirby dir gegeben hat, und etwas schlafen. Wir können Mom gemeinsam besuchen, wenn es dir besser geht.«

»Morgen«, sagte Louis und machte die Augen zu.

Er blieb sechs Tage im Bett und stand nur auf, um auf die Toilette zu gehen oder seinen tragbaren Fernseher umzuschalten. Die Kopfschmerzen waren konstant aber erträglich. Er sah nichts Ungewöhnliches im Spiegel. Am siebten Tag stand er um zehn Uhr auf, duschte langsam, zog kamelhaarfarbene Hosen, ein weißes Hemd und eine blaue Jacke an und war darauf vorbereitet, Lee zu sagen, daß er für einen Besuch in der Klinik gerüstet war, als seine Schwester mit roten Augen ins Zimmer kam.

»Sie haben gerade angerufen«, sagte sie. »Mutter ist vor etwa zwanzig Minuten gestorben.«

Das Bestattungsinstitut war etwa zwei Blocks von dem Haus entfernt, wo seine Mutter gewohnt hatte, wo Louis aufgewachsen war, nachdem sie, als er zehn war, von Des Moines hierher gezogen waren; östlich der Gegend um Capitol Hill, wo alte Backsteinhäuser zu verwahrlosten Mietskasernen wurden und spanische Straßenbanden die Nacht beherrschten.

Wie seine Mutter gewünscht hatte, würde es heute abend eine ›Besuchszeit‹ geben, damit ihre Freunde aus Denver ihr die letzte Ehre erweisen konnten, bevor der Sarg am nächsten Tag nach Des Moines geflogen wurde, damit die Totenmesse in St. Mary's gehalten werden und sie auf dem kleinen Friedhof der Stadt, wo sein Vater begraben war, zur letzten Ruhe gebettet werden konnte. Louis fand, daß der offene Sarg ein archaischer Akt der Barbarei war. Er stand, so weit er konnte, davon entfernt, begrüßte Leute an der

Tür und erhaschte nur flüchtige Blicke auf die Nase, gefalteten Hände oder geschminken Wangen seiner Mutter.

Etwa sechzig Leute kamen zu der zwei Stunden währenden Prüfung, die meisten davon Anfang siebzig – das Alter seiner Mutter –, Leute aus der Nachbarschaft, die er seit fünfzehn Jahren nicht mehr gesehen hatte, oder neue Freunde, die sie beim Bingo oder im Senior Citizens Center kennengelernt hatte. Ein paar Freunde von Louis aus Boulder kamen vorbei, einschließlich zweier Mitglieder des Colorado Mountain Club und zwei Kollegen vom Physiklabor der C.U. Debbie blieb die ganze Zeit über an seiner Seite, beobachtete sein blasses, verschwitztes Gesicht und drückte ihm gelegentlich die Hand, wenn sie sah, daß ihn die Kopfschmerzen überkamen.

Die Besuchszeit war fast vorüber, als er es plötzlich nicht mehr ertragen konnte. »Hast du ein Set?« fragte er Debbie.

»Ein was?«

»Ein Set«, sagte er. »Du weißt schon, so ein kleines Schminkset mit Spiegel.«

Debbie schüttelte den Kopf. »Louis, hast du mich *jemals* mit so etwas gesehen?« Sie kramte in der Handtasche. »Moment mal. Ich habe einen kleinen Taschenspiegel, mit dem ich immer meine...«

»Gib her«, sagte Louis. Er hob das winzige Rechteck mit dem Plastikrücken und drehte sich etwas zur Tür, damit er besser hinter sich sehen konnte.

Es waren noch etwa ein Dutzend Trauernde anwesend, die sich im trüben Licht und der blumenschwangeren Stille leise unterhielten. Auf dem Flur außerhalb lachte jemand, verstummte aber sofort wieder. Lee stand beim Sarg, ihr schwarzes Kleid schluckte das Licht, und unterhielt sich leise mit der alten Mrs. Narmoth von der anderen Straßenseite.

Es waren zwanzig bis dreißig andere kleine Gestalten in dem Zimmer, die sich wie blasse Schatten zwischen Reihen von Klappstühlen und dunkel gekleideten Trauernden bewegten. Sie bewegten sich langsam und schienen die übergroßen Köpfe wie bei einem anmutigen Tanz zu balancieren. Jede der kindlichen Gestalten wartete, bis sie an der Reihe war, sich dem Sarg zu nähern, und trat dann nach vorne; die blassen Leiber und kahlen Köpfe gaben eine schwache Aura grünlich-grauen Lichts ab. Jedes Ding verweilte kurz beim Sarg und senkte dann langsam, beinahe ehrerbietig den Kopf.

Keuchend und mit so heftig zitternden Händen, daß das Spiegelbild wackelte und verschwamm, mußte Louis an die Reihe der Feiernden bei seiner Erstkommunion denken... und an Tiere am Trog.

»Louis, was hast du?« fragte Debbie.

Er schüttelte ihre Hand ab, drehte sich um und lief zum Sarg, stieß Trauernde mit den Schultern beiseite und verspürte ein kaltes Brennen im Bauch, während er sich fragte, ob er *durch* die weißen Wesen hindurchging.

»Was?« fragte Lee, deren Gesicht eine Maske der Sorge war, als sie seinen Arm ergriff.

Louis schüttelte sie ab und sah über den Spiegel in den Sarg. Nur die obere Hälfte des Deckels war aufgeklappt. Seine Mutter lag in ihrem besten blauen Kleid da, und die Schminke verlieh ihrem eingefallenen Gesicht wieder eine gewisse Fülle; sie hatte ihren alten Rosenkranz zwischen den gefalteten Fingern. Das gepolsterte Futter unter ihr war aus beiger Seide und sah sehr weich aus. Louis hob den Spiegel. Danach war seine einzige Reaktion, daß er den Sargrand ganz fest umklammerte, als wäre dieser die Reling eines Schiffs bei starkem Seegang und er kurz davor, über Bord zu gehen.

In dem Sarg befanden sich mehrere Hundert der Madenwesen, die überall herumwuselten und ihn bis zum Rand füllten. Sie waren jetzt weiß, nicht mehr grün oder grau, und viel, viel größer, manche in der Körpermitte so dick wie Louis' Unterarm. Viele waren mehr als dreißig Zentimeter lang. Die Fühler hatten sich zusammengezogen und waren zu winzigen gelben Augen geworden, und auch die Rüsselmünder waren schon erkennbar ausgebildet.

Louis beobachtete, wie sich eine der blassen, kindlichen Gestalten rechts von ihm dem Sarg näherte, die weißen Finger keine zehn Zentimeter von Louis' Hand entfernt auf den Sargrand legte und das Gesicht senkte, als wollte es trinken.

Louis sah zu, wie das Ding vier der langen, blassen Maden in sich aufnahm; das ganze Gesicht des Wesens zog sich beinahe erotisch zusammen und dehnte sich wieder, um die weiche Masse seines Mahls aufzunehmen. Die gelben Augen blinzelten nicht. Andere kamen an den Sarg und nahmen an der Kommunion teil. Louis senkte den Winkel des Spiegels und beobachtete, wie zwei weitere Maden mühelos aus seiner Mutter herauskamen, indem sie durch den Stoff des blauen Kleides glitten und sich zu der wuselnden Masse ihrer Kameraden gesellten. Louis bewegte den Spiegel, sah hinter sich, sah ein halbes Dutzend blasse Gestalten da stehen, die geduldig darauf warteten, daß er sich wieder entfernte. Ihre Körper waren bleiche und geschlechtslose Schemen. Ihre Finger waren lang und sehr scharf. Ihre Augen gierig.

Louis schrie nicht. Er lief nicht weg. Er steckte den Spiegel ganz vorsichtig in die Handfläche, löste seinen Griff um den Sargrand und entfernte sich langsam und vorsichtig. Weg vom Sarg. Weg von Lee und Debbies Schreien und Fragen, die er wie aus weiter Ferne vernahm. Weg von dem Haus.

Er war Meilen und Stunden entfernt, in einem seltsamen Stadtteil alter Lagerhallen und Fabriken, als er im Licht einer Quecksilberdampflampe stehenblieb, den Spiegel hochhielt, sich im Kreis drehte, um sich zu vergewissern, daß nichts und niemand zu sehen war, und sich dann am Pfosten der Laterne niederließ, die Arme um die Knie schlang, wiegte und leise wimmerte.

»Ich glaube, es sind Krebsvampire«, sagte Louis dem Psychiater. Zwischen den Holzrolläden am Fenster des Doktors hindurch konnte Louis die Felsformationen der Flatirons erkennen. »Sie legen diese Tumormaden, die sich in den Menschen einnisten und sich verändern. Was wir Tumore nennen, sind in Wirklichkeit Eier. Und dann nehmen die Krebsvampire sie wieder in sich auf.«

Der Psychiater nickte, stopfte seine Pfeife und zündete ein Streichholz an. »Wollen Sie mir mehr ... äh ... Einzelheiten ... über diese Visionen erzählen?« Er paffte, bis die Pfeife brannte.

Louis wollte den Kopf schütteln, hielt aber inne, als Kopfschmerzen wie Wogen durch ihn pulsierten. »Ich habe mir in den vergangenen fünf Wochen Gedanken darüber gemacht«, sagte er. »Ich meine, gehen Sie mehr als hundert Jahre zurück und nennen Sie mir den Namen einer berühmten Person, die an Krebs gestorben ist. Los.«

Der Doktor zog an der Pfeife. Sein Schreibtisch stand vor dem zugezogenen Fenster, sein Gesicht war im Schatten und wurde nur ab und zu erhellt, wenn er sich bewegte, um die Pfeife wieder anzuzünden. »Im Augenblick fällt mir keine ein«, sagte der Doktor, »aber es muß eine Menge geben.«

»*Genau*«, sagte Louis aufgeregter, als er es beabsichtigt hatte. »Ich meine, heute *rechnen wir damit*, daß Menschen an Krebs sterben. Einer von sechs. Oder vielleicht auch einer von vier. Ich meine, ich habe *niemanden* gekannt, der in Vietnam gestorben ist, aber *jeder* kennt jemanden – für gewöhnlich in der eigenen Familie –, der an Krebs gestorben ist. Denken Sie nur an die Filmstars und Politiker. Ich meine, er ist überall. Er ist die Seuche des zwanzigsten Jahrhunderts.«

Der Doktor nickte und bemühte sich, nicht väterlich zu klingen. »Ich verstehe, worauf Sie hinauswollen«, sagte er. »Aber die Tatsache, daß früher keine modernen diagnostischen Methoden existierten, bedeutet nicht zwangsläufig, daß in früheren Jahrhunderten niemand an Krebs gestorben ist. Außerdem haben Forschungen gezeigt, daß die moderne Technologie, Umweltgifte, Nahrungsmittelzusätze und so weiter das Risiko erhöht haben, Karzinogene zu sich zu nehmen, die...«

»Ja«, lachte Louis. »Karzinogene. Daran habe ich auch einmal geglaubt. Aber um Himmels willen, Doc, haben Sie jemals die offizielle Liste von Karzinogenen der AMA* und der American Cancer Society durchgelesen? Ich meine, da steht alles, was man ißt, atmet, trägt, berührt und macht, um Spaß zu haben. Ich meine wirklich *alles*. Ebensogut hätten sie zugeben kön-

* American Medical Association; Anm. d. Red.

nen, daß sie es nicht wissen. Glauben Sie mir, ich habe den ganzen Mist gelesen. Sie wissen nicht einmal, was das Wachstum eines Tumors auslöst.«

Der Doktor preßte die gespreizten Finger gegeneinander. »Und Sie glauben, Sie wissen es, Mr. Steig?«

Louis holte einen seiner Spiegel aus der Hemdentasche und bewegte den Kopf in raschen Halbkreisen. Das Zimmer schien leer zu sein. »Krebsvampire«, sagte er. »Ich weiß nicht, wie lange sie schon unter uns sind. Vielleicht hat ihnen etwas, das wir in diesem Jahrhundert getan haben, ermöglicht, durch ein ... ein Tor oder so etwas zu kommen. Ich weiß nicht.«

»Aus einer anderen Dimension?« fragte der Doktor im Plauderton. Sein Tabak roch entfernt wie Pinienholz an einem Sommertag.

»Vielleicht«, meinte Louis achselzuckend. »Ich weiß nicht. Aber sie sind da, und sie sind emsig damit beschäftigt, sich zu ernähren... und zu vermehren...«

»Warum glauben Sie, daß Sie der einzige sind, dem gestattet wurde, Sie zu sehen?« fragte der Doktor strahlend.

Louis spürte, wie er wütend wurde. »Verdammt, ich *weiß* nicht, ob ich der einzige bin, der sie sehen kann. Ich weiß nur, nach meinem Unfall ist etwas passiert...«

»Wäre es nicht... ebenso wahrscheinlich«, schlug der Doktor vor, »daß Ihre Kopfverletzungen ein paar *sehr* realistische Halluzinationen ausgelöst haben? Sie geben zu, daß ihr Sehvermögen etwas beeinträchtigt wurde.« Er nahm die Pfeife aus dem Mund, betrachtete sie stirnrunzelnd und kramte nach den Streichhölzern.

Louis umklammerte die Stuhllehnen und spürte,

wie die Wut im Einklang mit den Wogen der Kopfschmerzen in ihm anstieg und nachließ. »Ich war noch einmal in der Klinik«, sagte er. »Sie können keine Spur eines bleibenden Schadens feststellen. Meine Sehkraft ist etwas komisch, aber das liegt nur daran, daß ich jetzt *mehr* sehen kann. Ich meine, mehr Farben und so weiter. Es ist beinahe, als könnte ich Radiowellen sehen.«

»Gehen wir davon aus, daß Sie die Fähigkeit haben, diese... Krebsvampire zu sehen«, sagte der Doktor. Beim dritten Inhalieren glühte der Tabak. Das Zimmer roch nach von der Sonne gewärmten Piniennadeln. »Bedeutet das, Sie haben auch die Gabe, sie zu *kontrollieren*?«

Louis strich sich mit der Hand über die Stirn und versuchte, die Schmerzen wegzuwischen. »Ich weiß nicht.«

»Tut mir leid, Mr. Steig, ich habe nicht gehört...«

»Ich weiß nicht!« brüllte Louis. »Ich habe nicht versucht, einen zu *berühren*. Ich meine, ich weiß nicht, ob... ich habe Angst, es könnte... Sehen Sie, bisher haben diese Wesen, die Krebsvampire – sie haben mich gar nicht zur Kenntnis genommen, aber...«

»Wenn Sie sie sehen können«, sagte der Doktor, »folgt daraus nicht, daß sie Sie auch sehen können?«

Louis stand auf, ging zum Fenster und zog den Rollladen hoch, so daß das Spätnachmittagslicht ins Zimmer drang. »Ich glaube, sie sehen, was sie sehen wollen«, sagte Louis, betrachtete das Vorgebirge jenseits der Stadt und spielte mit dem Taschenspiegel. »Vielleicht sind wir nur Schemen für sie. Aber sie finden uns mühelos, wenn es Zeit ist, daß sie ihre Eier legen.«

Der Doktor blinzelte in der plötzlichen Helligkeit,

nahm aber die Pfeife aus dem Mund und lächelte. »Sie sprechen von Eiern«, sagte er, »aber was Sie beschrieben haben, hörte sich mehr nach Eßgewohnheiten an. Haben diese Diskrepanz und die Tatsache, daß die... Visionen... erst anfingen, als Ihre Mutter im Sterben lag, eine tiefere Bedeutung für Sie? Wir suchen alle nach Möglichkeiten, Dinge zu kontrollieren, auf die wir keinen Einfluß haben – die wir nur schwer akzeptieren können. Besonders, wenn es um die eigene Mutter geht.«

»Hören Sie«, sagte Louis, »ich brauche diese Freudianische Scheiße nicht. Ich habe eingewilligt, heute hierher zu kommen, weil mich Deb schon seit Wochen bedrängt, aber...« Louis verstummte, hob den Spiegel und sah hinein.

Der Doktor sah auf, während er den Pfeifenkopf auskratzte. Er hatte den Mund etwas offen, weiße Zähne, gesundes Zahnfleisch und eine leicht in Konzentration gekrümmte Zunge waren zu sehen. Unter dieser Zunge kamen zuerst die fleischigen Fühler und dann der grau-grüne Körper einer Tumorlarve hervor, die kaum mehr als ein paar Zentimeter lang war. Sie glitt am Kiefer des Psychiaters hinauf und bewegte sich so mühelos durch Wangenmuskeln und Haut des Mannes wie eine Made durch einen Komposthaufen. Im dunklen Schlund des Doktors regte sich etwas Größeres.

»Es kann nicht schaden, darüber zu reden«, sagte der Doktor. »Schließlich bin ich dazu da.«

Louis nickte, steckte den Spiegel ein und ging direkt zur Tür, ohne sich noch einmal umzusehen.

Louis stellte fest, daß es einfach war, billige Spiegel zu kaufen. Man bekam sie gerahmt oder ungerahmt bei

Trödlern, Antiquitätenhändlern, in Second Hand Shops, Kaufhäusern, Glasgeschäften und konnte sie sogar im Sperrmüll finden, der am Straßenrand stand und darauf wartete, bis er abgeholt wurde. Louis brauchte nicht einmal eine Woche, bis er seine kleine Wohnung voller Spiegel hatte.

Sein Schlafzimmer war am besten geschützt. Abgesehen von dreiundzwanzig Spiegeln an den Wänden, hatte er die Decke völlig mit Spiegeln verkleidet. Er hatte sie selbst angebracht, sie fest in den Leim gedrückt, und mit jedem Rechteck, das er angebracht hatte, hatte er sich sicherer gefühlt.

Eines Samstagnachmittags im Mai lag Louis auf dem Bett, betrachtete seine Spiegelbilder und dachte an eine Unterhaltung, die er mit seiner Schwester Lee geführt hatte, als Debbie anrief. Sie wollte vorbeikommen. Er schlug vor, sie sollten sich lieber in der Pearl Street Mall treffen.

Im Bus waren drei Fahrgäste und zwei von *ihnen*. Einer war auf der Rückbank gewesen, als Louis einstieg, der zweite kam durch die geschlossene Tür, als der Bus vor einer roten Ampel anhielt. Als Louis zum erstenmal gesehen hatte, wie einer der Krembsvampire durch einen festen Gegenstand ging, war er sehr erleichtert gewesen, als könnte etwas so Substanzloses keine ernste Bedrohung sein. Inzwischen dachte er anders. Sie schwebten nicht auf die mühelose, zierliche Weise wie Gespenster durch Wände; Louis beobachtete, wie der kahle Kopf und die kantigen Schultern des Dings sich abmühten, durch die geschlossene Tür zu kommen, und sich wie jemand wanden, der durch eine dicke Schicht Zellophan dringt. Oder wie ein tückisches neugeborenes Raubtier, das sich aus der eigenen Fruchtblase herausfrißt.

Louis zog einen der Taschenspiegel herunter, die er mit Draht am Rand seines Panamahuts befestigt hatte und sah zu, wie sich der zweite Krebsvampir zum ersten gesellte und beide sich einer alten Dame näherten, die mit ihren Einkaufstüten zwei Reihen hinter ihm saß. Sie saß steif und aufrecht da, sah starr vor sich und hatte die Hände im Schoß liegen, und sie blinzelte nicht einmal, als einer der Krebsvampire den rüsselförmigen Mund an ihren Hals hielt, eine Bewegung, die so intim und sanft war wie der Kuß eines Liebhabers beim Vorspiel. Louis bemerkte erstmals, daß der Rüssel des Dings einen blauen Knorpelrand aufwies, der scharf wie ein Rasiermesser aussah. Er erhaschte einen Blick auf etwas Graugrünes, das in den faltigen Hals der alten Dame glitt. Der zweite Krebsvampir senkte den schwerfälligen Kopf auf ihren Bauch, ein müdes Kind, das sich in den Schoß der Mutter betten möchte.

Louis stand auf und stieg fünf Blocks vor seiner Haltestelle aus dem Bus aus.

Wenige Orte in Amerika, dachte Louis, zeigten Gesundheit und Wohlstand besser als die drei Blocks der Pearl Street Mall in Boulder. Eine nach Pinien duftende Brise wehte von dem kaum eine Viertelmeile westlich gelegenen Vorgebirge herab auf emsige Einkäufer, schlendernde Touristen und gemächliche Einheimische. Die durchschnittlichen Besucher waren unter fünfunddreißig, braungebrannt und durchtrainiert und wohlhabend genug, sich in die legersten vorgewaschenen, vorgebleichten und vorgeknitterten Kleidungsstücke zu kleiden. Junge, nur in kurze Shorts und Sweatshirts gekleidete Männer joggten durch das Einkaufszentrum und sahen gelegentlich auf die Uhren oder an ihren Körpern hinab. Die anwesenden jungen Frauen waren fast einhellig schlank, trugen keinen BH, lachten mit ebenmäßig verkronten Zähnen und saßen auf Grashügeln oder Bänken, wo sie die Beine nach Männerart in Posen gespreizt hielten, die sie in *Vogue* gesehen hatten. Blühende Teenager mit ungesund gefärbten Strähnen im Haar leckten an ihren Zwei-Dollar-Dove-Riegeln oder Drei-Dollar-Eistüten von Hasz. Die Frühlingssonne auf den Platten der Gehwege und Blumenbeeten versprach einen endlosen Sommer.

»Hör zu«, sagte Louis, als er und Debbie neben Freddys Würstchenbude saßen und die vorüberströmende Menge beobachteten, »was ich momentan sehe, ist so häßlich, daß man es einfach nicht akzeptieren kann. Vielleicht könnten *alle* diese Scheiße sehen, wenn sie es wollten, aber sie weigern sich einfach.« Er klappte zwei seiner Spiegel herunter und sah sich um. Er hatte es mit einer verspiegelten Sonnenbrille versucht, aber das hatte einfach nicht funktioniert; er konnte sie nur mit richtigen Spiegeln sehen. Er hatte sechs Spiegel an seinem Hut befestigt und weitere in den Taschen.

»O Louis«, sagte Debbie. »Ich verstehe einfach nicht...«

»Es ist mein Ernst«, schnappte Louis. »Wir sind wie die Menschen, die in den Orten Dachau oder Auschwitz lebten. Wir sehen die Zäune, sehen die Viehwagen, die jeden Tag vorbeifahren, riechen den Rauch der Öfen... *und tun so, als ob nichts wäre.* Wir lassen zu, daß sich diese Wesen jeden schnappen, so lange wir es nicht selbst sind. *Da!* Siehst du den dicken Mann an der Buchhandlung?«

»Ja.« Debbie war den Tränen nahe.

»Warte«, sagte Louis. Er holte einen größeren Taschenspiegel heraus und drehte sich. Der Mann hatte dunkle Hosen und ein weites Hawaiihemd an, das seine Leibesfülle aber nicht verbergen konnte. Er trank aus einem roten Plastikbecher und las eine zusammengelegte Ausgabe der *Boulder Daily Camera.* Vier Schemen, so groß wie Kinder, drängten sich um ihn. Einer legte dem Mann lange Finger um den Hals und zog sich an Armen und Bauch des Mannes hinauf.

»Warte!« wiederholte Louis und entfernte sich seitwärts von Debbie, so daß er die Gruppe im Spiegel behalten konnte. Die drei Krebsvampire sahen nicht auf, obwohl sich Louis ihnen bis auf Armeslänge genähert hatte; der vierte streckte den langen Rüsselmund ins Gesicht des Mannes.

»Warte!« schrie Louis, schlug mit abgewendetem Kopf zu und beobachtete, wie seine Faust durch den blassen Rücken des Dings drang. Er spürte ein leichtes Nachgeben, wie von Gelatine, und dann machte Kälte seinen Unterarmknochen taub. Louis sah in den Spiegel.

Alle vier Krebsvampire drehten ruckartig die Köpfe herum, ihre gelben Augen wurden auf Louis gerichtet. Er schluchzte und schlug noch einmal zu, doch diesesmal spürte er, wie die Hand ungehindert durch das Ding hindurch ging und schwach an der Brust des dicken Mannes abprallte. Zwei der blassen Schemen drehten sich langsam zu Louis um.

»He, verflucht!« schrie der dicke Mann und schlug nach Louis' Arm.

Der Spiegel flog aus Louis' linker Hand und zerschellte auf dem Gehweg. »Mein Gott«, flüsterte Louis und wich zurück. »Heiliger Himmel.« Er drehte sich um und lief weg, wobei er einen der Spiegel am Hut herunterklappte, aber nur den tanzenden, vibrierenden Rahmen sah. Er packte Debbie am Handgelenk und zerrte sie auf die Beine. »Lauf!«

Sie liefen.

Louis erwachte kurz nach vierzehn Uhr und fühlte sich desorientiert und benommen. Er tastete nach Debbie, aber dann fiel ihm ein, daß er wieder in seine Wohnung gegangen war, nachdem er mit ihr geschlafen hatte. Er lag in der Dunkelheit und fragte sich, was ihn geweckt hatte.

Seine Taschenlampe war verbraucht.

Louis verspürte eiskalte Angst, fluchte, drehte sich um und schaltete die Nachttischlampe neben dem Bett ein. Er blinzelte in die plötzliche Helligkeit und sah seine verschwommenen Spiegelbilder an der Decke, den Wänden und der Tür.

Aber es bewegten sich noch andere Wesen in dem Zimmer.

Ein blasses Gesicht mit gelben Augen zwängte sich durch Tür und Spiegel hindurch. Finger folgten, die am Türrahmen Halt fanden und den Körper hindurchzogen wie ein Bergsteiger, der einen Überhang meistert. Ein weiteres Gesicht erschien so brutal und unvermittelt wie jemand, der mitten in der Nacht aus einem Schrank springt, neben Louis' Bett, streckte einen Arm aus und griff nach der Decke, die zerwühlt am Fußende von Louis' Bett lag.

»Ah«, keuchte Louis und rollte sich vom Bett. Abgesehen vom Schrank gab es nur eine einzige Tür, die verschlossen und verriegelt war. Er sah zum Deckenspiegel hinauf und erblickte die erste weiße Gestalt, die sich aus Holz und Glas befreite und zwischen ihm und der Tür stand. Während er zu seinem eigenen

Spiegelbild hinaufschaute, sich selbst sah, wie er im Pyjama auf dem dunklen Teppichboden lag, beobachtete er mit aufgerissenen Augen, wie sich keine drei Schritte von der Stelle entfernt, wo er lag, etwas Weißes wogend durch den Teppich bohrte: ein breites Halbrund toten Madenfleisches, gefolgt von einem zweiten Oval: Rücken und Hinterkopf eines Dings, das durch den Boden geschwebt kam wie ein Schwimmer, der in fünfzig Zentimeter tiefem Wasser auf die Knie geht. Die Augenhöhlen waren so nahe, daß Louis sie hätte berühren können; er hätte nur den Arm ausstrecken müssen. Aus dem scharfkantigen, kreisförmigen Mund des Dings schlug ihm Aasgeruch entgegen.

Louis rollte sich zur Seite und rückwärts, sprang auf die Beine, packte den schweren Stuhl neben dem Bett, schlug die Fensterscheibe damit ein und warf den Stuhl hinter sich. Die Strickleiter, die er am Bettpfosten festgebunden hatte, hatte ein paranoider ehemaliger Zimmergenosse von Louis zurückgelassen, der sich weigerte, ohne Feuerleiter im dritten Stock zu wohnen.

Louis sah auf, sah greifende weiße Hände, warf den verknoteten Strick aus dem Fenster und kletterte daran hinunter, wobei er sich Knöchel und Knie an der Backsteinwand aufschürfte.

Er sah wiederholt nach oben, aber in der kühlen Frühlingsdunkelheit waren keine Spiegel, und er hatte keine Ahnung, ob ihm etwas folgte.

Sie fuhren mit Debbies Auto fort, nach Westen, durch das Tal in die Berge. Louis hatte ein altes Paar Jeans an, einen grünen Pullover und farbfleckige Turnschuhe, die er in Debbies Wohnung gelassen hatte, als er ihr im Januar geholfen hatte, die neue Wohnung zu streichen. Sie besaß nur einen tragbaren Spiegel – er maß vierzig mal sechzig Zentimeter und hing in einem antiken Rahmen über dem Kamin –, und Louis hatte ihn von der Wand gerissen und mitgenommen, um jeden Zentimeter des Autos zu untersuchen, bevor er ihr gestattet hatte einzusteigen.

»Wohin fahren wir?« fragte sie, als sie Nederland auf dem Peak to Peak Highway in südlicher Richtung verließen. Rechts von ihnen glomm die kontinentale Wasserscheide im schwachen Mondenschein. Die Scheinwerfer erhellten schwarze Pinienwände und schneebedeckte Stellen neben der Straße, die serpentinenförmig aufwärts führte.

»Lees Blockhütte«, sagte Louis. »Westlich der alten Straße am Rollins Pass.«

»Ich kenne die Blockhütte«, sagte Debbie. »Ist Lee dort?«

»Sie ist noch in Des Moines«, sagte er. Er blinzelte rasch. »Sie hat heute nachmittag kurz vor dir angerufen. Sie hat einen... Knoten entdeckt. Sie hat einen Arzt aufgesucht, möchte aber zurückfliegen, um sich untersuchen zu lassen.«

»Louis, ich...« begann Debbie.

»Hier abbiegen«, sagte Louis.

Die restlichen zwei Meilen fuhren sie schweigend.

Die Blockhütte war mit einem kleinen Generator ausgerüstet, der Strom für Lichter und Kühlschrank erzeugte, aber Louis zog es vor, keine Zeit damit zu vergeuden, ihn zu füllen und draußen in der Dunkelheit anzuwerfen. Er bat Debbie, im Auto zu bleiben, während er mit dem Spiegel nach drinnen ging, zwei der großen Kerzen anzündete, die Lee auf dem Kaminsims hatte, und mit dem Spiegel in Händen durch die drei kleinen Zimmer der Blockhütte ging; der Spiegel reflektierte die flackernden Kerzenflammen und sein eigenes blasses Gesicht und die suchenden Augen. Als er Debbie schließlich zu sich winkte, hatte er ein Feuer im Kamin brennen und die Bettcouch im Wohnzimmer ausgeklappt.

Im tanzenden Licht des Kamins sah Debbies Haar unglaublich rot aus. Ihre Augen waren müde.

»Nur noch ein paar Stunden bis zum Morgen«, sagte Louis. »Wenn wir wach sind, gehe ich nach Nederland und besorge ein paar Vorräte.«

Debbie berührte ihn am Arm. »Louis, kannst du mir sagen, was los ist?«

»Warte, warte«, sagte er und sah in die dunklen Ekken. »Da ist noch etwas. Zieh dich aus.«

»Louis...«

»Zieh dich aus!« Louis streifte bereits Hemd und Hosen ab. Als sie beide ausgezogen waren, stellte Louis den Spiegel auf einen Stuhl, ließ sie beide davor treten und sich langsam drehen. Schließlich war er zufrieden, sank vor Debbie auf die Knie und sah zu ihr auf. Sie stand vollkommen reglos da, und der Schein des Feuers flackerte über ihre weißen Brüste und das V ihres roten Schamhaars. Die Sommersprossen auf Schultern und Brust schienen zu glühen.

»Mein Gott«, sagte Louis und vergrub das Gesicht in den Händen. »Mein Gott, Deb, du mußt denken, daß ich vollkommen verrückt geworden bin.«

Sie kauerte sich neben ihn und glitt mit den Fingern über seinen Rücken. »Ich weiß nicht, was los ist, Louis«, flüsterte sie, »aber ich weiß, daß ich dich liebe.«

»Ich werde es dir erklären...« begann Louis und spürte, wie der schreckliche Druck in seiner Brust sich durch Schluchzen einen Weg ins Freie zu bahnen drohte.

»Morgen«, flüsterte Debbie und küßte ihn zärtlich.

Sie schliefen langsam und ernst miteinander, die Zeit und ihre Sinne wurde durch die späte Stunde, die fremde Umgebung und das Gefühl einer nachlassenden Gefahr seltsam verlangsamt und verstärkt. Als sie beide den Drang verspürten und sich schneller bewegten, flüsterte Louis: »Warte einen Augenblick«, legte sich auf die Seite, glitt zuerst mit den Händen und dann mit dem Mund unter ihre Brüste, küßte die Brustwarzen, bis sie wieder steif waren; dann küßte er ihren Bauch, spreizte ihre Schenkel mit der Hand und glitt mit Gesicht und Körper tiefer.

Louis machte die Augen zu und dachte an ein Kätzchen, das Milch leckt. Er spürte das salzige Aroma des Meeres, während Debbie sich gehen ließ und die Beine noch weiter spreizte. Er strich mit den Handflächen über die weiche Haut der Innenseiten ihrer Schenkel, und sie atmete schneller und stöhnte dazwischen leise vor Lust.

Plötzlich zischte es hinter ihnen. Das Licht flackerte und waberte.

Louis drehte sich um, glitt vom Bettrand auf ein Knie und wurde sich seines klopfenden Herzschlags und der Verwundbarkeit bewußt, die seine Nacktheit und die Erregung mit sich brachten. Er sah noch einmal hin und lachte gepreßt.

»Was?« flüsterte Debbie, die sich nicht bewegte.

»Nur die Kerze, die ich auf den Boden gestellt habe«, flüsterte er zurück. »Sie ertrinkt in ihrem geschmolzenen Wachs. Ich blase sie aus.«

Das tat er, indem er sich hinüberbeugte, und als er sich zum Bettrand zurückdrehte, warf er einen kurzen, voyeuristischen Blick in den Spiegel, der auf dem Stuhl stand.

Flackerndes Licht des Feuers huschte über die beiden Liebenden, die er dort erblickte, Louis' gerötetes Gesicht und Debbies weiße Schenkel, beide schimmerten feucht – Schweiß und die Nässe des Liebesaktes. Aus dieser Perspektive erhellte das tanzende Licht das kupferrote Wirrwarr ihres Schamhaars und die rosa Rundungen ihrer feuchten Schamlippen mit einer sanften Klarheit, die zu rein sinnlich war, um pornographisch zu wirken. Louis spürte, wie Wogen der Liebe und sexuellen Erregung in ihm emporstiegen.

Er sah die Bewegung im Spiegel aus den Augenwinkeln heraus einen Sekundenbruchteil, bevor er den Kopf wieder über sie beugen wollte. Ein Hauch glitschigen Grau-grüns zwischen rosa Schamlippen. Nicht mehr als ein paar Zentimeter lang. Die beiden Fühler zeigten keine Scheu vor dem schwachen Licht, als sie langsam herauskamen und sich sachte drehten und wanden, als wollten sie die Luft kosten.

»Ich wußte gar nicht, daß du dich für Onkologie interessierst«, sagte Dr. Phil Collins. Er grinste Louis über seinen chaotischen Schreibtisch hinweg an. »Ich dachte, du hättest an der Universität Physik studiert.«

Louis sah seinen alten Klassenkameraden an. Er war viel zu müde für Geplänkel. Er hatte seit zweiundfünfzig Stunden nicht mehr geschlafen, seine Augen fühlten sich an, als wären sie mit Sand und Glasscherben gefüllt. »Ich muß bei den Bestrahlungen zusehen«, sagte er.

Collins pochte mit manikürten Fingernägeln auf die Schreibtischkante. »Louis, wir können nicht einfach jedesmal, wenn sich jemand für den Vorgang interessiert, kommentierte Führungen durch unseren Strahlenbunker machen.«

Louis zwang sich, ruhig zu sprechen. »Hör zu, Phil, meine Mutter ist vor ein paar Wochen an Krebs gestorben. Meine Schwester hat sich gerade einer Biopsie unterzogen, die eine bösartige Geschwulst ergab. Meine Verlobte ist vor ein paar Stunden ins Boulder Community gegangen; sie hat Gebärmutterhalskrebs, und sie sind ziemlich sicher, daß der Uterus auch befallen ist. Läßt du mich jetzt bei der Bestrahlung zusehen oder nicht?«

»Mein Gott«, sagte Collins. Er sah auf die Uhr. »Komm, Louis, du kannst mit mir einen Rundgang machen. Mr. Taylor wird seine Behandlung in etwa zwanzig Minuten bekommen.«

Der Mann war siebenundvierzig, sah aber dreißig Jahre älter aus. Die Augen waren aufgequollen und lagen tief in den Höhlen. Die Haut hatte unter dem Neonlicht eine gelbliche Färbung. Sein Haar war ausgefallen, und Louis konnte winzige Blutergüsse unter der Haut erkennen.

Sie standen hinter einer Bleiabschirmung und beobachteten alles durch dicke Scheiben. »Die Medikamente sind ein wichtiger Bestandteil«, sagte Collins. »Sie erweitern und vervollständigen die Strahlenbehandlung.«

»Und die Strahlung tötet den Krebs?« fragte Louis.

»Manchmal«, sagte Collins. »Unglücklicherweise tötet sie gesunde Zellen ebenso wie diejenigen, die Amok gelaufen sind.«

Louis nickte und hob den Taschenspiegel. Als die Bestrahlungsanlage eingeschaltet wurde, stieß er unwillkürlich einen kurzen Laut aus. Gleißendes violettes Licht, das sich um die Spitze der Röntgenapparatur konzentrierte, erfüllte das Zimmer. Louis stellte fest, daß das Leuchten ähnlich war wie das der Insektenvernichter die er nachts in Gärten gesehen hatte; dort verschwand das Licht auf nervtötende Weise jenseits der sichtbaren Frequenzen. Aber dies war tausendmal heller.

Die Tumormaden kamen heraus. Sie glitten mit rasend zuckenden Fühlern aus Mr. Taylors Schädel heraus, weil das gleißende Licht sie anzog. Sie sprangen die zwanzig Zentimeter zur Linse des Apparats, glitten über glattes Metall, einige fielen auf den Boden und bewegten sich dann auf den Tisch und durch den Körper des Mannes, um Sekunden später wieder aus dem Kopf des Mannes herauszukommen und erneut zu springen.

Diejenigen, die die Quelle der Strahlung erreichten, fielen tot zu Boden. Die anderen zogen sich in die Dunkelheit des Fleisches zurück, als das Röntgenlicht erlosch.

»... hoffe, das vermittelt dir eine Vorstellung von der Therapie«, sagte Collins. »Es ist ein frustrierendes Gebiet, weil wir nicht sicher sind, wie und warum alles funktioniert, aber wir machen ständig Fortschritte.«

Louis blinzelte. Mr. Taylor war nicht mehr da. Das violette Leuchten der Röntgenstrahlen war erloschen. »Ja«, sagte er. »Ich glaube, das hilft eine Menge.«

Zwei Nächte später saß Louis im halbdunklen Krankenzimmer neben seiner schlafenden Schwester. Das zweite Bett war leer. Louis hatte sich mitten in der Nacht hereingeschlichen; abgesehen vom Zischen der Ventilation und dem gelegentlichen Quietschen von Gummisohlen draußen auf dem Korridor war kein

Laut zu hören. Louis, der Handschuhe trug, streckte die Hand aus und berührte Lees Handgelenk direkt unter dem grünen Namensarmband des Krankenhauses. »Ich dachte, es wäre leicht, Kleines«, flüsterte er. »Erinnerst du dich noch an die Filme, die wir als Kinder gesehen haben? James Arness in *Das Ding aus einer anderen Welt?* Einfach herausfinden, was es umbringt, und weg damit.« Louis spürte, wie erneut Übelkeit über ihn hinwegspülte, und er senkte den Kopf und atmete keuchend. Eine Minute später richtete er sich wieder auf und wollte sich den kalten Schweiß von der Stirn wischen, verzog aber das Gesicht, als das Leder des dicken Handschuhs seine Haut berührte. Er hielt wieder das Handgelenk seiner Schwester. »Das Leben ist nicht so einfach, Kleines. Ich habe an der Universität nachts in Macs Hochenergielabor gearbeitet. Es war leicht, Gegenstände mit diesem Röntgenlaser zu bestrahlen, den Mac gebastelt hatte, um Anfängern die Auswirkungen von Ionisationsstrahlen zu demonstrieren.«

Lee bewegte sich und stöhnte leise im Schlaf. Irgendwo ertönte leise dreimal eine Glocke und verstummte wieder. Louis hörte zwei der Krankenschwestern sich leise miteinander unterhalten, während sie ins Schwesternzimmer gingen, um Pause zu machen. Louis hielt seine linke Hand unmittelbar neben ihrem Handgelenk, ohne sie zu berühren.

»Mein Gott, Lee«, flüsterte er. »Ich kann das ganze verdammte Spektrum unter hundert Angstrom sehen. Und *sie* auch. Ich ging davon aus, daß die Krebsvampire ebenso von den Gegenständen angezogen werden würden, die ich bestrahlt hatte, wie die Tumormaden. Ich war gestern nacht hier – auf der Station –, um das nachzuprüfen. Sie *kommen*, Kleines, aber sie sterben nicht. Sie lungern um die bestrahlten Gegenstände herum wie Motten ums Licht, aber sie sterben nicht. Sogar die Tumormaden brauchen gewaltige Dosen, wenn man sie alle erwischen will. Ich meine, ich habe mit der Dosierung im Millirem-Bereich angefangen – wie bei den Bestrahlungen, die sie hier verabreichen – und festgestellt, daß ich einfach nicht genügend erwischte. Um ganz sicher zu sein, muß ich in den Bereich von dreihundert bis vierhundert Röntgen gehen. Ich meine, das ist fast wie Tschernobyl, Kleines.«

Louis hörte auf zu sprechen, ging rasch zur Toilette, senkte den Kopf über die Schüssel und übergab sich, so leise er konnte. Hinterher wusch er sich das Gesicht, so gut er es mit den dicken Handschuhen konnte, und ging wieder an Lees Bett. Sie runzelte in ihrem drogeninduzierten Schlaf leicht die Stirn. Louis erinnerte sich, wie er sich als Kind immer in ihr Zimmer geschlichen hatte, um sie mit Gummischlangen oder Spritzpistolen oder Spinnen zu erschrecken. »Scheiß drauf«, sagte er und zog die Handschuhe aus.

Seine Hände leuchteten wie blauweiße Sonnen mit fünf Fingern. Louis sah in die vom Hutrand heruntergeklappten Spiegel, während das Licht das Zimmer wie kaltes Feuer erhellte. »Es tut nicht weh, Kleines«, flüsterte er und machte die beiden obersten Knöpfe von Lees Pyjamaoberteil auf. Ihre Brüste waren klein, kaum größer als damals mit fünfzehn, als er ihr nachspioniert hatte, wenn sie unter der Dusche hervorkam. Er lächelte, als er an die Prügel dachte, die er dafür bekommen hatte, dann legte er die rechte Hand auf ihre linke Brust.

Einen Augenblick passierte gar nichts. Dann kamen die Tumormaden heraus; sie stießen die Fühler wie

Teleskope aus Fleisch durch Lees Haut, und das Gleißen von Louis' leuchtender Hand machte ihre graugrüne Farbe blaß.

Sie glitten durch die Handflächen, das Gelenk und den Handrücken in ihn hinein. Louis stöhnte, als er spürte, wie sie durch sein Fleisch wuselten, ein schwaches aber ekelerregendes Gefühl, als wäre einem unter örtlicher Betäubung ein Draht in die Ader eingeführt worden.

Louis zählte sechs... acht der Wesen, die aus Lees Brust ins blauweiße Gleißen seiner rechten Hand und des Arms schlüpften. Nach dem Eindringen der letzten Made ließ Louis die Hand noch eine ganze Minute liegen und widerstand dem Impuls zu schreien oder die Hand wegzuziehen, als er sah, wie sich seine Unterarmmuskeln wölbten, als eine der Maden durch sein Fleisch nach oben schwebte.

Als zusätzliche Vorsichtsmaßnahme glitt Louis mit der Handfläche über Lees Hals und Unterleib; er spürte, wie sie sich im Schlaf regte und vergeblich gegen die Beruhigungsmittel ankämpfte, um zu erwachen. Er fand noch eine weitere Made – kaum mehr als einen Zentimeter lang –, die aus der straffen Haut direkt unterhalb des Schlüsselbeins herauskam, aber sie loderte auf und welkte, bevor sie in Kontakt mit seiner blauweißen Haut kam, und krümmte sich wie ein trockenes Blatt, das zu dicht an ein heißes Feuer gekommen ist.

Louis stand auf und zog seine dicke Kleidung aus, was er im breiten Spiegel gegenüber von Lees Bett beobachtete. Sein ganzer Körper fluoreszierte, das Gleißen wandelte sich von weiß zu blau-weiß zu violett und weiter in Frequenzen, die nicht einmal er sehen konnte. Er mußte wieder an die Insektenvernichter denken, die man auf Verandas sehen konnte, und an die dem blinden Fleck gleichkommende Frustration, die das Auge vermittelte, wenn es an die Grenzen der Wahrnehmung stieß. Das Licht spiegelte sich in den Spiegeln an seinem Hut und wurde gebrochen.

Louis legte seine Kleidungsstücke ordentlich zusammen und legte sie auf den Stuhl beim Bett, küßte Lee sanft auf die Wangen und ging anschließend von Zimmer zu Zimmer, wobei ihm das Leuchten seines Körpers vorauseilte und die Flure mit blauweißen Schatten und Schlieren unmöglicher Farben erfüllte.

Im Schwesternzimmer war niemand. Der Kachelboden unter Louis' Füßen war kalt, während er von Zimmer zu Zimmer schritt und seine Hände auflegte. Einige der Patienten schliefen weiter. Manche sahen ihn mit aufgerissenen Augen an, aber keiner bewegte sich oder schrie. Das verwunderte Louis, aber als er ohne seine Spiegel an sich hinunter sah, erblickte er das Leuchten seines stark verstrahlten Körpers zum erstenmal mit bloßem Auge. Sein Körper war ein Pulsar in Menschengestalt. Louis konnte die Radiowellen als summendes Knistern hören, wie einen Waldbrand, der noch ein paar Meilen entfernt ist.

Die Tumormaden schwebten aus ihren Opfern heraus in Louis hinein. Nicht jeder auf diesem Stockwerk hatte Krebs; aber die meisten Zimmer hatte er kaum betreten, da sah er schon die hektischen Bemühungen der graugrünen oder blassen Würmer, zu ihm zu kommen. Louis nahm sie alle in sich auf. Er spürte, wie sein Körper die Wesen aufsog, spürte das wahnsinnige Wuseln in sich. Er mußte nur noch einmal innehalten und sich übergeben. Seine Eingeweide rollten und wogten, aber inzwischen hatte er soviel Bewegung in sich, daß Louis nicht mehr darauf achtete.

In Debbies Zimmer zog Louis die Decke von ihrer schlafenden Gestalt, strich das kurze Nachthemd hoch und legte die Wange auf die sanfte Wölbung ihres Unterleibs. Die Tumormaden schwebten in sein Gesicht und den Hals; er trank sie willig.

Louis stand auf, ließ seine schlafende Geliebte zurück und näherte sich der langen, offenen Station, wo die Mehrheit der Krebspatienten lag und auf den Tod wartete.

Die Krebsvampire folgten ihm. Sie schwebten durch Wände und Böden, um ihm zu folgen. Er führte sie zur Hauptstation, ein blauweißer Rattenfänger, der ein Heer toter Kinder anführte.

Als er in der Mitte der Station stehenblieb, waren es mindestens zwanzig Stück, aber er ließ sie erst näherkommen, nachdem er von Bett zu Bett gegangen und die letzten Tumormaden in sich aufgenommen hatte, nachdem er mit seiner surrealistischen Sehkraft mitverfolgt hatte, wie die Eier in den Opfern vorzeitig ausgebrütet wurden, damit sie ihre wuselnden Schätze preisgeben konnten. Louis vergewisserte sich, daß alle Tumormaden in ihm waren, dann erst stellte er sich in die Mitte des Zimmers, hob die Arme und ließ die Krebsvampire näherkommen.

Louis fühlte sich belastet, doppelt so schwer als normal und vom Tod geschwängert. Er betrachtete seine gleißenden Gliedmaßen und den Bauch und sah, wie sich die Oberfläche seiner Haut durch die Maden bewegte, die sich von seinem Licht nährten.

Louis hob die Arme noch weiter, legte den Kopf weit zurück, machte die Augen zu und ließ die Krebsvampire essen.

Die Wesen waren gierig, das Röntgenfanal von Louis' Körper und das stumme Locken ihrer Larvenabkömmlinge entfesselten sie. Sie drängten und stießen einander beiseite, so begierig waren sie, Nahrung zu bekommen. Louis verzog das Gesicht, als er ein Dutzend scharfe Bisse spürte und merkte, wie er von plötzlich greifbar gemachten alptraumhaften Energien beinahe vom Boden gehoben wurde. Louis sah einmal auf, sah die gräßliche Krümmung des Kopfs eines toten Kindes, als das Ding das Gesicht bis zu den Schläfen in seiner Brust vergrub, und dann machte er die Augen zu, bis sie fertig waren.

Louis taumelte und hielt sich am metallenen Pfosten eines Bettes fest, um nicht zu stürzen. Die zwanzig Krebsvampire im Zimmer waren satt, aber Louis spürte, daß sein eigener Körper immer noch schwer von Maden war. Er beobachtete.

Das Kind-Ding, das ihm am nächsten stand, schien aufgebläht, sein Körper so aufgequollen wie eine weiße Spinne, die vor Eiern platzt. Unter der durchscheinenden Haut konnte Louis leuchtende Tumormaden sehen, die sich hektisch wie elektrische Asseln wanden.

Louis lächelte trotz Übelkeit und Schmerzen. Wie immer der Vermehrungs-Nahrungs-Zyklus dieser Wesen sein mochte, Louis war sicher, daß er ihn mit dem bestrahlten Mahl, das er den Tumormaden geboten hatte, unterbrochen hatte.

Der Krebsvampir vor ihm taumelte, beugte sich vornüber und sah noch viel spinnengleicher aus, als er die unglaublich langen Finger ausstreckte, um nicht zu stürzen.

Ein blau-weißer Riß tat sich an Seite und Magen des Dings auf. Zwei aufgeblähte, zuckende Maden kamen mit einem Strom violetter Energie heraus. Der Krebsvampir krümmte den Rücken und hob den Freßmund zu einem Schrei, den Louis hörte, als würde jemand mit den Zähnen über eine drei Meter lange Tafel kratzen.

Die Maden wanden sich aus dem zerfetzten Leib des Vampirs, fielen zu Boden und wanden sich in einem Bad ultravioletten Blutes, wo sie zuckten und schrumpften wie echte Maden, die vor Louis' Augen einmal mit Salz übergossen worden waren. Der Krebsvampir zuckte unkontrolliert, umklammerte den klaffenden, aufgerissenen Bauch, schlug mehrmals um sich und starb, wobei er die knochigen Gliedmaßen und langen Finger zusammenzog wie eine zertretene Spinne die Beine.

Schreie wurden laut, menschliche und andere, aber Louis achtete nicht auf sie, sondern beobachtete gebannt den Todeskampf der zwei Dutzend geisterhaften Gestalten im Zimmer. Seine Sehkraft hatte sich jetzt unabdinglich verändert, die Betten und die Menschen darin waren nichts weiter als Schatten in einem großen Raum, der ultraviolett und infrarot gleißte, aber von der blau-weißen Korona seines eigenen Körpers beherrscht wurde. Er übergab sich noch einmal, klappte zusammen und erbrach Blut und zwei sterbende, leuchtende Maden, aber das war ein vernachlässigbares Unbehagen, so lange seine Kräfte anhielten, und in diesem Augenblick war ihm zumute, als würden sie ewig anhalten.

Louis sah nach unten, durch den Boden, durch die *fünf* Stockwerke des Krankenhauses, das er als Ebenen durchsichtigen Kunststoffs sah, der vom Gitter der Energie elektrischer Leitungen Lichter, Maschinen und Organismen durchzogen war. Vieler Organismen. Die gesunden leuchteten sanft orange, aber er konnte blaßgelbe Infektionen, graue Fäulnis und pulsierende schwarze Flecken des bevorstehenden Todes sehen.

Louis stand auf, schritt über die sterbenden Leiber der Krebsvampire und die Säurepfützen hinweg, die noch vor wenigen Sekunden zuckende Maden gewesen waren. Obwohl er bereits hindurchsehen konnte, machte er eine breite Tür auf und trat auf die Terrasse hinaus. Die Nachtluft war kühl.

Sie warteten, weil das außergewöhnliche Licht sie angezogen hatte. Hunderte gelbe Augen sahen aus blau-schwarzen Höhlen in toten Gesichtern zu ihm auf. Münder pulsierten. Hunderte oder mehr der Wesen kamen näher, während Louis ihnen entgegensah.

Louis sah selbst auf und erblickte mehr Sterne als jemals jemand gesehen hatte, denn am Nachthimmel pulsierten unzählige Röntgenquellen und eine unendliche Zahl von Farben ohne Namen. Er sah wieder nach unten, wo sie sich mittlerweile zu Tausenden versammelten; ihre blassen Gesichter leuchteten wie Kerzen bei einer Prozession. Louis betete um ein einziges Wunder. Er betete, daß er sie alle ernähren konnte. »Heute nacht der Tod«, flüsterte er so leise, daß nicht einmal er selbst es hören konnte. »Ihr werdet sterben.«

Louis trat ans Geländer, breitete die Arme aus und sprang zu denen hinunter, die warteten.

VANNI FUCCI LEBT IN DER HÖLLE

An seinem letzten Tag auf Erden stand Bruder Freddy früh auf, duschte, rasierte sich das Kinn, sprühte Haarspray ins Haar, legte das Fernseh-Make-up auf, zog seinen zum Markenzeichen gewordenen, dreiteiligen weißen Anzug mit den weißen Schuhen, dem rosa Hemd und der schwarzen Krawatte an und begab sich in sein Büro hinunter, um zusammen mit Schwester Donna Lou, Schwester Betty Jo, Bruder Billy Bob und George das Frühstück vor dem Hallelujah Breakfast-Club einzunehmen.

Die vier aßen süße Hörnchen und tranken Kaffee, während draußen vor der zehn Meter langen Wand aus kugelsicherem, getöntem Glas der graue Himmel allmählich heller wurde. Geräumige Backsteingebäude, die den Campus von Bruder Freddys Hallelujah Bibel-College und der Hochschule für Christliche Ökonomie bildeten, schienen sich aus der Düsternis vor der Alabama-Dämmerung herauszuschälen. Fern im Osten, hinter den Pecano-Hainen gerade noch zu erkennen, erhob sich der künstlich angelegte Hügel der Berg-Sinai-Achterbahn im Bibelland-Teil von Bruder Freddys Wiedergeburt-Familienvergnügungspark und Christlichem Tagungszentrum. Die wesentlich näher gelegene große Schüssel ›Heiliger Sender‹, eine von sechs Satellitenantennen auf dem Gelände von Bruder Freddys Bibel-Funk-Zentrum, schnitt einen schwarzen Bogen in den wolkenverhangenen Himmel. Bruder Freddy sah das regnerische, trübe Wetter und lächelte. Es war einerlei, was die wirkliche Welt jenseits des Bürofensters bot. Das riesige ›Sichtfenster‹ der gemütlichen Kulisse des Hallelujah Breakfast-Club war eigentlich ein Rückprojektionsbildschirm für achtunddreißigtausend Dollar, der jeden Morgen dasselbe, zweiundfünfzig Minuten lange Band des herrlichen Mai-Sonnenaufgangs zeigte. Beim Hallelujah Breakfast-Club von Bruder Freddy war es immer Frühling.

»Wie sieht das Programm heute aus?« fragte Bruder Freddy, der Kaffee trank und dabei den kleinen Finger geziert abgespreizt hatte, so daß der Ring im Licht der Scheinwerfer funkelte. Noch acht Minuten bis zum Beginn der Sendung.

»In der ersten halben Stunde die übliche Einführung von Bruder Beau, deine Eröffnungsansprache und das Partner-Gebet, dann singt der Hallelujah Breakfast-Club-Chor sechseinhalb Minuten lang ›We're On the Brink of a Miracle‹ und ein Medley christlicher Off-Broadway-Hits, und dann kommen deine Frühstücksgäste«, sagte Bruder Billy Grimes, der Regisseur.

»Wen haben wir denn heute?« fragte Bruder Freddy.

Bruder Billy Bob las von seinen Notizen ab. »Du hast Matthias, Markus und Lukas, das Wunder-Evangelisten-Trio; Bubba Deeters, der noch einmal eine Geschichte erzählen möchte, wie ihm der Herr in Vietnam befohlen hat, sich auf eine Granate zu werfen; Bruder Frank Flinsey, der Werbung für sein neuestes Buch *Nach den letzten Tagen* macht; und Dale Evans.«

Bruder Freddy runzelte leicht die Stirn. »Ich dachte, wir hätten heute Pat Boone«, sagte er leise. »Ich mag Pat.«

Bruder Billy Bob errötete und machte sich einen

Vermerk auf seiner dicken Unterlagenmappe. »Ja, Sir«, sagte er. »Pat wollte heute hier sein, aber er ist gestern abend in Swaggerts Show aufgetreten, muß heute nachmittag persönlich mit Paul und Jan beim Bakersfield Revival auftreten und morgen bei der Senatsanhörung sein, um bezüglich der Botschaften Satans auszusagen, die man auf CD hören kann, wenn man den Laser zwischen die Rillen richtet.«

Bruder Freddy seufzte. Noch vier Minuten bis zum Beginn der Sendung. »Nun gut«, sagte er. »Aber versuch, ihn für kommenden Montag zu bekommen. Ich mag Pat. Donna Lou? Wie kommen wir neuerdings mit der Arbeit des Herrn voran, Kleines?«

Schwester Donna Lou Patterson rückte die Brille zurecht. Als Verwalterin von Bruder Freddys ausgedehntem Konglomerat von steuerfreien religiösen Organisationen, Firmen, Pfarreien, Schulen, Missionen, Vergnügungsparks und der Kette der Bruder-Freddy-Motels für Wiedergeborene war sie angemessen in einen beigen Anzug gekleidet, dessen strenger Charakter lediglich von einer Hallelujah Breakfast-Club-Anstecknadel aus Bergkristall aufgelockert wurde, die zum Bergkristall an ihrer Brille paßte. »Erwartete Umsätze für dieses Steuerjahr liegen knapp unter einhundertsiebenundachtzig Millionen, das bedeutet eine Steigerung um drei Prozent gegenüber dem Vorjahr«, sagte sie. Die kirchlichen Besitztümer belaufen sich auf zweihundertvierzehn Millionen und Außenstände von dreiundsechzig Millionen, plus minus null Komma drei Millionen, je nachdem, ob Bruder Carlisle sich entscheidet, den Gulfstream durch einen neuen Lear zu ersetzen.«

Bruder Freddy nickte und wandte sich an Schwester Betty Jo. Noch drei Minuten bis zum Beginn der Sendung. »Wie haben wir gestern abgeschnitten, Schwester?«

»Siebenundzwanzig Prozent Zuschaueranteil laut Arbitron, fünfundzwanzig-Punkt-fünf Nielsen-Einschaltquote«, sagte die magere, weißgekleidete Frau. »Drei neue Kabelprogramme, zwei in Texas, eines in Montana. Derzeit erreichen wir über Kabel 3,37 Millionen Haushalte, das bedeutet eine Steigerung um null Komma sechs Prozent gegenüber dem Vormonat. Die Postabteilung hat gestern 17 385 Zuschriften abgefertigt, das bedeutet insgesamt 86 217 für die ganze Woche. Neunundsechzig Prozent der gestrigen Briefe enthielten Spenden. Neununddreißig Prozent baten um dein Fürsprache-Gebet. Totaler Posteingang in diesem Jahr bei 3 585 220. Bis zum Ende des Steuerjahres rechnen wir mit weiteren zwei Komma fünf Millionen Zuschriften.«

Bruder Freddy lächelte und richtete den Blick auf George Cohen, den Rechtsbeistand der Bruder-Freddy-Kirche der Wiedergeborenen. »George?« Noch zwei Minuten bis zum Beginn der Sendung.

Der hagere Mann im dunklen Anzug räusperte sich ohne Eile. »Der Rechnungshof macht weiterhin Drohgebärden, aber sie haben keinerlei rechtliche Handhabe. Da sämtliche Tochtergesellschaften der Kirche der Wiedergeborenen unterstellt sind, mußt du überhaupt nichts versteuern. Die Zeitung von Huntsville hat berichtet, daß das Haus deiner Tochter mit eins Komma fünf Millionen veranschlagt wurde, und sie wissen, daß das Haus und die Ranch deines Sohnes mit einem Darlehen der Kirche über drei Millionen erbaut worden sind; aber was das Einkommen anbelangt, tappen sie völlig im Dunkeln. Selbst wenn sie dein tatsächliches Einkommen herausfänden – was nicht geschehen wird... dein offizielles Einkommen vom Rat beläuft sich auf lediglich 92 300 Dollar, wovon du ein Drittel wieder der Kirche zuführst. Selbstverständlich erhalten deine Frau, deine Tochter, dein Schwiegersohn und die sieben weiteren Familienmitglieder erheblich großzügigere Gehälter von der Kirche, aber ich glaube nicht...«

»Danke, George«, unterbrach ihn Bruder Freddy. Er stand auf, streckte sich und schritt zum Farbmonitor am Computerterminal auf seinem Schreibtisch. »Schwester Betty Jo, es wurden also mehrere Tausend Bitten um mein persönliches Fürsprache-Gebet eingereicht?«

»Ja, Bruder«, sagte die Frau in Weiß und legte die zierliche Hand neben dem Stuhl auf die Konsole.

Bruder Freddy lächelte George Cohen zu. »Ich habe den Leuten versprochen, daß ich persönlich über ihren Briefen beten würde, wenn sie eine Liebesgabe mitschicken«, sagte er. »Das könnte ich jetzt machen. Ich habe noch dreißig Sekunden, bis Bruder Beau mit seiner Eröffnung anfängt. Betty Jo?«

Die Frau drückte einen Knopf und lächelte, als die Liste der mehreren Tausend Namen über den Farbmonitor lief. Nach jedem Namen kam ein Kode, der die Art des Problems aufschlüsselte, weswegen das Fürbitte-Gebet bestellt wurde, und zwar gemäß einer Abkürzungsliste, die auf dem Formular für die Liebesgabe abgedruckt war: G – Gesundheit, EP – Eheprobleme, $ – finanzielle Probleme, SR – seelischer Rat, VS – Vergebung von Sünden, und so weiter. Es gab siebenundzwanzig Kategorien. Jeder von Bruder Freddys zweihundert Angestellten in der Postabfertigung konnte täglich mehr als vierhundert Fürbitte-Anfragen kodieren, während die Inhalte der Briefe gleichzeitig nach Bargeld und Schecks sortiert und mittels Computer angemessene Antwortbriefe ausgedruckt wurden.

»Lieber Gott«, stimmte Bruder Freddy an, »bitte erhöre unsere Gebete um Deine Gnade und Barmherzigkeit für diese Fürbitten, die im Namen Jesu gemacht wurden...« Die Namensliste rauschte verschwommen vorbei, bis nur noch der blinkende Cursor auf dem Bildschirm zu sehen war. »Amen.«

Bruder Freddy machte auf dem Absatz kehrt und führte seine plötzlich emsig Schritt zu halten bemühte Gefolgschaft den dreißig Meter langen Weg zum Studio des Hallelujah Breakfast-Club, während der Vorspann der Sendung anlief und schmetternde Musik aus den zweiundsechzig Monitoren in Fluren, Büros und Sitzungszimmern des Senderhauptquartiers drang.

Bruder Freddy wußte nach achtzehn Minuten Sendezeit, daß er ein Problem hatte, als er Dale Evans ansagte und zusehen mußte, wie ein großer, dunkelhäutiger Mann mit langem schwarzen Haar das Studio betrat. Bruder Freddy sah sofort, daß der Mann ein Fremder war; das lange Haar des Fremden war lockig und fiel bis auf die Schultern, er trug einen teuren dreiteiligen Anzug, der aus Seide zu sein schien; die makellos polierten Schuhe waren aus feinem italienischen Leder, der gestärkte Kragen und die Manschetten waren blütenweiß, goldene Manschettenknöpfe glitzerten im Scheinwerferlicht. Bruder Freddy wußte, daß ein Fehler gemacht worden war; seine Wiedergeborenen-Gäste gaben – trotz ihres Wohlstands – Kunstfaseranzügen, Pastellhemden und Südcarolina-Haarschnitten den Vorzug, und wenn es nur aus dem

Grund war, um mit den Gläubigen an den Bildschirmen in Kontakt zu bleiben.

Bruder Freddy sah in seine Notizen und dann hilflos zum Regisseur. Bruder Billy Bob zuckte die Schultern mit einer Verwirrung, die Bruder Freddy nachempfinden, vor dem rot leuchtenden Auge der Kamera aber nicht zeigen konnte.

Der Hallelujah Breakfast-Club brüstete sich damit, daß er live in drei Zeitzonen übertragen wurde. Bruder Freddy lächelte dem näherkommenden Eindringling entgegen und wünschte sich, sie würden die Show aufgezeichnet senden, wie es ihre Konkurrenz vorzog. Bruder Freddy prahlte normalerweise damit, daß er keinen Ohrhörer trug, um die Anweisungen aus der Regiekabine zu hören, sondern sich statt dessen auf Bruder Billy Bobs Handzeichen und sein eigenes feines Gespür für Fernseh-Timing verließ. Als Bruder Freddy jetzt aufstand und dem dunklen Fremden die Hand schüttelte, sehnte er sich nach einem Ohrhörer, um in Erfahrung zu bringen, was los war. Er wünschte sich, sie hätten einen Werbespot einblenden können. Er wünschte sich, *irgend jemand* würde ihm sagen, was vor sich ging.

»Guten Morgen«, sagte Bruder Freddy liebenswürdig und entzog seine Hand dem festen Griff des Fremden. »Willkommen im Hallelujah Breakfast-Club.« Er sah zu Bruder Billy Bob, der hektisch in sein Mikrofon murmelte. Kamera drei kam für eine Großaufnahme des dunklen Fremden nähergerollt. Kamera zwei blieb auf den langen Diwan gerichtet, auf dem das Wunder-Trio, Bubba Deeters und Frank Flinsey saßen, der mechanisch unter seinem militärisch geschnittenen Schnurrbart grinste. Die Bodenmonitore zeigten eine Halbtotale von Bruder Freddys lebhaftem, höflich lächelnden und nur leicht schwitzenden Gesicht.

»Danke, ich freue mich schon ziemlich lange darauf«, sagte der Fremde, während er sich in den veloursüberzogenen Gästesessel neben Bruder Freddys Schreibtisch setzte. Die tiefe Stimme des Mannes hatte einen italienischen Akzent, obwohl das Englisch vollkommen korrekt war.

Bruder Freddy saß mit starrem Lächeln da und sah zu Billy Bob. Der Regisseur zuckte die Achseln und gab das Handzeichen für ›weitermachen‹.

»Tut mir leid«, sagte Bruder Freddy. »Ich fürchte, ich habe meine Unterlagen durcheinander gebracht. Und ich fürchte auch, Sie sind nicht mein guter Freund Dale Evans.« Bruder Freddy verstummte, sah dem Fremden in die braunen Augen und war überrascht, welche Wut und welches Feuer er dort erblickte; er hoffte, daß nur der Terminplan durcheinandergeraten war und es sich nicht um einen politischen Terroristen oder Fanatiker handelte, der irgendwie an den Wachen vorbeigekommen war. Bruder Freddy war sich deutlich bewußt, daß die Vorgänge live in über drei Millionen Haushalte übertragen wurden.

»Nein, ich bin nicht Dale Evans«, stimmte der Fremde zu. »Mein Name ist Vanni Fucci.« Wieder die Andeutung eines italienischen Akzents. Bruder Freddy nahm zur Kenntnis, daß der Name VAH-nii FUU-tschi ausgesprochen worden war. Bruder Freddy hatte nichts gegen Italiener; da er in Greenville, Alabama, aufgewachsen war, hatte er nicht viele kennengelernt. Als Erwachsener hatte er gelernt, sie nicht Itacker zu nennen. Er ging davon aus, daß die meisten Italiener katholisch und damit keine Christen waren – und damit auch unwichtig für ihn und seine Kirche. Dieser spezielle Italiener stellte momentan aber ein gewisses Problem dar.

»Mr. Fucci«, lächelte Bruder Freddy, »warum erzählen Sie unseren Zuschauern hier nicht, woher Sie kommen?«

Vanni Fucci sah mit seinen stechenden Augen in die Kamera. »Ich wurde in Pistoia geboren«, sagte er, »aber die vergangenen siebenhundert Jahre habe ich in der Hölle verbracht.«

Bruder Freddys Lächeln gefror, verschwand aber nicht. Er sah nach links zu Billy Bob. Der Regisseur machte hektisch das Zeichen eines Sterns über der linken Brust. Zuerst hielt Bruder Freddy das für ein obskures religiöses Zeichen, aber dann wurde ihm klar, der Mann wollte damit ausdrücken, daß die Wachen – oder die Polizei – verständigt worden waren. Hinter der Mauer der Scheinwerfer und Kameras hatten die dreihundert Leute des Studiopublikums aufgehört, zu murmeln, sich zu bewegen und unterdrückt zu schneuzen. Es war totenstill im Auditorium.

»Aha«, sagte Bruder Freddy und kicherte leise. »Aha. Ich verstehe, was Sie sagen wollen, Mr. Fucci. In gewissem Sinne haben wir Sünder allesamt unsere Zeit in der Hölle verbracht. Nur durch die Barmherzigkeit Jesu können wir verhindern, daß wir für alle Zeiten dort enden. Wann haben Sie schließlich Christus als Ihren Erlöser akzeptiert?«

Vanni Fucci lächelte und entblößte dabei sehr weiße Zähne vor dunkler Haut. »Das habe ich nie«, sagte er. »Zu meiner Zeit wurde man nicht – wie ihr Fundamentalisten sagt – ›erlöst‹. Wir wurden als Kinder in der Kirche getauft. Aber ich habe als junger Mann einen kleinen Fehler gemacht, und Ihr sogenannter Erlöser fand es angemessen, mich zu einer Ewigkeit unmenschlicher Strafe in der siebten Bolgia im Achten Kreis der Hölle zu verurteilen.«

»Hm-hmm«, sagte Bruder Freddy. Er drehte sich herum und gab Kamera eins ein Zeichen, damit sie für eine extreme Nahaufnahme von ihm näher kam. Er wartete, bis nur noch sein Gesicht auf dem Monitor zu sehen war, dann sagte er: »Nun, wir haben hier eine angenehme Unterhaltung mit unserem Gast, Mr. Vanni Fucci, aber ich fürchte, wir müssen eine Minute unterbrechen und Ihnen das Band vorführen, das ich Ihnen eingangs versprochen hatte und das Bruder Beau und mich zeigt, wie wir die neue Heilige Antenne weihen, die wir letzte Woche in Amarillo aufgestellt haben. Beau?« Unter dem Rand der Nahaufnahme – so daß das Publikum es nicht sehen konnte – strich Bruder Freddy mehrmals mit der rechten Hand über den Hals. Billy Bob auf dem Boden nickte, drehte sich zur Kabine um und sprach hastig ins Mikrofon.

»Nein«, sagte Vanni Fucci, »lassen Sie uns mit unserer Unterhaltung fortfahren.«

Die Bodenmonitoren zeigten eine Einstellung der gesamten Bühne. Das Wunder-Trio saß da und starrte vor sich hin, ihre Schuhsohlen sahen wie winzige Ausrufungszeichen aus. Reverend Bubba Deeters hob den rechten Arm, als wollte er sich am Kopf kratzen, betrachtete den Stahlhaken, eine Erinnerung an den Willen des Herrn in Vietnam, und legte den Arm wieder aufs Sofa. Frank Flinsey, ein Medienprofi, sah verblüfft zu den drei Kameras, deren Lichter allesamt erloschen waren, und dann wieder zu den Monitoren, die ganz eindeutig ein Bild zeigten. Bruder Freddy saß wie erstarrt da und hatte noch die Hand vor dem Hals. Nur Vanni Fucci schien vollkommen unbeeindruckt.

»Glauben Sie«, sagte der italienische Gast, »wenn

Dale vor Trigger gestorben wäre, ob Roy dann *sie* hätte ausstopfen und im Wohnzimmer anbringen lassen?«

»Ah?« brachte Bruder Freddy heraus. Er hatte schon gehört, wie sehr alte Männer ähnliche Laute im Schlaf von sich gaben.

»Nur ein Gedanke«, fuhr Vanni Fucci fort. »Wäre es Ihnen lieber, wenn ich weiter meine eigene Situation schildere?«

Bruder Freddy nickte. Er sah aus den Augenwinkeln, wie uniformierte Wachen versuchten, auf die Bühne zu kommen. Jemand schien eine unsichtbare Plexiglaswand über den Bühnenrand gestülpt zu haben.

»Eigentlich war ich gar nicht siebenhundert Jahre in der Hölle«, sagte Vanni Fucci, »nur sechshundertundneunzig. Aber Sie wissen ja, wie langsam die Zeit unter solchen Umständen verstreicht. Wie im Wartezimmer des Zahnarztes.«

»Ja«, sagte Bruder Freddy. Das Wort war kaum mehr als ein Krächzen.

»Und haben Sie gewußt, daß einer verdammten Seele aus jeder Bolgia während unserer ewigen Bestrafung ein Besuch in der Welt der Sterblichen gestattet wird? Ganz wie Ihr amerikanischer Brauch, einem Festgenommenen einen Telefonanruf zu gestatten.«

»Nein«, sagte Bruder Freddy und räusperte sich. »Nein.«

»Doch«, sagte Vanni Fucci. »Ich glaube, der Besuch dient dazu, unsere Strafe um so schlimmer zu machen, indem er uns an die Vergnügen erinnert, die wir einst hatten. Tatsächlich ist uns aber nur gestattet, fünfzehn Minuten lang zurückzukehren, daher können die Vergnügen, die wir erleben können, nicht allzu ausgedehnt sein, nicht?«

»Nein«, sagte Bruder Freddy und stellte zufrieden fest, daß seine Stimme wieder fester klang. Die eine Silbe hörte sich weise und etwas amüsiert an, und gelinde väterlich. Er überlegte gerade, welchen Bibelvers er zitieren wollte, wenn der Zeitpunkt gekommen war, die Unterhaltung wieder an sich zu reißen.

»Das ist weder Fleisch noch Fisch«, sagte Vanni Fucci. »Jedenfalls haben sämtliche verdammten Seelen in der siebten Bolgia im Achten Kreis einstimmig dafür plädiert, daß ich hierher in Ihre Show komme.« Vanni Fucci beugte sich vorwärts, und seine Manschetten schoben sich gehorsam nach vorne, so daß die goldenen Manschettenknöpfe funkelten. »Wissen Sie, was eine Bolgia ist, Bruder Freddy?«

»Äh... nein«, sagte Bruder Freddy, der ein wenig aus seinen Gedanken gerissen wurde. Er hatte sich für einen Vers entschieden, doch dieser schien im Augenblick nicht ganz passend zu sein. »Oder besser, ja«, sagte er. »Eine Bolgia ist diese Herzogin oder Gräfin oder was auch immer, die im Mittelalter Menschen vergiftete.«

Vanni Fucci lehnte sich seufzend zurück. »Nein«, sagte er, »Sie denken an die Borgias. Eine Bolgia ist ein Wort meiner Heimatsprache, das soviel wie ›Grube‹ oder ›Senke‹ bedeutet. Im Achten Kreis der Hölle gibt es zehn solche Bolgias, die mit Scheiße und Sündern gefüllt sind.«

Das stumme Publikum war nicht mehr stumm. Sogar die Kameramänner stöhnten. Bruder Freddy sah zu den Monitoren und machte die Augen zu, als er daran dachte, daß sein eigener Hallelujah Breakfast-Club, das christliche Programm mit der höchsten Einschaltquote der Welt – abgesehen vom gelegentlichen Kreuzzug von Billy Graham –, die erste Sendung in der Geschichte von TBN und CBN sein würde, in der das Wort ›Scheiße‹ ausgestrahlt wurde. Er stellte sich vor, was der Aufsichtsrat der Kirche dazu sagen würde. Die Tatsache, daß sieben der elf Mitglieder des Aufsichtsrats Angehörige seiner Familie waren, machte die Sache nicht leichter.

»Hören Sie zu...« begann Bruder Freddy streng.

»Haben Sie die *Komödie* gelesen?« fragte Vanni Fucci.

Die Augen des Mannes drückten mittlerweile mehr als Wut und Feuer aus. Bruder Freddy kam zur Überzeugung, daß er es mit einem entflohenen Geisteskranken zu tun hatte.

»Komödie?« sagte Bruder Freddy und fragte sich, ob der Mann ein abgehalfterter Stegreifkomiker und dies alles Aufmerksamkeitsheischen war. Auf dem Boden hatten die Kameramänner die schweren Kameras herumgedreht und sahen in die Linsen. Die Monitore zeigten eine konstante Einstellung, in der nur Vanni Fucci und Bruder Freddy zu sehen waren. Bruder Billy Bob lief von Kamera zu Kamera, wobei er ab und zu über ein Kabel stolperte oder ans Ende seiner Mikrofonschnur kam und ruckartig zurückgerissen wurde wie ein toller Dackel am Ende einer kurzen Leine.

»Er nannte es seine *Komödie*«, sagte Vanni Fucci. »Spätere Generationen von Speichelleckern fügten das *Göttliche* hinzu.« Er sah Bruder Freddy stirnrunzelnd an, ein ungeduldiger Lehrer, der darauf wartet, daß ein etwas begriffsstutziges Kind begreift.

»Tut mir leid... ich weiß nicht...« begann Bruder Freddy. Einer der Kameramänner baute seine Kamera auseinander. Keine der Kameras war auf die Bühne gerichtet. Dennoch blieb das Bild.

»Alighieri?« stieß Vanni Fucci hervor. »Ein dreckiger kleiner Florentiner, der lüstern auf ein achtjähriges Mädchen war? Der in seinem ganzen erbärmlichen Leben nur ein lesbares Stück geschrieben hat?« Er drehte sich zu den Gästen auf dem Sofa um. »Jetzt aber. Liest denn keiner von Ihnen?«

Die fünf Christen auf dem Sofa schienen in sich zusammenzusinken.

»Dante!« brüllte der stattliche Fremde. »Dante Alighieri! Was ist hier los, meine Herren? Müssen Sie Ihr Gehirn vor der Tür abgeben und sich die Köpfe mit Holzwolle und Sägespänen vollstopfen, um dem Club der Fundamentalisten beitreten zu können? Dante!«

»Einen Moment mal...« sagte Bruder Freddy und stand auf.

»Für wen halten Sie sich...« begann Frank Flinsey und stand auf.

»Was glauben Sie, wer Sie...« begann Bubba Deeters, sprang auf die Beine und hielt den Haken hoch.

»He! He! He!« kreischte das Wunder-Trio und versuchte, die Füße auf den Boden zu bekommen.

»HINSETZEN!« Es war keine menschliche Stimme. Jedenfalls keine unverstärkte menschliche Stimme. Bruder Freddy hatte einmal während einer Veranstaltung im Freien den Fehler gemacht, sich vor einen Aufbau von dreißig riesigen Lautsprechern zu stellen, als der Tontechniker diese bei voller Lautstärke testete. Dies war ähnlich. Nur schlimmer. Bruder Billy Bob und andere, die Kopfhörer aufhatten, rissen sie herunter und fielen auf die Knie. Oben zerplatzten mehrere Scheinwerfer. Das Publikum beugte sich wie ein einziger Organismus mit dreihundert Köpfen zurück, wimmerte einmal und wurde danach so still, daß nicht einmal mehr das Atmen zu hören war. Bruder Freddy und die Gäste auf dem Sofa setzten sich.

»Alighieri ist schuld«, sagte Vanni Fucci im leisen Plauderton. »Der Mann war ein geistiger Zwerg mit der Fantasie eines Insekts, aber er hat es getan, *weil es kein anderer vor ihm getan hat.*«

»Was getan?« fragte Bruder Freddy, der, von fasziniertem Grauen erfüllt, auf den Wahnsinnigen im zertrümmerten Veloursessel neben seinem Schreibtisch starrte.

»Die Hölle geschaffen«, sagte Vanni Fucci.

»Unsinn!« rief Reverend Frank Flinsey, Verfasser von vierzehn Büchern über das Ende der Welt. »Gott Jehova hat die Hölle erschaffen. Wie alles andere auch.«

»Ach?« sagte Vanni Fucci. »Wo steht denn das in dem Abfalleimer von Kamelhirten- und Hurengeschichten, die Sie Bibel nennen?«

Bruder Freddy hielt es für möglich, daß er hier während des Bruder-Freddy-Hallelujah-Breakfast-Club live vor drei Millionen dreihunderttausend Haushalten einen Herzanfall bekommen würde. Aber selbst während sein Herz flatterte und sein Gesicht immer röter wurde, suchte er nach einem passenden Vers aus der Schrift.

»Ich will Ihnen von einem Experiment erzählen«, sagte Vanni Fucci, »das 1982 an der Universität von Paris durchgeführt wurde. Eine Gruppe Quantenphysiker unter der Leitung von Alain Aspect untersuchte das Verhalten von zwei Photonen, die von einer Lichtquelle in unterschiedliche Richtungen flogen. Der Versuch bestätigte eine grundlegende Theorie der Quantenmechanik: nämlich die, daß eine Messung, die an einem Photon vorgenommen wird, eine sofortige Wirkung auf ein anderes Photon hat. *Photonen*, meine Herren, die sich mit *Lichtgeschwindigkeit* bewegen. Offensichtlich konnte keine Information schneller als das Licht transportiert werden, aber der *Vorgang*, die Natur eines Photons zu definieren, wirkte sich *auf der Stelle* auf die Natur des anderen Photons aus. Die daraus resultierende Schlußfolgerung liegt wohl auf der Hand, nicht?«

»Ach?« sagte Bruder Freddy.

»Ach?« sagten die fünf Gäste auf dem Diwan.

»Eindeutig«, sagte Vanni Fucci. »Es bestätigt in der stofflichen Welt, was wir in der Hölle schon geraume Zeit wissen. Die *Wirklichkeit* wird vom ersten überragenden Verstand geformt, der sich darauf konzentriert, sie zu messen. Neue Konzepte schaffen neue Gesetze, und das Universum fügt sich. Newton hat die universelle Schwerkraft *geschaffen*, und der Kosmos gestaltete sich dementsprechend neu. Einstein definierte Raum und Zeit, und das Universum paßte sich an. Und Dante Alighieri – dieser neurotische kleine Scheißkerl – schuf die erste verständliche Karte der Hölle, und die Hölle nahm die Existenz an, die der öffentlichen Meinung entsprach.«

»Das ist lächerlich«, stieß Bruder Freddy hervor, der die Kameras vergaß, das Publikum vergaß, der alles vergaß, abgesehen von der monströsen Unlogik – ganz zu schweigen von der Blasphemie – dessen, was dieser verrückte Italiener gerade gesagt hatte. »Wenn das ... stimmen würde«, rief Bruder Freddy, »dann würde sich die Welt ... die Gegenstände ... alles würde sich ständig verändern.«

»Genau«, lächelte Vanni Fucci. Seine Zähne sahen klein und weiß und sehr scharf aus.

»Dann ... nun ... wäre die Hölle auch nicht mehr wie früher«, sagte Bruder Freddy. »Dante hat vor langer Zeit geschrieben. Vor mindestens dreihundert oder vierhundert Jahren ...«

»Er ist 1321 gestorben«, sagte Vanni Fucci.

»Ja... nun... gut...« raunte Bruder Freddy.

Vanni Fucci schüttelte den Kopf. »Sie begreifen nichts. Wenn eine Vorstellung groß genug ist, stark genug, *verständlich* genug, das Universum neu zu definieren, dann hat sie ein bemerkenswertes Durchhaltevermögen. Sie dauert so lange an, bis ein neues, ebenso starkes Paradigma formuliert wird... und von der Fantasie der Öffentlichkeit akzeptiert wird... das sie ersetzt. Beispielsweise existierte der Gott Ihres Alten Testaments Jahrtausende lang, bis es... Er... von einer zivilisierteren, aber leicht schizophrenen Gottheit des Neuen Testaments neu definiert wurde. Und selbst die neuere und schwächere Version hat fünfzehnhundert Jahre überdauert, bevor sie dicht daran kam, von der Allergie der modernen Wissenschaft ausgelöscht zu werden.

Bruder Freddy war sicher, daß er einen Herzanfall bekommen würde.

»Aber wer hat sich die Mühe gemacht, die Hölle neu zu definieren?« fragte Vanni Fucci rhetorisch. »Die Deutschen waren in diesem Jahrhundert nahe daran, aber ihre Visionäre wurden ausgerottet, bevor das neue Konzept im Denken der Masse Fuß fassen konnte. Also bleibt alles beim Alten. Die Hölle ist beständig. Unsere ewigen Strafen bleiben erhalten und haben nicht weniger Grund für ihre Existenz als Ihr kleiner Zeh oder Ihr Blinddarm.«

Bruder Freddy wurde klar, daß er es hier mit einem Dämon zu tun haben konnte. Nachdem er fast vierzig Jahre lang über Dämonen gepredigt, über Dämonen gelehrt und die geistigen Fußspuren von Dämonen in vielen Dingen – von der Rock-Musik bis hin zur Pillen-Legalisierung – gefunden hatte, nachdem er gewettert hatte, daß sich Dämonen in den Schulen, in Kinderspielzeug und in den Symbolen auf Frühstücksflocken versteckten, und nachdem er ein Vermögen damit gemacht hatte, einer der bekanntesten Experten über Dämonen der Nation zu werden, fand Bruder Freddy es ein wenig beunruhigend, drei Schritte von jemandem entfernt zu sitzen, der von einem Dämon besessen oder sogar selbst ein Dämon *sein* konnte. Vor diesem Tag war sein engster Kontakt mit einem Dämon gewesen, wenn Tammy Faye, die Frau des Reverend Jim Bakker, von ›ihrem Einkaufsdämon‹ besessen gewesen war, bevor das Paar diese unglückliche Publicity gehabt hatte.

Bruder Freddy umklammerte die Bibel mit der linken Hand und hob die rechte zu einer gekrümmten Klaue über Vanni Fuccis Kopf. »Ich vertreibe dich, Satan!« schrie er. »Und alle Untergebenen und Handlanger und Helfershelfer von Satan... HINFORT von diesem Ort Gottes! Im Namen JE-SU *befehle* ich es euch! Im Namen JE-SU befehle ich es euch!«

»Ach, seien Sie still«, sagte Vanni Fucci. Er sah auf die goldene Armbanduhr. »Hören Sie, lassen Sie mich zum wichtigen Teil kommen. Ich habe nicht mehr viel Zeit.«

Während der Italiener sprach, behielt Bruder Freddy die Pose mit erhobener Hand und fest umklammerter Bibel bei. Nach einer Minute wurde sein Arm müde und er ließ ihn sinken. Aber die Bibel ließ er nicht los.

»Mein Verbrechen war politischer Art«, sagte Vanni Fucci, »obwohl mich dieser engstirnige Florentiner in die für Diebe vorbehaltene Bolgia steckte. Ja, ja, ich weiß, Sie haben keine Ahnung, wovon ich spreche. Damals waren die politischen Kämpfe zwischen uns

Schwarzen und den speichelleckerischen Weißen von großer Wichtigkeit – ein Drittel von Dantes verdammtem *Inferno* ist voll davon –, aber mir ist klar, daß heute niemand mehr weiß, wer die Kontrahenten waren, ebensowenig wie sich in siebenhundert Jahren von heute an noch jemand an Republikaner und Demokraten erinnern wird.

Im Jahre 1293 stahlen zwei Freunde und ich den Schatz von San Jacopo im Duomo San Zeno, um unserer politischen Sache zu helfen. Der Duomo war eine Kirche. Zum Schatz gehörte auch ein Meßkelch. Aber ich kam nicht in Dantes Hölle wegen eines kleinen Diebstahls, der damals so gewöhnlich war wie heute ein Überfall auf einen Supermarkt. *Nein.* Ich habe einen Ehrenplatz in der siebten Bolgia im Achten Kreis, weil ich ein Schwarzer war und Dante ein Weißer, und das ist so ungerecht, daß ich *Scheiße schreien könnte.*«

Bruder Freddy machte die Augen zu.

Vanni Fucci sagte: »Man sollte meinen, eine Ewigkeit lang in einem Bottich voll *merde* und glühenden Kohlen zu waten, müßte eigentlich auch der kränksten S/M-Gottheit Rache genug sein, aber das ist längst nicht alles.« Vanni Fucci wirbelte zu den Gästen des Breakfast-Club auf dem Sofa herum. »Ich gebe es zu. Ich bin cholerisch. Wenn ich wütend werde, zeige ich Gott den Finger.«

Frank Flinsey, Reverend Deeters und das Wunder-Trio sahen Vanni Fucci verständnislos an.

»Den Finger«, wiederholte der Italiener. Er ballte die Faust, steckte den Daumen zwischen Zeige- und Mittelfinger hindurch und bewegte ihn rasch hin und her. Wenn man dem Keuchen des Publikums glauben konnte, schien die Geste allseits verstanden worden zu sein. Vanni Fucci drehte sich wieder zu Bruder

Freddy herum. »Und wenn ich das mache, verwandeln sich sämtliche Diebe im Umkreis von hundert Metern – und das sind natürlich alle *in* dieser verdammten Bolgia – in Reptilien...«

»Reptilien?« krächzte Bruder Freddy.

»*Chelidriden, Jaculi, Phareanen, Cenchriaden* und *zweiköpfige Lurche,* und so weiter«, bestätigte Vanni Fucci. »*Das* hat Alighieri richtig kapiert. Und dann fallen diese verdammten Schlangen selbstverständlich ausnahmslos über *mich* her. Ich breche natürlich in lodernde Flammen aus und werde zu einem Häufchen rauchender Asche und rußiger Knochen...«

Bruder Freddy nickte aufmerksam. Er sah aus den Augenwinkeln heraus, wie die Schwestern Donna Lou und Betty Jo den drei Wachen halfen, einen Stuhl als Rammbock gegen die unsichtbare Wand einzusetzen, die sie von der Bühne fernhielt. Die Wand gab nicht nach.

»Ich meine«, sagte Vanni Fucci und beugte sich nach vorne, »das ist kein Vergnügen...«

Bruder Freddy beschloß, daß er, wenn dies alles vorüber war, einen kurzen Urlaub in seiner religiösen Zuflucht auf den Bahamas machen würde.

»Und weil es die *Hölle* ist«, sagte Vanni Vucci, »sterben die Teile, meine Teile, nicht, sondern fügen sich einfach wieder zusammen. Ich kann Ihnen sagen, das ist der schmerzhafteste Teil. Und wenn ich dann wieder in einem Stück bin, wird mir die Ungerechtigkeit wieder so bewußt, daß ich Scheiße schreien könnte, und dann... nun, Sie werden es sich denken können...«

»Der Finger?« mutmaßte Bruder Freddy und schlug sich dann die Hand vor den Mund.

Vanni Fucci nickte qualvoll. »Mit beiden Händen«,

sagte er. »Und dann geht alles wieder von vorne los.« Er sah direkt in Kamera eins. »Aber das ist noch nicht das Schlimmste.«

»Nicht?« sagte Bruder Freddy.

»Nicht?« wiederholten die fünf Gäste des Breakfast-Club.

»Die Hölle ist wie ein Themen-Park angelegt«, sagte Vanni Fucci. »Die Geschäftsleitung versucht immer, die Attraktionen zu verbessern und die Unterhaltung noch toller zu machen. Und können Sie sich vorstellen, was der Große Zampano im Himmel sich in den letzten zehn Jahren oder so als zusätzliche Strafe für uns ausgedacht hat?« Die Stimme des Italieners war schriller geworden, während sein Zorn sichtlich wuchs.

Bruder Freddy und die Gäste des Breakfast-Club schüttelten nachdrücklich die Köpfe.

»BRUDER FREDDYS HALLELUJAH BREAKFAST-CLUB!« schrie Vanni Fucci und sprang auf die Beine. »ACHTMAL JEDEN GOTTVERDAMMTEN TAG. IN BOLGIA SIEBEN SIND ALLE FÜNF METER MONITORE MIT EIN-METER-ACHTZIG-BILDRÖHREN AUFGESTELLT!«

Bruder Freddy rückte mit dem Sessel zurück, als Vanni Fuccis Speichel über den Schreibtisch sprühte.

»ICH MEINE...« bellte Vanni Fucci, dessen aufgerissene, starrende Augen auf etwas über den Laufstegen gerichtet waren, »... ES IST SCHON SCHLIMM GENUG, DIE GANZE EWIGKEIT IN DER HÖLLE SCHMOREND ZU VERBRINGEN UND ALLE PAAR MINUTEN IN STÜCKE GERISSEN ZU WERDEN, ABER DABEI... *DABEI*...« Er streckte beide Arme himmelwärts.

»Nein!« schrie Bruder Freddy.

»Nein!« schrien die Gäste des Breakfast Club.

»KÖNNTE ICH WIRKLICH SCHEISSE SCHREIEN!« bellte Vanni Fucci und zeigte Gott den Finger. Zweimal.

Danach geschah alles sehr schnell. Um die beste Wirkung zu erzielen, muß man das Videoband mit extremer Zeitlupe abspielen, und selbst dann ist die Abfolge der Ereignisse verwirrend.

Bruder Freddy war der erste. Er klappte über den Tisch als würde eine unsichtbare Macht das Heimlich-Manöver an ihm praktizieren, machte den Mund auf, um zu schreien, mußte feststellen, daß ihm das drei Reihen langer Fangzähne unmöglich machten, und dann wuchsen ihm schneller Schuppen und ein Schwanz, als man ›wiedergeboren‹ sagen kann. Die Verwandlung ging so schnell vonstatten und die Bewegungen danach waren so schnell, daß es niemand mit Bestimmtheit sagen kann; aber die meisten Beobachter sind sich darin einig, daß der Reverend Bruder Freddy in dem Augenblick, bevor er – es – mit einer einzigen heftigen Bewegung des kräftigen Schwanzes über den Schreibtisch schnellte und sich von den Lenden bis zum Hals um Vanni Fucci wand, wie eine Mischung zwischen einem riesigen Ochsenfrosch und einer orangefarbenen Python aussah.

Frank Flinsey verwandelte sich in etwas vollkommen anderes; in weniger als einer Sekunde verwandelte sich der Weltuntergangsexperte mittleren Alters in etwas das Ähnlichkeit mit einem sechsarmigen Lurch mit gezacktem Schwanz wie in *Aliens* hatte. Das Ding schlug mit dem Schwanz eine Schneise durch Teppich, Boden, Sofa und den zertrümmerten Velourssessel bis hin zum unglückseligen Vanni Fucci, wo es das Pythonwesen Bruder Freddy bei einem ungebremsten Angriff unterstützte. Experten waren sich darin einig, daß Flinsey wahrscheinlich ein *Pharean* war, Bruder Freddy ein *Chelidrid*.

Bei Bubba Deeters' Verwandlung hingegen herrschte überhaupt kein Zweifel: Der Straßenprediger, der in einem Schützengraben zu Gott gefunden hatte, zerfloß wie alte Schimmelpilze und erstand wieder als grüngestreifte Amphibie mit einem Kopf an beiden Enden. Er glitt auf Vanni Fucci zu, um an dem Spaß teilzuhaben.

Das Wunder-Trio verwandelte sich auf der Stelle in schleimige, pfeilförmige Wesen, die durch die Luft schossen, Kondensstreifen grünen Rotzes hinter sich zurückließen und sich in Vanni Fuccis Fleisch bohrten. Gelehrte waren sich darin einig, daß das Trio zu etwas geworden war, das Dante und Lucan als *Jaculi* beschrieben hatten, aber die meisten Leute, die sich das Video heute ansehen, nennen sie die ›Rotzraketen‹.

Während sich diese Kreaturen alle zusammen wie eine wuselnde, sich windende Schlangenbrut auf Vanni Fucci stürzten, spielten sich auf der Bühne und anderswo weitere Ereignisse ab.

Bruder Billy Bob hatte kaum die Kopfhörer wieder aufgesetzt, da verwandelte er sich in eine, wie es ein in der Nähe stehender Kameramann später beschrieb, ›fünf Meter lange Vipernatter mit Lepra‹. Ein zweiter Kameramann, der seitdem seine Stelle bei der Kirche der Wiedergeborenen verloren hat, soll angeblich gesagt haben: »Mir ist keine Veränderung an Billy Bob aufgefallen. Für mich sehen alle Regisseure gleich aus.«

Die Schwestern Donna Lou und Betty Jo fielen zu Boden und glitten eine Sekunde später als zwei riesige rosa Würmer auf die Bühne. Über die Phallussymbolik speziell dieser Verwandlung ist viel geschrieben worden, aber die drei Wachen, die ihre Pistolen in die riesigen Würmer feuerten und dann das Weite suchten, bekamen von dieser Ironie nicht viel mit.

Auch das Publikum blieb nicht verschont. Vanni Fucci hatte gesagt, daß alle Diebe im Umkreis von hundert Metern um seine Blasphemie traditionell verwandelt wurden. Von den 319 Publikumsmitgliedern, die an diesem Tag anwesend waren, fehlten am nächsten Tag 226. Im Auditorium gellten die Schreie derjenigen, die nicht verwandelt wurden, aber mit ansehen mußten, wie sich Ehemänner oder -frauen oder Eltern oder Schwager oder der Fremde neben ihnen blitzartig in Schlangen, Lurche mit Zähnen, Kröten ohne Beine, riesige Leguane, vierarmige Boa constrictors und die übliche Ansammlung von *Chelidriden, Jaculi, Phareanen, Cenchriaden*... und *Amphisbands* verwandelten. Eine einen Monat nach dem Vorfall von der Universität von Alabama angefertigte Studie ergab, daß die meisten der in Reptilien verwandelten Diebe in der Verkaufsbranche tätig waren, aber es waren auch andere Berufe vertreten – Anwälte (8), Politiker (3), Priester (31), Psychiater (1), Werbedesigner (2), Richter (4), Ärzte (4), Börsenmakler (12), Hausbesitzer (7), Buchhalter (3) und ein Autodieb (1), der ins Auditorium geflohen war, um der Autobahnpolizei von Alabama (2) zu entkommen.

In weniger als zehn Sekunden war Vanni Fucci der Mittelpunkt einer Masse von Schuppen und Fangzähnen, die jedes Reptil im Auditorium des Bibel-Senders repräsentierten. Der Italiener bemühte sich, eine Hand freizubekommen, um den Finger noch einmal zu zeigen.

Bruder Freddy schlug die Ochsenfrosch-Python-*Chelidrid*-Fangzähne tief in Vanni Fuccis Hals, und der Gotteslästerer fing an zu brennen.

Im Fernsehstudio breitete sich ein so durchdringender Schwefelgeruch aus, daß später Tausende Fernsehzuschauer schworen, sie hätten ihn sogar bei sich zu Hause wahrgenommen.

Sämtliche Reptilien gingen zusammen mit Vanni Fucci in Flammen auf und verschwanden mit ihm in einer napalmähnlichen orange-grünen Flamme, die so grell war, daß das Nachbrennen noch vierzig Sekunden später auf den Linsen der computergesteuerten Videokameras zu sehen war.

Die Bühne des Hallelujah Breakfast-Club war plötzlich verlassen, abgesehen von flammenden Überresten des Sofas, Schreibtischs und des zertrümmerten Veloursessels. Die Sprinkleranlage oben ging an, und das ›Aussichtsfenster‹ implodierte in einem Regen aus Funken und Glas. Der Sonnenaufgang überlebte nicht.

An diesem Abend brachte die *Nightline*-Videowiederholung Einschaltquoten von über sechzig Prozent. In derselben Sendung sagte Dr. Carl Sagan auf die Frage von Ted Koppel, daß man die Geschehnisse allesamt mit natürlichen Ursachen erklären konnte.

In dieser Woche schickten die Gebetspartner von Bruder Freddys Halleluja Breakfast-Club Liebesgaben in Höhe von 23 267 894,79 Dollar.

Das bedeutete – abgesehen vom gelegentlichen Kreuzzug von Billy Graham – einen neuen wöchentlichen Rekord.

IVERSONS GRUBEN

Als Junge hatte ich keine Angst vor der Dunkelheit. Als alter Mann bin ich klüger. Aber ich war ein zehnjähriger Junge in jenem fernen Sommer des Jahres 1913, als ich gezwungen war, an einer Kommunion mit jener Dunkelheit teilzuhaben, die heute so nahe vor mir aufragt. Ich erinnere mich an ihren Geschmack. Selbst heute, ein Dreivierteljahrhundert später, kann ich keine schwarze Erde im Garten umgraben oder auf dem stillen Rasen im Garten meines Enkels stehen, wenn die Sonne untergegangen ist, ohne die Berührung eiskalter Finger im Nacken zu spüren.

Die Vergangenheit ist, wie man so sagt, tot und begraben. Aber selbst die am tiefsten begrabenen Dinge haben eine Verbindung mit der Gegenwart; sie strekken ihre knorrigen alten Wurzeln der Oberfläche entgegen, und ich bin so eine Wurzel. Doch es gibt niemanden mit einer Verbindung, niemandem, dem ich alles erzählen könnte. Meine Tochter wurde erwachsen und ging dahin; sie starb 1953 an Krebs. Mein Enkel, in mittleren Jahren, ist ein Produkt der Eisenhower-Jahre, jener Zeit endloser Schwangerschaft, als die ganze Welt fett und zufrieden in die Zukunft zu schauen schien. Paul unterrichtet seit dreiundzwanzig Jahren an der hiesigen High School Naturwissenschaften, und wenn ich ihm heute von den Geschehnissen jenes heißen ersten Tages und der anschließenden Nacht im Juli 1913 erzählen würde, hielte er mich für verrückt. Oder senil.

Meine Urenkel – ein Junge und ein Mädchen in einer Zeit, die keinen Grund sieht, auf so nebensächliche Unterschiede wie Geschlecht zu achten – können sich keine Vergangenheit vorstellen, die so uralt und unwiederbringlich ist wie meine eigene Kindheit vor dem Ersten Weltkrieg, und noch weniger die Blut-und-Leder-Wirklichkeit der Bürgerkriegszeit, aus der ich meine dunkle Botschaft habe. Meine Urenkel sind so bunt und gedankenlos wie die Zierfische, die Paul in seinem teuren Aquarium hält; sie sind frei von den Schrecken und Gezeiten des Ozeans der Geschichte und räkeln sich behaglich in ihrer vollkommenen Unwissenheit darüber, was vor ihnen, vor den Big Macs und dem MTV war.

Und so sitze ich allein auf der Veranda in Pauls Garten – warum, versuche ich mich zu erinnern, haben wir uns vom Gemeinschaftsgeist der Vorderverandas mit Blick auf die öffentlichen Straßen ab- und der eingezäunten Isolation unserer Gärten zugewendet? – und betrachte die alten Fotos eines ernsten zehnjährigen Jungen in seiner Pfadfinderuniform.

Der Junge ist für den heißen Sommertag viel zu warm angezogen; seine zierliche Gestalt versinkt beinahe unter der schweren Baumwolltunika der Pfadfinder, dem Hut mit der breiten Krempe, den ausgebeulten Wollhosen und den fast bis zu den Knien geschnürten linkischen Wickelgamaschen. Er lächelt nicht – ein ernster Miniatur-Landser, und das Jahre bevor das Wort Landser zum festen Begriff des öffentlichen Vokabulars wurde. Der Junge bin natürlich ich; ich stand an jenem Tag im Juni vor Mr. Everetts Eiswagen und war im Begriff, zu einer Reise aufzubrechen, die viel länger dauern und zu unvorstellbar ferneren Orten führen sollte, als sich jemand von uns hätte vorstellen können.

Ich betrachte das Foto und weiß, daß Eiswagen nur

noch als verblassende Erinnerungen in alternden Köpfen existieren, daß das Haus im Hintergrund längst abgerissen und von einem Mietshaus verdrängt wurde, das seinerseits wieder einem Einkaufszentrum weichen mußte, daß Wolle und Leder und Baumwolle der Pfadfinderuniform längst zerfallen und nur noch die Messingknöpfe und der Junge selbst übriggeblieben sind, irgendwo verloren, und daß – wie Paul es erklären würde – jede Zelle im Körper dieses ernsten Zehnjährigen mehrmals ausgewechselt worden ist. Zum Nachteil, vermute ich. Paul würde sagen, daß die DNS noch dieselbe ist, und dann eine Erklärung abgeben, die sich anhört, als bestünde die einzige Kontinuität zwischen meinem *jetzigen* Ich und meinem *damaligen* Ich in einem kleinen Parasiten-Architekt, der blind in jeder ansonsten zusammenhanglosen Zelle meines damaligen und meines jetzigen Ichs sitzt und greint.

Bockmist.

Ich betrachte das dünne Gesicht, die dünnen Lippen, die zusammengekniffenen Augen, die ins Licht einer Sonne blinzeln, welche fünfundsiebzig Jahre jünger war (und heißer, das *weiß* ich, trotz Beteuerungen der Vernunft und den Gesetzen von Pauls High School-Wissenschaft), und ich spüre den Faden der Verbundenheit, der den arglosen zehnjährigen Jungen – so selbstbewußt für jemanden, der so jung ist, so furchtlos – mit dem alten Mann verbindet, der gelernt hat, Angst vor der Dunkelheit zu haben.

Ich wünschte, ich könnte ihn warnen.

Die Vergangenheit ist tot und begraben. Aber ich weiß heute, daß begrabene Dinge dazu neigen, zur Oberfläche emporzusteigen, wenn man es am wenigsten erwartet.

Im Sommer des Jahres 1913 bereitete sich das Commonwealth von Pennsylvania auf die größte Invasion militärischer Veteranen vor, die die Nation jemals gesehen hatte. Das Kriegsministerium hatte Einladungen zu einem großen Wiedersehen von Bürgerkriegsveteranen verschickt, um den fünfzigsten Jahrestag der dreitägigen Schlacht von Gettysburg zu feiern.

Den ganzen Frühling über waren die Zeitungen in Philadelphia voll von Einzelheiten über das bevorstehende Ereignis. Bis zu vierzigtausend Veteranen wurden erwartet. Mitte Mai war die Zahl auf vierundfünfzigtausend gestiegen, und das Unterhaus mußte zusätzliche Gelder bewilligen, um das Budget der Armee zu erweitern. Celia, die Cousine meiner Mutter, schrieb aus Atlanta, daß die Töchter der Konföderierten und andere Vereinigungen im Zusammenhang mit dem Verband konföderierter Veteranen alles in ihrer Macht Stehende unternahmen, um ihre alten Männer zu einer letzten Invasion nach Norden zu schikken.

Mein Vater war kein Veteran. Vor meiner Geburt hatte er die Probleme mit Spanien ›Mr. Hearsts Krieg‹ genannt, und fünf Jahre nach dem Treffen in Gettysburg sollte er die Probleme in Europa ›Mr. Wilsons Krieg‹ nennen. Bis dahin würde ich an der High School sein und meine Klassenkameraden sich überschlagen, damit sie sich freiwillig melden und den Deutschen zeigen könnten, was eine Harke ist. Aber da teilte ich bereits die Abneigung meines Vaters; ich hatte genügend vom Erbe des Krieges gesehen.

Aber im späten Frühling und im Frühsommer des Jahres 1913 hätte ich alles gegeben, um bei den Veteranen in Gettysburg dabei sein zu können, die Ansprachen zu hören, die Gefechtsflaggen zu sehen, in der Devil's Den zu kauern und den alten Männern zuzusehen, wie sie Pickets Sturmlauf ein letztes Mal nachspielten.

Und dann ergab sich die Gelegenheit.

Ich war seit meinem Geburtstag im Februar Pfadfinder. Damals waren die Pfadfinder noch etwas vergleichsweise Neues – die ersten Verbände waren erst drei Jahre zuvor in den Vereinigten Staaten gegründet worden –, aber im Frühjahr 1913 war jeder Junge, den ich kannte, entweder schon Pfadfinder oder wartete darauf, einer zu werden.

Reverend Hodges hatte das erste Kader in Chestnut Hill gegründet, unserer kleinen Stadt außerhalb von Philadelphia, die heute ein Vorort ist. Der Reverend ließ nur Jungs mit gutem Charakter und ausgeprägten Moralvorstellungen zu: Presbyterianer. Ich hatte drei Jahre lang im Knabenchor der Presbyterianer-Kirche in der Fourth Avenue gesungen, daher wurde mir trotz meines zarten Äußeren und der Tatsache, daß ich völlig unfähig war, einen Knoten zu binden, gestattet, drei Tage nach meinem zehnten Geburtstag Pfadfinder zu werden.

Mein Vater war nicht begeistert. Unsere Pfadfinderuniformen hätten Überbleibsel der heimkehrenden Roughriders-Armee sein können. Wir waren von den grob genagelten Stiefeln über die Schnürgamaschen bis hin zu den Hüten kleine Soldaten, wir ertranken in Bahnen von Khaki und gewaltigen Wogen militärischer Tugenden. Reverend Hodges bestellte uns jeden Dienstag- und Donnerstagnachmittag von vier bis sechs und jeden Samstagmorgen von sieben bis zehn auf das Football-Feld der Schule, wo wir militärisch gedrillt wurden und lernen mußten, Verbände anzulegen, bis unser Kader wie eine Gruppe Mumien aussah, die Khaki unter den Bandagen hatten. Mittwochabends trafen wir uns im Keller der Kirche, um das Morsealphabet zu lernen – das der Reverend General Service Code nannte – und unsere Flaggensignale zu üben.

Mein Vater fragte mich, ob ich trainieren würde, um den Burenkrieg noch einmal zu führen. Ich achtete nicht auf seine Ironie, schwitzte in den zunehmend wärmeren Maiwochen und genoß jeden Augenblick davon.

Als Reverend Hodges Anfang Juni zu uns kam und meinen Eltern mitteilte, das Commonwealth habe alle Pfadfinderkader in Pennsylvania aufgefordert, Repräsentanten nach Gettysburg zu schicken, damit sie bei der großen Gedenkfeier mithelfen konnten, da wußte ich, es war göttliche Fügung, die es mir ermöglichte, zusammen mit dem Reverend, dem dreizehnjährigen Billy Stargill – der später in den Argonnen gefallen ist – und einem pickligen, übergewichtigen Jungen, an dessen Namen ich mich nicht erinnern kann, die dreistündige Zugfahrt nach Gettysburg anzutreten.

Als Teilnehmer an den offiziellen Feierlichkeiten bezahlten wir den Veteranensonderpreis von einem Cent pro Meile. Die Zugfahrt kostete mich einen Dollar einundzwanzig. Ich war noch nie in Gettysburg gewesen. Ich war noch nie über Nacht von zu Hause fort gewesen.

Wir kamen am Spätnachmittag an; ich war müde, schwitzte, hatte Durst und mußte dringend aufs Klo, weil ich zu verlegen gewesen war, die Toilette im Zug zu benützen. Die kleine Stadt Gettysburg war ein Durcheinander von Menschenmassen, Chaos, Lärm, Pferden, Automobilen und alten Männern, deren schwere Uniformen nach Kampfer rochen. Wir folgten Reverend Hodges über schlammige Wege zwischen mit Flaggen und Girlanden geschmückten Gebäuden. Die Männer waren den Frauen zahlenmäßig zehn zu eins überlegen, und die meisten Hauptstraßen waren ein Meer von Strohhüten und Khakimützen. Während der Reverend sich in der Halle des Eagle Hotels nach einer Nachricht von seinen Pfadfinder-Vorgesetzten erkundigte, schlich ich mich in einen Seitenflur und zu einer öffentlichen Toilette.

Eine halbe Stunde später schleiften wir unsere Seesäcke in den Stauraum einer kleinen Motorkutsche, um in südwestlicher Richtung aus der Stadt hinaus und zur Zeltstadt zu fahren, wo die Gedenkfeier stattfinden sollte. Ein Dutzend Jungs und drei Aufseher drängten sich auf den Holzbänken, während das Fahrzeug sich durch den dichten Verkehr der Franklin Street plagte, an einem behelfsmäßigen Krankenhaus des Roten Kreuzes an der Ostseite der Straße und etwa zwanzig Krankenwagen vorbei, die an der Westseite parkten, und dann weiter in eine Straße, die Long Lane hieß und zu einem Meer von Zelten führte, das sich ewig auszudehnen schien.

Es war schon sieben Uhr vorbei, und das goldene Abendlicht beleuchtete Tausende Segeltuchpyramiden, die hunderte Ar Farmland bedeckten. Ich verrenkte mir den Hals um zu sehen, welcher der fernen Berge Cemetery Ridge war und welcher Steinhügel der Little Round Top. Wir kamen an Staatspolizisten zu Pferde vorbei, an von Maultieren der Armee gezogenen Wagen der Armee, an riesigen Stapeln Brennholz und Gruppen transportabler Feldbäckereien, über denen noch der Geruch von frischgebackenem Brot hing.

Reverend Hodges drehte sich auf dem Sitz herum. »Ich fürchte, wir haben das Abendessen verpaßt, Jungs«, sagte er. »Aber wir haben keinen Hunger, nicht?«

Ich schüttelte den Kopf, obwohl ich Magenkrämpfe vor Hunger hatte. Meine Mutter hatte mir ein Brathähnchen und Bisquits für die Reise eingepackt, aber der Reverend hatte die Schlegel gegessen und der dikke Junge hatte um den Rest gebeten. Ich war zu aufgeregt gewesen, um etwas zu essen.

Wir bogen rechts in die East Avenue ein, eine breite, festgestampfte Straße zwischen ordentlichen Zeltreihen. Ich suchte vergeblich nach dem großen Zelt, von dem ich gelesen hatte – ein riesiges Spitzdachzelt, das dreizehntausend Stühlen Platz bot und in dem Präsident Wilson in vier Tagen, am Freitag, dem vierten Juli sprechen sollte. Die Sonne stand tief und rot im Dunst im Westen, Staub und der Geruch von niedergetrampeltem Gras und Segeltuch hingen schwer in der Luft. Ich war am Verhungern und hatte Schmutz im Haar und Staub zwischen den Zähnen. Ich kann mich nicht erinnern, jemals glücklicher gewesen zu sein.

Unser Pfadfinderlager befand sich am westlichen Ende der East Avenue, hundert Meter nach einer Reihe transportabler Küchen in der Mitte der Zelte der Veteranen aus Pennsylvania. Reverend Hodges zeigte uns unsere Zelte und befahl uns, uns eilig im Lager zurückzumelden, damit wir die Aufgaben für den nächsten Tag erhalten konnten.

Ich legte meinen Seesack auf eine Koje in einem nicht weit von den Latrinen entfernt gelegenen Zelt. Ich rollte langsam den Schlafsack aus und verteilte meine Habseligkeiten, und als ich wieder aufsah, lag der dicke Junge schlafend auf seiner Koje, und Billy war weggegangen. Keine fünfzig Meter entfernt ratterte ein Zug auf den Schienen Richtung Gettysburg und Harrisburg vorbei. Plötzlich hatte ich panische Angst, ich könnte vergessen werden, und lief zum Zelt des Aufsehers, um meine Befehle zu empfangen.

Reverend Hodges und Billy waren nirgends zu sehen, aber ein dicker Mann mit blondem Schnurrbart, dicker Brille und einer schlechtsitzenden Aufseheruniform bellte: »Du da, Scout!«

»Ja, Sir?«

»Hast du schon deine Befehle bekommen?«

»Nein, Sir.«

Der dicke Mann grunzte und kramte in einem Stapel gelber Pappkartonschilder, die auf einem Brett lagen, das ihm als Schreibtisch diente. Er zog eines heraus, las es und band es an den Messingknopf meiner linken Brusttasche. Ich verrenkte mir den Hals, um es zu lesen. Da stand in hellblauen, maschinengeschriebenen Buchstaben: MONTGOMERY, P. D., Capt. 20 N.C. Reg., SEKT. 27, PARZ. 3424, Veteranen aus North Carolina.

»Los, *geh*, Junge!« schnappte der Aufseher.

»Ja, Sir«, sagte ich und lief zum Eingang des Zeltes. Dort blieb ich stehen. »Sir?«

»Was denn?« Der Aufseher steckte einem anderen Jungen bereits den nächsten Zettel an.

»Wohin soll ich gehen, Sir?«

Der Mann schnippte mit den Fingern, als würde er ein Insekt verscheuchen. »Natürlich den Veteranen suchen, dem du zugeteilt worden bist.«

Ich sah blinzelnd auf das Schild. »Captain Montgomery?«

»Ja, ja. Wenn das darauf steht.«

Ich holte tief Luft. »Wo finde ich ihn, Sir?«

Der dicke Mann runzelte die Stirn, kam vier wütende Schritte auf mich zu und betrachtete das Schild durch seine dicke Brille. »20. North Carolina... Sektion 27... da *oben.*« Er machte mit dem Arm eine Gebärde, die die Schienen, einen von Bäumen gesäumten Bach, die untergehende Sonne und eine weitere Zeltstadt auf einem Hügel, wo Hunderte Pyramidenzelte rötlich im Dämmerlicht leuchteten, mit einschloß.

»Verzeihung, Sir, aber was tue ich, wenn ich Captain Montgomery gefunden habe?« fragte ich den Aufseher, der mir bereits wieder den Rücken zugewandt hatte.

Der Mann blieb stehen und sah mich über die Schulter hinweg mit einem Ausdruck unverhohlener Verachtung an. Ich hätte nie gedacht, daß ein Erwachsener so etwas gegenüber jemand in meinem Alter zeigen würde. »Du tust das, was er *will,* du junger Narr«, schnappte der Mann. »Und jetzt *geh.*«

Ich drehte mich um und lief zum fernen Lager der Konföderierten.

Während ich durch die lange Zeltreihe schritt, wurden allerorts Laternen angezündet. Hunderte alter Männer, viele in schweren grauen Uniformen und mit langen Schnurrbärten, saßen auf Klappstühlen und Kojen, Bänken und Baumstümpfen, rauchten und unterhielten sich und spuckten in die spätnachmittägliche Dämmerung. Ich verirrte mich zweimal, und zweimal wurde mir der Weg mit einem langsamen Südstaatenakzent erklärt, bei dem es sich ebenso gut um Deutsch hätte handeln können, soviel wie ich verstand.

Schließlich fand ich das Kontingent aus North Carolina, das zwischen den Lagern von Alabama und Missouri eingepfercht war, nur eine kurze Wegstrecke von denen aus West Virgina entfernt. In den kommenden Jahren habe ich mich oft gefragt, warum sie die treu zur Union stehenden Soldaten aus West Virginia mitten zwischen die Lager der Rebellen gelegt haben.

Sektion 27 war die letzte Reihe an der Ostseite des Lagers von North Carolina, und Parzelle 3424 war das letzte Zelt in der Reihe. Das Zelt war dunkel.

»Captain Montgomery?« Meine Stimme war kaum mehr als ein Flüstern. Da ich keine Antwort aus dem dunklen Zelt bekam, steckte ich den Kopf hinein, um mich zu vergewissern, daß der Veteran nicht zu Hause war. Es war nicht meine Schuld, überlegte ich, daß der alte Herr nicht da war, wenn ich nach ihm rief. Ich würde ihn am Morgen finden, zum Frühstückszelt begleiten, die notwendigen Besorgungen für ihn erledigen und ihm helfen, die Latrinen oder seine alten Kameraden oder was auch immer zu finden. *Morgen*. Ich hatte schon beschlossen, daß ich gleich zum Lager der Pfadfinder zurücklaufen, Reverend Hodges und Billy suchen und fragen würde, ob jemand Kekse im Seesack hatte.

»Ich habe auf dich gewartet, Junge.«

Ich erstarrte. Die Stimme war aus der Dunkelheit in der Tiefe des Zelts gekommen. Es war eine Stimme aus dem Süden, aber scharf wie Schlacke und spröde vom Alter. Ich stellte mir vor, daß die Toten mit solchen Stimmen sprachen, um jenen zu befehlen, die noch jenseits des Grabes standen.

»Komm herein, Johnny. Nur zu!«

Ich betrat das heiße, nach Segeltuch riechende Innere und blinzelte. Einen Augenblick konnte ich nicht atmen.

Der alte Mann, der auf der Koje lag, war auf die Ellbogen gestützt, so daß seine Schultern im Dämmerlicht wie spitze Flügel wirkten, Raubvogelschwingen, die über einem ansonsten konturlosen Bündel grauen Stoffs, grauer Haut, stechenden Augen und verblaßter Litzen aufragten. Er hatte einen formlosen Hut auf, der einmal einen steifen Rand und eine Krone gehabt hatte, heute aber nur noch dazu diente, sein Gesicht noch tiefer in Schatten zu hüllen. Im Halbdunkel ragte eine schnabelförmige Nase über weißen Barthaaren, schmalen purpurnen Lippen und ein paar spitzen Zähnen auf, die im schwarzen Schlund des Mundes funkelten. Mir wurde zum erstenmal in meinem Leben klar, daß der Mund des Menschen in Wahrheit eine Öffnung in den Schädel hinein ist. Die Augenhöhlen des alten Mannes waren tiefe schattige Gruben unter noch schwarzen Brauen, die Wangen waren hohl und scharfkantig. Riesige, leberfleckige, von Alter und Arthritis mißgestaltete Hände schimmerten unnatürlich weiß in der Dunkelheit, und ich sah, daß ein Bein im schwarzen Glanz eines hohen Stiefels verschwand, das andere aber unterhalb des Knies unvermittelt aufhörte. Ich sah, daß das Hosenbein über blasse, vernarbte Haut gerollt war, die sich straff über dem Knochen des Stumpfs spannte.

»Verflucht, Junge, hast du den Wagen mitgebracht?«

»Pardon, Sir?« Meine Stimme war das ängstliche Zirpen einer Grille.

»Den Wagen, verflucht, Johnny. Wir brauchen einen Wagen. Das solltest du wissen, Junge.« Der alte Mann richtete sich auf, schwang Bein und Stumpf über den Rand der Koje und kramte in seinem weiten Mantel.

»Tut mir leid, Captain Montgomery... äh... Sie *sind* doch Captain Montgomery, oder nicht, Sir?«

Der alte Mann grunzte.

»Nun, Captain Montgomery, Sir, mein Name ist nicht Johnny, er ist...«

»*Herrgott noch mal*, Junge!« bellte der alte Mann. »Könntest du aufhören zu widersprechen und den verfluchten Wagen holen! Wir müssen droben bei den Gruben sein, bevor uns der alte Hundesohn Iverson zuvorkommen kann.«

Ich wollte antworten, mußte aber feststellen, daß ich keine Luft bekam, da Captain Montgomery eine Pistole aus den Falten seines Mantels holte. Diese Waffe war riesig und grau und roch nach Öl, und ich war überzeugt, daß mich der verrückte alte Mann noch in diesem Augenblick damit umbringen würde. Ich stand da und bekam so sicher keine Luft mehr, als hätte mir der alte Konförderierte mit dem Lauf dieser wunderbaren Waffe in den Solarplexus geschlagen.

Der alte Mann legte die Pistole auf die Koje, griff in den Schatten darunter und zog ein schwerfälliges Gebilde mit Bändern, Schnallen und Mahagoniholz hervor, das ich als grobschlächtiges Holzbein erkannte. »Komm jetzt, Johnny«, murmelte er und bückte sich, um das grausame Ding anzuschnallen. »Ich habe lange genug auf dich gewartet. Geh den Wagen holen, sei ein guter Junge. Wenn du zurückkommst, bin ich fertig und warte auf dich.«

»Ja, Sir«, brachte ich heraus, drehte mich um und floh.

Ich habe keine vernünftige Erklärung für mein weiteres Vorgehen. Ich hätte nur das Logische tun müssen, wozu mich jede Faser meines verängstigten Körpers drängte: zurück zum Lager der Pfadfinder laufen, Reverend Hodgson suchen und ihm mitteilen, daß mein Veteran ein mit einer Pistole bewaffneter, toller Wahnsinniger war, und mich dann gemütlich schlafen legen, während sich die Erwachsenen um die Sache kümmerten. Aber ich war damals eben kein vernünftiges Wesen. (Ich war müde, hungrig und hatte schon Heimweh, obwohl ich gerade erst sieben Stunden von zu Hause fort war, ich fühlte mich räumlich und zeitlich desorientiert und war – das ist wahrscheinlich das Entscheidende – nicht daran gewöhnt, Befehle zu mißachten. Dennoch bin ich bis zum heutigen Tag davon überzeugt, daß ich den ganzen Weg zum Pfadfinderlager gelaufen wäre, ohne mir Gedanken zu machen, wenn ich nicht als letztes gesehen hätte, wie sich der alte Mann unter Schmerzen das gräßliche Holzbein anschnallte. Den Gedanken, wie er im Dunkel der Dämmerung auf diesem schrecklichen Holzbein stand und zuversichtlich auf einen Wagen wartete, der nie kommen würde, konnte ich einfach nicht ertragen.

Das Schicksal wollte es, daß ein Wagen und ein unbeaufsichtigtes Paar Pferde keine hundert Meter von Captain Montgomerys Zelt entfernt standen. Die Pritsche des Wagens war halb mit Decken gefüllt, aber Fahrer und Zulieferer waren nirgends zu sehen. Das Gespann bestand aus grauen, alten Tieren mit durchhängenden Rücken, aber sie waren friedlich als ich ihre Zügel ergriff, sie unbeholfen drehte und den Hügel hinaufführte.

Ich war noch nie auf einem Pferd geritten oder hatte

ein Gespann gelenkt. Ich war schon 1913 daran gewöhnt, Auto zu fahren. In Chestnut Hill fuhren ab und zu Automobile und Motorkarossen vorbei, aber sie wurden bereits als etwas Alltägliches angesehen. Mr. Everett, unser Eismann, ließ keine Kinder auf seinem Wagen mitfahren, und sein Pferd hatte die Angewohnheit, Kinder zu beißen, die ihm zu nahe kamen.

Ich bemühte mich ängstlich, die Hände von den Zähnen der Grauen fernzuhalten, während ich sie bergauf führte. Es kam mir nie in den Sinn, daß ich den Wagen stahl. Captain Montgomery brauchte einen Wagen. Es war meine Aufgabe, ihn zu beschaffen.

»Guter Junge, Johnny. Gut gemacht.« Draußen, im Licht, war der alte Mann kaum weniger eindrucksvoll. Der lange graue Mantel hing faltig und zerknittert an ihm, und obwohl ich die Pistole nicht sehen konnte, war ich sicher, daß er sie bei sich hatte. An einem Band über seiner Schulter hing ein schwerer Seesack. Zum erstenmal bemerkte ich die verblichenen Abzeichen an der Vorderseite seines Hutes und die drei kleinen Orden am Mantel. Die Bänder waren verblaßt, so daß ich ihre Farben nicht erkennen konnte. Der bloße Hals des Captains erinnerte mich an das dichte Wirrwarr von Seilen, die ins dunkle Maul des Brunnens hinter unserem alten Haus hinunterhingen.

»Komm schon, Junge. Wir müssen tüchtig vorankommen, wenn wir den Hurensohn Iverson schlagen wollen.« Der alte Mann schwang sich mit einer ausholenden Bewegung seines Holzbeins auf den Sitz und packte das Zaumzeug mit Fäusten, die wie Knollen knorriger Wurzeln aussahen. Ich lief ohne zu zögern zur linken Seite des Wagens und sprang auf den Sitz neben ihm.

An diesem letzten, späten Abend im Juni war Gettysburg voller Lichter und Aktivitäten, aber die Nacht schien besonders schwarz und verlassen zu sein, als wir auf dem Weg nach Norden durch die Stadt fuhren. Laternen von Häusern und Hotels schienen unserem Ziel – was immer unser Ziel war – so fern zu sein, daß sie mir blaß und kalt vorkamen, der verblassende Schein von Glühwürmchen, die in einem Glas starben.

Nach wenigen Minuten hatten wir die letzten Häuser am nördlichen Stadtrand hinter uns gelassen und bogen nach Nordwesten ab, auf die Mummasburg Road, wie ich später erfuhr. Kurz bevor wir hinter einem dunklen Vorhang aus Bäumen verschwanden, drehte ich mich auf dem Sitz herum und erhaschte einen letzten Blick auf Gettysburg und das große Lager der Gedenkfeier dahinter. Die Lichter der Stadt wirkten fahl und ausgelaugt, aber die Flammen der Lagerfeuer und Freudenfeuer in der Zeltstadt loderten in der Nacht. Ich betrachtete die Konstellation der Feuer, und mir wurde klar, daß mehr alte Veteranen um sie herumsaßen, als die Armeen mancher Nation junge Männer hatten.

Ich fragte mich, ob so vor fünfzig Jahren Cemetery Ridge und Culp's Hill für die heranmarschierende Armee der Konföderierten ausgesehen haben mochten.

Da kam mir plötzlich der furchteinflößende Gedanke, daß vor fünfzig Jahren der Tod eine große Feier veranstaltet hatte und 140 000 Gäste in den Totenhemden angereist waren. Mein Vater hatte mir gesagt, daß die Soldaten manchmal kleine Papierschildchen an ihre Uniformen geheftet hatten, damit man sie identifizieren konnte, wenn das Gemetzel vorüber war. Ich sah nach rechts und rechnete fast damit, ein Stück gelbes Papier an den Mantel des alten Mannes gesteckt zu sehen, auf den Name, Dienstgrad und Heimatstadt gekritzelt waren. Dann wurde mir erschrocken bewußt, daß *ich* das Namensschild hatte.

Ich sah wieder zu den Lichtern zurück und staunte darüber, daß fünfzig Jahre nach dem dunklen Fest des Todes 50 000 Überlebende zu einer zweiten Feier zurückgekehrt waren.

Wir drangen tiefer in den Wald ein, und ich konnte die Feuer des Gedenkfeier-Lagers nicht mehr sehen. Die einzigen Lichtquellen bildeten das schwindende Leuchten des Sommerhimmels zwischen den Ästen und das sporadische Aufblitzen von Glühwürmchen am Wegesrand.

»Du erinnerst dich nicht an Iverson, oder, Junge?«

»Nein, Sir.«

»Hier.« Er steckte mir etwas in die Hand. Ich beugte mich mit zusammengekniffenen Augen darüber und erkannte, daß es eine alte, an den Rändern brüchige Ferrotypie war. Ich konnte den blassen Umriß eines Gesichts erkennen und Schatten, bei denen es sich um einen Schnurrbart handeln konnte. Dann nahm Captain Montgomery sie mir wieder aus der Hand. »Er ist nicht zu der gottverdammten Feier eingetragen«, murmelte er. »Hab' den ganzen verdammten Tag nach ihm gesucht. Nie eingetroffen. Hatte ich auch nicht erwartet. Vor zwei Jahren stand in einer Zeitung in Atlanta, daß er gestorben ist. Gottverdammte Lüge.«

»Oh«, sagte ich. Die Hufe der Pferde erzeugten leise Geräusche im Staub der Straße. Die Felder, an denen wir vorüberkamen, waren so leer wie meine Gedanken.

»Gottverdammte Lüge«, sagte der Captain. »Er wird hierherkommen. Kein Zweifel, oder, Johnny?«

»Nein, Sir.« Wir kamen über die Kuppe eines flachen Hügels, und der alte Mann bremste das Gespann ab. Sein Holzbein hatte ein rhythmisches Geräusch erzeugt, weil es gegen das Brett schlug, an das er es gestützt hatte, und während wir bremsten, veränderte sich dieser Rhythmus. Wir hatten den dichtesten Teil des Waldes hinter uns gelassen, links und rechts erstreckte sich dunkles Farmland zwischen Baumgruppen und niederen Steinmauern. »Verflucht«, sagte er. »Hast du da hinten Forneys Haus gesehen?«

»Ich... nein Sir, ich glaube nicht.« Ich hatte keine Ahnung, ob wir an Forneys Haus vorbeigekommen waren. Ich hatte keine Ahnung, wer Forney war. Ich hatte keine Ahnung, was ich mir dabei dachte, mitten in der Nacht mit diesem merkwürdigen alten Mann über Land zu fahren. Ich stellte verblüfft fest, daß ich plötzlich den Tränen nahe war.

Captain Montgomery brachte die beiden Grauen unter einer etwas abseits der Straße gelegenen Baumgruppe zum Stillstand. Er keuchte und hechelte, während er sich bemühte, vom Kutschersitz herunterzusteigen. »Hilf mir runter, Junge. Wird Zeit, daß wir das Biwak aufschlagen.«

Ich eilte um den Wagen herum und reichte ihm die Hand, aber er benützte meine Schulter als Stütze und sprang wuchtig auf den Boden. Er verströmte einen seltsam sauren Geruch, und ich erinnerte mich an eine alte, uringetränkte Matratze in einem Schuppen bei den Schienen hinter unserem Haus, wo Hobos schliefen, wie Billy behauptete. Inzwischen war es völlig dunkel. Ich konnte über einem Feld jenseits der Straße den Großen Bären sehen. Rings um uns herum stimmten sich Grillen und Heuschrecken für ihre nächtliche Symphonie ein.

»Bring ein paar Decken mit, Junge.« Er hatte einen abgebrochenen Ast aufgehoben, den er als Gehstock benützte, während er linkisch zwischen den Bäumen dahinstapfte. Ich schnappte ein paar Armeedecken von der Pritsche des Wagens und folgte ihm.

Wir überquerten ein Weizenfeld, kamen an einer schmalen Baumreihe vorbei und erklommen eine Wiese, bevor wir unter einem Baum anhielten, dessen breites Blätterdach im Nachtwind rauschte. Der Captain wies mich an, die Decken zu behelfsmäßigen Schlafsäcken zusammenzurollen, dann ließ er sich nieder, bis er mit dem Rücken am Baum lehnte und das Holzbein auf dem verbliebenen Knöchel ruhte. »Hast du Hunger, Junge?«

Ich nickte in der Dunkelheit. Der alte Mann kramte im Seesack und gab mir ein paar Streifen von etwas, das ich für Fleisch hielt, das aber wie stark gesalzenes Leder schmeckte. Ich kaute fast fünf Minuten auf dem ersten Stück, bis es so weich war, daß ich es schlucken konnte. Als meine Lippen und der Hals gerade anfingen, vor Durst zu pulsieren, gab mir Captain Montgomery einen Weinschlauch voll Wasser und zeigte mir, wie ich es in den offenen Mund drücken konnte.

»Gutes Dörrfleisch, was, Junge?« fragte er.

»Köstlich«, antwortete ich wahrheitsgemäß und strengte mich an, einen weiteren Bissen abzureißen.

»Dieser Iverson war ein nutzloser Hurensohn«, sagte der Captain mit dem Mund voll Dörrfleisch. Es war, als würde er genau an der Stelle fortfahren, wo er vor einer halben Stunde auf dem Wagen aufgehört hatte. »Er wäre ein harmloser Hurensohn gewesen, wenn ihn die Dummköpfe des 20. Regiments von North Carolina nicht vor Beginn des Krieges zum Kasernenkommandanten gemacht hätten. Das machte Iverson praktisch automatisch zum Oberst, und bevor wir uns nach Norden vorkämpften, hatte der dumme kleine Dreckskerl das Kommando über eine von Rodes' ganzen verdammten Brigaden.«

Der alte Mann verstummte, bearbeitete das Dörrfleisch mit seinen restlichen Zähnen, und ich dachte daran, daß der einzige Mensch, den ich jemals so fluchen gehört hatte wie den Captain, Mr. Bolton war, der alte Feuerwehrhauptmann, der vor der Feuerwache in der Third Street saß, neuen Rekruten Geschichten erzählte und offenbar überhaupt nicht auf uns jüngere Mitglieder des Publikums achtete. Vielleicht, dachte ich mir, hat das Fluchen etwas mit dem Uniformtragen zu tun.

»Sein Vorname war Alfred«, sagte der Captain. Die Stimme des alten Mannes klang sanft und nachdenklich, und sein Südstaatenakzent war so ausgeprägt, daß mir die Bedeutung mancher Worte erst Sekunden, nachdem er sie ausgesprochen hatte, aufging. Es war ein wenig, als läge ich im Bett und träumte bereits, während ich durch den Vorhang des Schlafes hindurch die Stimmen meiner Eltern hörte, die die Treppe heraufkamen. Oder als könnte ich auf wundersame Weise eine fremde Sprache verstehen. Ich machte die Augen zu, damit ich besser hören konnte. »Alfred«, sagte der Captain. »Genau wie sein Daddy. Sein Daddy war Senator aus Georgia gewesen, ein guter Freund des Präsidenten.« Ich spürte den Blick des alten Mannes auf mir. »Präsident Davis. Als er selbst noch Senator war, hat der junge Davis Iverson sein erstes Kommando gegeben. Das war während der Unruhen mit Mexiko. Als dann der richtige Krieg ausbrach, bekamen Iverson und sein Daddy ein Regiment. Wenn eine verfluchte reiche Familie wie die

Iversons damals Soldat spielen wollte, dann kaufte sie sich eben kurzerhand ein Regiment. Sie kauften die ganzen gottverdammten Uniformen und Pferde und so weiter. Und dann wurden sie Offizier. Gottverdammte erwachsene Männer, die Zinnsoldaten spielten, Junge. Aber als der Krieg losging, waren *wir* die Zinnsoldaten, Johnny.«

Ich machte die Augen auf. Ich kann mich nicht erinnern, daß ich jemals soviel Sterne gesehen hatte. Über dem Hang der Wiese reichten die Sternbilder bis zum Horizont herab; andere waren zwischen den dunklen Schatten der Bäume zu sehen. Die Milchstraße spannte sich wie eine Brücke über den Himmel. Oder wie die blasse Spur einer längst vorübergezogenen Armee.

»Verdammtes Pech, daß wir Iverson bekommen haben«, sagte der Captain, »denn die Brigade war gut, und das 20. Regiment von North Carolina war das beste gottverdammte Regiment in Ewells Korps.« Der alte Mann sah mich wieder an. »Du warst nicht mit uns in Sharpsburg, oder, Johnny?«

Ich schüttelte den Kopf und bekam eine Gänsehaut auf dem Rücken, als er mich wieder mit dem Namen eines anderen Jungen anredete. Ich fragte mich, wo dieser Junge jetzt sein mochte.

»Nein, natürlich nicht«, sagte Captain Montgomery. »Das war zweiundsechzig. Du warst noch in der Schule. Das Regiment war nach dem Feldzug in Fredericksburg. Jemand befahl eine große Parade, und Nates Kapelle spielte Dixie. Und plötzlich spielt die Yankeekapelle jenseits des Rappahannock ebenfalls Dixie zu uns herüber. Verfluchte Sache, Junge. Man konnte die Musik so deutlich über das Wasser hören, es war, als würden zwei Gruppen einer Kapelle spielen. Dann spielte unsere Kapelle – alles Jungs vom 20. – den Yankee Doodle. Wir standen alle im kalten Sonnenschein und kamen uns verdammt seltsam vor, das kann ich dir sagen. Und als unsere Jungs dann mit dem Yankee Doodle fertig waren, spielten beide Kapellen, gerade so, als hätten sie es einstudiert, Home Sweet Home. Ohne auch nur darüber nachzudenken, fingen Perry und der olle Thomas und Jeffrey und ich und die ganze Gruppe an zu singen. Ebenso Lieutenant Williams – der junge Mr. Oliver selbst –, und wenig später singt die ganze verfluchte Brigade – auch die verdammten Yankees –, und ihre Stimmen hallen über den Rappahannock und vereinigen sich mit unseren, als wären wir ein einziger großer Chor, der aus Versehen oder durch ein Mißgeschick oder so etwas getrennt worden ist. Ich kann dir sagen, Junge, es war, als würden wir mit Geistern singen. Und irgendwie waren wir selbst auch Geister.«

Ich machte die Augen zu, um die tiefen Stimmen das liebliche, traurige Lied singen zu hören, und plötzlich wurde mir klar, daß auch Erwachsene – sogar Soldaten – sich so einsam und voll Heimweh fühlen können, wie ich mich an diesem Abend gefühlt hatte. Als mir das klar geworden war, stellte ich fest, daß mein ganzes Heimweh dahin war. Mir war, als wäre ich dort, wo ich sein sollte, als Teil der Armee des Captains, als Teil aller Armeen, die fern der Heimat lagerten und nicht wußten, was der nächste Tag bringen würde, aber damit zufrieden, bei meinen Freunden zu sein. Meinen Kameraden. Die Stimmen waren so real und traurig wie das Rascheln des Windes in den mittsommerlichen Blättern.

Der Captain räusperte sich und spie aus. »Und dann hat uns dieser Dreckskerl Iverson fertiggemacht«, sagte er. Ich hörte Schnallen klicken, als der alte Mann sein Holzbein ablegte.

Ich machte die Augen auf, als er die Decke über die Schultern zog und sich abwendete. »Geh schlafen, Junge«, sagte seine gedämpfte Stimme. »Wir brechen morgen früh bei Dämmerung auf.«

Ich zog meine eigene Decke bis zum Hals hoch und legte die Wange auf den dunklen Boden. Ich lauschte dem Gesang, aber die Stimmen waren verstummt. Ich schlief ein mit dem Tosen des Windes in den Blättern, das sich wie ein zorniges Flüstern in der Nacht anhörte.

Ich erwachte einmal vor der Dämmerung, als gerade genügend Zwielicht herrschte, daß ich Captain Montgomerys Gesicht wenige Zentimeter von meinem eigenen entfernt sehen konnte. Der Hut des alten Mannes war in der Nacht weggerutscht, sein Kopf war eine Reliefkarte aus geröteter Kopfhaut, Leberflecken, Schorf und einigen einsamen Strähnen weißen Haares. Er hatte die Stirn wie in ungeheurer Konzentration gerunzelt, die Brauen waren zwei dunkle Haarwülste, die Lider gesenkt, aber so, daß ein Streifen weiß zu sehen war. Leises Schnarchen tönte aus der wunden Öffnung seines Mundes, ein dünner Speichelfaden machte den Schnurrbart feucht. Sein Atem war so trocken und tot wie der Luftzug aus einer seit Jahrhunderten abgeriegelten und vergessenen Höhle.

Ich betrachtete die von der Zeit gegeißelte Haut des alten, Zentimeter von meinem entfernten Gesichts, die geschwollenen und verkrümmten Finger, die nach Kinderart die Decke umklammert hielten, und mir wurde mit diesem präzisen und zutreffenden Einblick ins schreckliche Schicksal meiner eigenen Langlebigkeit bewußt, daß das Alter ein Fluch war, eine Krankheit, und daß wir alle, die das Pech hatten, die Kindheit zu überleben, dazu verdammt waren, an dieser Krankheit zu leiden und daran zugrunde zu gehen. Vielleicht, dachte ich, ziehen junge Männer deshalb freiwillig aus, um im Krieg zu sterben.

Ich zog die Decke übers Gesicht.

Als ich kurz nach Sonnenaufgang wieder erwachte, stand der alte Mann zehn Schritte vom Baum entfernt und sah Richtung Gettysburg. Nur eine weiße Kuppel, deren Kuppe und Seiten von der Sonne golden gefärbt wurden, war über den Baumwipfeln zu sehen. Ich befreite mich aus der Decke und stand auf. Ich wunderte mich darüber, wie steif und klamm und seltsam ich mich fühlte. Ich hatte vorher noch nie im Freien geschlafen. Reverend Hodgson hatte uns ein Zeltlager versprochen, aber die Gruppe war zu emsig mit Drill und Grundübungen beschäftigt gewesen. Ich überlegte mir, daß ich auf das Zeltlager als Bestandteil der Ausbildung verzichten konnte. Ich stolperte auf noch halb schlafenden Beinen dahin und fragte mich, wie es Captain Montgomery gelungen war, sein Holzbein anzuschnallen, ohne mich zu wecken.

»Morgen, Junge«, rief er, als ich vom Waldrand zurückkehrte, wo ich mich erleichtert hatte. Er nahm den Blick nicht von der Kuppel, die im Südosten zu sehen war.

Wir frühstückten, während wir unter dem Baum standen – Dörrfleisch und Wasser. Ich fragte mich, was Billy, der Reverend und die anderen Pfadfinder unten in den Zelten, bei den Feldküchen, bekommen würden. Wahrscheinlich Pfannkuchen. Möglicherweise mit Speck. Ganz bestimmt mit großen Gläsern voll kalter Milch.

»Ich war mit Mr. Oliver da, als am Morgen des Ersten zum Appell gerufen wurde«, krächzte der alte Mann. »Tausendvierhundertsiebzig zum Dienst angetreten. Hundertvierzehn waren Offiziere. Ich war nicht dabei. Hatte damals noch meine Sergeanten-Streifen. Ich bekam erst später meinen Balken. Wie dem auch sei, in der Nacht zuvor war vom Feldherrnhügel gemeldet worden, daß sich die Unionstruppen im Süden zusammenzogen. Wollten uns wahrscheinlich abschneiden. Unsere Brigade war die erste, die sich nach Hills Ruf nach Süden gewendet hatte.

Wir hörten Schüsse, als wir den Heidlersburg Pike herunterkamen, daher führte uns General Rodes durch den Wald bis Oak Hill.« Er wandte sich nach Süden, drehte sich geschmeidig auf dem Holzbein und schirmte die Augen vor der Sonne ab. »Sind fast da, Johnny, schätze ich. Komm mit.« Der alte Mann drehte sich um, und ich rollte eilig die Decken zusammen und folgte ihm in südöstlicher Richtung den Hügel hinab. Der fernen Kuppel entgegen.

»Wir sind schon damals die Westflanke dieses Hügels runtergekommen, Junge, oder nicht? War damals nicht so bewaldet. Marschierten schon vor Sonnenaufgang. Kamen kurz nach der regulären Essenszeit hier an. Ein Uhr. Vielleicht halb zwei. Aßen Schiffszwieback im Stehen. Ich glaube, wir rasteten eine Weile oben auf dem Hügel, so daß Rodes Schützen aufstellen konnte. Perry und ich waren froh, daß wir sitzen konnten. Er wollte unsrer Ma noch 'nen Brief schreiben, aber ich sagte ihm: Haben keine Zeit dazu. Hatten wir auch nicht, aber ich wünschte, ich hätte ihn das verdammte Ding schreiben lassen.

Wir konnten die Yanks die Straße von Gettysburg raufkommen sehen, und wir wußten, es würde heute zur Schlacht kommen. Gottverdammt, Junge, kannst die Decken liegenlassen. Wir brauchen sie heute nicht.«

Ich ließ die Decken erschrocken ins Gras fallen. Wir hatten den unteren Rain der Wiese erreicht, nur ein niederer Holzzaun trennte uns von der Straße, von der wir, vermutete ich, in der Nacht zuvor gekommen war. Der Captain schwang das Holzbein über den Zaun, und als wir die Straße überquert hatten, blieben wir eine Zeitlang stehen. Ich spürte die kommende Hitze des Tages als Schwüle in der Luft und leichtes Pochen in den Schläfen. Plötzlich ertönte die Musik einer Militärkapelle und Jubelrufe, beides durch die Entfernung gedämpft, von Süden.

Der Captain holte ein fleckiges rotes Taschentuch aus der Tasche und rieb sich Stirn und Nacken damit ab. »Gottverdammte Idioten«, sagte er. »Feiern, als wäre es ein Jahrmarkt. Verdammter Unsinn.«

»Ja, Sir«, sagte ich automatisch, aber in dem Augenblick bezauberte mich die Vorstellung der Gedenkfeier und die Tatsache, daß ich mit einem Veteranen – *meinem* Veteranen – auf dem Boden stand, wo er wahrhaftig gekämpft hatte. Mir wurde klar, jemand, der uns aus der Ferne sah, hätte uns für *zwei* Soldaten halten können. In diesem Augenblick hätte ich das Pfadfinderkhaki mit Freuden gegen Haselnußbraun oder das Grau der Konföderierten getauscht und den Captain zu jedem Unternehmen begleitet. In diesem Augenblick wäre ich gegen die Eskimos marschiert, wenn ich nur in einer Armee hätte sein, bei Sonnenaufgang mit meinen Kameraden aufbrechen, mich auf den Kampf vorbereiten und mich ganz allgemein so *lebhaft* fühlen können wie in eben diesem Augenblick.

Der Captain hatte mein ›Ja, Sir‹ gehört, aber er

schien noch etwas anderes in meinen Augen bemerkt zu haben, denn er beugte sich nach vorne, stützte sich auf den Zaun und kam mit dem Gesicht dicht an meines heran. »Gottverdammt, Johnny, fall nicht noch einmal auf so einen Unsinn herein. Glaubst du, diese Dummköpfe wären hierhergekommen, wenn sie ehrlich genug wären, sich einzugestehen, daß sie ein Schlachthaus feiern?«

Ich blinzelte.

Der alte Mann packte meine Tunika mit einer geschwollenen Faust. »Mehr ist es nicht, Junge, kapierst du das nicht? Ein gottverdammtes Schlachthaus, das hier errichtet wurde, um *Menschen* zu schlachten, und jetzt erinnern sie sich daran und erzählen sich komische Geschichten darüber und vergießen die Tränen alter Männer darüber, wie schön es doch damals war, als wir alle verheizt wurden.« Er deutete mit einem Finger der freien Hand zur Kuppel. »Siehst du es nicht, Junge? Die Gehege und die Zuwege und die Schlachtsäle – aber nicht alle hatten das Glück, daß ihnen mit dem ersten Hieb gleich der Schädel gespalten wurde; ein paar von uns wurden nur teilweise gemetzelt und mußten herumliegen und mit ansehen, wie die anderen in der Hitze aufgebläht wurden. Ein gottverdammtes Schlachthaus, Junge, wo sie dich totschlagen und in der Mitte aufschneiden... deine Eingeweide herausreißen und auf den gottverdammten Fußboden schütten und wegkicken, damit sie zum nächsten Idioten gelangen können... Sie hacken dir das Fleisch von den Knochen, zermalmen die Knochen und machen Dünger daraus. Und dann pressen sie alles andere von dir, was kein feines Fleisch ist, endgültig aus, pressen es in deine Därme und verkaufen es der Öffentlichkeit als Würste. Paraden. Geschichten aus dem Krieg. Gedenkfeiern. *Würste*, mein Junge.« Er keuchte leise, als er mich losließ, ausspie, sich den Schnurrbart abwischte und lange Zeit zum Himmel sah. »Und wir wurden von einem Judasbock namens Iverson in dieses Schlachthaus geführt, Johnny«, sagte er schließlich mit emotionsloser Stimme. »Vergiß das niemals.«

Der Hügel verlief weiter sanft bergab, als wir die Straße überquert hatten und zu einer Wiese östlich eines verlassenen Farmhauses kamen. Feuer hatte schon vor Jahren das obere Stockwerk verwüstet, und die Erdgeschoßfenster waren zugenagelt, aber die Schwertlilien an den Fundamenten und in dem verwilderten Rasen, der zu verfallenen Nebengebäuden führte, wuchsen immer noch hoch. »John Forneys alte Heimat«, sagte Captain Montgomery. »Als ich '98 hier war, war er noch da. Damals sagte er mir, daß keiner seiner Helfer bei Nacht hier blieb. Wegen der Gruben.«

»Weswegen, Sir?« Ich blinzelte in der frühen Hitze und dem Gleißen des Tages, der ganz bestimmt Temperaturen weit über dreißig Grad erleben würde. Grashüpfer hüpften sorglos in dem staubigen Gras.

Der alte Mann schien meine Frage nicht gehört zu haben. Die Kuppel war nicht mehr zu sehen, weil wir zu dicht bei den Bäumen waren, aber der Captain hatte seine Aufmerksamkeit einem Feld zugewandt, das weniger als eine Viertelmeile entfernt an einer dichteren Baumreihe entlang abwärts verlief. Er holte die Pistole aus der Tasche, und mein Herz schlug schneller, als er den Hahn zurückzog, bis er klickte. »Klappt erst beim zweitenmal, Junge«, sagte er. »Vergiß das nicht.«

Wir zwängten uns durch eine kurze Hecke und schritten langsam über das Feld. Das Holzbein des alten Mannes erzeugte leise Geräusche auf dem Boden. Gras und Disteln streiften an unseren Beinen. »Der Hurensohn Iverson ist nie bis hierher gekommen«, sagte der Captain. »Ollie Williams sagte, er hätte ihn oben auf dem Hügel, wo Rodes seine Schützen aufgestellt hatte, Befehle geben hören. ›Macht ihnen die Hölle heiß‹, sagte Iverson, setzte sich wieder in den Schatten der Bäume und aß sein Mittagessen. Hatte auch Wein. Er trank zu jeder Mahlzeit Wein, und wir mußten Wasser aus dem Graben saufen. Nein, Iverson war nicht hier unten, erst als alles vorbei war, und da sagte er nur, wir hätten versucht, uns zu ergeben, und befahl einem Haufen toter Männer, aufzustehen und dem General zu salutieren. Komm weiter, Junge.«

Wir schritten langsam über das Feld. Jetzt konnte ich nahe der Baumgrenze eine Steinmauer erkennen, die halb zwischen den fleckigen Schatten des Laubes verborgen war. Auf dieser Seite der Mauer schien hohes Gras oder Reben zu wachsen.

»Sie haben Daniels' Brigade rechts von uns aufgestellt.« Die Pistole des Captain deutete nach Süden, ihr Lauf glitt dicht an meiner Hutkrempe vorbei. »Aber sie kamen erst herunter, als wir alle in Stücke geschossen waren. Dann liefen Daniels' Jungs ins Feuer von Stones 149. Regiment aus Pennsylvania... die verfluchten Scharfschützen, die wir aus einem Grund, an den ich mich nicht mehr erinnern kann, Bogus Bucktails nannten. Aber als wir diesen Weg herunterkamen, vor Daniels und Ramseur und O'Neal und dem Rest, waren wir alleine. Iverson hat uns zu früh losgeschickt. Ramseur war erst eine halbe Stunde später bereit, und O'Neals Brigade machte kehrt, noch ehe sie die Mummasburg Road da hinten erreicht hatte.«

Inzwischen hatten wir das Feld halb überquert. Ein schmales Baumdickicht links von uns verdeckte den größten Teil der Straße. Die Steinmauer war weniger als dreihundert Meter entfernt. Ich betrachtete die gespannte Pistole nervös. Der Captain schien vergessen zu haben, daß er sie in der Hand hatte.

»Wir kamen im Winkel herunter, so wie jetzt«, sagte er. »Die ganze Brigade etwa halb über das Feld verteilt, schräg von Nordosten nach Südwesten. Links von uns war das 5. Regiment von North Carolina. Das 20. war gleich hier, mehrere Hundert in der ersten Reihe, und das 23. und 12. war rechts von uns und etwas zurück, die rechte Flanke des 12. etwa auf halbem Weg bei den verfluchten Schienen da unten.«

Ich sah nach Süden, konnte aber keine Schienen sehen. Nur die heiße, weite Ausdehnung des Feldes, auf dem einst Getreide gewachsen sein mochte, das aber inzwischen nur noch aus Gestrüpp und Gras bestand.

Der Captain blieb leise keuchend stehen und verlagerte das Gewicht auf sein gesundes Bein. »Wir wußten nicht, Johnny, daß die Yanks alle hinter dieser Mauer dort lagen. Tausende. Sie ließen keine gottverdammte Mütze, keine Flagge und keinen Flintenlauf sehen. Kauerten einfach da unten und warteten. Warteten, bis die Tiere zum Tor hereinkamen, damit das Gemetzel beginnen konnte. Und Oberst Iverson gab nicht einmal den Befehl, uns Späher vorauszuschikken. Ich selbst habe nie einen Angriff *ohne* Späher gesehen, und wir marschierten ahnungslos über dieses

Feld, während Iverson oben auf dem Berg saß, zu Mittag aß und noch ein Glas Wein trank.«

Der Captain hob die Pistole und deutete auf die Baumreihe. Ich trat zurück, weil ich dachte, er würde schießen, hörte aber nur seine krächzende Stimme. »Erinnerst du dich? Wir kamen bis zu dieser Stelle... ungefähr da, wo die verdammten Reben wachsen... und dann stehen die Yanks entlang der ganzen verdammten Mauer auf, eine Viertelmeile, und eröffnen das Feuer auf uns. Als wären sie direkt aus dem Boden gekommen. Kein einziger Laut, nur das Rascheln unserer Schritte im Getreide, und plötzlich feuerten sie eine Salve ab, die sich wie das Ende der Welt anhörte. Die ganze verdammte Welt verschwand in Rauch und Feuer. Nicht einmal ein Yank konnte auf die Entfernung danebenschießen. Dann kamen noch mehr zwischen den Bäumen da hinten hervor...« Der Captain deutete nach links, wo die Mauer einen Knick nach Nordwesten machte und weiter zur Straße verlief. »Damit waren wir in einem Kreuzfeuer, das das 5. North Carolina Regiment niedermähte. Wie eine Sense, Junge. Damals wurde auf dem Feld noch Getreide angebaut. Aber es war schon abgemäht. Kein Ausweg. Kein Versteck. Wir hätten dorthin zurück laufen können, wo wir hergekommen waren, aber wir Jungs aus North Carolina wollten auf unsere alten Tage nicht noch das Weglaufen lernen. Und so hat uns die Sense einfach niedergemäht. Wir konnten nicht vorwärts. Die gottverdammte Mauer war eine Rauchwand in fünfzig Meter Entfernung, aus der geschossen wurde. Ich sah, wie Oberstleutnant Davis vom 5. – Old Bill haben ihn seine Jungs genannt – sein Regiment dort ins Tiefland im Süden führte. Siehst du das Gestrüpp dort? Kaum mehr als ein Graben, aber er gab ihnen wenigstens etwas Deckung, wenn auch nicht viel. Aber wir vom 20. und Cap'n Turners Jungs vom 23. hatten keine andere Wahl, als uns hier im offenen Gelände fallen zu lassen und abzuwarten.«

Der alte Mann ging langsam ein paar Schritte weiter, dann blieb er an einer Stelle stehen, wo das Gras dichter und grüner war und sich mit – wie ich jetzt erkannte – Weinranken verflocht, wodurch ein niederes, grünes Dickicht zwischen uns und der Mauer entstand. Plötzlich setzte er sich schwerfällig nieder, streckte das Holzbein vor sich aus und legte die Pistole in den Schoß. Ich sank im Gras neben ihm auf die Knie, zog den Hut ab und knöpfte die Tunika auf. Das gelbe Schild hing lose am Knopf der Brusttasche. Mir war sehr heiß.

»Die Yanks feuerten einfach immer weiter auf uns«, sagte er. Seine Stimme flüsterte heiser. Schweiß lief ihm an Wangen und Hals hinab. »Weitere Unionstruppen kamen aus dem Wald da unten... bei den Eisenbahngleisen... und eröffneten auf die Jungs von Old Bill und unsere rechte Flanke das Feuer. Wir konnten das Feuer keinen Scheißdreck erwidern. Kaum hob man den Kopf aus dem Dreck, um zu zielen, hatte man eine Kugel im Gehirn. Mein Bruder Perry lag neben mir, und ich hörte die Kugel, die ihm ins linke Auge drang. Hörte sich an, als würde jemand mit einem vier Pfund schweren Hammer ein Schnitzel klopfen. Er wurde hochgerissen und fiel wieder neben mich. Ich schrie und weinte, mein Gesicht war von Rotz und Erde und Tränen verdreckt, als ich plötzlich spürte, wie Perry wieder aufstehen wollte. Ruckartig, als würde ihn jemand an Schnüren hochziehen. Dann noch einmal. Und noch einmal. Ich konnte das Loch in seinem Gesicht sehen, wo sein Auge gewesen war, und Teile seines Gehirns und des Hinterkopfs waren noch auf meinen Hosen verschmiert, aber ich konnte *spüren,* wie er zuckte und zerrte, als würde er an mir ziehen, damit ich ihm irgendwo hin folgte. Später sah ich den Grund dafür. Es hatten ihn weitere Kugeln in den Kopf getroffen, und er zuckte jedesmal ein wenig weiter zurück. Als wir später zurückkamen, um ihn zu begraben, sah sein Kopf wie eine Wassermelone aus, die jemand zertreten hatte. War aber nichts Ungewöhnliches. Viele der Jungs, die an diesem Tag gefallen waren, waren vom Feuer der Yankees in Stücke gerissen worden. Wie eine Sense, Junge. Oder ein Fleischwolf.«

Ich lehnte mich im Gras zurück und atmete durch den Mund. Die Reben und der schwarze Boden verströmten einen schweren, süßlichen Geruch, der ein leichtes Schwindelgfühl und Übelkeit in mir erzeugte. Die Hitze drückte mich wie eine dicke, nasse Decke nieder.

»Da standen ein paar meiner Jungs auf, um wegzulaufen«, sagte Captain Montgomery, dessen Stimme immer noch heiser und monoton war und der ins Leere starrte. Er hielt die gespannte Pistole mit beiden Händen, und der Lauf deutete in meine Richtung, aber ich war sicher, er hatte vergessen, daß ich da war. »Alle, die aufstanden, wurden getroffen. Die Geräusche waren … man konnte trotz des Lärms hören, wie die Kugeln trafen. Der Wind wehte den Rauch in den Wald hinein, daher hatten wir nicht einmal diese Dekkung, die sich normalerweise bei schwerem Feuer ergibt. Ich sah, wie Lieutenant Ollie Williams aufstand und den Jungs vom 20. zurief, sie sollten geduckt liegenbleiben, und er wurde vor meinen Augen zweimal getroffen.

Wir anderen versuchten, in Gras und Weizen eine Feuerlinie zu bilden, aber wir hatten noch keine volle Salve abgefeuert, als die Yankees gestürmt kamen. Manche feuerten noch, andere benützten die Bajonette. Da habe ich gesehen, wie du und der andere kleine Trommler getötet worden seid, Johnny. Als sie mit den Bajonetten kamen...« Der alte Mann verstummte und sah mich zum erstenmal seit ein paar Minuten an. Eine Woge der Verwirrung schien über ihn hinwegzustreichen. Er senkte langsam die Pistole, ließ den gespannten Hahn behutsam einrasten und griff sich mit einer zitternden Hand an die Stirn.

Ich fühlte mich immer noch ein wenig schwindlig und übel, als ich sagte: »Haben Sie da Ihr... äh... Ihr Bein verloren, Sir?«

Der Captain nahm den Hut ab. Die wenigen weißen Haare waren schweißnaß. »Was? Mein Bein?« Er sah das Holzbein unterhalb des Knies an, als hätte er es noch nie vorher gesehen. »Mein Bein. Nein, Junge, das war später. Die Schlacht am Krater. Die Yankees haben sich unter uns geschlichen und uns hochgejagt, während wir schliefen. Ich bin nicht sofort gestorben, daher haben sie mich nach Hause geschafft, nach Raleigh, und drei Tage vor Kriegsende ehrenhalber zum Captain ernannt. Nein, an jenem Tag... *hier*... wurde ich mindestens dreimal getroffen, aber nichts Ernstes. Eine Kugel hat mir den rechten Absatz vom Stiefel geschossen. Eine andere hat den Gewehrkolben zertrümmert und mir ein paar Splitter in die Wange verpaßt. Eine dritte hat mir ein Stück vom linken Ohr weggefetzt, aber ich konnte noch verdammt gut hören. Erst als ich mich an diesem Abend hinsetzte, um zu schlafen, fand ich heraus, daß mich noch eine Kugel am Oberschenkel getroffen hatte, direkt unterm

Arsch, aber so langsam, daß ich nur einen großen Bluterguß dort hatte.«

Wir saßen ein paar Minuten schweigend da. Ich konnte Insekten im Gras rascheln hören. Schließlich sagte der Captain: »Und der Hurensohn Iverson ist nicht einmal heruntergekommen, bevor Ramseurs Jungs schließlich kamen und die Yankees vertrieben haben. Das war später. Ich lag hier irgendwo eingezwängt zwischen den Leichen von Perry und Nate und war so voll Blut und Gehirn, daß die Yankees einfach über uns alle drei hinwegstürmten, als sie mit den Bajonetten durch die Reihen gingen oder Gefangene machten. Ich machte die Augen gerade lange genug auf, um zu sehen, wie der gute Cade Tarleton von einer Meute lachender Yankees totgeschlagen wurde. Und sie hatten sogar unsere Regimentsflagge. Niemand war mehr am Leben, der sie hätte verteidigen können.

Ramseur, den die Zeitungen in Richmond immer den Chevalier Bayard nannten, was, zum Teufel, das auch immer heißen sollte, kam den Hügel herunter in denselben Hinterhalt, als Lieutenant Crowder und Lieutenant Dugger ihm entgegenliefen und ihn warnten. Ramseur war ein Offizier, aber er war kein Narr. Er überquerte die Straße weiter im Osten und rollte die rechte Flanke der Yankees auf, er stürmte einfach an der Rückseite dieser Mauer entlang und trieb sie zurück zur Pflanzstätte.

Während wir wenigen Überlebenden damit beschäftigt waren, zu Forneys Haus zu kriechen oder einfach dalagen und verbluteten, erzählte der Hurensohn Iverson General Rodes, er hätte gesehen, wie unser Regiment eine weiße Flagge gehießt hatte und zu den Yanks übergelaufen war. Gottverdammte Lüge, Junge. Die Gefangenen waren größtenteils Verwundete, die mit Bajonetten vorwärtsgetrieben wurden. An diesem Tag waren keine weißen Flaggen zu sehen. Jedenfalls nicht hier. Nur weiße Schädel und andere Leichenteile, die herumlagen.

Später, als ich noch auf dem Feld war und nach einer funktionstüchtigen Flinte suchte, bringt Rodes Iverson hier herunter, damit er ihm zeigen soll, wo sich die Männer ergeben haben, und während sich das Pferd einen Weg über die Leichen des 20. Regiments von North Carolina bahnte...« Hier brach die Stimme des alten Mannes. Er verstummte eine Weile, hustete, spie aus und fuhr fort. »... betrachtete dieser *Dreckskerl* Iverson die Reihen unserer Toten, siebenhundert Männer der besten Brigade, die der Süden jemals gehabt hat, die reihenweise, so ordentlich wie beim Antreten dalagen, und Iverson dachte, sie würden sich immer noch vor dem Feuer ducken, obwohl Ramseur die Yanks vertrieben hatte, und er stand in den Steigbügeln auf, sein verfluchtes Pferd trat beinahe auf Perry, und brüllte: ›Steht auf und salutiert, wenn der General vorüberreitet, Männer! Steht sofort auf!‹ Rodes hat gemerkt, daß sie Tote vor sich sahen.«

Captain Montgomery keuchte und brachte die Worte kaum zwischen den Atemzügen heraus. Ich hatte selbst Mühe zu atmen. Der übelkeiterregend süßliche Geruch der Weinreben, des Grases und des dunklen Bodens schien die ganze Luft aufzusaugen. Ich sah eine Dolde Trauben an einem nahegelegenen Rebstock an; die aufgedunsenen Früchte sahen wie von zerrissenen Adern durchzogenes, zerschlagenes Fleisch aus.

»Hätte ich mein Gewehr gehabt«, sagte der Captain, »hätte ich den Hurensohn auf der Stelle erschossen.«

Er atmete keuchend. »Er und Rodes gingen wieder den Hügel hinauf, und ich habe Iverson nie wieder gesehen. Captain Halsey übernahm den Befehl über den Rest des Regiments. Als sich die Brigade am nächsten Morgen wieder sammelte, traten dreihunderteinundsechzig Männer an; am Tag zuvor waren es noch tausendvierhundertsiebzig gewesen. Sie haben Iverson nach Georgia zurückbeordert und ihm den Befehl über eine Heimatschutzstaffel oder so etwas gegeben. Man sagte, Präsident Davis hätte ihn davor bewahrt, vors Kriegsgericht gestellt oder degradiert zu werden. Es war klar, daß keiner von uns noch einmal unter dem elenden Hurensohn gedient haben würde. Weißt du, wie die letzte Seite der Geschichte unseres 20. Regiments aus North Carolina aussieht, Junge?«

»Nein, Sir«, sagte ich leise.

Der alte Mann machte die Augen zu. »Begründet in Seven Pines, geopfert bei Gettysburg und kapituliert bei Appomattox. Hilf mir auf, Junge. Wir müssen ein Versteck finden.«

»Ein Versteck, Sir?«

»Verdammt richtig«, sagte der Captain, während ich ihm als Krücke diente. »Wir müssen bereit sein, wenn Iverson heute hierherkommt.« Er hob die schwere Pistole, als würde sie alles erklären. »Wir müssen bereit sein, wenn er kommt.«

Der Morgen war schon weit fortgeschritten, bis wir ein geeignetes Versteck gefunden hatten. Ich stapfte hinter dem hinkenden alten Mann her, und während ein Teil meines Verstandes panisch einen Ausweg aus dieser verrückten Situation suchte, hatte ein anderer Teil – der größere Teil – keine Mühe, alles als logisch zu akzeptieren. Oberst Alfred Iverson jr. würde heute, an diesem Tag, zu seinem Feld der Unehrenhaftigkeit zurückkehren, und wir mußten uns verstecken, um ihn zu töten.

»Siehst du, wo der Boden hier tiefer ist, Junge? Genau dort, wo die verdammten Reben wachsen?«

»Ja, Sir.«

»Das sind Iversons Gruben. So nennen sie jedenfalls die Einheimischen, sagte John Forney, als ich ihn '98 besuchen kam. Weißt du, was sie sind?«

»Nein, Sir«, log ich. Ein Teil von mir wußte ganz genau, was sie waren.

»Kurz nach der Schlacht... Schlacht, verdammt, dem *Gemetzel*... kamen wir Überlebenden des Regiments und ein paar von Lees Pionieren zurück, hoben große, flache Gruben aus und rollten die Leichen einfach hinein. Wir legten sie gemeinsam hinein, noch in den Uniformen. Nate und Perry berührten sich an den Schultern. Genau dort, wo ich auch gelegen hatte. Du kannst sehen, wo die Gruben anfangen. Der Boden ist tiefer und das Gras ist höher, nicht?«

»Ja, Sir.«

»Forney sagt, das Gras war hier immer höher, und das Getreide, das sie anbauten. Forney hat dieses Feld aber kaum angebaut. Er sagte, die Leute arbeiteten nicht gerne hier. Er sagte seinen Niggern, daß sie keine Angst zu haben brauchten, daß die U. C. V. nach dem Krieg hergekommen ist und alle ausgegraben hat, um die Jungs nach Richmond zu bringen, aber das stimmt nicht.«

»Warum nicht, Sir?« Wir stapften langsam durch das Dickicht. Ranken schlangen sich um meine Füße, ich mußte ziehen, um wieder frei zu kommen.

»Sie haben hier nicht sehr viel gegraben«, sagte der Captain. »Die Knochen lagen so dicht und verstreut, daß sie nur ein paar ausgegraben und es dann gelassen haben. Sie gruben hier ebenso ungern, wie Forneys Nigger arbeiteten. Sogar bei Tage. Wenn ein Ort soviel Scham und Wut in sich hat... nun, das *fühlen* die Leute, oder nicht, Junge?«

»Ja, Sir«, sagte ich automatisch, obwohl ich mich augenblicklich nur elend und müde fühlte.

Der Captain blieb stehen. »Gottverdammt, dieses Haus war früher nicht hier.«

Ich konnte durch einen Riß in der Steinmauer ein kleines Haus sehen – eigentlich mehr ein großer Schuppen –, das aus dunklem, fast schwarzem Holz bestand und im Schatten der Bäume stand. Es führte keine Straße und kein Weg dorthin, aber ich sah einen Trampelpfad in Forneys Feld und dem Gras des Waldes, wo Pferde durch die Öffnung in der Mauer getrabt sein mochten. Es schien den alten Mann zutiefst zu bestürzen, daß jemand sein Haus so nahe an dem Feld gebaut hatte, wo sein geliebtes 20. Regiment von North Carolina gefallen war. Aber das Haus war dunkel und stumm und wir entfernten uns von diesem Teil der Mauer.

Je weiter wir uns der Mauer näherten, desto schwieriger wurde das Gehen. Das Gras wuchs doppelt so hoch wie auf den angrenzenden Feldern, und wilde Ranken bedeckten eine Fläche, die doppelt so groß war wie das Football-Feld, wo unser Kader seine Drillübungen machte.

Und nicht nur das verfilzte Gras und die Reben behinderten uns, sondern auch die Löcher. Dutzende, Hunderte, die das Feld wie Pockennarben durchzogen und unter dem dichten Dickicht lauerten.

»Verdammte Taschenratten«, sagte Captain Montgomery, aber die Löcher waren doppelt so groß wie die Baus von Maulwürfen oder Taschenratten oder Erdhörnchen, die ich bisher gesehen hatte. Und keine Erdhäufchen vor den Öffnungen. Der alte Mann trat zweimal hinein, beim zweitenmal rammte er das Holzbein so tief in eines, daß wir beide zerren mußten, um es wieder frei zu bekommen. Als ich an seinem in Baumwolle gekleideten Bein zog, hatte ich plötzlich das alptraumhafte Gefühl, daß jemand oder etwas am anderen Ende zog, nicht loslassen und den alten Mann unter die Erde ziehen wollte.

Der Zwischenfall schien auch Captain Montgomery aus der Fassung gebracht zu haben, denn kaum war das Holzbein aus dem Loch befreit, taumelte er ein paar Schritte zurück und ließ sich mit dem Rücken gegen die Steinmauer fallen. »Das genügt, Junge«, keuchte er. »Wir warten hier.«

Es war eine gute Stelle für einen Hinterhalt. Reben und Gras wuchsen hüfthoch und ermöglichten uns, das angrenzende Feld zu beobachten, verbargen uns aber effektiv wie eine Tarnung. Und die Mauer bildete unsere Rückendeckung.

Captain Montgomery zog Mantel und Seesack aus und machte sich daran, die Pistole zu entladen, säubern und neu zu laden. Ich lag nicht weit entfernt im Gras und dachte anfangs darüber nach, was wohl bei der Gedenkfeier los sein würde, dann fragte ich mich, wie ich den Captain wieder dorthin bekommen sollte, dann fragte ich mich, wie Iverson ausgesehen haben mochte, dann dachte ich an zu Hause und schließlich dachte ich an überhaupt nichts mehr, sondern fiel in einen seltsamen Schlummer voller Träume, aus dem ich in Abständen immer wieder erwachte.

Keine drei Schritte von der Stelle entfernt, wo ich lag, war eines der allgegenwärtigen Löcher, und bevor ich in leichten Schlummer verfiel, wurde mir der Geruch bewußt, der aus dieser Öffnung emporstieg: derselbe ekelerregend süßliche Geruch, der mir schon vorher aufgefallen war, aber er war jetzt schwerer, durchdringender und beinahe erotisch mit seinem Beigeschmack von Verfall und Verwesung, von toten Meerestieren, die in der Sonne trockneten. Viele Jahre später, als ich mit einem Makler eine fleischverarbeitende Fabrik in Chicago besuchte, sollte mir ein ähnlicher Geruch begegnen; es war der Gestank einer Schlachterei, die seit Jahren nicht mehr benützt wurde, aber dennoch mit der Erinnerung an Blut getränkt war.

Der Tag verging in einem Dunst von Hitze, schwüler Luft und Insektenlauten. Ich döste ein, erwachte, ging mit dem Captain auf Posten und döste wieder ein. Ich glaube mich zu erinnern, wie ich einmal harte Bisquits aus seinem Seesack aß, die ich mit dem letzten Rest aus der Wasserflasche hinunterspülte, doch selbst das verschmilzt mit meinen Träumen, denn ich kann mich erinnern, daß andere um uns herum saßen, auf derselben Nahrung kauten und sich mit gedämpften Stimmen unterhielten, so daß die Worte unverständlich, der Südstaatendialekt aber deutlich herauszuhören war. Mir kam er nicht seltsam vor. Ich erinnere mich, daß ich einmal aufwachte, obwohl ich aufrecht saß und um mich sah und geglaubt hatte, ich wäre bereits wach, bis mich der Lärm eines Autos auf der Mummasburg Road endgültig aus dem Schlaf riß. Die Bäume am Feldrain machten es aber unmöglich, den Verkehr zu sehen, der Lärm wurde leiser und ich versank wieder in den benebelten Schlummer von vorher.

Später, am Nachmittag, hatte ich dann einen Traum, an den ich mich genau erinnern kann.

Ich lag verletzt und hilflos auf dem Feld, die linke Gesichtshälfte lag auf dem Boden, das rechte Auge starrte zum blauen Sommerhimmel. Eine Ameise krabbelte über meine Wange, dann noch eine, bis ein ganzer Strom auf den Wangen und meinem Auge war; andere wuselten mir in die Nasenlöcher und den offenen Mund. Ich konnte mich nicht bewegen. Ich blinzelte nicht. Ich spürte sie im Mund, zwischen den Zähnen, wo sie Reste vom Frühstücksspeck zwischen zwei Backenzähnen entfernten, über das weiche Fleisch meines Gaumens krabbelten und den dunklen Tunnel meines Halses erforschten. Die Empfindungen waren nicht unangenehm.

Ich merkte am Rande, daß andere Lebewesen tiefer krochen, spürte langsame Bewegungen in den aufgedunsenen Falten meiner Eingeweide und im Magen. Winzige Tiere legten ihre Eier in meine austrocknenden Augenwinkel.

Ich konnte deutlich sehen, wie oben ein Rabe kreiste, spiralförmig herunterkam, in der Nähe landete, mit gefalteten Flügeln hin und her schritt und schließlich nähergehüpft kam. Er hackte mir mit einem einzigen Hieb des Schnabels, der durch die Nähe riesig wirkte, das Auge aus. In der anschließenden Dunkelheit konnte ich das Licht spüren, mein Körper wurde von der Hitze aufgebläht; er war mittlerweile Nistplatz für Tausende, und das weite Hemd war längst straff gespannt, weil sich das Fleisch ausdehnte. Ich spürte, wie meine eigenen inneren Bakterien, die keine andere Nahrung mehr bekamen, die verwesenden Fette und geronnenen Blutklumpen meines Körpers verschlangen – vergebliches Bemühen, noch ein paar Stunden mehr zu überleben.

Ich spürte, wie meine Lippen in der Hitze austrockneten und verwesten und die Zähne entblößten, spürte den Kiefer immer weiter aufklappen, ein unbarmherziges, stummes Lachen, da die Sehnen verwesten oder von kleinen Tieren gefressen wurden. Als die Eier ausschlüpften, fühlte ich mich leichter, die Maden begannen ihren emsigen Säuberungsprozeß, und mein Körper sank immer schneller dem dunklen Boden entgegen, je weiter der Prozeß voranschritt. Mein Mund ging auf, um die wartende Erde zu verschlukken. Ich schmeckte das dunkle Abendmahl des Bodens. Grashalme wuchsen, wo meine Zunge gewesen war. Eine Blume fand fruchtbare Krume in der Gruft meines Schädels und ließ ihren Trieb durch die Öffnung nach oben sprießen, in der einst mein Auge gewesen war.

Ich nistete mich ein, entspannte mich, kehrte in den Säuregeschmack der Schwärze um mich herum zurück und spürte noch andere dort. Zufällig wechselnde Strömungen der Krume brachten verfallende Reste von Wolle oder Fleisch oder Knochen mit ihnen in Berührung, Bruchstücke vermengten sich mit dem schüchternen Eifer der ersten Berührung eines Liebhabers. Als alles andere dahin war und sich mit der Dunkelheit und der Wut vereint hatte, blieben lediglich meine Gebeine, brüchige Erinnerungsstücke, vergessene, kantige Bruchstücke des Schmerzes, die sich der endgültigen Entspannung zu Schmerzlosigkeit und Nichts widersetzten.

Tief in diesem verwesenden Mark, in der pechschwarzen Säure des Vergessens einherirrend, erinnerte ich mich. Und wartete.

»Wach auf, Junge! Er ist es. Iverson!«

Das drängende Flüstern riß mich aus dem Schlaf.

Ich sah mich benommen um und schmeckte immer noch die Erde, wo ich mit den Lippen am Boden gelegen hatte.

»Gottverdammt, ich *wußte*, daß er kommen würde!« flüsterte der Captain und deutete nach links, wo ein Mann im dunklen Mantel durch die Öffnung in der Steinmauer aus dem Wald gekommen war.

Ich schüttelte den Kopf. Der Traum wollte mich nicht freigeben, ich rieb mir die Augen mit den Knöcheln und versuchte, die Düsternis daraus wegzureiben. Dann wurde mir klar, daß die Düsternis echt war. Das Tageslicht war der Abenddämmerung gewichen, während ich schlief. Ich fragte mich, wo in Gottes Namen der Tag geblieben war. Der Mann im schwarzen Mantel bewegte sich durch ein dämmeriges Grau, in der sich die unheimliche Blindheit meines Traumes zu spiegeln schien. Ich konnte Gesicht und weißes Hemd des Mannes erkennen, die beide im Halbdunkel sanft leuchteten, als er sich in unsere Richtung wandte und näher kam, wobei er sich mit kurzen, heftigen Bewegungen einer Krücke oder eines Gehstocks den Weg freischlug.

»Bei Gott, er ist es«, zischte der Captain und hob mit zitternden Händen die Pistole. Er spannte den Hahn, während ich voller Entsetzen zusah.

Der Mann war jetzt näher, nicht mehr als zwanzig Schritte entfernt, und ich konnte den dunklen Schnurrbart, das schwarze Haar und die hohlen Augen sehen. Er sah tatsächlich wie der Mann aus, den ich bei Sternenlicht auf der alten Ferrotypie gesehen hatte.

Captain Montgomery justierte die Pistole mit dem linken Arm und blinzelte über Kimme und Korn. Ich konnte den zischenden Atem des Mannes im dunklen

Anzug hören, der näher kam und eine fast unhörbare Melodie summte. Der Captain zog langsam am Abzug.

»Nein!« schrie ich, packte die Pistole und riß sie herunter; der Hahn klappte mir grausam auf die Hautfalte zwischen Daumen und Zeigefinger. Sie ging nicht los.

Der Captain stieß mich mit einer brutalen Bewegung des linken Unterarms von sich und bemühte sich, die Waffe erneut zu heben, obwohl ich mich an seinem Arm festklammerte. »Nein!« schrie ich nochmals. »Er ist zu jung! *Sehen Sie doch.* Er ist zu jung!«

Da hielt der alte Mann inne; er bewegte den Arm zwar noch, aber er sah blinzelnd zu dem Mann, der nur noch zwölf Schritte entfernt war.

Es stimmte. Der Mann war viel zu jung, um Oberst Iverson zu sein. Das blasse, überraschte Gesicht gehörte einem Mann, der höchstens Anfang dreißig war. Captain Montgomery senkte die Pistole und griff sich mit zitternden Fingern an die Schläfen. »Mein Gott«, flüsterte er. »Mein Gott.«

»Wer ist da?« Die Stimme des Mannes klang schneidend und selbstsicher, trotz seiner Überraschung. »Kommen Sie heraus.«

Ich half dem Captain auf und war sicher, daß der Fremde mit dem Schnurrbart unsere Bewegungen hinter dem hohen Gras und den Reben gespürt, aber nichts von unserem Kampf oder der Pistole gesehen hatte. Der Captain sah den Mann blinzelnd an, während er den Hut zurechtrückte und die Pistole in seiner tiefen Manteltasche verschwinden ließ. Ich konnte spüren, wie der alte Mann zitterte, als ich ihn stützte.

»Oh, ein Veteran!« rief der Fremde aus, kam mit ausgestreckter Hand auf uns zu und schlug mit anmutigen Bewegungen des Gehstocks Weinranken beiseite.

Wir schritten im Dämmerlicht am Rand der Gruben entlang, unser neuer Führer bewegte sich langsam, dem schmerzvollen Hinken des Captains angemessen. Der Mann benützte die Krücke beim Sprechen als Zeigestock. »Das war der Schauplatz eines Scharmützels, bevor die große Schlacht anfing«, sagte er. »Es kommen nicht viele Besucher hierher... die meiste Aufmerksamkeit gilt den berühmteren Schlachtfeldern südlich und westlich von hier. Aber wir, die den Sommer hier in der Gegend verbringen, kennen einige der weniger bekannten Orte. Interessant, wie das Feld hier eingsunken ist, nicht?«

»Ja«, flüsterte der Captain. Er behielt den Boden im Auge und sah dem jungen Mann nicht ins Gesicht.

Der Mann hatte sich als Jessup Sheads vorgestellt und gesagt, daß er in dem kleinen Haus zwischen den Bäumen wohnte, das wir gesehen hatten. Der Captain war in sein verwirrtes Nachdenken versunken gewesen, daher hatte ich uns beide Mr. Sheads vorgestellt. Keiner der Männer hatte auf meinen Namen geachtet. Der Captain sah zu Sheads auf, als könnte er immer noch nicht glauben, daß er nicht der Mann war, dessen Namen ihn ein halbes Jahrhundert lang gequält hatte.

Sheads räusperte sich und deutete wieder auf ein Wirrwar dichten Dickichts. »Tatsächlich war genau dieses Gelände hier Schauplatz eines kleineren Scharmützels vor der eigentlichen Schlacht. Die Streitkräfte der Konföderierten rückten entlang dieser breiten Linie hier vor, gerieten durch Widerstand der Unionstruppen hier kurz ins Stocken, erlangten aber rasch wieder die Oberhand. Es war ein kleiner Sieg des Südens vor den bitteren Niederlagen der kommenden Tage.« Sheads verstummte und lächelte dem Captain zu. »Aber vielleicht wissen Sie das alles, Sir. Was sagten Sie, in welcher Einheit zu dienen hatten Sie die Ehre?«

Der alte Mann bewegte stumm den Mund, bevor er die Worte herausbrachte. »20. Regiment von North Carolina«, stieß er schließlich hervor.

»Natürlich!« rief Sheads und schlug dem Captain auf die Schulter. »Angehöriger der ruhmreichen Brigade, an deren Sieg diese Stelle gemahnt. Es wäre mir eine Ehre, Sir, wenn Sie und Ihr junger Freund mir Gesellschaft leisten und mit mir einen Trinkspruch auf das 20. Regiment von North Carolina ausbringen würden, bevor Sie ins Lager der Gedenkfeier zurückkehren. Wäre das möglich, Sir?«

Ich zog am Mantel des Captain, weil ich plötzlich mit aller Verzweiflung hier weg wollte; mir war schwindlig vor Hunger und einer plötzlichen, unvernünftigen Angst. Aber der alte Mann richtete sich auf und sagte mit kräftiger, deutlicher Stimme: »Es wäre dem Jungen und mir eine Ehre, Sir.«

Die Blockhütte war aus pechschwarzem Holz erbaut. Ein noch gesatteltes Pferd, das teuer aussah, war am Geländer der kleinen Veranda an der Ostseite des Hauses festgezurrt. Hinter dem Haus befanden sich ein Dickicht aus Bäumen und Felsbrocken, das den Zugang von dieser Seite extrem schwierig, wenn nicht unmöglich machte.

Das Innere des Hauses war klein und erweckte nicht den Anschein, als würde es bewohnt werden. Ein winziges Eingangsfoyer führte in einen Salon, wo die drei oder vier Möbelstücke dort mit Tüchern verhangen waren, oder zum Eßzimmer, in das uns Sheads führte, ein schmales Zimmer mit einem einzigen Fenster, einer hohen Kommode, auf der sich Flaschen, Büchsen und ein paar schmutzige Teller drängten, und einem schmalen Tisch aus Planken, auf dem eine altmodische Petroleumlampe brannte. Hinter staubigen Vorhängen befand sich ein zweites, kleineres Zimmer, in dem ich kurz eine Matratze auf dem Boden und Bücherstapel sah. Eine steile Treppe an der Südseite des Eßzimmers führte durch ein Loch in der Decke zu einem kleinen Dachboden, vermutete ich, sehen konnte ich jedoch nur ein schwarzes Rechteck.

Jessup Sheads lehnte seinen schweren Gehstock an den Tisch, machte sich an der Kommode zu schaffen und kam mit einer Karaffe und drei Kristallgläsern zurück. Die Lampe zischte und warf unsere Schatten hoch an die rauh verputzte Wand. Ich sah zum Fenster, aber die Dämmerung war der Nacht gewichen, und Dunkelheit drängte gegen die Scheiben.

»Sollen wir den Jungen in unseren Trinkspruch einschließen?« fragte Sheads, der die Karaffe über das dritte Glas hielt, aber nicht einschenkte. Mir war noch nie erlaubt worden, Wein oder andere alkoholische Getränke zu kosten.

»Ja«, sagte der Captain, der Sheads starr ansah. Das Licht der Lampe schien dem Captain von unten ins Gesicht, hob die kantigen Wangenknochen hervor und verwandelte seine buschigen Altherrenbrauen in zwei große haarige Schwingen über dem Raubvogelschnabel seiner Nase. Sein Schatten an der Wand war eine Silhouette aus einer längst vergangenen Zeit.

Sheads schenkte ein, und wir erhoben die Gläser. Ich betrachtete den Wein zweifelnd; die rote Flüssigkeit war stumpf und dickflüssig und von schwarzen Fäden durchzogen, die eine Täuschung des Lichts sein konnten, möglicherweise aber auch nicht.

»Auf das 20. Regiment von North Carolina«, sagte Sheads und hob das Glas. Die Geste erinnerte mich daran, wie Reverend Hodges den Meßkelch hob. Der Captain und ich hoben die Gläser und tranken.

Der Geschmack war wie eine Mischung aus Frucht und Kupfer. Er erinnerte mich an den Tag vor Monaten, als ein Freund von Billy Stargill mir bei einem Kampf auf dem Schulhof die Lippe aufgeschlagen hatte. Die Innenseite der Lippe hatte stundenlang geblutet. Dieser Geschmack war nicht unähnlich gewesen.

Captain Montgomery senkte das Glas und sah es stirnrunzelnd an. Er hatte Weinperlen in seinem weißen Schnurrbart.

»Es ist ein hiesiger Wein«, sagte Sheads mit einem kalten Lächeln, das rot verfärbte Zähne zeigte. »Sehr hiesig. Wir haben die Reben gerade gesehen.«

Ich betrachtete die dickliche Flüssigkeit in meinem Glas. Wein aus Trauben, die auf dem fruchtbaren Boden von Iversons Gruben wuchsen.

Sheads laute Stimme erschreckte mich. »Noch einen Trinkspruch!« Er erhob das Glas. »Auf den ehrbaren und wackeren Gentleman, der das 20. Regiment von North Carolina in den Kampf führte. Auf Oberst Alfred Iverson.«

Sheads führte das Glas an die Lippen. Ich stand fassungslos und starr da. Captain Montgomery knallte das Glas auf den Tisch. Das Gesicht des alten Mannes war so blutrot wie der verschüttete Wein geworden. »Der Teufel soll mich holen, wenn ich jemals...« stieß er hervor. »Ich... *niemals!*«

Der Mann, der sich als Jessup Sheads vorgestellt

hatte, leerte sein Glas und lächelte. Sein Gesicht war so weiß wie das Hemd, das Haar und der lange Schnurrbart waren so schwarz wie sein Mantel. »Nun gut«, sagte er, und dann, lauter: »Onkel Alfred?«

Noch während Sheads getrunken hatte, waren mir leise Schritte auf der Treppe hinter uns aufgefallen. Ich drehte nur den Kopf, meine Hand, mit der ich das Glas hielt, war erstarrt.

Die kleine Gestalt, die auf der untersten Stufe stand, war ein Mann über achtzig, aber er hatte keine Altersfalten wie Captain Montgomery; die Haut dieses alten Mannes war glatter und rosig, beinahe durchscheinend geworden. Ich mußte an ein Nest neugeborener Ratten denken, das ich vergangenen Frühling in der Scheune eines Nachbarn entdeckt hatte – eine Masse blaßrosa, zuckenden Fleisches, und ich hatte den Fehler gemacht, sie zu berühren. Oberst Iverson wollte ich nicht berühren.

Der Oberst hatte einen weißen Bart wie den, den ich auf Bildern von Robert E. Lee gesehen hatte, aber eine Ähnlichkeit bestand nicht. Lees Augen waren traurig und von einer sorgenschweren Stirn überschattet gewesen; Iverson starrte uns mit aufgerissenen Glotzaugen voll gelber Flecken an. Er war fast kahl, und die straffe rosa Kopfhaut betonte die beinahe infantile Ausstrahlung des Mannes noch.

Captain Montgomery sah ihn mit offenem Mund an und atmete in kurzen, abgehackten Zügen. Er griff sich an den Kragen, als würde er nicht genügend Luft bekommen.

Iversons Stimme war sanft, fast feminin, und hatte den Unterton eines verzogenen Kindes. »Ihr kommt alle früher oder später zurück«, sagte er mit der Andeutung eines Lispelns. Er seufzte tief. »Hat es denn nie ein Ende?«

»Sie...« brachte der Captain heraus. Er deutete mit einem langen Finger auf Iverson.

»Verschonen Sie mich mit Ihrer Wut«, schnappte Iverson. »Glauben Sie, Sie sind der erste, der mich aufsucht, der erste, der versuchte, die eigene Feigheit mir in die Schuhe zu schieben? Samuel und ich haben gelernt, mit Auswurf wie Ihnen fertigzuwerden. Ich hoffe nur, daß Sie der letzte sind.«

Der Captain ließ die Hand sinken, sie verschwand in den Falten seines Mantels. »Gottverdammter Hurensohn...«

»Ruhe!« befahl Iverson. Der Oberst sah mit seinen aufgerissenen Augen durchs Zimmer und über mich hinweg, als wäre ich gar nicht da. Die Muskeln in den Mundwinkeln des Mannes zuckten. Ich mußte wieder an das Nest neugeborener Ratten denken. »Samuel«, rief er. »Bring den Stock. Zeig diesem Mann die Strafe für Ungehorsam.« Iversons irrer Blick fiel wieder auf Captain Montgomery. »Bevor wir hier fertig sind, werden Sie vor mir salutieren.«

»Vorher sehen wir uns in der Hölle«, sagte der Captain und zog die Pistole aus der Manteltasche.

Iversons Neffe bewegte sich sehr schnell, er hob den schweren Gehstock und schlug ihn auf das Handgelenk des Captains, bevor der alte Mann den Hahn spannen konnte. Ich stand starr da und hielt das Weinglas immer noch in der Hand, als die Pistole polternd zu Boden fiel. Captain Montgomery bückte sich und griff danach – sein Holzbein machte ihn linkisch und langsam –, aber Iversons Neffe packte ihn am Kragen und stieß ihn so mühelos zurück wie ein Erwachsener ein Kind. Der Captain prallte gegen die

Wand, stöhnte und rutschte daran hinunter; sein Holzbein riß Splitter aus den unebenen Dielen des Fußbodens, als er die Beine ausstreckte. Sein Gesicht war so grau wie der Uniformmantel.

Iversons Neffe bückte sich, hob die Pistole auf und legte sie auf den Tisch. Oberst Iverson selbst lächelte und nickte, sein Mund zitterte immer noch, als wollte er grinsen. Ich hatte nur Augen für den Captain.

Der alte Mann lag zusammengesunken an der Wand, hielt sich selbst am Hals gepackt, und sein ganzer Körper zuckte unkontrolliert, während er einen tiefen Atemzug nach dem anderen machte; jeder war lauter und abgehackter als der vorhergehende. Es war eindeutig, daß er keine Luft in die Lungen bekam; seine Gesichtsfarbe hatte sich von Rot über Grau in ein schreckliches dunkles, beinahe an schwarz grenzendes Purpur verwandelt. Er streckte die Zunge heraus, Speichel befleckte den Schnurrbart. Die Augen des Captains wurden größer und runder, als ihm klar wurde, was mit ihm geschah, aber er nahm den entsetzten Blick nicht eine Sekunde von Iversons Gesicht.

Ich konnte die grenzenlose Enttäuschung in den Augen des Captains sehen, da sein Körper ihn in diesen letzten Sekunden der Konfrontation verriet, auf die er ein halbes Jahrhundert lang mit verbohrter Besessenheit gewartet hatte. Der alte Mann holte noch zweimal keuchend und abgehackt Luft, dann atmete er nicht mehr. Das Kinn sank ihm auf die eingefallene Brust, die knorrigen Hände entspannten sich, wurden zu offenen Fäusten, die Augen sahen nicht mehr starr in Iversons Gesicht.

Ich stieß einen Schrei aus, als wäre ich plötzlich aus meiner Lähmung erwacht, ließ das Weinglas fallen, lief zu Captain Montgomery und ließ mich neben ihm nieder. Aus seinem grotesk verzerrten Mund kam kein Atemzug mehr. Ein unsichtbarer Film überzog schon die offenen Augen. Ich berührte die knorrigen alten Hände – das Fleisch schien bereits im Tod abzukühlen und steif zu werden – und spürte, wie sich mir selbst die Brust schrecklich zusammenschnürte. Es war keine Trauer. Nicht unbedingt. Ich hatte den alten Mann zu kurz und in einem zu seltsamen Zusammenhang gekannt, um tatsächlich aufrichtige Trauer um ihn zu empfinden. Aber dennoch fiel mir das Atmen schwer, und eine große Leere tat sich in mir auf, verbunden mit dem Wissen, daß es manchmal keine Gerechtigkeit gibt, daß das Leben nicht fair ist. *Nicht fair*. Ich umklammerte die toten Hände des alten Mannes und weinte ebensosehr um mich wie um ihn.

»Geh aus dem Weg.« Iversons Neffe stieß mich beiseite und kauerte sich neben dem Captain nieder. Er schüttelte den alten Mann am Hemdkragen, kniff ihm grob in die verfärbten Wangen und legte dem Veteranen das Ohr auf die Brust.

»Ist er tot, Samuel?« fragte Iverson. Die Stimme klang desinteressiert.

»Ja, Onkel.« Der Neffe stand auf und zupfte sich nervös am Schnurrbart.

»Ja, ja«, sagte Iverson mit seiner zerstreuten, quengelnden Stimme. »Unwichtig.« Er machte eine knappe, wegwerfende Geste mit der kleinen rosa Hand. »Bring ihn raus zu den anderen, Samuel.«

Iversons Neffe zögerte, dann ging er ins Nebenzimmer und kam wenige Augenblicke später mit einer Spitzhacke, einer langstieligen Schaufel und einer Laterne wieder zurück. Er riß mich auf die Füße und drückte mir Schaufel und Laterne in die Hand.

»Was ist mit dem Jungen, Onkel?«

Iversons gelbliche Augen schienen mit den Schatten am Fuß der Treppe beschäftigt zu sein. Er rang die weichen Hände. »Was immer du willst, Samuel«, winselte er. »Was immer du willst.«

Der Neffe zündete die Laterne an, die ich hielt, packte den Captain unter einem Arm und zerrte den Leichnam zur Tür. Ich bemerkte, daß eines der Bänder am Holzbein aufgegangen war; ich konnte den Blick nicht von der Stelle abwenden, wo der Holzstumpf lose an dem Stumpf aus totem Fleisch und Knochen scheuerte.

Der Neffe schleppte den Leichnam des alten Mannes durch das Foyer, zur Tür hinaus und in die Nacht. Ich stand da – eine Statue mit Schaufel und zischelnder Laterne und – betete, daß ich vergessen werden würde. Kalte, dünne Finger griffen mir in den Nakken. Eine leise, beharrliche Stimme flüsterte: »Komm mit, junger Mann. Laß Samuel und mich nicht warten.«

Iversons Neffe hob das Grab keine zehn Meter von der Stelle entfernt aus, wo der Captain und ich den ganzen Tag in unserem Versteck gelegen hatten. Selbst wenn es Tag gewesen wäre, hätten uns die Bäume am Straßenrand und die Weinranken verborgen, falls jemand die Mummasburg Road entlanggekommen wäre. Aber es kam niemand vorbei. Die Nacht war auf brutale Weise dunkel; tiefhängende Wolken verdeckten die Sterne, meine Laterne und ein Hauch Helligkeit von Iversons hundert Meter hinter uns gelegener Blockhütte waren die einzigen Lichtquellen.

Das schwarze Pferd, das am Verandageländer festgezurrt war, sah unserer seltsamen Prozession nach, die das Haus verließ. Captain Montgomerys Hut war nahe der Treppe heruntergefallen, ich bückte mich linkisch, um ihn aufzuheben. Iverson nahm seine weichen Finger nicht von meinem Nacken.

Der Boden des Feldes war feucht und krumig und ließ sich mühelos ausheben. Es waren kaum zwanzig Minuten vergangen, da war Iversons Neffe schon sechzig Zentimeter tief. Abgebrochene Wurzeln, Steine und andere Dinge glommen weiß in dem von der Laterne beleuchteten Erdhügel.

»Das genügt«, befahl Iverson. »Bringen wir es hinter uns, Samuel.«

Der Neffe hielt inne und sah zum Oberst hinauf. Das kalte Licht verwandelte das Gesicht des jungen Mannes in eine weiße Maske, auf der Schweiß glitzerte; Schnurrbart und Brauen waren wie breite Kohlestriche und so schwarz wie der Schmutz auf seiner linken Wange. Nachdem er einen Moment Luft geholt hatte, nickte er, stellte die Schaufel weg und rollte Captain Montgomery in das Grab. Der alte Mann landete auf dem Rücken; er hatte Augen und Mund noch offen. Das Holzbein hatte sich vollends gelöst und lag noch am Rand der Grube. Iversons Neffe sah mich mit umwölkten Augen an, griff nach dem Holzbein und warf es auf die Brust des Captains. Ohne nach unten zu sehen, ergriff der Neffe die Schaufel und schüttete rasch Erde auf den Leichnam. Ich sah zu. Ich sah zu, wie Erde auf Wangen und Stirn meines alten Veteranen landete. Ich sah zu, wie sich der offene Mund mit Erde füllte, und spürte, wie sich mir selbst die Kehle zusammenschnürte. Ich wurde von einem gewaltigen, stummen Schluchzen geschüttelt.

Nach weniger als einer Minute war der Captain zugeschaufelt und nicht mehr als ein Umriß auf dem Boden des flachen Grabes.

»Samuel«, lispelte Iverson.

Der Neffe hielt mit der Arbeit inne und sah den Oberst an.

»Wie hast du dich bezüglich des... des anderen Dings entschieden?« Iversons Stimme war so leise, daß ich sie über das Zischeln der Laterne und den hämmernden Puls in meinen Ohren hinweg kaum hören konnte.

Der Neffe strich sich mit dem Handrücken über die Wange, was den Schmutzstreifen noch breiter machte, und nickte langsam. »Ich glaube, es muß sein, Onkel. Wir können es uns nicht leisten... wir dürfen das Risiko nicht eingehen. Nicht nach der Sache in Florida...«

Iverson seufzte. »Nun gut. Tu, was du tun mußt. Ich werde mich deiner Entscheidung fügen.«

Der Neffe nickte noch einmal, atmete aus und griff nach der Spitzhacke, die in dem frisch ausgehobenen Erdhaufen lag. Ein Teil meines Verstandes schrie, daß ich weglaufen sollte, aber ich konnte nur am Rand dieser gräßlichen Grube stehen, die Laterne halten und den Geruch von Samuels Schweiß einatmen, und einen tieferen, strengeren Geruch, der aus der Grube, dem Erdhaufen und dem umliegenden Feld aufzusteigen schien.

»Stell die Laterne weg, junger Mann«, flüsterte Iverson Zentimeter von meinem Ohr entfernt. »Stell sie vorsichtig ab.« Er drückte die kalten Finger fester um meinen Hals. Ich stellte die Laterne mit größter Vorsicht ab, damit sie nicht umkippte. Iversons kalter Griff trieb mich bis zum Rand der Grube. Sein Neffe stand bis zur Hüfte in dem Loch, hielt die Spitzhacke und sah mich mit einem Ausdruck an, der in der Mitte zwischen Bedauern und freudiger Erwartung lag. Er bewegte den Stiel der Spitzhacke in den großen, weißen Händen. Ich wollte gerade sagen: »Ist schon gut«, als sein entschlossener Gesichtsausdruck fassungsloser Verblüffung wich.

Samuels Körper kippte, richtete sich auf, kippte wieder. Es war, als stünde er auf einer Plattform, die erst dreißig und dann zwanzig Zentimeter tiefer gesunken war. War er vorher nur bis zu den Hüften im Grab gestanden, stand er jetzt bis zu den Achselhöhlen darin.

Iversons Neffe warf die Spitzhacke weg und legte die Arme auf festen Boden. Aber der Boden war nicht mehr fest. Oberst Iverson und ich taumelten rückwärts, da die Erde vibrierte und dann wie bei einem Erdrutsch kippte. Die linke Hand des Neffen umklammerte meinen Knöchel, mit der rechten griff er nach einem Weinstock. Iverson behielt die Hand fest an meinem Hals und würgte mich.

Plötzlich war das Geräusch einbrechender, in die Tiefe rieselnder Erde zu hören, als hätte der Boden des Grabes nachgegeben und wäre durch die Decke einer vergessenen Miene oder Höhle gebrochen. Der Neffe warf sich vorwärts, halb aus dem Grab heraus, preßte die Brust gegen den schlüpfrigen Rand der Grube und ließ meinen Knöchel los, damit er nach Ranken und Reben greifen konnte. Er erinnerte mich an einen Bergsteiger am Felsüberhang, der nur mit Fingern und der Reibung des Oberkörpers dem Sog der Schwerkraft trotzte.

»Hilf mir.« Seine Stimme war ein von Fassungslosigkeit und Entsetzen verzerrtes Flüstern.

Oberst Iverson wich weitere fünf Schritte zurück und zog mich mit.

Samuel gewann den Kampf mit dem wogenden Grab. Er ertastete die Spitzhacke, die er in den aufgeworfenen Erdhaufen geworfen hatte, er benützte den Stiel als Griff und zog sich in die Höhe, bis er das rechte Knie auf den Grubenrand stützten konnte.

Da brach der Rand ein.

Erdboden rieselte von dem fast einen Meter hohen Erdhügel herunter, über den Stiel der Hacke, den verkrampften Arm des Neffen und dessen Schulter in die Grube zurück. Wo Samuel gegraben hatte, war die Erde feucht aber fest gewesen; jetzt strömte sie wie Schlamm ohne Reibungswiderstand, wie Wasser... wie scharzer Wein.

Samuel glitt in die Grube zurück, die jetzt mit viskosem Schlamm gefüllt war, und nur sein Gesicht und die ausgestreckten Finger ragten noch aus dem Teich schwarzer, tosender Erde.

Plötzlich ertönte überall rings um uns herum ein Laut, als hätten viele große Gestalten unter einer Dekke von Gras und Reben die Haltung verändert. Blätter raschelten. Rebstöcke knackten. Aber es wehte kein Wind.

Iversons Neffe machte den Mund auf, um zu schreien, und eine Woge der Schwärze ergoß sich zwischen seine Zähne. Seine Augen waren nicht mehr menschlich. Dann bewegte sich der Boden noch einmal ohne Vorwarnung, und der Neffe wurde heftig nach unten gezogen. Er verschwand so plötzlich und vollständig wie ein Schwimmer, der von einem Hai nach unten gezogen wird, der dreimal so groß wie er selbst ist.

Man hörte Zähne klappern.

Da wimmerte Oberst Iverson wie ein kleines Kind, das ohne Licht in sein Zimmer gehen muß. Sein Griff war nicht mehr so fest.

Samuels Gesicht kam ein letztes Mal nach oben; die hervorquellenden Augen waren voller Erde. Etwas hatte ihm fast das gesamte Fleisch der rechten Wange abgebissen. Das Geräusch, das ich hörte, wurde mir plötzlich klar, war das eines Mannes, der zu schreien versuchte, obwohl Hals und Luftröhre voller Erde waren.

Er wurde wieder nach unten gezogen. Oberst Iverson wich weitere drei Schritte zurück und ließ meinen Hals los. Ich schnappte die Laterne und lief weg.

Ich hörte einen Schrei hinter mir, sah über die Schulter und erblickte Oberst Iverson, der durch den Spalt in der Mauer kam. Er hatte das Feld hinter sich gelassen und keuchte und strauchelte, aber er kam dennoch näher.

Ich lief mit der Schnelligkeit eines entsetzten Zehnjährigen die Laterne schwang wild an meiner rechten Hand und warf flackernde Schatten auf Blätter, Äste und Felsen. Ich mußte das Licht mitnehmen. Ich war von einem einzigen Gedanken erfüllt: Die Pistole des Captain lag noch auf dem Tisch, wo Samuel sie hingelegt hatte.

Als ich beim Haus ankam, zerrte das festgezurrte Pferd an seinem Zaumzeug; es blickte wild um sich und litt Todesangst vor mir, vor der schwingenden Laterne, vor Iverson, der weit hinter mir brüllte, oder vor dem schrecklichen Gestank, der plötzlich von den Feldern aufstieg. Ich achtete nicht auf das Tier, sondern warf mich durch die Tür ins Foyer und weiter ins Eßzimmer. Dort blieb ich keuchend stehen und grinste vor Entsetzen und Triumph.

Die Pistole war nicht mehr da.

Ich stand Sekunden oder Minuten wie im Schock

und konnte überhaupt nicht denken. Dann leuchtete ich mit der Laterne unter den Tisch, in die Kommode, in das winzige Hinterzimmer. Die Pistole war nicht da. Ich wollte zur Tür, hörte Geräusche auf der Veranda, lief die Treppe hinauf und blieb unentschlossen stehen.

»Suchst du... das hier... junger Mann!« Iverson stand keuchend unter der Tür zum Eßzimmer, stützte sich mit der linken Hand am Türrahmen ab und hielt die auf mich gerichtete Pistole in der rechten. »Verleumdung, alles Verleumdung«, sagte er und drückte den Abzug.

Der Captain hatte gesagt, daß die Waffe erst beim zweitenmal funktionierte. Der Hahn rastete mit einem Klick ein, schlug vor, aber sie feuerte nicht. Iverson sah sie an und richtete sie erneut auf mich. Ich schleuderte ihm die Laterne ins Gesicht.

Der Oberst schlug sie beiseite, das Glas zerschellte. Flammen loderten an den alten Vorhängen empor zur Decke und versengten Iversons rechte Seite. Er fluchte und ließ die Pistole fallen. Ich schnellte über das Treppengeländer, riß die Petroleumlampe vom Tisch und warf sie ins Hinterzimmer. Das Öl der Lampe spritzte heraus und entzündete das Bett und die Bücher. Ich ließ mich auf alle viere nieder und krabbelte auf die Pistole zu, aber Iverson trat nach meinem Kopf. Er war alt und langsam, und ich konnte mich mühelos zur Seite rollen, aber der brennende Vorhang fiel zwischen mich und die Lampe. Iverson griff danach, zog die Hand vor den Flammen zurück und floh fluchend zur Eingangstür.

Ich kauerte eine Sekunde keuchend. Flammen leckten an den Fugen zwischen den Holzdielen entlang und entzündeten Kiefernbretter und das trockene Gebälk des Hauses selbst. Draußen wieherte das Pferd, entweder aus Angst vor dem Feuer oder weil der Oberst versuchte, in den Sattel zu gelangen. Ich wußte, nichts konnte Iverson daran hindern, nach Süden oder Osten zu reiten, in die Wälder, zur Stadt, nur fort von Iversons Gruben.

Ich griff in den Kreis der Flammen, schrie stumm, als ein Teil des Uniformärmels Feuer fing und Brandblasen auf Handfläche, Gelenk und Unterarm erschienen. Ich zog die Pistole zu mir und warf das erhitzte Metall von einer Hand in die andere. Ich habe mich erst später gefragt, warum das Schießpulver in den Patronen nicht explodierte. Ich hielt die Waffe mit meinen verbrannten Händen und taumelte hinaus.

Oberst Iverson war aufgestiegen, hatte aber nur einen Fuß im Steigbügel. Eine Leine war lose, an der anderen zerrte er wütend und versuchte gleichzeitig, das panische Pferd in Richtung Wald zu drehen. In Richtung des brennenden Hauses. Die Mähre hatte sich von den Flammen abgewendet und brannte darauf, zu der Öffnung in der Mauer zu laufen. Zu den Gruben. Iverson kämpfte gegen das Pferd an. Als Folge dessen drehte sich die Mähre im Kreis, und bei jeder Umdrehung war das Weiße in ihren Augen zu sehen.

Ich stolperte von der Veranda der brennenden Blockhütte und hob die schwere Waffe in dem Augenblick, als es Iverson gelang, die Drehbewegungen des Pferdes zu unterbinden und nach dem losen Zügel zu greifen. Nachdem er beide Zügel in Händen und das Pferd unter Kontrolle hatte, trat er ihm heftig in die Flanken, damit es an mir vorbei – oder über mich hinweg – in den Schutz der Bäume reiten konnte. Ich mußte alle Kraft aufwenden, um den Hahn zu spannen, wobei die Blasen am Daumen aufplatzten, und zu feuern. Ich hatte keine Zeit zum Zielen gehabt. Die Kugel heulte drei Meter über Iverson in die Blätter. Der Rückstoß war so heftig, daß ich die Waffe beinahe fallengelassen hätte.

Die Mähre wirbelte herum. Iverson zwang sie mit heftigen Tritten seiner kleinen schwarzen Schuhe wieder in die andere Richtung.

Mein zweiter Schuß ging fünf Schritte von mir entfernt in den Boden. Die Haut schälte sich von meinem verbrannten Daumen ab, als ich den Hahn zum drittenmal spannte und die unglaublich schwere Waffe zwischen die rollenden Augen der Mähre richtete. Ich schluchzte so sehr, daß ich Iverson nicht richtig sehen konnte, aber ich konnte deutlich hören, wie er fluchte, als sich das Pferd zum drittenmal weigerte, sich dem Ursprung von Flammen und Lärm zu nähern. Ich strich mir mit dem verbrannten Ärmel über das Gesicht, als Iverson der Mähre ihren Willen ließ und sie vom Licht wegzog. Mein dritter Schuß ging wieder zu hoch, aber Iversons Pferd galoppierte in die Dunkelheit, blieb jedoch nicht auf dem Weg, sondern sprang über die Mauer, und zwar so hoch, daß noch fünfzig Zentimeter Luft zwischen Hufen und Steinen war.

Ich lief immer noch schluchzend hinter ihnen her, stolperte zweimal in der Dunkelheit, ließ die Pistole aber nicht los. Als ich die Mauer erreicht hatte, stand das ganze Haus hinter mir lichterloh in Flammen, Funken stoben in die Höhe, Schleier aus rotem Licht tanzten auf dem Wald und den Feldern. Ich sprang auf die Mauer, wo ich zitternd und nach Atem ringend stehenblieb.

Iversons Reittier war jenseits der Mauer etwa dreißig Meter weit gekommen, bevor es innehalten mußte. Es ging gerade in die Höhe, beide Zügel hingen lose herab, und der alte Mann klammerte sich verzweifelt mit beiden Händen an der Mähne fest.

Die Landschaft war in Bewegung. Hohe Weinreben schlugen über dem Kopf des scheuenden Pferdes zusammen, schemenhafte Gestalten schienen sich unter einer ruhelosen Oberfläche aus Blättern zu bewegen. Die Erde selbst verwandelte sich in Gräben und Hügel. Und Löcher.

Ich sah sie im Licht des Feuers eindeutig. Maulwurfslöcher. Dachsbauten. Aber so breit wie der Oberkörper eines Menschen. Und im Inneren rippenförmig von blutroten Gefäßen durchzogen. Es war, als würde man einer Schlange ins Maul sehen, deren Eingeweide erwartungsvoll pulsierten und zuckten.

Nur schlimmer.

Wenn Sie schon einmal ein Neunauge gesehen haben, das sich aufs Fressen vorbereitet, werden Sie verstehen, was ich meine. Die Löcher hatten Zähne. Zahnreihen. Sie waren von Zähnen umgeben. Die Erde hatte sich aufgetan und zeigte ihre roten, von spitzen weißen Zähnen gesäumten Eingeweide.

Die Löcher bewegten sich. Die Mähre tanzte voller Panik, aber die Löcher bewegten sich wie Schatten in dem breiten Kreis nackter Erde, die die Weinranken abgeschüttelt hatte. Am Rand dieser Lichtung erhoben sich dunkle Schemen.

Da schrie Iverson. Einen Augenblick später stieß sein Pferd einen ganz ähnlichen Schrei aus, als sich ein Loch um sein rechtes Vorderbein schloß. Ich konnte deutlich Knochen brechen hören. Das Pferd stürzte, Iverson rollte davon. Ich hörte weitere schnappende Laute, und das Pferd hob den Hals und verfolgte mit irren weißen Augen, wie sich der Boden um die vier

Hufe schloß und Sehnen und Muskeln so mühelos wegrissen, wie jemand Filetstücke von einem Bratspieß streifen konnte.

Innerhalb von zwanzig Sekunden war nur noch der zuckende Rumpf der Mähre übrig, der sich in schwarzer Erde und schwarzem Blut wälzte und vergeblich versuchte, den zermalmenden Neunaugenzähnen zu entkommen. Dann schlossen sich die Löcher um den Hals des Tieres.

Oberst Iverson erhob sich auf die Knie, dann auf die Füße. Hinter mir konnte ich nur das Prasseln der Flammen, das Rascheln der Reben und das schrille, hysterische Keuchen von Iverson selbst hören. Der Mann kicherte.

In fünfhundert Meter langen Reihen, in Linien, die so gerade wie bei einer Parade und so präzise wie Gefechtsformationen waren, erbebte und wölbte sich die Erde, brach auf, Reben und Gras und schwarze Krume hoben und senkten sich und wogten wie Ratten, die unter einer dünnen Decke dahinlaufen. Oder wie eine wehende Flagge.

Iverson schrie, als sich unter ihm und um ihn herum Löcher auftaten. Irgendwie gelang es ihm, ein zweites Mal zu schreien, während sein Oberkörper über die wartende Erde rollte und mit beiden Händen nach einem Halt im wogenden Erdreich suchte.

Die Löcher schlossen sich wieder. Diesesmal ertönte kein Schrei, nur das winzige rosa Oval rollte im Schmutz, aber ich werde bis zum Augenblick meines Todes gewiß sein, daß ich gesehen habe, wie sich der weiße Bart bewegte, als sich die Kiefer stumm öffneten, und ein Flackern von Gelb und Weiß, als die Augen blinzelten.

Die Löcher schlossen sich ein drittes Mal.

Ich taumelte von der Wand weg, aber zuvor schleuderte ich die Pistole, so weit ich konnte, auf das Feld hinaus. Das brennende Haus war in sich selbst zusammengestürzt, aber die Hitze war unglaublich; viel zu stark, um in der Nähe sitzenzubleiben. Meine Brauen waren versengt, Dampf stieg aus meinen schweißgetränkten Kleidungsstücken auf, aber ich blieb, so lange ich konnte, so nahe wie möglich am Feuer.

Nahe am Licht.

Ich kann mich nicht an die Feuerwehrleute erinnern, die mich gefunden haben, oder an die Männer, die mich kurz vor der Dämmerung in die Stadt zurückbrachten.

Mittwoch, der 2. Juli, war Militärtag bei der großen Gedenkfeier. Es regnete den ganzen Nachmittag über heftig, aber die Ansprachen wurden ohnedies im großen Zelt gehalten. Söhne und Enkel von General Longstreet und General Pickett und General Meade waren auf der Rednertribüne anwesend.

Ich kann mich erinnern, ich erwachte kurz im Feldlazarett, als Regen auf die Zeltleinwand prasselte. Jemand erklärte jemand anderem, daß die Ausstattung besser war als im alten Krankenhaus in der Stadt. Mein Arm und die Hände waren verbunden. Meine Stirn glühte vor Fieber. »Sei unbesorgt, Kumpel«, sagte Reverend Hodges mit besorgtem Gesicht. »Ich habe deinen Eltern gekabelt. Dein Vater wird vor Einbruch der Nacht hier sein.« Ich nickte und unterdrückte in den Sekunden, bevor mich der Schlaf wieder übermannte, den Drang zu schreien. Das Prasseln des Regens auf dem Zelt hatte sich angehört wie Zähne, die an Knochen nagten.

Donnerstag, der 3. Juli, war Verbrüderungstag der

großen Gedenkfeier. Überlebende von Picketts Brigade und ehemalige Unionssoldaten von der Philadelphia Brigade Association bildeten zwei Reihen und schritten an der Mauer am Cemetery Ridge, der sogenannten Hochwassermarke der Konföderierten, fünfzig Schritte nach Norden und Süden. Beide Seiten senkten Gefechtsflaggen, bis sie sich an der Mauer überkreuzten. Dann hob ein Träger symbolisch das Sternenbanner über die gekreuzten Gefechtsflaggen. Alle jubelten. Veteranen umarmten einander.

Ich kann mich bruckstückhaft an die Zugfahrt nach Hause am nächsten Morgen erinnern. Ich kann mich erinnern, daß mein Vater den Arm um mich gelegt hatte. Ich kann mich an das Gesicht meiner Mutter erinnern, als wir auf dem Bahnhof von Chestnut Hill ankamen.

Freitag, der 4. Juli, war nationaler Ehrentag der großen Gedenkfeier. Präsident Wilson richtete um elf Uhr im großen Zelt eine Ansprache an alle Veteranen. Er sprach davon, die Wunden heilen zu lassen, vergangene Differenzen zu vergessen, alte Streitigkeiten zu vergessen. Er sprach von Tapferkeit und Mut und Ruhm, die die Zeit nicht vergessen machen würde. Als er fertig war, spielten sie die Nationalhymne, und eine Ehrengarde feuerte Salut. Dann gingen alle alten Männer nach Hause.

Ich kann mich teilweise an meine Träume an jenem Tag erinnern. Es waren dieselben Träume, die ich heute habe. Ich wachte mehrmals schreiend auf. Meine Mutter versuchte, meine Hand zu halten, aber ich wollte nicht, daß mich etwas berührte. Gar nichts.

Fünfundsiebzig Jahre sind seit meiner ersten Reise nach Gettysburg vergangen. Ich war seither noch häufig dort. Führer und Ranger und Bibliothekare kennen meinen Namen. Manche schmeicheln mir mit dem Titel Historiker.

Neun Veteranen starben während der großen Gedenkfeier von 1913 – fünf an Herzproblemen, zwei an Herzschlägen, einer an Lungenentzündung. Auf dem Totenschein des neunten Veteranen steht ›Altersschwäche‹. Ein Veteran verschwand zwischen seiner Anmeldung und dem Zeitpunkt, an dem er wieder in seinem Heim für pensionierte Veteranen in Raleigh, North Carolina, zurückerwartet wurde. Der Name von Captain Powell D. Montgomery aus Raleigh, North Carolina, Veteran des 20. Regiments von North Carolina, wurde nie auf die Liste der neun verstorbenen Veteranen gesetzt. Er hatte keine Familie und wurde erst mehrere Wochen nach Ende der großen Gedenkfeier vermißt.

Jessup Sheads hatte tatsächlich das kleine Haus südöstlich von Forneys Farm gebaut – an der Stelle, wo das 97. Regiment von New York stumm darauf gewartet hatte, bis die Männer von Oberst Alfred Iverson vorrückten. Sheads entwarf das kleine Haus als Sommersitz und baute es im Frühjahr 1893. Er hielt sich nie dort auf. Sheads wird als untersetzter, rothaariger Mann beschrieben, der stets glattrasiert war und eine Schwäche für Wein hatte. Er hatte die Weinreben gepflanzt, bevor er noch im Jahr 1893 an einem Herzanfall starb. Seine Witwe vermietete das Haus über Makler, bis es im Sommer 1913 niederbrannte. Über die Mieter existieren keine Unterlagen.

Oberst Alfred Iverson, Jr., war bei Kriegsende Brigadegeneral, und das obwohl ihm wegen Fahrlässigkeit während der Scharmützel vor der großen Schlacht von Gettysburg das Kommando entzogen worden war. Nach dem Krieg verstrickte sich Iverson in unglückliche Geschäfte in Georgia und danach in Florida und verließ beide Staaten unter nie geklärten Umständen. In Florida war Iverson zusammen mit seinem Neffen Samuel Strahl, der sich offen zur Zugehörigkeit zum KKK bekannte und Namen und Ruf seines Großonkels vehement verteidigte, im Zitronenanbau tätig. Gerüchte behaupteten, daß Strahl mindestens zwei Menschen bei illegalen Duellen getötet hatte und in Broward County im Zusammenhang mit dem ungeklärten Verschwinden eines achtundsiebzigjährigen Mannes namens Phelps Rawlins gesucht wurde. Rawlins war ein Veteran des 20. Regiments von North Carolina gewesen. Nach einem einmonatigen Jagdaufenthalt im Sommer des Jahres 1913 meldete seine Frau ihn als vermißt. Sie lebte bis zu ihrem Tod 1948 in Macon, Georgia.

Alfred Iversons Todesjahr wird in unterschiedlichen Quellen mit 1911, 1913 oder 1915 angegeben. Historiker verwechseln ihn ab und zu mit seinem Vater, dem Senator. Beide sollen in der Familiengruft in Atlanta begraben sein, aber die Unterlagen des Oakland Cemetery beweisen, daß dort nur ein Sarg aufgebahrt ist.

Ich habe im Lauf der Jahre häufig den Traum gehabt, an den ich mich seit jenem heißen Nachmittag im Traubenhain erinnere. Nur der Schauplatz verändert sich in diesem Traum – von blauem Himmel und einer Steinmauer unter ausladenden Zäunen zu Gräben und Stacheldraht, zu Reisfeldern und Monsunwolken, zu gefrorenem Schlamm am Ufer eines Baches, zu dichter tropischer Vegetation, die das Licht verschluckt. Jüngst habe ich geträumt, daß ich in der Asche einer Stadt liege, während aus tiefhängenden

Wolken Schnee fällt. Aber der Geschmack des Bodens nach Obst und Kupfer bleibt stets derselbe. Die stumme Kommunion unter den sinnlos Geopferten und vergessen Begrabenen bleibt auch stets dieselbe. Manchmal denke ich an die Massengräber, die dieses Jahrhundert fruchtbar gemacht haben, und dann weine ich für meine Enkel und Urenkel.

Ich habe die Schlachtfelder jetzt seit ein paar Jahren nicht mehr besucht. Zum letztenmal vor fünfundzwanzig Jahren im ruhigen Frühling des Jahres 1963, drei Monate vor dem Wahnsinn der damaligen Hundertjahrfeier der Schlacht. Die Mummasburg Road war asphaltiert und verbreitert worden. John Forneys Haus stand schon lange nicht mehr, aber mir fiel auf, wie zahlreich die Schwertlilien wuchsen, wo seine Fundamente gewesen waren. Die Stadt Gettysburg ist selbstverständlich viel größer geworden, aber Naturschutzgebiete und der historische Park haben verhindert, daß in der Gegend gebaut wurde.

Viele Bäume entlang der Steinmauer sind am Ulmensterben und anderen Krankheiten zugrunde gegangen. Von der Mauer selbst sind nur noch ein paar Meter erhalten, die Steine wurden für den Bau von Veranden und Kaminen abgetragen. Man kann die Stadt deutlich über die freien Felder hinweg sehen.

Von Iversons Gruben ist keine Spur mehr zu sehen. Keiner aus der Gegend, mit dem ich gesprochen habe, kann sich noch an sie erinnern. Die Felder dort sind grün, wenn sie brach liegen, und ungeheuer fruchtbar, wenn sie bebaut werden, aber das gilt fast für ganz Pennsylvania.

Letztes Jahr schrieb mir ein Freund, ebenfalls Amateurhistoriker, daß ein kleines archäologisches Team der Penn State University in der Gegend von Oak Hill gegraben hatte. Er schrieb, daß sich die Grabung als Fundgrube antiker Schätze erwiesen hatte – Kugeln, Messingknöpfe, Teile von Kochgeschirren, Bruchstükke von Kanistern, fünf fast intakte Bajonette, Knochenstücke – all die störrischen Dinge, die verwesendes Fleisch als unbedeutende Fußnoten der Zeit hinterläßt.

Und Zähne, schrieb mein Freund.

Viele, viele Zähne.

GEORGE R. R. MARTIN

[illegible]

[illegible] that [illegible] facts [illegible]
[illegible] the [illegible] thing, to wait

MASKERADE

Willie roch das Blut einen Block von ihrem Apartment entfernt.

Er zögerte und schnupperte noch einmal in der kalten Nachtluft. Es war Herbst, der Wind wehte vom Fluß herüber, und der Geschmack von Regen hing in der Luft, aber dieser Geruch, *dieser* Geruch, war Kupfer und Gewürze und Feuer; unmißverständlich. Er kannte den Geruch von Menschenblut.

Ein Jogger hüpfte vorbei, sein orangefarbener Jogginganzug wirkte hell im Licht des Vollmonds. Willie glitt tiefer in den Schatten. Was für ein Narr lief um diese Nachtzeit? *Arschloch,* dachte Willie, und seine Verachtung schaffte sich in einem tiefen Knurren Luft. Der Mann sah sich erschrocken um. Willie kroch tiefer ins Unterholz. Nach einer Weile lief der Jogger weiter den Radweg hinauf, aber jetzt etwas schneller.

Willie ging das Risiko ein und begab sich zum Rand des Parks, wo er aus dem Gebüsch ihre Straße hinuntersehen konnte. Vor dem Haus, wo sie wohnte, parkten zwei Polizeiautos mit eingeschalteten Blinklichtern. Verdammt, was hatte sie nur angestellt?

Als er die fernen Sirenen hörte und ein weiteres rotes und blaues Blinklicht näherkommen sah, geriet Willie fast in Panik. Der Blutgeruch hing schwer in der Luft und verursachte ihm pochende Kopfschmerzen. Es war zuviel. Er drehte sich um und lief tief in den Park; und er achtete einmal nicht darauf, ob ihn jemand sehen konnte, sondern wollte nur fort. Er lief geschwind und stumm nach Süden, bis er keuchend nach Atem rang und ihm die Zunge aus dem Maul hing. Er war nicht mehr in Form für so etwas. Er sehnte sich nach der Sicherheit seines eigenen Apartments, nach seinem La-Z-Boy und einem guten Schuß Primateen-Mist.

In der Nähe des Flußufers blieb er schließlich keuchend und zitternd stehen und war halb trunken von Blut und Angst. Er kauerte neben einem Brückenpfeiler, starrte in die Scheinwerfer vorüberfahrender Autos und lauschte dem Verkehrslärm, um seine fiebernden Nerven zu beruhigen.

Als er sich schließlich wieder etwas kräftiger fühlte, jagte er ein Eichhörnchen. Das Blut war voll und kräftig in seinem Mund, und als er das Fleisch verzehrt hatte, fühlte er sich gestärkt, aber hinterher spie er das Gewölle aus.

»Willie«, sagte Randi Wade argwöhnisch, »wenn das nur ein verrückter Plan ist, in mein Höschen zu kommen, sage ich dir gleich, das klappt nicht.«

De kleine Mann studierte sein Spiegelbild in dem antiken ovalen Spiegel über ihrem Sofa, probierte mehrere Gesichter, bis er einen hinreichend verletzten Ausdruck hatte, der ihm gefiel, dann drehte er sich wieder zu ihr um und zeigte ihn ihr. »Glaubst du das wirklich? Denkst du so von *mir*? Ich komme zu dir, ich brauche deine Hilfe, und statt dessen bekomme ich billige Vorwürfe zu hören. Du solltest mich besser kennen, Wade, ich meine, Herrgott, wie lange sind wir denn schon Freunde?«

»Fast so lange, wie du in mein Höschen willst«, sagte Randi. »Sieh es ein, Flambeaux, du bist ein kleiner geiler Scheißkerl.«

Willie wechselte unvermittelt das Thema. »Weißt du, es ist ziemlich amateurhaft, das Geschäft in deiner Wohnung abzuwickeln.« Er setzte sich in einen ihrer roten Samtohrensessel. »Ich meine, es ist ziemlich schön hier, versteh mich nicht falsch, ich mag dieses viktorianische Outfit und kann es kaum erwarten, das Schlafzimmer zu sehen. Aber sollte ein Privatdetektiv nicht ein schäbiges kleines Büro im übelsten Teil der Stadt haben? Du weißt schon, Milchglas in der Tür, eine Flasche in der Schublade, jede Menge Staub auf den Aktenschränken...«

Randi lächelte. »Weißt du, was diese schäbigen kleinen Büros im übelsten Teil der Stadt kosten? Ich habe einen Anrufbeantworter, ich stehe in den gelben Seiten...«

»AAA-Wade Detektei«, sagte Willie gallig. »Wie sollen dich die Leute finden? Wade sollte unter W eingetragen sein; wenn Gott gewollt hätte, daß alle unter A eingetragen sind, hätte er nicht all die anderen Buchstaben erschaffen.« Er hustete. »Ich habe mir etwas geholt«, beschwerte er sich, als wäre das ihre Schuld. »Hilfst du mir, oder was?«

»Erst wenn du mir sagst, worum es überhaupt geht«, sagte Randi, aber sie hatte sich bereits entschieden, es zu tun. Sie mochte Willie und schuldete ihm einen Gefallen. Er hatte ihr Arbeit gegeben, als sie welche gebraucht hatte, und hatte seine Freundschaft noch mit dazugegeben. Sogar seine ständigen vergeblichen Versuche, ihr an die Wäsche zu gehen, waren irgendwie süß, obwohl sie das Willie gegenüber niemals zugegeben hätte. »Möchtest du meine Honorarsätze erfahren?«

»Honorar?« Willie hörte sich beleidigt an. »Was ist mit Freundschaft? Was ist mit den alten Zeiten? Und wie oft habe ich dich zum Essen ausgeführt?«

»Du hast mich nie zum Essen ausgeführt«, sagte Randi vorwurfsvoll.

»Ist es meine Schuld, wenn du mir immer einen Korb gibst?«

»Eine Portion von Popeye's Extra-Scharfem als Snack und einen Quickie in ein Stundenhotel zu nehmen, ist in meinen Augen keine Einladung zum Essen«, sagte Randi.

Willie hatte ein langes, mürrisches Gesicht mit breiten, gummiartigen Zügen, die eine erstaunliche Vielzahl von Ausdrücken zustande brachten. Momentan sah er aus, als hätte gerade jemand seinen Lieblingshund überfahren. »Es wäre kein Quickie gewesen«, sagte er mit grenzenlos gekränkter Eitelkeit. Er hustete und lehnte sich im Sessel zurück; vor den rosa Samtkissen sah er seltsam kindlich aus. »Randi«, sagte er, und plötzlich klang seine Stimme ängstlich und müde, »es ist echt.«

Sie hatte Willie Flambeaux kennengelernt, als sein Inkassobüro wegen offener Rechnungen ihres Ex-Ehemanns hinter ihr hergewesen war. Sie war arbeitslos, am Boden zerstört und verzweifelt gewesen, und Willie hatte Mitleid mit ihr gehabt und ihr Arbeit in seinem Büro gegeben. Obwohl es ihr mißfiel, Almosen von anderen Menschen anzunehmen, war der Job ein Geschenk Gottes gewesen, und sie war so lange geblieben, bis die Schulden getilgt waren. Willies schiefes Grinsen, seine endlosen Annäherungsversuche und seine messerscharfe Intelligenz hatten ihr irgendwie ihre geistige Gesundheit erhalten. Sie waren zwanglos miteinander in Verbindung geblieben, nachdem sie die Höllenhunde, wie Willie das Inkassobüro gerne nannte, verlassen hatte.

Randi hatte noch niemals gehört, daß er sich ängstlich anhörte, nicht einmal dann, wenn er erzählte, daß er in Lebensgefahr schwebte, weil einer seiner grimmigen und zahllosen Widersacher hinter ihm her war. Sie setzte sich aufs Sofa. »Dann werde ich dich anhören«, sagte sie. »Was hast du für Probleme?«

»Hast du heute morgen den *Courier* gelesen?« fragte er. »Die Frau, die drüben am Parkway ermordet wurde?«

»Habe ich überflogen«, sagte Randi.

»Das war eine Freundin von mir.«

»Mein Gott.« Plötzlich hatte Randi Schuldgefühle, weil sie ihm so zusetzte. »Willie, das tut mir leid.«

»Sie war noch ein Kind«, sagte Willie. »Dreiundzwanzig. Sie hätte dir gefallen. Ausgeflippt. Und schlau. Saß seit der High School im Rollstuhl. In der Nacht ihrer Abschlußfeier trank ihr Freund zuviel und wurde stinkesauer, weil sie nicht mit ihm schlafen wollte. Auf dem Heimweg raste er und stieß frontal mit einem Lieferwagen zusammen. Hat es ihr echt gezeigt. Der Junge war sofort tot. Joanie überlebte, aber ihre Wirbelsäule war gebrochen; sie war von der Hüfte abwärts gelähmt. Sie ließ sich nicht unterkriegen, besuchte das College, machte ihren Abschluß mit Auszeichnung und bekam einen guten Job.«

»Hast du sie die ganze Zeit gekannt?«

Willie schüttelte den Kopf. »Nee. Ich habe sie vor etwa einem Jahr kennengelernt. Sie war etwas zu freigiebig mit ihren Kreditkarten, das alte Lied. Ich stand eines Tages bei ihr vor der Tür, machte sie mit Mr. Schere bekannt, eins ergab das andere, und wir wurden Freunde. Irgendwie wie du und ich.« Er sah ihr in die Augen. »Der Leichnam war verstümmelt. Wer kann denn so etwas tun? Schlimm genug, sie zu töten, aber...« Willie fing an zu keuchen. Sein Asthma. Er hielt inne und holte tief Luft. »Und was, zum Henker, hat das zu bedeuten? *Verstümmelt*, Herrgott, was für ein häßliches Wort, aber *wie* verstümmelt? Ich meine, haben wir es hier mit einem Jack the Ripper zu tun?«

»Ich weiß nicht. Ist das wichtig?«

»Für mich schon.« Er leckte sich die Lippen. »Ich habe heute bei der Polizei angerufen, weil ich mehr Einzelheiten wollte. Unentschieden. Ich wollte ihnen meinen Namen nicht sagen, und sie wollten mir keine Informationen geben. Ich habe es auch beim Bestattungsinstitut versucht. Aufbahrung bei geschlossenem Sarg, dann wird der Leichnam verbrannt. Sieht ganz so aus, als sollte etwas vertuscht werden.«

»Zum Beispiel?« sagte sie.

Willie seufzte. »Du wirst das für echt unheimlich halten, aber was wäre, wenn...« Er strich sich mit den Fingern durchs Haar. Er schien sehr aufgeregt zu sein. »Was wäre, wenn Joanie... nun, in Stücke gerissen worden wäre... zerfetzt, vielleicht sogar... nun, teilweise aufgefressen... du weißt schon... wie von einem Tier.«

Willie sprach weiter, aber Randi hörte nicht mehr zu.

Plötzlich war ihr kalt. Die Kälte war alt und grau und voller Angst, und plötzlich war sie wieder zwölf Jahre alt, stand unter der Küchentür und hörte zu, wie ihre Mutter diesen Laut von sich gab, diesen schrecklich hohen, dünnen winselnden Laut. Die Männer versuchten immer noch, es ihr begreiflich zu machen, mit ihr zu reden... *wie von einem Tier,* sagte einer. Ihre Mutter schien nicht zu hören oder zu verstehen, aber Randi schon. Sie hatte die Worte laut wiederholt, und alle hatten sie angesehen, und einer der Polizisten hatte gesagt: *Großer Gott, das Kind,* und alle hatten sie angestarrt, bis ihre Mutter schließlich aufgestanden war und sie ins Bett gebracht hatte. Sie fing unbeherrscht an zu weinen, als sie die Decke feststeckte... ihre Mutter, nicht Randi. Randi hatte nicht geweint. Da nicht, bei der Beerdigung nicht, und in den Jahren danach auch nicht.

»He. He! Alles klar?« fragte Willie.

»Alles klar«, antwortete sie schneidend.

»Himmel, mach mir nicht solche Angst, ich habe Probleme genug, weißt du? Du hast ausgesehen wie... verflucht, ich weiß nicht, wie du ausgesehen hast, aber ich wollte dir nicht in einer dunklen Gasse über den Weg laufen.«

Randi sah ihn stechend an. »In der Zeitung stand, Joan Sorenson wurde ermordet. Der Angriff eines Tieres ist kein Mord.«

»Komm mir nicht mit rechtlichen Spitzfindigkeiten. Ich weiß nichts, ich weiß nicht einmal, ob ein Tier im Spiel war, vielleicht bin ich auch nur verrückt, paranoid, was du willst. Die Zeitung hat die blutigen Einzelheiten verschwiegen. Die verdammte Zeitung hat eine Menge verschwiegen.« Willie atmete schwer, wand sich auf dem Sessel und trommelte mit den Fingern auf die Lehne.

»Willie, ich will tun, was ich kann, aber bei so einem Fall wird die Polizei mit allem herausrücken. Ich weiß nicht, wieviel ich noch herausbringen kann.«

»Die Polizei«, sagte er düster. »Ich traue der Polizei nicht.« Er schüttelte den Kopf. »Randi, wenn die Polizei ihre Sachen durchforscht, wird mein Name auftauchen, in ihrem Adreßbuch, und so weiter, du weißt schon.«

»Du hast Angst, sie könnten dich verdächtigen, ist es das, ja?«

»Verdammt, ich weiß nicht. Möglicherweise.«

»Hast du ein Alibi?«

Willie sah sehr unglücklich aus. »Nein. Eigentlich nicht. Ich meine, nichts, das vor Gericht gelten würde. Ich war... an jenem Abend mit ihr verabredet. Scheiße, mein Name könnte in ihrem verdammten *Terminkalender* stehen. Ich will einfach nicht, daß sie herumschnüffeln, verstehst du?«

»Warum nicht?«

Er verzog das Gesicht. »Sogar wir Kassierer haben unsere finsteren Geheimnisse. Verdammt, vielleicht finden sie sogar die Nacktfotos von dir.« Sie lachte nicht. Willie schüttelte den Kopf. »Herrgott, man sollte meinen, die Bullen haben etwas Besseres zu tun, als in der Gegend herumzulaufen und Morde aufzuklären – ich habe seit über einem Jahr keinen Strafzettel wegen Falschparken mehr bekommen. Da fragt man sich, was aus dieser Stadt wird.« Er fing wieder an zu keuchen. »Jetzt komme ich wieder in Fahrt, verflucht noch mal. Das ist deine Schuld, Wade. Ich wette, du hast unter den Jeans Höschen mit Schlitz vorne an, was?« Willie sah sie vorwurfsvoll an, zog eine Flasche Primateen-Mist aus der Manteltasche, steckte das Plastikrohr in den Mund, sprühte sich eine Dosis hinein und sog sie gierig hinunter.

»Scheint dir besser zu gehen«, sagte Randi.

»Als du sagtest, du würdest alles tun, um mir zu helfen, hast du da auch gemeint, daß du dich nackt ausziehen würdest?« fragte Willie voller Hoffnung.

»Nein«, sagte Randi nachdrücklich. »Aber ich übernehme den Fall.«

River Street war nicht eben eine angesehene Adresse, aber Willie gefiel sie trotzdem. Die reichen Leute oben auf den Klippen hatten ›Blick auf den Fluß‹ von den Giebeln und Balkonen ihrer alten viktorianischen

Häuser, aber Willie hatte den Fluß selbst, der dicht unterhalb seines Fensters vorbeifloß. Er hörte sein Tosen Tag und Nacht, das Wasser, das an die Docks plätscherte, die Nebelhörner, wenn der Nebel dicht wurde, und an sonnigen Nachmittagen die Rufe der Bootsfahrer. Er hatte Mondschein auf schwarzem Wasser und seinen eigenen verfallenen Pier, auf dem er sitzen konnte, wenn ihm zu mitternächtlicher Stunde nach Einsamkeit zumute war. Er hatte elf Zimmer, die einmal Büros gewesen waren, eine Herrentoilette – mit Pissoir – *und* eine Damentoilette – mit Tampaxautomat –, Holzböden, reizende alte Oberlichter, und sollte er je seinen Kredit bekommen, wollte er unbedingt eine Küche einbauen. Außerdem hatte er im Erdgeschoß eine ausrangierte Brauerei, sollte er jemals beschließen, sein eigenes Bier zu brauen. Das rote Backsteingebäude war vor einhundert Jahren erbaut worden, und etwa seit der Zeit wurde die Gegend als schlechte Wohngegend betrachtet. Was heutzutage nicht zugenagelt war, wurde industriell genutzt, daher hatte Willie nicht viele Nachbarn, und das war das allerbeste dabei.

Auch das Parken war kein Problem. Willie besaß einen monströsen alten, zitronengrünen Cadillac, nur Chrom und Heckflossen, den er am Fuß des Piers, zwei Schritte von seiner Wohnung entfernt, abstellte. Er brauchte fünf Minuten, um sämtliche Schlösser aufzusperren. Willie hielt viel von Schlössern, besonders in der River Street. Die Brauerei war dunkel und still. Er verschloß und verriegelte die Tür hinter sich und ging nach oben zu den Wohnräumen.

Er hatte mehr Angst, als er Randi gegenüber zugegeben hatte. Gestern nacht war er aufgeregt gewesen, als er den Blutgeruch gewittert und überlegt hatte, daß Joanie etwas wirklich Dummes gemacht haben mußte. Aber als er die Morgenzeitung bekam und las, daß sie das Opfer gewesen war, daß sie gefoltert und ermordet und verstümmelt worden war... *verstümmelt,* großer Gott, was bedeutete das, hatte einer der anderen... nein, daran konnte er nicht einmal denken, sonst wurde ihm übel.

Als die Brauerei noch ein florierendes Geschäft gewesen war, war sein Wohnzimmer das Büro des Präsidenten gewesen. Es war zum Fluß gerichtet, und Willie fand, daß es alles in allem hübsch eingerichtet war. Es paßte zwar nichts zusammen, aber das machte nichts. Er hatte alles Stück für Stück im Lauf der Jahre gesammelt, die neuen Sachen normalerweise einfache Rücknahmegeschäfte, die antiken Gegenstände hatte er bei hoffnungslosen und längst überfälligen Schulden anstelle von Bargeld genommen. Es gelang Willie fast immer, *etwas* zu bekommen, sogar von den Schuldnern, die alle anderen längst abgeschrieben hatten. Wenn es sich um etwas handelte, das ihm gefiel, bezahlte er den Kunden normalerweise aus eigener Tasche, zehn oder zwanzig Cent pro Dollar, und behielt die Möbel. Auf diese Weise hatte er schon tolle Geschäfte gemacht.

Er hatte gerade etwas Wasser auf die Kochplatte gestellt, als das Telefon zu läuten anfing.

Willie drehte sich um und sah es stirnrunzelnd an. Er hatte fast Angst davor, den Hörer abzunehmen. Es konnte die Polizei sein... es konnte Randi oder ein Freund sein, ein völlig Unschuldiger. Er verzog das Gesicht, ging hinüber und nahm ab. »Hallo.«

»Guten Abend, William.« Willie war zumute, als würde ihm jemand mit einem kalten Finger über das Rückgrat streichen. Jonathan Harmons Stimme war voll und weich; sie machte ihm eine Gänsehaut. »Wir haben versucht, dich zu erreichen.«

Kann ich mir denken, dachte Willie, aber er sagte: »Ja, ich war unterwegs.«

»Du hast natürlich von dem verkrüppelten Mädchen gehört.«

»Joan«, sagte Willie schneidend. »Sie hieß Joan. Ja, ich habe es gehört. Ich weiß aber nur das, was ich in der Zeitung gelesen habe.«

»Mir gehört die Zeitung«, erinnerte Jonathan ihn. »William, ein paar von uns treffen sich in Blackstone, um zu reden. Zoe und Amy sind schon dort, Michael erwarte ich jeden Augenblick. Steven holt Lawrence ab. Er kann auch bei dir vorbeikommen, wenn du frei bist.«

»Nein«, stieß Willie hervor. »Ich mag billig sein, aber frei bin ich nicht.« In seinem Lachen schwang Panik mit.

»William, dein Leben könnte auf dem Spiel stehen.«

»Ja, kann sein, Sie Hurensohn. Soll das eine Drohung sein? Ich will Ihnen sagen, ich habe alles aufgeschrieben, was ich weiß, *alles*, und ich habe Freunden von mir Kopien gegeben.« Das hatte er nicht, aber es schien jetzt, wo er es sagte, eine gute Idee zu sein. »Wenn ich wie Joanie ende, sehen sie zu, daß diese Briefe zur Polizei gelangen, haben Sie verstanden?«

Er rechnete fast damit, daß Jonathan gelassen sagen würde: »Mir *gehört* die Polizei«, aber er hörte nur Schweigen und Statik in der Leitung, und dann ein Seufzen. »Ich weiß, du bist durcheinander wegen Joan...«

»Seien Sie endlich still mit Joanie«, unterbrach ihn Willie. »Sie haben kein Recht, Mist über sie zu verzapfen; ich weiß genau, wie Sie über sie gedacht haben.

Hören Sie gut zu Harmon, sollte sich herausstellen, daß Sie oder Ihr verschrobener Bengel etwas damit zu tun haben, dann komme ich eines Tages persönlich nach Blackstone und bringe Sie um, warten Sie nur ab. Sie war ein gutes Mädchen... sie... sie...« Plötzlich konnte er zum erstenmal, seit es geschehen war, nur an sie denken – ihr Gesicht, ihr Lachen, ihr Geruch, wenn sie in Hitze und besorgt war, das anmutige Spiel ihrer Muskeln, wenn sie neben ihm lief, die Laute, die sie von sich gab, wenn ihre Körper sich vereinten. Das alles fiel ihm wieder ein, und Willie spürte Tränen auf dem Gesicht. Seine Brust war eingeschnürt, als würden sich Eisenbänder um die Lungen legen. Jonathan sagte etwas, aber Willie legte den Hörer auf, ohne zuzuhören, dann zog er den Stecker heraus. Sein Wasser kochte fröhlich auf der Heizplatte. Er kramte in der Tasche und verpaßte sich einen guten Schuß aus dem Inhalator, dann hielt er den Kopf in den Dampf, bis er wieder atmen konnte. Die Tränen versiegten, aber nicht der Schmerz.

Hinterher dachte er darüber nach, was er gesagt hatte, über die Drohungen, die er ausgesprochen hatte, und er zitterte so sehr, daß er noch einmal nach unten ging und sämtliche Schlösser überprüfte.

Der Verfall am Courier Square war weit fortgeschritten. Die großen Warenhäuser waren in Einkaufszentren in den Vororten umgezogen, die grandiosen alten Filmtheater waren in kleinere Kinos zerlegt oder in Pornokinos umgewandelt worden, in einstmals modischen Geschäften hausten heute Wahrsagerinnen und Sexshops. Hätte Randi wirklich ein schäbiges kleines Büro im übelsten Teil der Stadt gesucht, hätte sie es am Courier Square finden können. Das wenige Leben, das der Square noch hatte, kam von der Zeitung.

Das Gebäude des *Courier* war das Vermächtnis einer anderen Zeit, als die Innenstadt noch das Herz der Stadt und die Zeitung ihre Seele gewesen war. Der alte Douglas Harmon, der jedem, der zuhörte, gerne erzählte, daß er aus demselben Holz geschnitzt war wie Hearst oder Pulitzer, hatte den Journalismus immer als etwas betrachtet, das religiöser Berufung gleichkam, und der ›gotische Bau‹, den er als Unterkunft für seine Zeitung gebaut hatte, sah wie das Ergebnis einer unglücklichen Kreuzung zwischen dem Chrysler Building und einer besonders grotesken Kathedrale aus. Fünf Jahrzehnte Smog hatten die Fassade geschwärzt, saurer Regen hatte die Wolfsköpfe weggefressen, die von den Mauern herunterfauchten, aber man konnte immer noch die Uhr nach den monströsen Druckerpressen im Keller stellen, und Harmon sah immer noch aus seinem Verlegerbüro auf der Spitze des Eisenturms auf die Stadt herab. Das gab dem Courier Square und der Stadt eine gewisse Kontinuität.

Die schwarzen Marmorböden in der Halle waren glatt und rutschig, als Randi, die einen Regenmantel von Burberry trug, der ihr ein paar Nummern zu groß war, Souvenir ihres letzten Streits mit ihrem Ex-Ehemann, aus dem Regen hereinkam. Sie hatte ihn bezahlt, also wollte sie ihn verflucht noch mal auch tragen. Ein Wachmann saß hinter dem hufeisenförmigen Empfangstisch unter einer Wand voll Uhren, die früher einmal die Tageszeit auf der ganzen Welt angezeigt hatten. Die meisten waren kaputt, die Zeiger zu einer chronologischen Kakophonie erstarrt. An einem dunklen Nachmittag wie diesem war die Halle ein düsterer Ort und voll Zugluft, die so kalt wie das Gesicht des Wachmanns war. Randi nahm den Hut ab, schüttelte das Haar aus und lächelte ihn höflich an. »Ich habe einen Termin bei Barry Schumacher.«

»Redaktion. Dritter Stock.« Der Wachmann widmete ihr kaum einen Blick, dann wandte er sich wieder dem Pornomagazin zu, das er auf dem Schoß hatte. Randi verzog das Gesicht und ging an ihm vorbei; ihre Absätze hallten auf dem Marmor.

Der Fahrstuhl war ein offenes Gitter aus schwarz gestrichenem Eisen; er klapperte und bebte und brauchte ewig, bis er sie zur Lokalredaktion im dritten Stock gebracht hatte. Schumacher saß allein an seinem Schreibtisch, rauchte und sah zum Fenster auf die regennassen Straßen hinaus. »Sieh dir das an«, sagte er als Randi hinter ihn trat. Eine Passantin in einem Minirock aus Leder stand unter der dunklen Leuchtreklame des Castle. Der Regen hatte ihre dünne weiße Bluse durchnäßt und an den Brüsten festgeklebt. »Sie könnte auch oben ohne gehen«, sagte Barry. »Und das direkt vor dem Castle. War das erste Kino hier im Bundesstaat, das *Vom Winde verweht* zeigte, hast du das gewußt? Alle großen Filme hatten hier Premiere.« Er verzog das Gesicht, drehte den Stuhl herum und drückte die Zigarette aus. »Teufel auch«, sagte er.

»Ich habe geweint, als Bambis Mutter starb«, sagte Randi.

»Im Castle?«

Sie nickte. »Mein Vater hat mich mitgenommen, aber er hat nicht geweint. Ich habe ihn nur ein einziges Mal weinen sehen, aber das war viel später, und nicht wegen einem Film.«

»Frank war ein guter Mann«, sagte Schumacher pflichtschuldigst. Er war schon längst reif für den Ruhestand, übergewichtig und wurde kahl, aber er kleidete sich immer noch makellos, und Randi erinnerte sich an einen jungen Dandy von einem Reporter, der zu seiner Zeit ein toller Typ gewesen war. Er war jahrelang regelmäßig zum Mittwochabend-Poker ihres Vaters gekommen. Er tat so, als wäre sie seine Freundin, als würde er warten, bis sie erwachsen geworden war, damit sie heiraten konnten. Da mußte sie immer kichern. Aber das war ein anderer Barry Schumacher gewesen; der hier sah aus, als hätte er nicht mehr gelacht, seit Kennedy Präsident war. »Was kann ich für dich tun?« sagte er.

»Sie können mir alles sagen, was im Artikel über den Mord im Parkway nicht abgedruckt wurde«, sagte sie. Sie setzte sich ihm gegenüber.

Barry reagierte kaum. Sie hatte ihn seit dem Tod ihres Vaters kaum gesehen, er schien grauer und erschöpfter zu sein, wie ein Mann, aus dem Leidenschaft, Lachen, Wut, rein alles, herausgeblutet waren. »Wie kommst du darauf, daß etwas weggelassen wurde?«

»Mein Vater war Polizist, wissen Sie noch? Ich weiß, wie es in dieser Stadt abläuft. Manchmal bittet einen die Polizei, etwas zu verschweigen.«

»Manchmal«, stimmte Barry zu. »Aber ob sie bitten und wir gehorchen, das sind zwei Paar Schuhe. Ab und zu lassen wir ein entscheidendes Beweisstück weg, damit sie falsche Geständnisse entlarven können. Du kennst ja die Routine.« Er verstummte und zündete sich noch eine Zigarette an.

»Und diesesmal?«

Barry zuckte die Achseln. »Schlimme Sache. Häßlich. Aber wir haben es gedruckt, nicht?«

»In dem Artikel stand, das Opfer war verstümmelt? Was bedeutet das genau?«

»Wir haben ein Wörterbuch auf dem Schreibtisch des Korrektors, falls du nachlesen willst.«

»Ich will nicht nachlesen«, sagte Randi, eine Spur zu schneidend. Barry war ein Arschloch; damit hatte sie nicht gerechnet. »Ich weiß, was das Wort bedeutet.«

»Willst du damit sagen, wir hätten sämtliche schlüpfrigen Einzelheiten abdrucken sollen?« Barry lehnte sich zurück und machte einen langen Zug an der Zigarette. »Weißt du, was Jack the Ripper mit seinem letzten Opfer getan hat? Er hat ihr unter anderem die Brüste abgeschnitten. Fein säuberlich zerlegt, als würde er das weiße Fleisch von einem Truthahn wegschneiden, und die Scheiben hat er schön ordentlich neben dem Bett aufgeschichtet. Er war sehr gewissenhaft und hat die Brustwarzen ganz obenauf gelegt.« Er blies Rauch aus. »Wolltest du solche Einzelheiten? Weißt du, wieviel Jugendliche den *Courier* tagtäglich lesen?«

»Es ist mir einerlei, was im *Courier* abgedruckt wird«, sagte Randi. »Ich will nur die Wahrheit wissen. Soll ich dem entnehmen, daß Joan Sorensons Brüste abgeschnitten wurden?«

»Das habe ich nicht gesagt«, antwortete Schumacher.

»Nein. Sie haben überhaupt nicht viel gesagt. Wurde sie von einer Art Tier getötet?«

Das führte zu einer Reaktion. Schumacher sah auf, ihr direkt in die Augen, und einen Moment lang sah sie in seinem müden Blick hinter der Nickelbrille eine Andeutung des Freundes, der er einmal für sie gewesen war. »Ein Tier?« sagte er leise. »Denkst du das? Es geht überhaupt nicht um Joan Sorenson, oder? Es geht um deinen Vater.« Barry stand auf und kam um den

Schreibtisch herum. Er legte ihr die Hände auf die Schultern und sah ihr in die Augen. »Randi, Liebes, laß die Finger davon. Ich habe Frank auch gern gehabt, aber er ist tot, er ist seit... verdammt, seit beinahe zwanzig Jahren tot. Der Gerichtsmediziner sagte, er wurde von einem tollwütigen Hund getötet, und das ist alles.«

»Damals war keine Spur von Tollwut bekannt, das wissen sie so gut wie ich. Mein Vater hat den Revolver leergeschossen. Was für ein Hund steckt sechs Schuß aus einem 38er der Polizei weg und greift trotzdem noch an, hm?«

»Vielleicht hat er danebengeschossen«, sagte Barry.

»Er hat nicht danebengeschossen!« sagte Randi heftig. Sie wandte sich von ihm ab. »Wir konnten nicht einmal den Sarg offenlassen, so sehr war der Leichnam...« Es fiel ihr heute noch schwer, es auszusprechen ohne zu würgen; aber sie war inzwischen ein großes Mädchen, und daher zwang sie es heraus. »... aufgefressen«, beendete sie den Satz leise. »Und es wurde nie ein Tier gefunden.«

»Frank wird es ein paarmal getroffen haben, und nachdem es ihn getötet hat, ist das verdammte Vieh weggekrochen und irgendwo gestorben«, sagte Barry. Seine Stimme war nicht unfreundlich. Er drehte sie herum, so daß sie ihn wieder ansah. »Vielleicht war es so, vielleicht nicht. Es war eine schlimme Sache, aber es ist achtzehn Jahre her, Liebes, und es hat nichts mit Joan Sorenson zu tun.«

»Dann erzählen Sie mir, was mit ihr passiert ist«, sagte Randi.

»Hör zu, ich darf nicht...« Er zögerte und leckte sich mit der Zungenspitze nervös über die Lippen. »Es war ein Messer«, sagte er leise. »Sie wurde mit einem

Messer getötet, steht alles im Polizeibericht, ein Psychopath mit einem scharfen Messer.« Er setzte sich auf den Rand seines Schreibtischs, und seine Stimme nahm wieder den altbekannten zynischen Tonfall an. »Ein Irrer, der zu viele verdammte Hollywood-Filme gesehen hat, du weißt schon, *Halloween, Freitag der 13.*, sie haben ja für sämtliche Ferien einen.«

»Gut.« Sie konnte aus seinem Ton heraushören, daß sie nicht mehr von ihm erfahren würde. »Danke.«

Er nickte und sah sie an. »Ich weiß nicht, woher die Gerüchte stammen. Das fehlt uns noch, daß die Leute denken, es wäre ein wildes Tier auf freiem Fuß, das Menschen umbringt.« Er tätschelte ihre Schulter. »Mach dich nicht so rar, hörst du? Komm mal zum Abendessen vorbei. Adele fragt ständig nach dir.«

»Sagen Sie ihr schöne Grüße.« Sie blieb unter der Tür stehen. »Barry...« Er sah auf und lächelte gezwungen. »Hat etwas gefehlt, als sie den Leichnam gefunden haben?«

Er zögerte kurz. »Nein«, sagte er.

Bei den Pokerspielen ihres Vaters war er immer der große Verlierer gewesen. Sie erinnerte sich, ihr Vater hatte gesagt, daß er kein schlechter Spieler war, aber seine Augen verrieten ihn, wenn er einen Bluff versuchte... so wie jetzt auch.

Barry Schumacher log.

Die Klingel war kaputt, daher mußte er klopfen. Niemand antwortete, aber darauf fiel Willie nicht herein. »Ich weiß, daß Sie da sind, Mrs. Juddiker«, brüllte er durchs Fenster. »Ich habe den Fernseher schon einen Block entfernt gehört. Sie haben ihn ausgeschaltet, als Sie mich kommen gesehen haben. Machen Sie es mir heute nicht so schwer, ja?« Er klopfte noch einmal. »Machen Sie schon auf, ich gehe nicht wieder weg.«

Drinnen sagte ein Kind etwas, wurde aber sofort zum Schweigen gebracht. Willie seufzte. Wie er das haßte. Warum mußte er das immer wieder durchmachen? Er holte eine Kreditkarte heraus, machte die Tür auf, betrat ein dunkles Wohnzimmer und rechnete fast mit einem Aufschrei. Statt dessen erwartete ihn schockiertes Schweigen.

Die Frau und die beiden Kinder sahen ihn mit offenen Mündern an. Die Rollos waren heruntergelassen und die Vorhänge zugezogen. Die Frau hatte einen weißen Frotteebademantel an und sah noch jünger aus als ihre Stimme am Telefon geklungen hatte. »Sie können nicht einfach hier hereinkommen«, sagte sie.

»Das habe ich doch gerade getan«, sagte Willie. Als er die Tür zumachte, war es schrecklich dunkel in dem Zimmer. Das machte ihn nervös. »Stört es Sie, wenn ich das Licht anmache?« Sie sagte nichts, also tat er es. Das Mobiliar bestand ausnahmslos aus klapprigem Sperrmüll, abgesehen von einem gigantischen Großbildschirmfernseher in einer Ecke des Zimmers. Das ältere Kind, ein etwa vierjähriges Mädchen, hatte sich schützend davor gestellt. Willie lächelte ihr zu. Sie lächelte nicht.

Er wandte sich der Mutter zu. Sie sah wie zwanzig aus, möglicherweise jünger, dunkel, vielleicht zehn Pfund Übergewicht, aber trotzdem noch schön. Sie hatte braune Sommersprossen auf der Nase. »Besorgen Sie sich eine Kette für die Tür und legen Sie sie vor«, riet er ihr. »Und tun Sie bei uns Höllenhunden nicht so, als wären Sie nicht zu Hause, okay?« Er setzte sich auf einen Sessel aus schwarzem Vinyl, der mit Isolierband zusammengehalten wurde. »Ich hätte gerne etwas zu trinken. Coke, Saft, Milch, irgend etwas. Scheißtag heute.« Niemand bewegte sich, niemand sagte etwas. »Kommen Sie«, sagte Willie. »Hören Sie auf damit. Ich werde Sie nicht zwingen, die Kinder für medizinische Experimente zu verkaufen; ich möchte mich nur mit Ihnen über Ihre Schulden unterhalten, okay?«

»Sie nehmen den Fernseher mit«, sagte die Mutter.

Willie betrachtete das Monstrum und erschauerte. »Er ist ein Jahr alt und wiegt eine Million Pfund. Wie soll ich den mit meinem schlimmen Rücken bewegen? Außerdem habe ich Asthma.« Er nahm den Inhalator aus der Tasche und zeigte ihn ihr. »Wenn Sie mich umbringen wollten, müßten Sie mich nur zwingen, den verdammten Fernseher zu schleppen.«

Das schien ein wenig zu helfen. »Bobby, bring ihm eine Dose Mineralwasser«, sagte die Mutter. Der Junge gehorchte. Sie hielt den Morgenmantel zu, als sie sich setzte, und Willie sah, daß sie überhaupt nichts darunter anhatte. Er fragte sich, ob sie auch auf den Brüsten Sommersprossen hatte; das kam manchmal vor. »Ich habe Ihnen am Telefon gesagt, wir haben kein Geld. Mein Mann ist davongelaufen. Er war sowieso arbeitslos, seit die Packerei zugemacht hat.«

»Ich weiß«, sagte Willie. Die Packerei war ihre Abkürzung für die Fleischverpackungsfabrik, und das wiederum war die vornehme Bezeichnung für den Schlachthof im Süden, den größten Arbeitgeber der Stadt, bis sie vor zwei Jahren ihre Tore geschlossen hatte. Willie holte einen Notizblock aus der Tasche, blätterte ein paar Seiten um. »Okay, Sie haben das Ding auf Raten gekauft, zwei Raten bezahlt und sind dann umgezogen, ohne Ihre neue Adresse zu hinterlassen. Sie sind noch zweitausendachthundertundsechzehn Dollar schuldig. Und einunddreißig Cent. Vergessen wir einmal Mahngebühren und Verzugszinsen.« Bobby kam zurück und brachte ihm eine Dose Diät-Schoko-Ingwerbier. Willie unterdrückte ein Schaudern und machte die Dose auf.

»Geht im Hof spielen«, sagte sie zu den Kindern. »Wir Erwachsenen müssen uns unterhalten.« Aber als sie gegangen waren, hörte sie sich gar nicht erwachsen an. Willie fürchtete, sie würde zu weinen anfangen. Er konnte es nicht ausstehen, wenn sie weinten. »Ed hat den Apparat gekauft«, sagte sie mit zitternder Stimme. »Es war nicht seine Schuld. Die Karte ist mit der Post gekommen.«

Willie kannte das alte Lied. Eine Kreditkarte kam per Post, und am nächsten Tag zogen sie los und kauften das größte Stück, das sie finden konnten. »Hören Sie, ich sehe, daß Sie eine Menge Probleme am Hals haben. Sagen Sie mir, wo ich Ed finden kann, dann hole ich mir das Geld bei ihm.«

Sie lachte verbittert. »Sie kennen Ed nicht. Er hat in der Packerei ganze Rinderhälften getragen. Sie sollten seine Oberarme sehen. Wenn Sie ihm dumm kommen, reißt er Ihnen den Kopf ab und steckt ihn Ihnen in den Arsch, Mister.«

»Was für eine reizende Vorstellung«, sagte Willie. »Ich kann es kaum erwarten, den Herrn kennenzulernen.«

»Sie werden ihm doch nicht sagen, daß Sie von mir wissen, wo Sie ihn finden können?« fragte sie nervös.

»Pfadfinderehrenwort«, sagte Willie. Er hob die rechte Hand zu einer Geste, die er pfadfindermäßig genug fand, aber die Dose Diät-Schoko-Ingwerbier verdarb die Wirkung etwas.

»Waren Sie Pfadfinder?« fragte sie.

»Nein«, gab er zu. »Aber es gab eine Gruppe, die mich immer verprügelt hat, als ich noch klein war.«

Daraufhin lächelte sie tatsächlich. »Ist ja Ihre Beerdigung. Er lebt jetzt mit irgendeiner Schlampe zusammen, ich weiß nicht wo. Aber an Wochenenden arbeitet er im Squeaky's als Barkeeper.«

»Das kenne ich.«

»Keine richtige Arbeit«, fügte sie nachdenklich hinzu. »Er hat sie nicht angemeldet. So bekommt er trotzdem sein Arbeitslosengeld. Glauben Sie, er schickt einmal etwas für die Kinder? Nichts zu machen!«

»Was meinen Sie, was schuldet er Ihnen?« fragte Willie.

»Viel«, sagte sie.

Willie stand auf. »Hören Sie, geht mich eigentlich nichts an, aber es ist schließlich mein Job, wenn Sie verstehen. Und wenn ich mit Ed wegen des Fernsehers gesprochen habe, sehe ich zu, was ich für Sie pfänden kann, wenn Sie wollen. Rein beruflich, meine ich, ich behalte einen Teil für mich und zahle Ihnen den Rest aus. Es wird nicht viel sein, aber immerhin besser als gar nichts, richtig?«

Sie sah ihn fassungslos an. »Das würden Sie tun?«

»Klar doch. Warum nicht?« Er nahm die Brieftasche heraus und gab ihr einen Zwanziger. »Hier«, sagte er. »Eine Vorauszahlung. Ed wird es mir wiedergeben.« Sie sah ihn ungläubig an, lehnte den Geldschein aber nicht ab. Willie kramte in der Manteltasche. »Ich möchte, daß Sie jemanden kennenlernen«, sagte er. Er hatte immer ein paar billige Scheren in der Manteltasche. Er fand eine und drückte sie ihr in die Hand. »Hier, das ist Mr. Schere. Er wird von jetzt an Ihr bester Freund sein.«

Sie sah ihn an, als hätte er den Verstand verloren.

»Stellen Sie Mr. Schere der nächsten Kreditkarte vor, die Ihnen ins Haus flattert«, sagte Willie, »dann bekommen Sie keinen Ärger mehr mit Arschlöchern wie mir.«

Er hatte schon die Tür aufgemacht, als sie ihn einholte. »He, wie war Ihr Name?«

»Willie«, sagte er zu ihr.

»Ich bin Betsy.« Sie beugte sich nach vorne und küßte ihn auf die Wange, und der weiße Bademantel ging gerade so weit auf, daß er einen raschen Blick auf ihre weißen Brüste werfen konnte. Sie hatte ein paar Sommersprossen dort, und die Brustwarzen waren groß und braun. Sie zog den Bademantel wieder zu, als sie zurücktrat. »Sie sind kein Arschloch, Willie«, sagte sie und machte die Tür zu.

Als er den Weg entlang ging, fühlte er sich fast wie ein Mensch, jedenfalls besser als seit Joanies Tod. Sein Caddy wartete am Straßenrand, er hatte das Verdeck zugemacht, weil ständig Regenschauer herunterkamen, die ihm schon den ganzen Morgen durch die Stadt folgten. Willie stieg ein und ließ den Motor an; er sah in dem Augenblick in den Spiegel, als sich der Mann auf dem Rücksitz aufrichtete.

Die Augen im Spiegel waren hellblau. Wenn die Schneeschmelze vorbei war und der Fluß wieder seinen normalen Pegelstand zwischen den Ufern hatte, konnte man manchmal stehende Pfützen am Ufer finden, die vom Strom abgeschnitten waren, stille, kalte und übelriechende Lachen, und man fragte sich, wie tief sie waren und ob etwas da unten in der Dunkelheit lebte. Genau solche Augen hatte er, sie lagen tief in einem dunklen, hohlwangigen Gesicht, das von braunem, glattem und schulterlangem Haar eingerahmt wurde.

Willie wirbelte herum und sah ihn an. »Was machst du denn da hinten, verdammt, ein Nickerchen? Ich sage es nur ungern, Steven, aber dieses Fahrzeug gehört zu den wenigen Dingen in dieser Stadt, die nicht den Harmons gehören. Du hast dich wohl geirrt, hm? Oder hast du den Rücksitz für eine Parkbank gehalten? Ich will dir was sagen, ich bin nicht böse, ich fahr dich schnell rüber zum Park und kaufe dir sogar eine Zeitung, damit du nicht frierst, wenn du dein Nickerchen zu Ende bringst.«

»Jonathan will dich sprechen«, sagte Steven mit seiner tonlosen, kalten Stimme. Seine Stimme war wie sein Gesicht, ausdruckslos und tot.

»Schön für ihn, aber vielleicht will ich Jonathan nicht sprechen, hast du daran schon mal gedacht?« Willie wurde klar, daß er sich fast in die Hosen machte; es kostete ihn alle Anstrengung, daß er sich nicht herumdrehte und davonlief.

»Jonathan will dich sprechen«, wiederholte Steven, als hätte Willie nicht verstanden. Er streckte den Arm aus. Eine Hand packte Willies Schulter. Steven hatte Finger wie eine Frau, lang und zierlich, mit blasser, feiner Haut. Aber seine Handflächen waren von Brandwunden verunstaltet, und die Fingerspitzen waren blutig und schorfig, das Fleisch roh und rot. Die Finger gruben sich mit übermenschlicher Kraft in Willies Schultern. »Fahr«, sagte er, und Willie fuhr.

»Tut mir leid«, sagte die Empfangsdame der Polizei. »Der Chief hat heute einen vollen Terminkalender. Ich kann Ihnen am Donnerstag einen Termin geben.«

»Ich will ihn nicht am Donnerstag sprechen. Ich will ihn heute sprechen.« Randi haßte das Polizeirevier. Es war immer voller Bullen. Soweit es sie anbetraf, gab es drei Arten von Polizisten: diejenigen, die eine attraktive Frau in ihr sahen, die sie anmachen konnten; diejenigen, die eine Privatdetektivin in ihr sahen und Vorurteile hatten; und die alten, die Franks kleines Mädchen in ihr sahen und sie bemitleideten. Die beiden ersten Typen erbosten sie; der dritte Typ ging ihr echt auf die Nerven.

Die Empfangsdame kniff mißbilligend die Lippen zusammen. »Wie ich schon sagte, das ist nicht möglich.«

»Sagen Sie ihm nur, daß ich da bin«, sagte Randi. »Er wird mich empfangen.«

»Er hat momentan Besuch, und ich bin ganz sicher, daß er nicht gestört werden möchte.«

Randi hatte die Schnauze voll. Der Tag war so gut wie vorbei, und sie hatte praktisch nichts herausgefunden. »Warum sehe ich eigentlich nicht selbst nach?« fragte sie liebenswürdig. Sie ging rasch um den Schreibtisch herum und durch die hüfthohe Schwingtür.

»Sie können da nicht rein!« quietschte die Sekretärin zornig, aber da machte Randi schon die Tür auf. Polizeichef Joseph Urquhart, der Chief, saß hinter einem alten Schreibtisch voll mit Aktenordnern und unterhielt sich mit der Gerichtsmedizinerin. Beide sahen auf, als sie die Tür aufmachte. Urquhart war ein großer, kräftiger Mann Anfang sechzig. Sein Haar war sichtlich schütter geworden, aber was er noch hatte, war immer noch rot, obwohl die Brauen völlig grau geworden waren. »Was, zum Teufel...«, begann er.

»Tut mir leid, daß ich so reinplatze, aber Miß Rührmichnichtan hat sich nicht eben als hilfreich erwiesen«, sagte Randi, als die Sekretärin hinter ihr auftauchte.

»Junge Dame, dies ist das Polizeirevier, und ich werde Sie beim Kopf und Arsch packen und hinauswerfen«, sagte Urquhart brummig, während er aufstand und um den Schreibtisch herum kam, »wenn du nicht auf der Stelle herkommst und deinem Onkel Joe einen dicken Kuß gibst.«

Randi ging lächelnd über das Bärenfell am Boden, schlang ihm die Arme um den Hals und preßte den Kopf an seine Brust, während der Chief versuchte, sie zu zerquetschen. Die Tür hinter ihnen fiel zu laut ins Schloß. Randi löste sich aus der Umarmung. »Du fehlst mir«, sagte sie.

»Garantiert«, sagte er mit spöttischem Tonfall. »Darum bekommen wir dich auch so häufig zu Gesicht.«

Joe Urquhart war jahrelang Partner ihres Vaters gewesen, als sie beide noch die Uniform getragen hatten. Sie waren eng befreundet, die Urquharts selbst zu ihr wie Onkel und Tante gewesen. Seine älteste Tochter hatte bei ihr den Babysitter gemacht, und Randi hatte den Gefallen bei der jüngeren Tochter abgegolten. Nach dem Tod ihres Vaters hatte sich Joe um sie gekümmert, hatte ihrer Mutter bei Erledigung der Beerdigungsformalitäten und rechtlichen Dinge geholfen und darauf geachtet, daß der Pensionsfonds Randi den Besuch des College ermöglichte. Aber es war nichts mehr wie früher gewesen, und die Familien hatten sich voneinander entfernt, besonders als ihre Mutter schließlich auch gestorben war. Heute sah Randi ihn nur ein- oder zweimal im Jahr, und sie hatte deshalb Schuldgefühle. »Tut mir leid«, sagte sie. »Du weißt ja, ich möchte gerne einmal vorbeikommen, aber...«

»Nie genug Zeit, was?« sagte er.

Die Gerichtsmedizinerin räusperte sich. Sylvia Cooney war eine lokale Institution, eine große, brüske Frau unbestimmbaren Alters mit der Figur eines Betonmischers; sie trug das stahlgraue Haar in einem großen, straffen Knoten im Nacken, hinter dem glatten, eckigen Gesicht. Sie war Gerichtsmedizinerin seit sich Randi erinnern konnte. »Vielleicht sollte ich gehen«, sagte sie.

Randi hielt sie auf. »Ich muß Ihnen ein paar Fragen über Joan Sorenson stellen. Wann haben Sie das Ergebnis der Autopsie?«

Cooney sah rasch zum Chief, dann wieder zu Randi. »Ich kann Ihnen nichts sagen«, meinte sie. Sie verließ das Büro und machte die Tür mit einem leisen Klick hinter sich zu.

»Das wurde noch nicht für die Öffentlichkeit freigegeben«, sagte Joe Uquhart. Er ging wieder hinter den Schreibtisch und machte eine Geste. »Setz dich.«

Randi ließ sich in den Sessel fallen und sah sich in dem Büro um. Eine Wand wurde von Urkunden, Belobigungen und gerahmten Fotos eingenommen. Sie sah ihren Vater und Joe, und beide sahen so schmerzlich jung aus, zwei grinsende Jungs in Uniform, die vor ihrem Streifenwagen standen. Über den Fotos war ein Elchkopf angebracht, der mit Glasaugen auf sie heruntersah. An den anderen Wänden hingen ebenfalls Trophäen. »Gehst du noch auf die Jagd?« fragte sie ihn.

»Seit Jahren nicht mehr«, sagte Urquhart. »Keine Zeit. Dein Dad hat sich deswegen ständig über mich lustig gemacht. Er sagte immer, wenn ich jemanden in Ausübung meiner Pflicht erschießen würde, würde ich den Kopf ausstopfen und an die Wand hängen lassen. Eines Tages passierte es dann, und da war der

Witz nicht mehr so komisch.« Er runzelte die Stirn. »Warum interessierst du dich für Joan Sorenson?«

»Beruflich«, sagte Randi.

»Etwas abwegig, was?«

Randi zuckte die Achseln. »Ich bin nicht wählerisch.«

»Du bist zu gut, du solltest dein Leben nicht damit vergeuden, in Motels herumzuschnüffeln«, sagte Urquhart. Das war ein wunder Punkt zwischen ihnen. »Es ist noch nicht zu spät, zu uns zu kommen.«

»Nein«, sagte Randi. Sie erklärte es nicht; sie wußte von früheren Erfahrungen, daß er es nicht einsehen würde. »Ich war heute morgen im Revier und wollte die Akte Sorenson einsehen. Sie ist nicht abgelegt; niemand weiß, wo sie ist. Ich bekam die Namen der Polizisten, die am Ort des Geschehens waren, aber keiner hatte Zeit, mit mir zu reden. Und jetzt erfahre ich, daß der Autopsiebericht auch nicht veröffentlicht wird. Könntest du mir vielleicht verraten, was hier los ist?«

Joe sah zum Fenster hinter ihm hinaus. Die Scheiben waren regennaß. »Es ist ein komplizierter Fall«, sagte er. »Ich will nicht, daß die Medien ihn mit ihrer Sensationshascherei aufbauschen.«

»Ich bin nicht die Medien«, sagte Randi.

Urquhart drehte sich mit dem Sessel herum. »Du bist auch keine Polizistin. Das war deine Entscheidung. Randi, ich will nicht, daß du dich da einmischst, hast du verstanden?«

»Ich habe mich schon eingemischt, ob es dir gefällt oder nicht«, sagte sie. Sie ließ ihm keine Zeit zu widersprechen. »Wie ist Joan Sorenson gestorben? Angriff eines Tiers?«

»Nein«, sagte er. »So nicht. Und das ist die letzte

Frage, die ich beantworten werde.« Er seufzte. »Randi«, sagte er, »ich weiß, wie schwer dich Franks Tod getroffen hat. Für mich war es auch ziemlich schwer, erinnerst du dich? Er hat mich angerufen und um Verstärkung gebeten. Ich war nicht rechtzeitig dort. Glaubst du, das könnte ich jemals vergessen?« Er schüttelte den Kopf. »Vergiß es. Hör auf, dir etwas einzubilden.«

»Ich bilde mir nichts ein«, schnappte Randi. »Ich denke meistens gar nicht darüber nach. Dies ist etwas anderes.«

»Wie du willst«, sagte Joe. Am Rand seines Schreibtischs, bei Randi, lagen verschiedene Akten aufeinander Urquhart beugte sich nach vorne, hob sie auf und klopfte sie auf den Schreibtisch, um sie ordentlich zu stapeln. »Ich wünschte, ich könnte dir helfen.« Er machte eine Schublade auf und legte die Akten hinein. Randi konnte gerade noch den Namen auf dem obersten Hefter lesen: *Helander*. »Tut mir leid«, sagte Joe. Er wollte aufstehen. »Wenn du mich jetzt entschul...«

»Liest du die Helander-Akten nur zur Erinnerung durch, oder besteht ein Zusammenhang mit dem Fall Sorenson?« fragte Randi.

Urquhart setzte sich wieder. »Scheiße«, sagte er.

»Oder vielleicht habe ich mir den Namen auf der Akte nur eingebildet.«

Joe sah sie verletzt an. »Wir haben Grund zur Annahme, daß der Helander-Junge wieder in der Stadt sein könnte.«

»Der ist kaum mehr ein Junge«, sagte Randi. »Roy Helander ist drei Jahre älter als ich. Sucht ihr ihn wegen Joan Sorenson?«

»Müssen wir, bei seiner Vorgeschichte. Es hat sich

herausgestellt, daß ihn der Staat vor zwei Monaten freigelassen hat. Die Seelenklempner sagten, er wäre geheilt.« Urquhart verzog das Gesicht. »Vielleicht, vielleicht auch nicht. Wie auch immer, er ist nur einer. Wir überprüfen Hunderte.«

»Wo ist er?«

»Das würde ich dir auch dann nicht sagen, wenn ich es wüßte. Er ist ein übler Kerl, wie überhaupt die ganze Familie. Ich mag nicht, wenn du dich mit solchen Leuten einläßt, Randi. Und deinem Vater würde es auch nicht gefallen.«

Randi stand auf. »Mein Vater ist tot«, sagte sie. »Und ich bin jetzt ein großes Mädchen.«

Willie parkte den Wagen in der Sackgasse der 13th Street unter den Klippen. Blackstone lag hoch über dem Fluß und war von einem drei Meter hohen, schwarzen schmiedeeisernen Zaun mit bedrohlichen Spitzen obenauf umgeben. Um das Pförtnerhaus zu erreichen, mußte man durch die ganze Central fahren, durch die Innenstadt, dann um Grandview und Harmon Drive herum, die Hügel hinauf und an den Klippen entlang, wo alternde neugotische Villen wie Tattergreise standen, die über die Häuser und den Fluß jenseits starrten und sich an bessere Zeiten erinnerten. Es war eine lange, anstrengende Fahrt.

Vor der Erfindung des Automobils war sie noch länger und anstrengender gewesen. Angesichts der Tatsache, daß er tagtäglich zum Courier Square mußte, hatte es sich Douglas Harmon einfach gemacht. Er hatte eine private Seilbahn gebaut: eine Drahtseilbahn mit zwei Kabinen, die sich am grauen Antlitz der Felsen hinaufbewegte – von Anfang der 13th bis Blackstone.

Verbrennungsmotoren, Limousinen, Chauffeure und asphaltierte Straßen hatten sich alle miteinander verschworen, die Harmons von Douglas' Grille abzubringen, daher war die Seilbahn in den letzten Jahren mehr zu einer Art Hintereingang verkommen aber das paßte Willie ganz gut. Jonathan Harmon erweckte ohnedies immer das Gefühl in ihm, als müßte er durch den Lieferanteneingang hereinkommen.

Willie stieg aus dem Caddy aus und steckte die Hände in die ausgebeulten Taschen seines Regenmantels. Er sah hinauf. Der Hang war steil, die Felsen naß und dunkel. Steven packte ihn grob am Ellbogen und zog ihn weiter. Die Kabine der Drahtseilbahn war aus Holz, dringend reinigungsbedürftig und bot sechs Personen Sitzplätze. Steven zog am Glockenstrang, die Kabine setzte sich ruckartig in Bewegung. Die zweite Kabine kam ihnen von oben entgegen, und sie begegneten sich auf halber Höhe der Klippe. Die Kabine erbebte; Willie sah Rost auf den Schienen. Selbst hier, vor den Toren von Blackstone, machte sich Verfall bemerkbar.

Ziemlich oben am Klippenrand fuhren sie durch eine Öffnung im schmiedeeisernen Zaun, und das neue Haus war zu sehen – Giebel und Türmchen und viktorianischer Zierat. Die Harmons lebten seit beinahe einem Jahrhundert dort, aber es war immer noch das neue Haus, und das würde es auch immer sein. Das Areal hinter dem Haus war dicht bewaldet, ein schmaler Zufahrtsweg wand sich durch verfilztes Unterholz. Die anderen Gründerfamilien hatten ihr Land längst verkauft oder Bauunternehmern überlassen, die Bauplätze daraus machten, aber die Harmons hatten ihres behalten, und Blackstone war erhalten geblieben, ein Stück vorzeitlichen Waldes mitten in der Stadt.

Vor dem Himmel im Westen konnte Willie den verfallenen Umriß des Turms erkennen, einen Bestandteil des alten Hauses, dessen rußgeschwärzte Steinmauern Blackstone seinen Namen gaben. Das Haus stand halb zwischen den Bäumen, die Rasen und Höfe waren zugewuchert, aber selbst wenn man es nicht sehen konnte, wußte man irgendwie, daß es da war. Der Turm war eine unregelmäßige, verwitterte schwarze Wesenheit vor dem rotfleckigen Grau des westlichen Horizonts, verkrümmt und abweisend. Douglas Harmon, der Journalist und Erbauer von Drahtseilbahnen, hatte das neue Haus gebaut und das alte, das selbst nach viktorianischen Maßstäben düster und weiträumig war, endgültig geschlossen, aber weder Douglas noch sein Sohn Thomas noch sein Enkel Jonathan hatten es je über sich gebracht, es abzureißen. Hiesige Legenden behaupteten, daß es im alten Haus spukte. Es fiel Willie nicht schwer, das zu glauben. Blackstone erzeugte, wie sein Besitzer, eine Gänsehaut bei ihm.

Die Kabine kam bebend zum Stillstand, sie traten auf eine Holzplattform hinaus, deren Farbe verwittert war und abblätterte. Eine breite Balkontür führte ins neue Haus hinein. Jonathan Harmon wartete, auf einen Gehstock gestützt, auf sie, seine hagere Gestalt war als Umriß vor dem Licht vom Haus zu erkennen. »Hallo, William«, sagte er. Willie wußte, Harmon war gerade Anfang sechzig, aber das lange, schlohweiße Haar und die von Arthritis verkrümmte Gestalt verliehen ihm ein älteres Aussehen. »Ich bin so froh, daß du zu uns kommen konntest«, sagte er.

»Ja, gut, ich war in der Gegend und dachte mir, ich schau eben mal kurz rein«, sagte Willie. »Mir ist nur gerade eingefallen, daß ich die Fenster in der Brauerei offengelassen habe. Ich sollte zusehen, daß ich schnellstens nach Hause komme, sonst werden meine Vorhänge völlig durchnäßt.«

»Nein«, sagte Jonathan Harmon, »das glaube ich nicht.«

Willie spürte, wie sich Bänder um seine Brust legten. Er wirbelte herum, nahm den Inhalator und gab sich zwei große Schüsse. Er dachte, daß er sie brauchen würde. »Okay, Sie haben mich überredet«, sagte er zu Harmon, »aber dann sollte verdammt noch mal auch ein Drink dabei herausspringen. Mein Mund schmeckt immer noch nach Diät-Schoko-Ingwerbier.«

»Steven, sei ein lieber Junge und bring unserem Freund William einen Schwenker Remy Martin, wenn du so nett sein würdest. Ich komme auch. Die Kälte macht meinen alten Knochen zu schaffen.« Steven ging schweigsam wie immer nach drinnen, um den Befehl auszuführen. Willie wollte ihm folgen, aber Jonathan berührte ihn sanft am Arm. »Augenblick«, sagte er. »Schau.«

Willie drehte sich um. Seine Angst war nicht mehr so groß. Wenn Jonathan seinen Tod wollte, dann hätte Steven das bereits erledigt, wahrscheinlich mit Erfolg. Stevens vernarbte Hände besaßen eine irre Kraft. Nein, es ging um eine Art Abkommen.

Sie sahen nach Osten über die Stadt und den Fluß. Es dämmerte, unten gingen die Straßenlaternen an, Perlenketten mit leuchtenden Perlen, die sich, soweit das Auge reichte, in alle Richtungen erstreckten und an drei großen Brücken sogar den Fluß überquerten. Im Osten hatten sich die Wolken verzogen, der Himmel war tief kobaltblau. Der Mond ging auf.

»Als die Fundamente des alten Hauses gelegt wurden, waren da draußen noch keine Lichter zu sehen«, sagte Jonathan Harmon. »Es war alles Wildnis. Ein wilder Fluß toste durch den alten Wald, und wenn man auf dem Berg stand, muß es ausgesehen haben, als würde sich die Dunkelheit endlos erstrecken. Das Wasser war klar, die Luft sauber, in den Wäldern wimmelte es von Wild... Hirsche, Biber, Bären... aber keine Menschen, jedenfalls keine Weißen. John Harmon und sein Sohn James haben beide geschrieben, daß sie vom Turm aus von Zeit zu Zeit Lagerfeuer von Indianern gesehen haben, aber die Stämme mieden diesen Ort, besonders nachdem John angefangen hatte, das alte Haus zu bauen.«

»Vielleicht waren die Indianer doch nicht so dumm«, sagte Willie.

Jonathan sah Willie an, und seine Mundwinkel zuckten. »Wir haben diese Stadt aus dem Nichts aufgebaut«, sagte er. »Blut und Eisen haben diese Stadt geschaffen, Blut und Eisen haben sie ernährt und ihre Bewohner versorgt. Die alten Familien kannten die Macht von Blut und Eisen, sie wußten, wie man diese Stadt groß macht. Die Rochmonts haben das Metall in Stahlwerken und Gießereien und Hochöfen bearbeitet und geformt, die Familie Anders hat es mit ihren Schiffen und Booten und Eisenbahnen transportiert, und deine eigenen Leute haben es gefunden und der Erde entrissen. Du stammst vom Eisen-Erbe ab, William Flambeaux, aber wir Harmons waren immer Blut. Wir hatten die Viehhöfe und den Schlachthof, aber schon lange vorher, bevor die Stadt oder diese Nation existierten, war das alte Haus der Mittelpunkt des Pelzgeschäfts. Trapper und Jäger kamen jedes Frühjahr mit Pelzen und Häuten und Biberfellen hierher, die sie den Harmons verkauften, und von hier aus wurden die Felle flußabwärts verschifft. Zuerst mit

Flößen, dann mit Booten. Dampfer kamen erst später, viel später.«

»Wird ein Quiz über dieses Thema veranstaltet?« fragte Willie.

»Wir sind tief gesunken«, sagte er und sah Willie vielsagend an. »Wir müssen uns erinnern, wie alles angefangen hat. Schwarzes Eisen und rotes, rotes Blut. Du mußt dich erinnern. Dein Großvater hatte das Blut der Flambeaux, das alte, unverfälschte Blut.«

Willie wußte, was eine Beleidigung war. »Und meine Mutter war eine Pankowski«, sagte er, »und das macht mich zum halben Polacken, zum Mischling. Ist mir aber scheißegal. Ich meine, es ist toll, daß meinem Großvater der halbe Staat gehörte, aber die Minen haben um die Jahrhundertwende dichtgemacht, die Weltwirtschaftskrise hat den Rest verschlungen, mein Vater war ein Trinker und ich bin Schuldeneintreiber, wie du weißt.« Inzwischen fühlte er sich wütend und beschissen. »Hatten Sie einen bestimmten Grund, Steven zu schicken und mich entführen zu lassen, oder hatten Sie einfach nur Lust, sich mit mir über die Franzosen- und Indianerkriege zu unterhalten?«

Jonathan sagte: »Komm. Drinnen ist es gemütlicher; der Wind ist kalt.« Die Worte waren höflich, aber seine Stimme hatte jeden gütigen Tonfall verloren. Er führte Willie nach drinnen, wobei er langsam ging und sich schwer auf den Stock stützte. »Du mußt mir verzeihen«, sagte er. »Die Feuchtigkeit. Sie verstärkt die Arthritis und entzündet meine alten Kriegsverletzungen.« Er sah Willie wieder an. »Es war ungehörig grob von dir, einfach so aufzulegen. Gut, wir haben unsere Meinungsverschiedenheiten, aber Respekt vor meiner Position...«

»Ich habe in letzter Zeit ziemlichen Ärger mit meinem Telefon«, sagte Willie. »Seit den Sparmaßnahmen ist der Service beschissen.« Jonathan führte ihn in ein kleines Wohnzimmer. Ein Feuer brannte im Kamin; nach dem langen Tag in Kälte und Regen tat es richtig gut. Die Möbel waren antik; vielleicht auch einfach nur alt. Willie war der Unterschied nicht ganz klar.

Steven war ihnen vorausgegangen. Auf einem niederen Tisch standen zwei Cognacschwenker mit Brandy. Steven selbst kauerte vor dem Feuer; er hatte seinen großen, schlanken Körper wie ein Klappmesser gefaltet. Er schaute auf, als sie eintraten, und sah Willie einen Moment zu lange an, als hätte er plötzlich vergessen, wer Willie war oder was er hier zu suchen hatte. Dann sah er mit seinen ausdruckslosen blauen Augen wieder ins Feuer und achtete gar nicht mehr auf sie oder ihre Unterhaltung.

Willie sah sich nach dem bequemsten Sessel um und nahm darin Platz. Der Stil erinnerte ihn an Randi Wade, aber das weckte Schuldgefühle in ihm. Er nahm den Cognac. Willie war gebildet genug zu wissen, daß er nur daran nippen sollte, aber gleichzeitig fror er und war müde und wütend genug, daß es ihm einerlei war. Er leerte das Glas mit einem einzigen großen Schluck, stellte es auf den Boden und ließ sich in den Sessel sinken, während sich die Wärme in seiner Brust ausbreitete.

Jonathan, der eindeutig Schmerzen litt, ließ sich vorsichtig auf den Rand des Sofas nieder und umklammerte den Kopf des Gehstocks. Willie starrte ihn an. Jonathan bemerkte es. »Ein Wolfskopf«, sagte er. Er nahm die Hände weg, damit Willie ihn deutlich sehen konnte. Der Schein des Feuers spiegelte sich auf dem polierten Metall. Der Kopf fauchte und schnappte.

Seine Augen waren rot. »Granate?« mutmaßte Willie.

Jonathan lächelte, wie man über ein besonders begriffsstutziges Kind lächeln mochte. »Rubine«, sagte er. »In achtzehnkarätigem Gold.« Seine großen, von Adern durchzogenen und von Arthritis verkrümmten Hände schlossen sich wieder um den Stock und verbargen den Wolf.

»Dumm«, sagte Willie. »Es gibt Leute in dieser Stadt, die würden Sie für diesen Stock umbringen, ohne es sich zweimal zu überlegen.«

Jonathan lächelte humorlos. »Ich werde nicht des Goldes wegen sterben, William.« Er sah zum Fenster. Der Mond stand schon deutlich über dem Horizont. »Ein guter Jägermond«, sagte er. »Gestern nacht hast du mich praktisch der Mittäterschaft am Tod des verkrüppelten Mädchens bezichtigt.« Seine Stimme klang gefährlich sanft. »Weshalb sagst du so etwas?«

»Weiß ich nicht«, sagte Willie. Er fühlte sich beschwingt. Der Brandy hatte ihm die Zunge gelöst. »Vielleicht hatte die Tatsache etwas damit zu tun, daß Sie sich nicht an ihren Namen erinnern können. Oder vielleicht lag es daran, daß Sie Joanie von dem Augenblick, als Sie zum erstenmal von ihr hörten, gehaßt haben. Meine erbarmenswerte kleine Mischlingsdame, haben Sie sie nicht so genannt? Ist es nicht komisch, wie einem so seltsame kleine Wendungen im Gedächtnis haften bleiben? Ich weiß nicht, vielleicht bilde ich es mir nur ein, aber ich hatte den Eindruck, als hätten Sie ihr nicht unbedingt nur das Beste gewünscht. Und ich habe Steven noch nicht einmal erwähnt.«

»Bitte nicht«, sagte Jonathan eisig. »Du hast schon genug gesagt. Sieh mich an, William. Sag mir, was du siehst.«

»Sie«, sagte Willie. Er war nicht zu albernen Spielchen aufgelegt, aber Jonathan Harmon wickelte alles auf seine Weise ab.

»Einen alten Mann«, verbesserte Jonathan. »Vielleicht nicht so alt an Jahren allein, aber trotzdem alt. Die Arthritis wird jedes Jahr schlimmer, an manchen Tagen sind die Schmerzen so schlimm, daß ich mich kaum bewegen kann. Meine Familie ist dahin, abgesehen von Steven, und Steven, seien wir ehrlich, ist nicht unbedingt der Sohn, den ich mir gewünscht habe.« Er sprach mit spröder, fester Stimme, aber Steven sah nicht einmal von den Flammen auf. »Ich bin müde, William. Es stimmt, ich habe dein verkrüppeltes Mädchen nicht akzeptiert, und dich auch nicht besonders. Wir leben in einer Zeit der Korruption und des Verfalls; die alten Wahrheiten von Blut und Eisen sind in Vergessenheit geraten. Aber so sehr ich deine Joan Sorenson und das, was sie repräsentierte, auch verabscheut haben mochte, ich verspürte keine Lust nach ihrem Blut. Ich möchte nur meine letzten Jahre in Frieden leben.«

Willie stand auf. »Tun Sie mir einen Gefallen und verschonen Sie mich mit der Alter-kranker-Mann-Nummer. Ja, ich weiß alles über Ihre Arthritis und Ihre Kriegsverletzungen. Ich weiß auch, wer Sie sind und wozu Sie fähig sind. Okay, Sie haben Joanie nicht umgebracht. Aber wer dann? Er?« Er deutete mit dem Daumen auf Steven.

»Steven war hier bei mir.«

»Vielleicht, vielleicht auch nicht«, sagte Willie.

»Schmeichle dir nicht selbst, Willie Flambeaux, du bist nicht so wichtig für mich, daß ich dich belügen würde. Selbst wenn dein Verdacht richtig wäre, mein Sohn ist nicht zu einer solchen Tat fähig. Muß ich dich daran erinnern, daß Steven auf seine Weise ebenfalls verkrüppelt ist?«

Willie warf Steven einen raschen Blick zu. »Ich erinnere mich, als ich noch ein Kind war, mußte mein Vater einmal zu Ihnen kommen und nahm mich mit. Ich fuhr so gerne mit Ihrer kleinen Seilbahn. Er und Sie gingen hinein, um zu reden, aber weil es so ein schöner Tag war, durfte ich draußen spielen. Ich fand Steven im Wald, wo er mit einem armen kranken Köter spielte, der irgendwie durch den Zaun gelangt war. Er drückte ihn mit dem Fuß hinunter und riß ihm mit bloßen Händen nacheinander die Beine aus, wie ein normales Kind Blütenblätter von einer Blume zupfen mochte. Als ich hinter ihn trat, hatte er zwei Beine ausgerissen und war mit dem dritten beschäftigt. Sein ganzes Gesicht war blutverschmiert. Er kann nicht älter als acht gewesen sein.«

Jonathan Harmon seufzte. »Mein Sohn ist... gestört. Das wissen wir beide, also ist es zwecklos, daß ich es leugne. Außerdem ist er unfähig, wie du sehr genau weißt. Und sein letzter Rest Kraft wird von Medikamenten geregelt. Er hatte seit Jahren keinen richtig gewalttätigen Anfall mehr. Oder, Steven?«

Steven Harmon sah zu ihnen herüber. Das Schweigen dehnte sich ungebührlich lang, während er Willie ansah. »Nein«, sagte er schließlich.

Jonathan nickte zufrieden, als wäre etwas aus der Welt geschafft worden. »Du siehst also, William, du tust uns sehr unrecht. Was du als Bedrohung angesehen hast, war nur ein Angebot, dich zu beschützen. Ich wollte vorschlagen, daß du eine Weile in eines unserer Gästezimmer einziehst. Ich habe Zoe und Amy denselben Vorschlag gemacht.«

Willie lachte. »Das kann ich mir denken. Muß ich

auch mit Steven ficken, oder gilt das nur für die Mädchen?«

Jonathan wurde rot, beherrschte sich aber. Seine vergeblichen Bemühungen, Steven mit einer der Anders-Schwestern zu verheiraten, waren ein wunder Punkt. »Bedauerlicherweise muß ich sagen, daß sie mein Angebot abgelehnt haben. Ich hoffe, du bist nicht so dumm. Blackstone bietet einen... gewissen Schutz... aber außerhalb dieser Wände kann ich nicht für deine Sicherheit garantieren.«

»Sicherheit?« sagte Willie. »Wovor?«

»Das weiß ich nicht, aber ich kann dir eines sagen – es gibt im Dunkel der Nacht Wesen, die die Jäger jagen.«

»Die Jäger jagen«, wiederholte Willie. »Das ist gut, eine hübsche Melodie, aber kann man darauf tanzen?« Er hatte genug. Er ging zur Tür. »Danke, nein danke. Ich gehe das Risiko hinter meinen eigenen vier Wänden ein.« Steven traf keine Anstalten, ihn aufzuhalten.

Jonathan Harmon stützte sich noch fester auf den Stock. »Ich kann dir erzählen, wie sie wirklich getötet wurde«, sagte er leise.

Willie blieb stehen und sah dem alten Mann in die Augen. Dann setzte er sich wieder.

Es war auf der Südseite, in einer Gegend, neben der die Mietshäuser luxuriös wirkten, auf einer Landzunge zwischen dem Fluß und einem alten Kanal, der an der Packerei vorbeilief. Algen und Abfälle verstopften den Kanal und gaben einen Gestank von sich, den man noch Blocks entfernt wahrnehmen konnte. Die Häuser waren einstöckige Bretterbauten, kaum mehr als Schuppen. Randi war nicht mehr hier gewesen, seit die Packerei ihre Tore geschlossen hatte. Vor jedem dritten Haus stand ein Schild auf dem Rasen, das einsam und verlassen im Wind flatterte und verkündete, daß ein Grundstück zu verkaufen oder zu vermieten war, und mindestens die Hälfte der Häuser war dunkel. Um die verwitterten ländlichen Briefkästen herum wuchs das Unkraut hüfthoch, und sie sah mindestens zwei ausgebrannte Grundstücke.

Es war Jahre her, und Randi konnte sich nicht mehr an die Nummer erinnern, aber sie wußte, es war das letzte Haus links, gleich neben einer Sinclair Tankstelle an der Ecke. Das Taxi fuhr hin und her, bis sie es gefunden hatten. Die Tankstelle war zugenagelt, selbst die Zapfsäulen waren abmontiert, aber das Haus sah noch so aus, wie sie es in Erinnerung hatte. Auf dem Rasen stand ein Schild ›Zu vermieten‹, aber sie sah ein Licht, das sich drinnen bewegte. Vielleicht eine Taschenlampe? Es war fort, bevor sie sicher sein konnte.

Der Taxifahrer bot sich an zu warten. »Nein«, sagte sie. »Ich weiß nicht, wie lange es dauert.« Nachdem er weggefahren war, stand sie lange auf dem ungepflegten Rasen und sah zur Eingangstür, bevor sie schließlich den Weg entlangschritt.

Sie beschloß, nicht zu klopfen, aber als sie gerade nach der Klinke griff, ging die Tür auf. »Kann ich Ihnen helfen, Miß?«

Er ragte über ihr auf, ein großer, dicker, aber muskulöser Mann. Sein Gesicht kam ihr nicht bekannt vor, aber er war kein Helander. Das war eine kleine, drahtige Familie gewesen, alle mit demselben dünnen, dunkelblonden Haar. Dieser hier hatte Haare so schwarz wie Gußeisen und so zottelig, wie es das Revier normalerweise nicht gerne sah. Der Fünf-Uhr-Schatten verlieh seinen Kiefern einen deutlichen Blauton. Die Hände waren groß, mit kurzen, dicken Fingern. Alles an ihm schrie: Polizist.

»Ich suche die Leute, die hier gewohnt haben.«

»Die Familie ist weggezogen, als die Packerei zugemacht hat«, sagte er ihr. »Kommen Sie doch herein.« Er machte die Tür weiter auf. Randi sah kahle Bodendielen, Staub und seinen Partner, einen bierbäuchigen Schwarzen, der neben der Küchentür stand.

»Lieber nicht«, sagte sie.

»Ich bestehe darauf«, antwortete er. Er zeigte ihr die Messingmarke, die er an der Innenseite des billigen grauen Anzugs festgesteckt hatte.

»Bedeutet das, daß ich verhaftet bin?«

Er schien betroffen zu sein. »Nein. Natürlich nicht. Wir würden Ihnen nur gerne ein paar Fragen stellen.« Er versuchte, freundlicher zu klingen. »Ich bin Rogoff.«

»Mordkommission«, sagte sie.

Er kniff die Augen zusammen. »Woher...?«

»Sie leiten die Ermittlungen im Fall Sorenson«, sagte sie. Sie hatte seinen Namen heute morgen im Revier erfahren. »Sie scheinen ja nicht viel in der Hand zu haben, wenn Sie nichts Besseres wissen, als hier herumzuhängen und zu warten, bis Roy Helander auftaucht.«

»Wir wollten gerade gehen. Wir dachten, er würde vielleicht nostalgische Gefühle haben und sich in dem alten Haus verkriechen, aber hier ist keine Spur von ihm.« Er sah sie durchdringend an und runzelte die Stirn. »Würde es Ihnen etwas ausmachen, mir Ihren Namen zu sagen?«

»Warum?« fragte sie. »Ist das eine Festnahme oder eine Anmache?«

Er lächelte. »Ich bin mir noch nicht sicher.«

»Ich bin Randi Wade.« Sie zeigte ihm ihre Lizenz.

»Privatdetektivin«, sagte er mit sorgfältig neutraler Stimme. Er gab ihr die Lizenz zurück. »Sind Sie dienstlich hier?«

Sie nickte.

»Interessant. Sie werden mir wohl nicht zufällig den Namen Ihres Klienten verraten?«

»Nein.«

»Ich könnte Sie vor Gericht zerren und zwingen, ihn dem Richter zu sagen. Sie wissen, Sie können Ihre Lizenz loswerden. Behinderunng laufender Polizeiermittlungen, Zurückhalten von Beweisen.«

»Berufliches Privileg«, sagte sie.

Rogoff schüttelte den Kopf. PDs haben kein Privileg. Nicht in diesem Staat.«

»Ich schon«, sagte Randi. »Anwalt-Klient-Beziehung. Ich habe auch einen juristischen Titel.« Sie lächelte ihn süß an. »Lassen Sie meinen Klienten aus dem Spiel. Ich weiß ein paar interessante Einzelheiten über Roy Helander. Ich wäre unter Umständen bereit, sie preiszugeben.«

Rogoff verarbeitete das. »Ich bin ganz Ohr.«

Randi schüttelte den Kopf. »Nicht hier. Kennen Sie das Selbstbedienungsrestaurant am Courier Square?« Er nickte. »Acht Uhr«, sagte sie ihm. »Kommen Sie allein. Bringen Sie ein Exemplar des gerichtsmedizinischen Gutachtens über Sorenson mit.«

»Die meisten Mädchen wollen Süßigkeiten oder Blumen«, sagte er.

»Das gerichtsmedizinische Gutachten«, wiederholte sie mit Nachdruck. »Sind die Unterlagen über alte Fälle immer noch in der Stadt?«

»Ja«, sagte er. »Im Keller des Gerichtsgebäudes.«

»Gut. Sie können dorthin fahren und ein wenig

nachlesen. Ist achtzehn Jahre her. Ein paar Kinder wurden vermißt. Darunter Roys kleine Schwester. Und andere – Stanski, Jones, ich habe die Namen vergessen. Ein Polizist namens Frank Wade leitete die Ermittlungen. Messingmarke, wie Sie. Er ist gestorben.«

»Wollen Sie sagen, daß ein Zusammenhang besteht?«

»Sie sind der Bulle. Das müssen Sie entscheiden.« Sie ließ ihn unter der Tür stehen und schritt rasch den Block entlang.

Steven machte sich nicht die Mühe, ihn zum Fuß der Klippe hinunterzubringen. Willie fuhr allein mit der kleinen Drahtseilbahn und war düster und in Gedanken versunken. Seine Gelenke taten weh, wie er es niemandem wünschte, und seine Nase lief. Jedesmal, wenn ihn jemand aufregte, war sein ganzer Körper im Arsch, und Jonathan Harmon hatte ihn entschieden aufgeregt. Aber immer noch besser, als ermordet zu werden, und damit hatte er halb gerechnet, nachdem ihm Steven im Auto aufgelauert hatte. Trotzdem...

Er fuhr auf der 13th Street Richtung Heimat, als er rechts die Neonreklame der Bar sah. Er fuhr, ohne nachzudenken, hin und parkte. Vielleicht hatte Harmon recht, und vielleicht hatte Harmon eine Schraube locker, wie auch immer, Willie mußte trotzdem leben. Er schloß den Caddy ab und ging hinein.

Es war eine ruhige Dienstagnacht; Squeaky's war verlassen. Es war eine Arbeiterkneipe. Zwei Billardtische, hinten ein Flipperautomat, Nischen an der Wand. Willie setzte sich auf einen Barhocker. Der Barkeeper war ein alter Mann, hart und trocken wie ein Scheit Holz. Er sah grimmig drein. Willie überlegte, ob er einen Bananendaiquiri bestellen sollte, um die Reaktion des Mannes zu sehen, aber ein Blick in das mürrische alte Gesicht heilte ihn von diesem Vorhaben, daher bat er statt dessen um ein Gedeck. »Arbeitet Ed heute abend?« fragte er, als der Barkeeper die Drinks brachte.

»Nur am Wochenende«, sagte der Mann, »aber er kommt fast jeden Abend vorbei und spielt eine Runde Billard.«

»Dann warte ich«, sagte Willie. Der Schnaps trieb ihm das Wasser in die Augen. Er spülte ihn mit einem Schluck Bier hinunter. Er sah hinten neben der Herrentoilette ein Münztelefon. Als der Barkeeper ihm das Wechselgeld gegeben hatte, stand Willie auf, ging hin, steckte einen Vierteldollar hinein und wählte Randis Nummer. Sie war nicht zu Hause, er bekam ihren verdammten Anrufbeantworter. Willie haßte Anrufbeantworter. Sie hatten Schuldeneintreibern das Leben viel schwerer gemacht, soviel stand fest. Er wartete auf den Pfeifton, hinterließ Randi eine obszöne Nachricht und legte auf.

In der Herrentoilette war ein Kondomautomat über den Pissoirs angebracht. Willie las beim Pinkeln die Anweisungen durch. Die Kondome dienten selbstverständlich nur der Verhütung von Krankheiten, obwohl es sich bei dem ganz links außen um eines mit Noppen handelte. Vielleicht sollte er so einen Automaten bei sich daheim anbringen, überlegte er. Er zog den Reißverschluß hoch, spülte und wusch sich die Hände.

Als er wieder in die Schankstube kam, waren zwei neue Gäste am Billardtisch und rieben die Queues mit Kreide ein. Willie sah den Barkeeper an, der nickte. »Ist einer von euch Ed Juddiker?« fragte Willie.

Ed war nicht der größere – sein Kumpel war so

groß und blaß wie Moby Dick –, aber er war ausreichend groß und hatte ein richtig dumm-böses Gesicht. »Ja?«

»Wir müssen uns über Ihre Schulden unterhalten.« Willie hielt ihm seine Karte hin.

Ed sah die Hand an, nahm die Karte aber nicht. Er lachte. »Hau ab«, sagte er. Er wandte sich wieder dem Billardtisch zu. Moby Dick rückte die Kugeln zurecht und Ed hatte den ersten Stoß.

Gut, wenn er es so haben wollte. Willie setzte sich auf den Barhocker und bestellte noch ein Bier. Er würde sein Geld so oder so bekommen. Ed mußte früher oder später gehen, und dann war er am Zug.

Willie ging immer noch nicht ans Telefon. Randi legte den Hörer des Münzfernsprechers auf und runzelte die Stirn. Er hatte auch keinen Anrufbeantworter, nein, Willie Flambeaux doch nicht, das wäre zu gütig gewesen. Sie wußte, sie sollte sich keine Sorgen machen. Die Höllenhunde hatten keine Stechuhr, wie er ihr mehr als einmal gesagt hatte. Er war wahrscheinlich unterwegs und hinter einem säumigen Schuldner her. Wenn sie zu Hause war, würde sie es wieder versuchen. Wenn er dann immer noch nicht abnahm, würde sie anfangen, sich Sorgen zu machen.

Das Restaurant war so gut wie leer. Ihre Absätze klickten hohl auf dem alten Linoleum, als sie zu ihrer Nische ging und sich setzte. Ihr Kaffee war kalt geworden. Sie sah müßig zum Fenster hinaus. Die Digitaluhr der State National Bank zeigte 8.13 Uhr. Randi beschloß, daß sie ihm noch zehn Minuten geben würde.

Das rote Vinyl der Nische war alt und knirschte, aber sie fühlte sich seltsam behaglich hier, während sie kalten Kaffee trank und zum Fenster hinaussah und den Eisenturm betrachtete. Als sie noch ein kleines Mädchen gewesen war, war dieser Imbiß ihr Lieblingsrestaurant gewesen. Jedes Jahr an ihrem Geburtstag bestand sie auf einem Film im Castle und einem Besuch in dem Lokal, und ihr Vater lachte jedes Jahr und gehorchte. Sie drückte zu gerne die Münzen in die Münzschlitze, damit die Ausgabefenster aufgingen, und füllte die Tasse ihres Vaters an der alten Messingkaffeemaschine mit ihren Hebeln und Knöpfen nach.

Manchmal konnte man körperlose Hände hinter den Glasscheiben sehen, die ein Sandwich oder ein Stück Kuchen in eines der Fächer stellten, wie etwas aus einem alten Horror-Film. Man sah nie Menschen in dem Lokal arbeiten, immer nur Hände; die Hände von Leuten, die ihre Rechnung nicht bezahlt hatten, hatte ihr Vater einmal spöttisch zu ihr gesagt. Sie bekam eine Gänsehaut, aber irgendwie hatte das ihren alljährlichen Besuch auf eine unheimliche Weise noch interessanter gemacht. Als sie endlich die Wahrheit erfahren hatte, war diese wesentlich uninteressanter gewesen. Aber das traf natürlich auf fast alles im Leben zu.

Heutzutage war das Schnellrestaurant fast immer leer, und Randi fragte sich, wie der Boden nur so schmutzig sein konnte; und man mußte Vierteldollarmünzen in die Schlitze neben den Fenstern stecken, keine Zehn-Cent-Stücke mehr. Aber der Bananencremekuchen war immer noch der allerbeste, den man bekommen konnte, und der Kaffee, der aus den abgenutzten Messingautomaten kam, war besser als der, den sie zu Hause braute.

Sie überlegte, ob sie noch eine Tasse holen sollte, als

die Tür aufging und Rogoff endlich aus dem Regen kam. Er hatte einen dicken Wollmantel an. Sein Haar war naß. Randi sah auf die Uhr, während er näherkam. Sie zeigte 8.17 Uhr. »Sie kommen zu spät«, sagte sie.

»Ich bin ein langsamer Leser«, sagte er. Er entschuldigte sich und holte sich etwas zu essen. Randi sah zu, wie er Dollarscheine in den Geldwechselautomaten schob. Wenn man den Typ mochte, sah er gar nicht schlecht aus, entschied Randi, aber der Typ war eindeutig ein Bulle.

Rogoff kam mit einer Tasse Kaffee, einem Schinkensandwich mit Kartoffelbrei, Soße und verkochten Karotten und einem großen Stück Apfelkuchen zurück.

»Die Bananencremetorte ist besser«, sagte Randi zu ihm, während er ihr gegenüber in der Nische Platz nahm.

»Ich mag Apfel«, sagte er und schüttelte die Papierserviette aus.

»Haben Sie das gerichtsmedizinische Gutachten mitgebracht?«

»In meiner Tasche.« Er fing an, das Sandwich zu schneiden. Er ging sehr methodisch vor und zerlegte das ganze Ding in kleine, mundgerechte Stücke, bevor er zu essen anfing. »Das mit Ihrem Vater tut mir leid.«

»Mir auch. Aber es ist lange her. Kann ich das Gutachten sehen?«

»Vielleicht. Erzählen Sie mir etwas über Roy Helander, das ich noch nicht weiß.«

Randi lehnte sich zurück. »Wir sind zusammen aufgewachsen. Er war älter, aber er ist ein paarmal sitzengeblieben, bis er in meiner Klasse landete. Er war ein böser Junge aus dem falschen Stadtviertel und ich die Tochter eines Polizisten, daher hatten wir nicht viel gemeinsam... bis seine kleine Schwester verschwand.«

»Er war bei ihr«, sagte Rogoff.

»Ja, das war er. Das hat niemand bestritten, am allerwenigsten Roy selbst. Er war fünfzehn, sie war acht. Sie gingen auf den Schienen entlang. Sie gingen beide weg und Roy kam allein zurück. Er hatte Blut auf den Jeans und den Händen. Das Blut seiner Schwester.«

Rogoff nickte. »Steht alles in den Unterlagen. Sie haben auch Blut auf den Schienen gefunden.«

»Drei Kinder verschwanden vorher. Jessie Hollander war das vierte. Die meisten Leute waren der Meinung, daß Roy immer ein wenig seltsam gewesen war. Er war ein Einzelgänger, einsilbig, und schwänzte ständig die Schule, verbrachte die Zeit in einem Versteck im Wald, das er sich eingerichtet hatte. Er spielte lieber mit kleinen Kindern als mit Jungs seines Alters. Degenerierter Nachkomme einer schlimmen Familie, ein Kinderschänder, der sogar seine eigene Schwester vergewaltigt und umgebracht hatte, das sagten die Leute. Sie machten alle möglichen Tests mit ihm, kamen zu dem Ergebnis, daß er irgendwie gestört war und schickten ihn in ein Jugendheim. Schließlich war er noch ein Jugendlicher. Fall abgeschlossen, und die Stadt konnte wieder ruhiger schlafen.«

»Wenn Sie nicht mehr zu bieten haben, bleibt das Gutachten in meiner Tasche«, sagte Rogoff.

»Roy sagte, er war es nicht. Er weinte und schrie jede Menge, und seine Geschichte war zusammenhanglos, aber er blieb dabei. Er sagte, er war zehn Shritte hinter seiner Schwester gegangen, hatte auf den Schienen balanciert und gehorcht, ob ein Zug kam, als ein Ungeheuer aus einem Abwasserrohr kam und über sie herfiel.«

»Ein Ungeheuer«, sagte Rogoff.

»Eine Art großer zotteliger Hund, das hat Roy gesagt. Er beschrieb einen Wolf.«

»In diesem Teil des Landes gibt es seit über einem Jahrhundert keine Wölfe mehr.«

»Er beschrieb, wie Jessie schrie, als das Ding anfing, sie in Stücke zu reißen. Er sagte, er habe ihr Bein gepackt und versucht, sie aus seinem Maul zu ziehen, was erklären würde, warum er überall Blut an sich hatte. Der Wolf drehte sich zu ihm um und knurrte. Er hatte rote Augen, glühende rote Augen, sagte Roy, und Roy hatte wirklich Angst, daher ließ er los. Da war Jessie schon mit ziemlicher Sicherheit tot. Das Ding fauchte ihn ein letztes Mal an und verschwand mit der Leiche im Maul.« Randi verstummte und trank Kaffee. »Das war seine Geschichte. Er hat sie immer wieder erzählt, seiner Mutter, der Polizei, den Psychologen, dem Richter, allen. Niemand hat ihm geglaubt.«

»Nicht einmal Sie?«

»Nicht einmal ich. Wir tuschelten alle in der Schule über Roy, was er mit seiner Schwester und den anderen Kindern gemacht hatte. Wir konnten es uns nicht vorstellen, aber wir wußten, daß es schrecklich gewesen sein mußte. Nur, mein Vater hat nie richtig an die ganze Sache geglaubt.«

»Warum nicht?«

Sie zuckte die Achseln. »Vielleicht Instinkt. Er hat immer gesagt, daß sich ein Polizist auf seinen Instinkt verlassen sollte. Es war sein Fall, er hat mehr Zeit als jeder andere mit Roy verbracht, und die Art, wie der Junge seine Geschichte erzählte, stimmte ihn nachdenklich. Aber es ließ sich nichts beweisen. Die Beweislast war überwältigend. Und so wurde Roy eingesperrt.« Sie sah ihm in die Augen, während sie es erzählte. »Einen Monat später verschwand Eileen Stanski. Sie war sechs.«

Rogoff, der die Gabel voll Kartoffelbrei hatte, hielt inne und sah sie nachdenklich an. »Zu dumm«, sagte er.

»Dad wollte, daß Roy freigelassen wird, aber niemand unterstützte ihn. Die offizielle Verlautbarung war, daß das Verschwinden des Stanski-Mädchens nichts mit den anderen Fällen zu tun hatte. Roy hatte vier auf dem Gewissen, und ein anderer Kinderschänder die fünfte.«

»Wäre möglich.«

»Dummes Zeug«, sagte Randi. »Dad wußte es, und er hat es gesagt. Dadurch schuf er sich keine Freunde im Präsidium, aber das war ihm egal. Er konnte ein sehr störrischer Mann sein. Haben Sie die Akte über seinen Tod gelesen?«

Rogoff nickte. Er fühlte sich unbehaglich.

»Mein Vater wurde von einem Tier zerrissen. Einem Hund, sagte der Gerichtsmediziner. Wenn Sie das glauben wollen, nur zu.« Das war der schwierige Teil. Sie hatte jahrelang daran herumgemacht, wie an altem Schorf, und dann hatte sie versucht, es zu vergessen, aber es war nie leichter geworden. »Er bekam mitten in der Nacht einen Anruf, Informationen über die vermißten Kinder. Bevor er ging, rief er Joe Urquhart an und bat um Verstärkung.«

»Chief Urquhart?«

Randi nickte. »Damals war er noch nicht Chief. Joe war sein Partner gewesen, als er noch die Uniform trug. Er sagte, Dad hätte ihm gesagt, er habe einen heißen Tip, aber keine Einzelheiten, nicht einmal den Namen des Anrufers.«

»Vielleicht wußte er den Namen nicht.«

»Er wußte ihn. Mein Vater gehörte nicht zu den Polizisten, die zu nachtschlafender Zeit einem anonymen Tip hinterherjagen. Er fuhr alleine zu den Viehhöfen hinunter. Dort wartete es auf ihn. Was immer es war, es bekam sechs Schüsse ab und gab trotzdem nicht auf. Es zerfetzte ihm den Hals, und als er tot war, fraß es ihn auf. Was übrig war, als Urquhart dort eintraf... Joe sagte aus, daß er überhaupt nicht sicher war, ob es sich um einen Menschen handelte, als er die Leiche fand.«

Sie erzählte die Geschichte mit gelassener, unbeteiligter Stimme, aber in ihrem Magen äzte Säure. Als sie fertig war, sah Rogoff sie an. Er legte die Gabel weg und schob den Teller von sich. »Ich habe plötzlich gar keinen Hunger mehr.«

Randi lächelte humorlos. »Ich mag unsere hiesige Presse. Vor ein paar Jahren wurde eine Frau von einer Bande entführt und zwei Wochen lang festgehalten. Sie wurde geschlagen, gefoltert, hundertfach vergewaltigt und mißbraucht. Als die Geschichte bekannt wurde, stand in der Zeitung, sie wäre, Zitat, *überfallen*, Zitat Ende, worden. Über meinen Vater hieß es, er sei verstümmelt worden. Dasselbe schrieben sie über Joan Sorenson. Mir wurde gesagt, der Leichnam wäre unversehrt gewesen.« Sie beugte sich nach vorne und sah ihm durchdringend in die dunkelbraunen Augen. »Das ist eine Lüge.«

»Ja«, gestand er. Er holte ein Blatt Papier aus der Brusttasche, faltete es auseinander und schob es ihr hinüber. »Aber nicht so, wie Sie denken.«

Randi riß ihm das gerichtsmedizinische Gutachten

aus der Hand und überflog das Blatt rasch. Die Worte verschwammen und wollten keinen Sinn ergeben. Es fügte sich nicht wie erwartet zusammen.

Todesursache: Ausblutung.

Irgendwo, weit entfernt, sagte Rogoff etwas. »Es ist ein bewachtes Gebäude, ihr Apartment befindet sich im vierzehnten Stock. Keine Balkone, keine Feuerleitern, und der Pförtner hat nichts gesehen. Die Tür war verschlossen. Es war ein simples Schnappschloß, leicht zu knacken, aber es waren keine Spuren gewaltsamen Eindringens zu finden.«

Mordwaffe war eine mindestens fünfundzwanzig Zentimeter lange, äußerst scharfe, schmale und biegsame Klinge, möglicherweise ein chirurgisches Instrument.

»Ihre Kleidung lag in der ganzen Wohnung verstreut, einfach in Stücke geschnitten, in Fetzen. Man sollte nicht meinen, daß sie in ihrem Zustand nennenswerte Gegenwehr leisten konnte, aber genau das hat sie getan. Die Nachbarn haben natürlich nichts gehört. Der Killer hat sie nackt aufs Bett gefesselt und sich an die Arbeit gemacht. Er arbeitete schnell und muß gewußt haben, was er tat, aber es dürfte trotzdem lange gedauert haben, bis sie tot war. Das ganze Bett hat sich mit ihrem Blut vollgesogen, die Laken und die Matratze, bis auf den Lattenrost.«

Randi sah wieder zu ihm auf; das gerichtsmedizinische Gutachten glitt ihr aus der Hand und auf den Kunststofftisch. Rogoff nahm ihre Hand.

»Joan Sorenson wurde nicht von einem Tier zerfetzt, Miß Wade. Sie wurde bei lebendigem Leib gehäutet und verblutete. Und was fehlt, ist ihre Haut.«

Es war Viertel nach Mitternacht, als Willie nach Hause kam. Er parkte den Caddy am Pier. Ed Juddikers Brieftasche lag neben ihm auf dem Beifahrersitz. Willie machte sie auf, holte das Geld heraus, zählte. Neunundsiebzig Piepen. Nicht viel, aber immerhin ein Anfang. Dieses erste Mal würde er die Hälfte Betsy geben und den Rest Eds Konto gutschreiben. Willie steckte das Geld ein und legte die Brieftasche ins Handschuhfach. Ed brauchte wahrscheinlich den Führerschein. Er würde die Brieftasche am Wochenende bei Squeaky's vorbeibringen, wenn Ed arbeitete, und sich mit ihm über einen Rückzahlungsplan unterhalten.

Willie schloß das Auto ab und trottete müde über das nasse Kopfsteinpflaster zur Eingangstür. Der Himmel über dem Fluß war dunkel und verhangen. Der Mond war mittlerweile aufgegangen, das wußte er, aber er war irgendwo hinter den schwarzen Wattewolken verborgen. Er kramte nach den Schlüsseln, die unter dem Inhalator, seiner Tablettenschachtel, einem halben Dutzend Scheren, einem Taschentuch und zahllosem anderen Krimskrams versteckt waren, der seine Taschen ausbeulte. Nach einer Weile versuchte er es in der Hosentasche, fand sie und fing mit seinen Schlössern an. Er steckte den ersten Schlüssel in das doppelte Sicherheitsschloß.

Die Tür ging langsam und lautlos auf.

Das blaßgelbe Licht der Straßenlaternen fiel durch die hohen, staubigen Fenster der Brauerei und überzog den Boden mit einem Muster blasser Rechtecke und verzerrter Linien. Die Umrisse rostender Maschinen kauerten wie große, finstere Bestien im Halbdunkel. Willie stand mit den Schlüsseln in der Hand unter der Tür, und sein Herz schlug wie ein Preßlufthammermer. Er steckte die Schlüssel in die Tasche, tastete nach dem Primateen, nahm einen Schuß. In der Stille wirkte das Zischen des Inhalators obszön laut.

Er dachte an Joanie und was ihr zugestoßen war.

Er konnte weglaufen, überlegte er. Der Cadillac war nur ein paar Schritte hinter ihm, nur ein paar Schritte; was immer da drinnen lauern mochte, konnte unmöglich so schnell sein, daß es ihn erwischte, bevor er im Auto war. Ja, auf die Straße, die ganze Nacht herumfahren, er hatte Benzin bis Chicago, und dorthin würde es ihm nicht folgen. Willie ging den ersten Schritt zurück, dann blieb er stehen und kicherte nervös. Er sah sich plötzlich, wie er hinter dem Lenkrad dieses großen zitronengelben, verchromten Schlachtschiffs saß, den Zündschlüssel drehte und drehte und drehte und den Motor absaufen ließ, während etwas Dunkles und Schreckliches aus der Brauerei kam und über das Kopfsteinpflaster huschte. Das war albern; nur in schlechten Horror-Filmen funktionierte die Zündung nicht, oder? Oder?

Vielleicht hatte er nur vergessen abzuschließen, als er heute morgen zur Arbeit gegangen war. Er hatte den Kopf voller Gedanken gehabt, einen anstrengenden Arbeitstag vor sich und eine Nacht voller Alpträume hinter sich; vielleicht hatte er die verfluchte Tür einfach hinter sich zugezogen und seine Schlösser vergessen.

Er vergaß seine Schlösser nie.

Aber vielleicht hatte er sie doch einmal vergessen.

Willie dachte an Verwandlung. Dann fiel ihm Joanie wieder ein, und er ließ den Gedanken sein. Er stellte sich auf ein Bein und zog den Schuh aus. Dann den anderen. Seine Socken wurden naß. Er tastete sich nach vorne, holte tief Luft, betrat die dunkle Brauerei, so leise er konnte, und zog die Tür hinter sich zu. Nichts bewegte sich. Willie steckte die Hand in die Tasche und holte Mr. Schere heraus. Nicht viel, aber besser als die bloßen Hände. Er hielt sich in den dunklen Schatten unter der Wand, durchquerte das Zimmer und schlich auf Socken die Treppe hinauf.

Die Straßenlaterne schien durch das Fenster am Ende des Flurs. Willie hielt auf der Treppe inne, als sein Kopf auf Höhe des zweiten Stocks war. Er konnte den Flur hinauf und hinunter sehen. Sämtliche Bürotüren waren geschlossen. Kein Licht unter den Türen oder hinter den Milchglasscheiben. Was immer auf ihn wartete, wartete im Dunkeln.

Er konnte spüren, wie sich seine Brust wieder zusammenzog. Noch einen Augenblick, und er würde den Inhalator brauchen. Plötzlich wollte er es einfach hinter sich bringen. Er ging die letzten Stufen hinauf, durchquerte den Flur mit zwei großen Schritten, riß die Tür seines Wohnzimmers auf und schaltete das Licht ein.

Randi Wade saß auf seinem Knautschsessel. Sie sah auf, als das Licht anging. »Du hast mich erschreckt«, sagte sie.

»Ich habe *dich* erschreckt!« Willie ging durch das Zimmer und ließ sich in den La-Z-Boy fallen. Die Schere fiel ihm aus der schweißnassen Hand auf den Parkettboden. »Allmächtiger, grundgütiger Herr im Himmel, deinetwegen hätte ich beinahe die Kontrolle über meine persönliche Hygiene verloren. Was machst du denn hier, verflucht noch mal? Habe ich vergessen, die Tür abzuschließen?«

Randi lächelte. »Du hast die Tür abgeschlossen, dann hast du die Tür abgeschlossen, und dann hast du die Tür noch etwas mehr abgeschlossen. Du bist

Weltklasse, wenn es ums Türenabschließen geht, Flambeaux. Ich habe zwanzig Minuten gebraucht, um hereinzukommen.«

Willie massierte seine pochenden Schläfen. »Ja, klar doch, aber da so viele Frauen auf diesen Körper scharf sind, muß ich mich doch irgendwie schützen, oder nicht?« Er bemerkte die nassen Socken, zog einen aus und verzog das Gesicht. »Sieh dir das an«, sagte er. »Meine Schuhe stehen draußen auf der Straße im Regen, meine Füße sind durchnäßt. Wenn ich eine Erkältung bekomme, schicke ich dir die Arztrechnungen, Wade. Du hättest warten können.«

»Es regnete«, erklärte sie. »Es hätte dir nicht gefallen, wenn ich im Regen hätte warten müssen, Willie. Es hätte mich verdrossen, und meine Stimmung ist auch so schon im Arsch.«

Als er ihre Stimme hörte, ließ Willie es sein, die Zehen zu reiben, und sah auf. Der Regen hatte ihr Strähnen braunen Haares an die Stirn geklebt, ihre Augen waren grimmig. »Du siehst schrecklich aus«, gab er zu.

»Ich wollte mich etwas zurechtmachen, aber in deiner Damentoilette fehlt ein Spiegel.«

»Der ist kaputt. In der Herrentoilette ist einer.«

»So ein Mädchen bin ich nicht«, sagte Randi. Ihre Stimme klang hart und tonlos. »Willie, deine Freundin Joan wurde nicht von einem Tier getötet. Sie wurde gehäutet. Der Mörder hat ihre Haut mitgenommen.«

»Ich weiß«, sagte Willie ohne nachzudenken.

Sie kniff die Augen zusammen. Die Augen waren graugrün, groß und hübsch, aber momentan sahen sie so kalt wie Murmeln aus. »Das *weißt* du?« wiederholte sie. Ihre Stimme klang ganz leise, fast wie ein Flüstern, und Willie wußte, daß er Ärger bekommen würde. »Du erzählst mir einen Mist und jagst mich in der ganzen Stadt herum, und du hast es *gewußt*? Weißt du auch, was mit meinem Vater passiert ist, ja? Ist das deine schlaue Art, meine Aufmerksamkeit auf dich zu lenken?«

Willie sah sie mit offenem Mund an. Er hatte die zweite Socke in der Hand. Er ließ sie auf den Boden fallen. »Randi, laß mich ausreden, ja? So war es überhaupt nicht. Ich habe es erst vor ein paar Stunden herausgefunden, ehrlich. Woher sollte ich es wissen? Es war nicht publik, es stand nicht in der Zeitung.« Er fühlte sich verwirrt und schuldig. »Und was sollte ich über deinen Vater wissen? Ich weiß einen Scheißdreck über deinen Vater. Seit du für mich arbeitest, hast du deine Familie vielleicht zweimal erwähnt.«

Sie suchte in seinem Gesicht nach Anzeichen von Täuschung. Willie versuchte es mit seinem herzlichsten, vertrauenerweckendsten Lächeln. Randi verzog das Gesicht. »Hör auf damit«, sagte sie ergeben. »Du siehst aus wie ein Gebrauchtwagenhändler. Also gut, du weißt nichts über meinen Vater. Tut mir leid. Ich bin momentan etwas durcheinander, und ich dachte...« Sie verstummte nachdenklich. »Wer hat dir etwas über Joan Sorenson erzählt?«

Willie zögerte. »Das kann ich dir nicht verraten«, sagte er. »Ich wünschte, ich könnte es, wirklich. Aber ich kann nicht. Du würdest mir sowieso nicht glauben.« Randi sah sehr unglücklich aus. Willie sprach weiter. »Hast du herausgefunden, ob ich verdächtigt werde? Die Polizei hat nicht angerufen.«

»Wahrscheinlich haben sie den ganzen Tag über versucht anzurufen. Mittlerweile haben sie sicher schon einen Haftbefehl. Wenn du dir schon keinen Anrufbeantworter zulegst, solltest du wenigstens ab und zu nach Hause kommen.« Sie runzelte die Stirn. »Ich habe mit Rogoff von der Mordkommission gesprochen.« Willies Herz blieb stehen, aber sie sah seinen Gesichtsausdruck und hob die Hand. »Nein, dein Name wurde nicht genannt. Von keinem. Sie werden wahrscheinlich jeden anrufen, der sie gekannt hat, aber das ist eine Formsache. Ich glaube nicht, daß sie dich verdächtigen.«

»Gut«, sagte Willie. »Hör zu, ich schulde dir was, aber du mußt die Sache wirklich nicht weiter verfolgen. Ich weiß, es lohnt sich nicht, daher...«

»Daher was?« Randi sah ihn argwöhnisch an. »Versuchst du jetzt, mich loszuwerden? Nachdem du mich überhaupt erst eingeschaltet hast?« Sie runzelte die Stirn. »Willst du mich jetzt fallenlassen?«

»Ich glaube, du verwechselst da etwas«, sagte er. Vielleicht konnte er seinen Rückzieher mit einem Scherz maskieren. »Du bist doch normalerweise diejenige, die völlig durchdreht, wenn ich einen Versuch unternehme, dir an die Wäsche zu gehen.«

»Laß den Mist«, sagte Randi schneidend. Sie war überhaupt nicht erheitert, das sah er. »Wir sprechen hier von Folterung und Ermordung eines Mädchens, mit dem du angeblich befreundet warst. Oder hast du das irgendwie vergessen?«

»Nein«, sagte er kleinlaut. Willie fühlte sich sehr unbehaglich. Er stand auf, ging durch das Zimmer und steckte den Stecker der Heizplatte ein. »Hör mal, möchtest du eine Tasse Tee? Ich habe Earl Grey, Red Zinger, Morning Thunder...«

»Die Polizei glaubt, daß sie einen Verdächtigen hat«, sagte Randi.

Willie drehte sich zu ihr um. »Wen?«

»Roy Helander«, sagte Randi.

»Mann o Mann«, sagte Willie. Er war als Gefreiter in Hamburg gewesen, als der Fall Helander Schlagzeilen machte, aber er hatte den *Courier* abonniert gehabt, um über die Lage zu Hause informiert zu bleiben, und die Schlagzeilen hatten ihn angeekelt. »Bist du sicher?«

»Nein«, sagte sie. »Sie gehen einfach die üblichen Verdächtigungen durch. Beim letztenmal war Roy ein hervorragender Sündenbock. Warum sollte man nicht noch einmal auf ihn zurückgreifen? Aber zuerst müssen sie ihn finden. Niemand ist sicher, ob er sich noch im Bundesstaat aufhält, geschweige denn in der Stadt.«

Willie wandte sich ab, beschäftigte sich mit der Heizplatte und dem Kessel. Plötzlich fiel es ihm schwer, Randi in die Augen zu sehen. »Du glaubst nicht, daß Helander derjenige war, der die Kinder auf dem Gewissen hatte?«

»Einschließlich seiner eigenen Schwester? Nein, verdammt. Jessie wäre die allerletzte gewesen, der er etwas zuleide getan hätte, sie *mochte* ihn sogar. Ganz zu schweigen davon, daß er hinter Schloß und Riegel saß, als das fünfte Opfer verschwand. Ich kannte Roy Helander. Er hatte schlechte Zähne und badete nicht oft genug, aber das macht ihn nicht zum Kinderschänder. Er war immer mit kleineren Kindern zusammen, weil seine Altersgenossen sich über ihn lustig machten. Ich glaube nicht, daß er Freunde hatte. Er hatte einen geheimen Ort im Wald, wo er sich versteckte, wenn es schlimm für ihn wurde, er...«

Sie verstummte plötzlich, und Willie drehte sich mit einem baumelnden Teebeutel zwischen den Fingern zu ihr herum. »Denkst du dasselbe wie ich?«

Der Kessel fing an zu pfeifen.

Nachdem Randi zu Hause war, wälzte sie sich mehr als eine Stunde herum, aber sie konnte nicht schlafen. Jedesmal, wenn sie die Augen zumachte, sah sie das Gesicht ihres Vaters vor sich oder stellte sich die arme Joan Sorenson vor, die aufs Bett gefesselt war, während der Mörder mit einem Messer in der Hand auf sie zukam. Und sie dachte immer wieder an Roy Helander, an Roy Helander und sein Versteck. In ihren Gedanken war Roy immer noch der schlaksige Heranwachsende mit strähnigem, ungewaschenem Haar, der furchtsam und verwirrt dreinblickte, während sie ihn seine Geschichte immer wieder erzählen ließen. Sie fragte sich, was in den Jahren, die er eingesperrt und unter Drogen im staatlichen psychiatrischen Krankenhaus verbracht hatte, aus dem Versteck geworden war, und sie fragte sich, ob er nicht manchmal von ihr geträumt hatte, wenn er in seiner Zelle lag. Möglich wäre es schon, überlegte sie. Und wenn Roy Helander tatsächlich nach Hause zurückgekehrt war, wußte Randi wahrscheinlich genau, wo er sich aufhielt.

Aber das Versteck zu kennen und es zu finden, waren zwei Paar Schuhe. Sie und Willie hatten sich Gedanken gemacht, ohne einen Schritt weiterzukommen. Randi versuchte sich zu erinnern, aber es war so lange her, eine geflüsterte Unterhaltung auf dem Schulhof. Ein geheimer Ort im Wald, hatte er gesagt, wo nie jemand hin kam, der ihm ganz allein gehörte, der verborgen und voller Zauber war. Das konnte alles sein, eine Höhle am Fluß, ein Baumhaus, sogar etwas so Schlichtes wie ein Wellblechschuppen. Aber wo war dieser Wald? Außerhalb der Stadt waren Vororte und Industriegelände und Bauernhöfe, der nächste Wald war vierzig Meilen entfernt an der Uferstraße. Und wenn sich das Versteck in einem der Stadtparks befand, dann hätte es schon vor Jahren jemand finden müssen. Ohne weitere Informationen hatte Randi keine Chance, es zu finden. Aber ihre Gedanken kamen nicht davon los.

Als ihre Digitaluhr schließlich 2.13 Uhr zeigte, gab Randi das Schlafen ganz auf. Sie stand auf, machte das Licht an und ging in die Küche. Der Kühlschrank war ziemlich leer, aber sie fand ein paar Flaschen Pabst. Vielleicht würde sie nach einem Bier einschlafen können. Sie machte die Flasche auf und ging wieder ins Bett.

Ihr Schlafzimmermobiliar war ein Durcheinander. Der Teppich war ein Restposten, die helle Schubladenkommode langweilig und zweckdienlich, das übergroße Bett mit seinen vier Pfosten eine Nachbildung, aber sie besaß auch ein paar echte Antiquitäten – den massiven Eichenschrank, die mannsgroßen Ankleidespiegel mit Echtholzrahmen und wie Pfoten geformte Standflächen, die Holztruhe am Fußende des Bettes. Ihre Mutter nannte sie immer die Hoffnungstruhe. Hatten die Mädchen heute auch noch Hoffnungstruhen? Sie glaubte nicht, jedenfalls nicht hier. Vielleicht gab es noch Gegenden, wo Hoffnung nicht so unrealistisch schien, aber diese Stadt gehörte nicht dazu.

Randi setzte sich auf den Boden, stellte das Bier auf den Teppich und machte die Truhe auf.

Hoffnungstruhen waren Behältnisse, in denen man die Zukunft aufbewahrte, die vielen Kleinigkeiten, die zu den Träumen gehörten, die sie einem als Kind beibrachten. Sie war mit zwölf zum letztenmal Kind gewesen, in der Nacht, als ihre Mutter sie mit ihrem schrecklichen Laut geweckt hatte. Heute war ihre Truhe voller Erinnerungen.

Sie holte eine nach der anderen heraus. Jahrbücher von High School und College; gebündelte Liebesbriefe von alten Freunden und sogar von diesem Arschloch, das sie geheiratet hatte; ihr Schulring und ihr Ehering; ihre Diplome; die Trophäen, die sie in Leichtathletik und Damen-Baseball gewonnen hatte; ein gerahmtes Bild von ihr und ihrem Begleiter beim Abschlußball.

Ganz unten, unter den Schichten ihres Lebens, war der Polizeirevolver Kaliber 38. Die Waffe ihres Vaters, die er in der Nacht leergeschossen hatte, in der er gestorben war. Randi nahm ihn heraus und legte ihn sorgfältig beiseite. Darunter war das Buch, ein altes Ringbuch mit blauem Einband. Sie schlug es auf dem Schoß auf.

Der vergilbte Artikel des *Courier* über den Tod ihres Vaters war mit Klebeband auf das erste Blatt Papier geklebt, und Randi betrachtete das altbekannte Foto lange, bevor sie weiterblätterte. Es waren noch andere Ausschnitte enthalten: Artikel über die vermißten Kinder, die sie heimlich aus alten Ausgaben des *Courier* in der öffentlichen Bibliothek gerissen hatte, Zeitschriftenartikel über Tierangriffe, Serienmörder und Ungeheuer, alles zwischen den Blättern, die sie mit ihrer sauberen Zwölfjährigenhandschrift beschrieben hatte. Mit jedem Umblättern wurde die Handschrift breiter und schlampiger; sie hatte das Tagebuch jahrelang geführt, bis sie aufs College gegangen war und versucht hatte zu vergessen. Sie hatte sich immer eingebildet, das wäre ihr ziemlich gut gelungen, aber als sie jetzt die Seiten umblätterte, da wußte sie, daß das eine Lüge war. Man vergaß niemals. Sie mußte nur die Schlagzeilen durchlesen, dann fiel ihr alles wieder mit ekelerregender Deutlichkeit ein.

Eileen Stanski, Jessie Helander, Diane Jones, Gregory Corio, Erwin Weiß. Keiner war je gefunden worden, nicht einmal ein Knochen oder ein Kleidungsstück. Die Polizei sagte, der Tod ihres Vaters wäre ein Unfall gewesen und hätte nichts mit dem Fall zu tun gehabt, an dem er arbeitete. Das hatten alle akzeptiert, der Chief, der Bürgermeister, die Zeitung, sogar ihre Mutter, die nur alles hinter sich bringen und wieder ein normales Leben führen wollte. Barry Schumacher und Joe Urquhart akzeptierten es als letzte, aber letztlich stimmten auch sie zu, und Randi war die einzige, die übrigblieb. Das Thema nur zu erwähnen, hatte ihre Mutter so sehr aufgeregt, daß sie schließlich nicht mehr darüber sprach, aber sie vergaß es nicht. Sie stellte ihre Fragen einfach leise, führte ihr Ringbuch und versteckte es jede Nacht auf dem Boden ihrer Hoffnungstruhe.

Es hatte ihr wirklich genützt.

Die letzten zwanzig Seiten in dem Ringbuch waren noch unbeschrieben, die blauen Linien auf dem Papier verblaßt. Die Seiten, die sie umblätterte, waren spröde. Als sie bei der letzten Seite angelangt war, zögerte sie. Vielleicht würde es nicht da stehen, vielleicht hatte sie es sich nur eingebildet. Es war sowieso unsinnig. Sicher dürfte er über ihren Vater Bescheid gewußt haben, aber seine Post wurde doch zensiert, oder nicht? Sie hätten ihn niemals so etwas schicken lassen.

Randi blätterte die letzte Seite um. Es war da, wie sie es nicht anders erwartet hatte.

Sie hatte gerade am College angefangen gehabt, als der Brief kam. Sie hatte alles hinter sich gelassen. Ihr Vater war sieben Jahre tot gewesen, sie hatte das Ringbuch seit drei Jahren nicht mehr in der Hand gehabt. Sie war mit dem Unterricht und den Prüfungen und ihren Freunden beschäftigt, und manchmal hatte sie

Alpträume gehabt, aber größtenteils war es in Ordnung gewesen; sie war erwachsen und vernünftig geworden. Wenn sie überhaupt darüber nachdachte, dann dachte sie, daß die Erwachsenen vielleicht recht gehabt hatten: Es war irgendein Tier gewesen.

... irgendein Tier ...

Dann war eines Tages der Brief gekommen. Sie hatte ihn auf dem Schulweg aufgemacht und gelesen, während ihre Freundinnen neben ihr schnatterten, hatte einen Witz gemacht und ihn weggesteckt. Alles sehr erwachsen. Aber als ihre Zimmergenossin in dieser Nacht eingeschlafen war, hatte sie ihn wieder hervorgeholt und im Licht einer Taschenlampe noch einmal gelesen, und ihr war schlecht geworden. Sie hatte ihn wegwerfen wollen, fiel ihr jetzt wieder ein. Er war nur Schund, das verdorbene Produkt eines kranken Geistes.

Statt dessen hatte sie ihn in das Ringbuch eingeklebt.

Das Klebeband war gelb und brüchig geworden, aber der Umschlag war immer noch weiß, der Name der Anstalt war säuberlich in der linken Ecke eingedruckt. Wahrscheinlich hatte ihn jemand für ihn herausgeschmuggelt. Der Brief selbst war in Druckschrift auf ein billiges Blatt Schreibmaschinenpapier gekritzelt. Er war nicht unterschrieben, aber sie wußte, von wem er kam.

Randi nahm den Brief aus dem Umschlag, zögerte einen Augenblick und faltete ihn auseinander.

ES WAR EIN WERWOLF

Sie sah ihn endlos lange an, und plötzlich war sie gar nicht mehr erwachsen, und als das Telefon läutete, hätte sie beinahe einen Sprung gemacht.

Das Herz klopfte ihr in der Brust. Sie faltete den Brief zusammen, sah das Telefon an und fühlte sich seltsam schuldig, als wäre sie bei etwas Schlimmem erwischt worden. Es war zwei Uhr dreiundfünfzig in der Nacht. Wer sollte um diese Zeit anrufen? Wenn es Roy Helander war, würde sie einen Schreikrampf bekommen. Sie ließ das Telefon läuten.

Beim vierten Läuten schaltete sich der Anrufbeantworter ein. »Hier ist die Detektei AAA-Wade, Randi Wade. Ich bin im Augenblick nicht zu Hause, aber Sie können nach dem Signalton eine Nachricht hinterlassen. Ich rufe Sie umgehend zurück.«

Der Signalton erklang. »Äh, hallo«, sagte eine tiefe Männerstimme, die eindeutig nicht Roy Helander war.

Randi drückte den Abschaltknopf und riß den Hörer hoch. »Rogoff, sind Sie das?«

»Ja«, sagte er. »Tut mir leid, wenn ich Sie geweckt habe. Hören Sie, das steht nicht in den Vorschriften, und ich kann mir auch keine plausible Entschuldigung ausdenken, warum ich Sie angerufen habe, aber ich dachte mir, Sie sollten es erfahren.«

Kalte Finger glitten über Randis Rücken. »Was erfahren?«

»Wir haben wieder ein Opfer«, sagte er.

Willie erwachte in kalten Schweiß gebadet.

Wer war das?

Ein Geräusch, dachte er. Irgendwo im Flur.

Oder vielleicht nur ein Traum? Willie richtete sich im Bett auf und versuchte sich zusammenzunehmen. Die Nacht war voll von Geräuschen. Es hätte ein Schleppkahn auf dem Fluß sein können oder ein Auto, das unter dem Fenster vorbeifuhr, alles mögliche.

Er kam sich immer noch albern vor, weil er so ängstlich reagiert hatte, als die Tür offen gewesen war. Zum Glück hatte er Randi nicht mit der Schere erstochen. Er durfte nicht zulassen, daß ihn seine Fantasie auffraß. Er schlüpfte wieder unter die Decke, drehte sich auf den Bauch, machte die Augen zu.

Unten im Flur ging eine Tür auf und zu.

Er riß die Augen auf. Er blieb ganz still liegen und lauschte. Er hatte sämtliche Schlösser abgesperrt, sagte er sich; er hatte Randi zur Tür gebracht und hatte sämtliche Schlösser abgeschlossen, das Sicherheitsschloß, hatte die Kette vorgelegt, den doppelten Riegel, er hatte sogar den Sperrbalken vorgeschoben. Wenn dieser Balken vor der Tür war, konnte niemand herein, er ließ sich nur von innen entfernen und war aus massivem Stahl. Und die Hintertür hätte zugeschweißt sein können, so erodiert und verzogen war sie. Wenn sie ein Fenster eingeschlagen hätten, hätte er es gehört. Es war unmöglich, unmöglich. Er träumte nur.

Der Knauf der Schlafzimmertür drehte sich langsam und klickte. Ein leises metallisches Rascheln, als jemand gegen die Tür drückte. Das Schloß hielt. Der zweite Stoß war etwas heftiger, das Geräusch lauter.

Aber da war Willie schon aus dem Bett. Es war eine kalte Nacht, seine Sporthosen und das Unterhemd boten kaum Schutz vor der Kälte, aber Willie hatte andere Dinge im Kopf. Er konnte den Schlüssel sehen, der aus dem Schlüsselloch ragte. Ein antiker Schlüssel für ein hundert Jahre altes Schloß. Die Schlüssellöcher der Bürotüren waren so groß, daß man durchsehen konnte. Willies Schlüssel steckten, wegen der Zugluft, aber er schloß nie ab... außer heute abend. Aus irgendeinem Grund hatte er abgeschlossen, bevor er zu Bett gegangen war; und er hatte sich etwas sicherer gefühlt, als er das Schloß einrasten hörte. Und jetzt war nur noch dieses Schloß zwischen ihm und dem, was da draußen war.

Er wich zum Fenster zurück und sah auf den kopfsteingepflasterten Innenhof der Brauerei hinunter. Die Schatten unter ihm waren dicht und schwarz. Er glaubte sich zu erinnern, daß direkt unter diesem Fenster ein Container aus grünem Metall stand, aber es war zu dunkel, ihn zu sehen.

Etwas hämmerte gegen die Tür. Das ganze Zimmer erbebte.

Willie konnte nicht atmen. Sein Inhalator stand auf der Kommode auf der anderen Seite des Zimmers, neben der Tür. Er war in der Faust eines Riesen, die sämtliche Luft aus seinen Lungen preßte. Er schnappte nach Luft.

Das Ding draußen schlug wieder gegen die Tür. Das Holz fing an zu splittern. Solides, hundert Jahre altes Holz, aber es splitterte wie eine der beschissenen, furnierten, hohlen modernen Türen.

Willie wurde schwindlig. Es würde sicher eine Scheißlaune haben, dachte er erheitert, wenn es schließlich hier hereinkam und feststellte, daß das Asthma ihn bereits umgebracht hatte. Willie streifte das Unterhemd ab, warf es auf den Boden und steckte den Daumen ins Gummiband der Unterhose.

Die Tür erbebte und zitterte und fiel halb aus den Angeln. Der nächste Schlag hieb sie entzwei. Sauerstoffmangel machte alles verschwommen. Willie vergaß seine Unterhose und begann mit der Verwandlung.

Knochen und Muskeln kreischten im Schmerz der Verwandlung, aber es strömte reiner, kalter Sauerstoff in seine Lungen, und er konnte wieder atmen. Erleichterung druchströmte ihn; er warf den Kopf zurück und heulte sie hinaus. Es war ein Laut, der einem das Blut in den Adern gefrieren lassen konnte, aber die dunkle Gestalt, die sich durch die Trümmer der Tür zwängte, zögerte nicht, und Willie auch nicht. Er stellte sich auf die Beine und sprang. Glas zerschellte rings um ihn herum, als er sich durch das Fenster warf, und die Scherben wirbelten hinaus in die Dunkelheit. Willie verfehlte den Container, landete auf allen Vieren, rutschte aus und schlitterte drei Meter über das Kopfsteinpflaster.

Als er aufsah, konnte er über sich den Schatten sehen, der sein Fenster ausfüllte. Dieser bewegte die Hände, und Willie sah das gräßliche Aufblitzen von Silber, und mehr war nicht mehr nötig. Willie sprang wieder auf die Beine und lief schneller als jemals zuvor in seinem Leben die Straße entlang.

Das Taxi hielt zwei Häuser entfernt. Rings um das Haus – eine stattliche viktorianische Villa, die dringend hätte frisch gestrichen werden müssen – waren Polizeiabsperrungen errichtet worden. Neugierige Nachbarn, die dicke Mäntel über Nachthemden und Pyjamas trugen, standen am Grandview, tuschelten miteinander und sahen zu dem Haus. Die Blinklichter der Polizeiautos verliehen ihren Gesichtern eine morbide Lebhaftigkeit.

Randi ging rasch an ihnen vorbei. Ein Streifenpolizist, den sie nicht kannte, hielt sie an der Absperrung auf. »Ich bin Randi Wade«, sagte sie zu ihm. »Rogoff hat mich gebeten, hierherzukommen.«

»Oh«, sagte er. Er deutete mit dem Daumen zum Haus. »Er ist drinnen und redet mit der Schwester.«

Randi fand sie im Wohnzimmer. Rogoff sah sie, nickte, winkte sie beiseite und fuhr mit dem Verhör fort. Die anderen Polizisten sahen sie neugierig an, aber niemand sagte etwas. Die Schwester war eine jünger aussehende, schlanke und dunkelhaarige Vierzigerin mit blasser Haut und einer wilden schwarzen Haartracht, die ihr auf den Rücken fiel. Sie saß in einem weißen Seidennachthemd, das nichts der Fantasie überließ, auf dem Sofa und schien weder von der Kälte noch von den neugierigen Blicken der Polizisten etwas mitzubekommen.

Ein Polizist nahm Fingerabdrücke an einem polierten schwarzen Flügel in der Ecke des Zimmers. Randi ging zu ihm, als er fertig war. Auf dem Flügel standen gerahmte Fotos. Eines zeigte eine Sommerszene, die irgendwo am Fluß aufgenommen worden war, zwei hübsche Mädchen in gleichen Bikinis, die rechts und links von einem stattlichen jungen Mann standen. Die Mädchen waren naß und lachten für den Fotografen, das lange Haar hing ihnen feucht in die breit grinsenden Gesichter. Der Mann, der Junge, trug eine Badehose, aber man sah, daß er staubtrocken war. Er war hager und schlacksig, seine blauen Augen sahen mit einer Ausdruckslosigkeit in die Kamera, die seltsam beunruhigend wirkte. Die Mädchen mochten zwischen achtzehn und zwanzig sein. Eine war die Frau, die Rogoff verhörte, aber Randi hätte nicht sagen können, welche. Zwillinge. Sie betrachtete das andere Foto und fürchtete beinahe, sie könnte ein Bild von Willie sehen. Die meisten Gesichter kannte sie nicht, aber sie sah sie immer noch an, als Rogoff zu ihr trat.

»Die Gerichtsmedizinerin ist oben bei der Leiche«, sagte er. »Sie können mit raufkommen, wenn Sie nicht zimperlich sind.«

Randi wandte sich vom Flügel ab und nickte. »Haben Sie etwas von der Schwester erfahren?«

»Sie hatte einen Alptraum«, sagte er. Er ging die schmale Treppe empor, und Randi folgte ihm dichtauf. »Sie sagt, so lange sie zurückdenken kann, ist sie, wenn sie einen Alptraum hatte, immer über den Flur gegangen und zu Zoe ins Bett geschlüpft.« Sie waren auf dem Treppenabsatz. Rogoff legte die Hand auf einen gläsernen Türknauf, dann hielt er inne. »Was sie gefunden hat, als sie den Flur diesesmal überquert hatte, wird ihr noch jahrelang Alpträume bereiten.«

Er machte die Tür auf. Randi folgte ihm.

Nur das kleine Nachttischlämpchen war eingeschaltet, aber der Polizeifotograf ging hin und her und machte Bilder von dem roten, verkrümmten Ding auf dem Bett. Im Licht seiner Taschenlampe tanzten und zuckten die Schatten, und Randis Magen zuckte mit ihnen. Der Geruch von Blut war überwältigend. Sie erinnerte sich an längst vergangene Sommer, an heiße Julitage, wenn der Wind von Süden wehte und sich der Gestank des Schlachthofs über die Stadt senkte. Aber dies war tausendmal schlimmer.

Der Fotograf ging weiter, blitzte, ging weiter, blitzte. Die Welt verwandelte sich von grau in rot und wieder in grau. Die Gerichtsmedizinerin beugte sich über die Leiche, im Stroboskoplicht des Blitzgeräts wirkten ihre Bewegungen ruckartig. Das weiße Licht gleißte an der Decke, und Randi sah hinauf und erblickte Spiegel. Der Mund der toten Frau war offen, aufgerissen und rund, ein stummer Schrei. Er hatte zusammen mit ihrer Haut die Lippen weggeschnitten, und das Innere ihres Mundes war nicht röter als das Äußere. Das Gesicht war nicht mehr da, nur noch feucht glänzende Muskelstränge und hier und da ein Stück Knochen, das vorstand, aber die Augen hatte er ihr gelassen. Große Augen, hübsche Augen, sinnlich wie die ihrer Schwester unten. Sie waren weit aufgerissen und sahen voller Entsetzen in die Spiegel an der Dekke. Sie hatte in allen Einzelheiten sehen können, was ihr angetan wurde. Was hatte sie in den Augen ihres Spiegelbilds gesehen? Schmerz, Entsetzen, Verzweiflung? Als Zwilling hatte ihr das Spiegelbild vielleicht Trost gespendet, während ihr das Gesicht und die Haut und ihr menschliches Dasein genommen wurden.

Das Blitzlicht leuchtete wieder auf, und Randi sah das Blitzen von Metall an Hand- und Fußgelenken. Sie machte einen Moment die Augen zu, atmete gleichmäßig und trat dann ans Fußende des Betts, wo Rogoff mit der Gerichtsmedizinerin sprach.

»Ketten?« fragte er.

»Sie haben's erfaßt. Und sehen Sie sich das an.« Gerichtsmedizinerin Cooney nahm die nicht angezündete Zigarre aus dem Mund und deutete damit.

Die Kette war fest um den Knöchel des Opfers geschlungen. Als das Blitzlicht wieder aufleuchtete, sah Randi die anderen Ringe, dunkle, schwarze Linien, die in das rohe Fleisch und die freigelegten Nerven gesengt waren. Es tat ihr weh, bloß hinzusehen.

»Sie hat sich gewehrt«, schlug Rogoff vor. »Die Kette hat am Fleisch gerieben.«

»Reibung macht blutig und wund«, antwortete Cooney. »Bei dem, was ihr angetan wurde, würde man wundgescheuerte Stellen überhaupt nicht bemerken. Das sind Verbrennungen, Rogoff, Verbrennungen dritten Grades. An beiden Hand- und beiden Fußgelenken, wo das Metall sie berührt hat. Sorenson hatte dieselben Verbrennungen. Als hätte der Killer die Ketten erhitzt, bis sie weißglühend waren. Aber das Metall ist jetzt kalt. Nur zu, berühren Sie es.«

»Nein, danke«, sagte Rogoff. »Ich glaube es Ihnen.«

»Einen Augenblick«, sagte Randi.

Die Gerichtsmedizinerin schien sie zum erstenmal zu bemerken. »Was hat sie hier zu suchen?« fragte sie.

»Das ist eine lange Geschichte«, antwortete Rogoff. »Randi, dies ist eine offizielle polizeiliche Ermittlung, Sie sollten besser...«

Randi achtete nicht auf ihn. »Joan Sorenson hatte dieselben Verbrennungen?« fragte sie Cooney. »An Hand- und Fußgelenken, wo die Ketten sie berührt haben?«

»Richtig«, sagte Cooney. »Na und?«

»Was wollen Sie damit sagen?« fragte Rogoff sie.

Sie sah ihn an. »Joan Sorenson war ein Krüppel. Sie konnte ihre Beine nicht gebrauchen und hatte kein Gefühl unterhalb der Taille. Warum sollte sich da jemand die Mühe machen und ihre Fußgelenke fesseln?«

Rogoff sah sie lange an, dann schüttelte er den Kopf. Er sah zu Cooney hinüber. Die Gerichtsmedizinerin zuckte die Achseln. »Ja. Schön. Eine interessante Feststellung, aber was hat sie zu bedeuten?«

Darauf wußte sie keine Antwort. Sie sah wieder zum Bett, zu dem verkrümmten, verstümmelten Ding, das einmal eine hübsche Frau gewesen war.

Der Fotograf drückte den Auslöser. Das Blitzlicht leuchtete auf. Die Kette glitzerte im Licht. Matt. Randi strich mit der Fingerspitze über das Metall. Sie spürte keine Hitze, nur die kalte, blasse Berührung von Silber.

Die Nacht war von Geräuschen und Gerüchen erfüllt.

Willie war wild und blindwütig gelaufen, ein grauer Schatten auf schwarzen, regennassen Straßen, er hatte sich mehr abverlangt als jemals zuvor und hatte nicht darauf geachtet, wohin er lief, irgendwohin, nirgendwohin, überallhin, solange es nur weg von seiner Wohnung und dem Ding war, das mit dem matt schimmernden Tod in der Hand hinter ihm her war. Er schoß durch schmutzige Gassen, unter Ladedocks hindurch und sprang über neue Maschendrahtzäune. Unterwegs kam er an eine Mauer, die ihn fast aufgehalten hätte, er hatte sie mit drei Sprüngen nicht überwunden, aber beim vierten Versuch bekam er die Vorderpfoten über den Rand und stieß und schubste und strampelte sich mit den Hinterbeinen darüber. Er fiel auf feuchtes Gras, rollte sich auf dem Boden ab, und dann sprang er auf und rannte weiter. Auf den Straßen war fast kein Verkehr, aber als er einen breiten Boulevard überquerte, kam wie aus dem Nichts ein Lastwagen mit überhöhter Geschwindigkeit angebraust und leuchtete ihn mit den Scheinwerfern an. Die plötzliche Helligkeit erschreckte ihn; er stand einen langen Augenblick starr mitten auf der Straße und sah Schock und Entsetzen im Gesicht des Fahrers. Eine Hupe ertönte, als der Lkw bremste, ins Schleudern kam und über den Mittelstreifen fuhr.

Aber da war Willie schon weg.

Er lief jetzt durch ein Wohngebiet, durch eine ruhige Straße mit ordentlichen zweistöckigen Häusern. Geparkte Autos standen in den schmalen Einfahrten, Schilder von Maklern flatterten im Wind, aber außer den Straßenlaternen herrschte kein Licht... manchmal, wenn sich die Wolken teilten, war das blasse Rund des Mondes zu sehen. Von manchen Gärten nahm er den Geruch von Hunden wahr, und ab und zu hörte er ein wildes, panisches Bellen und wußte, daß sie ihn auch gewittert hatten. Manchmal weckte das Bellen Besitzer oder Nachbarn, dann wurden in den stummen Häusern Lichter angemacht und Türen zum Garten geöffnet, aber da war Willie jedesmal schon ganze Häuserblocks entfernt und lief immer weiter.

Als seine Beine schließlich weh taten und sein Herz raste und ihm die Zunge rot aus dem Maul hing, überquerte Willie die Schienen, erklomm eine steile Böschung und prallte gegen einen drei Meter hohen Maschenzaun, der oben mit Stacheldraht gesichert war. Hinter dem Zaun war ein großer Hof und ein flaches, riesiges Gebäude ohne Fenster unter dem Licht des Mondes, und plötzlich wußte Willie, wo er war.

Der alte Schlachthof. Die Packerei, wie er genannt wurde, bankrott und seit fast zwei Jahren leerstehend. Er war weit gelaufen. Endlich blieb er stehen, um wieder zu Atem zu kommen. Er keuchte, und als er sich am Zaun auf den Boden fallen ließ, fing er an zu zittern, weil er trotz seines dichten, zotteligen Fells fror.

Nachdem er einen Augenblick ausgeruht hatte, stellte Willie fest, daß er immer noch die Unterhose anhatte. Er hätte gelacht, wenn er die Stimmbänder dazu gehabt hätte. Er dachte an den Mann im Lastwagen und fragte sich, was der gedacht haben mochte, als Willie in seinem Scheinwerferlicht auftauchte, ein hageres graues Gespenst in weißen Unterhosen und mit Augen, die so rot wie die Hölle glühten.

Willie wand sich herum und packte die Hose mit dem Maul. Er zerrte daran, knurrte tief im Hals, und nach einem kurzen Kampf gelang es ihm, sie auszuziehen. Er schleuderte sie beiseite und senkte sich auf den feuchten Boden, legte die Beine übereinander, das Maul halb offen, und sah sich mit aufmerksamen, argwöhnischen Augen um. Er ruhte sich aus. Er konnte in der Ferne Verkehr hören und einen Hund, der eine halbe Meile entfernt ausgelassen bellte, er konnte Rost und Schimmel riechen, den Gestank von Dieselabgasen, den kalten Geruch von Metall. Und unter alledem den Geruch des Schlachthofs, der schwächer geworden, aber nicht verschwunden war, der anhielt und ihm von Blut und Tod flüsterte. Er weckte Dinge in ihm, die besser schlafen sollten, und Willie konnte den Hunger in seinen Eingeweiden nagen spüren.

Er konnte ihn nicht ignorieren, nicht völlig, aber heute nacht hatte er andere Sorgen, Ängste, die wichtiger waren als sein Hunger. Bis zur Dämmerung waren es nur noch ein paar Stunden, aber er konnte nirgends hingehen. Er konnte erst wieder nach Hause gehen, wenn er wußte, daß es sicher war, bis er Schritte unternommen hatte, um sich selbst zu schützen. Ohne Schlüssel und Kleidung und Geld war auch die Agentur für ihn verschlossen. Aber er mußte zu jemandem gehen, jemandem vertrauen.

Er dachte an Blackstone, dachte an Jonathan Harmon, der vor seinem Kamin saß, dachte an Stevens tote blaue Augen und seine vernarbten Hände, an den alten Turm, der wie ein verrotteter schwarzer Pfahl aufragte. Jonathan konnte ihn vielleicht beschützen; Jonathan mit seinen starken Mauern und dem hohen Zaun mit seinen Spitzen und mit seinem Geschwätz von Blut und Eisen.

Aber als er Jonathan vor seinem geistigen Auge sah, mit dem langen weißen Haar und dem Wolfsgehstock mit Goldknauf, den knorrigen, arthritischen Händen, stieg ihm ungewollt ein Knurren im Hals empor, und Willie wußte, daß Blackstone keine Lösung war.

Joanie war tot, und die anderen kannte er nicht gut genug, kannte kaum ihre Namen und wollte sie auch nicht besser kennenlernen.

Also blieb letztlich nur Randi, ob es ihm gefiel oder nicht.

Willie stand auf; er war mittlerweile sehr müde und unsicher. Der Wind drehte sich, wehte über den Hof und das Gelände, flüsterte zu ihm von Blut, bis seine Schnauze bebte. Willie warf den Kopf zurück und heulte, ein langgezogener, schrecklich einsamer Ruf, der stieg und fiel und durch die kalte Nacht hallte, bis Blocks entfernt alle Hunde zu bellen anfingen. Dann fing er wieder an zu laufen.

Rogoff fuhr sie nach Hause. Als er seinen alten Ford vor dem Mietshaus parkte, dämmerte es gerade. Als sie die Tür aufmachte, schaltete er in den Lerrlauf und sah zu ihr herüber. »Ich werde vorerst nicht darauf bestehen«, sagte er, »aber es könnte sein, daß ich den Namen Ihres Klienten erfahren muß. Schlafen Sie darüber. Vielleicht kommen Sie zu dem Ergebnis, ihn mir zu sagen.«

»Vielleicht kann ich das nicht«, sagte Randi. »Anwalt-Klient-Privileg, erinnern Sie sich?«

Rogoff lächelte sie müde an. »Als ich im Gerichtsgebäude war, habe ich mir auch Ihre Akte durchgesehen. Sie haben nie Jura studiert.«

»Nicht?« Sie lächelte ebenfalls. »Nun, ich wollte es immer. Zählt das nicht auch?« Sie zuckte die Achseln. »Ich werde darüber schlafen, wir sprechen morgen darüber.« Sie stieg aus, machte die Tür zu, trat vom Auto zurück. Rogoff legte den Gang ein, aber Randi drehte sich um, bevor er losfahren konnte. »He, Rogoff, haben Sie auch einen Vornamen?«

»Mike«, sagte er.

»Bis morgen, Mike.«

Er nickte und fuhr in dem Augenblick an, als die Straßenlaternen ausgeschaltet wurden. Randi ging die Treppe hinauf und kramte nach den Schlüsseln.

»Randi!«

Sie blieb stehen und sah sich um. »Wer ist da?«

»Willie.« Diesmal war die Stimme lauter. »Hier unten, hinter den Mülleimern.«

Randi lehnte sich über das Treppengeländer und sah ihn. Er hatte sich dicht niedergekauert, war von den Mülltonnen umgeben und zitterte in der nächtlichen Kälte. »Du bist nackt«, sagte sie.

»Gestern abend hat jemand versucht, mich umzubringen. Ich konnte entkommen. Meine Kleidung nicht. Ich bin seit einer Stunde hier. Nicht, daß ich mich beschweren wollte, versteh mich nicht falsch, aber ich glaube, ich habe eine Erkältung, und meine Eier sind hartgefroren. Jetzt werde ich nie Kinder haben können. Wo bist du denn gewesen, Herrgott noch mal?«

»Es wurde wieder jemand ermordet. Dieselbe Methode.«

Willie schüttelte so heftig den Kopf, daß die Mülltonnen klapperten. »Mein Gott«, sagte er mit niedergeschlagener Stimme. »Wer?«

»Ihr Name war Zoe Anders.«

Willie zuckte zusammen. »Scheiße, Scheiße, Scheiße«, sagte er. Er sah wieder zu Randi auf. Sie konnte die Angst in seinen Augen sehen, aber er fragte trotzdem. »Was ist mit Amy?«

»Ihrer Schwester?« sagte Randi. Er nickte. »Unter

Schock, sonst nichts. Sie hatte einen Alptraum.« Sie wartete einen Moment. »Also hast du Zoe auch gekannt. Wie Sorenson?«

»Nein. Nicht wie Joanie.« Er sah sie argwöhnisch an. »Können wir reingehen?«

Sie nickte und machte die Tür auf. Willie sah so dankbar aus, daß sie dachte, er würde ihr die Hand lecken.

Die Unterwäsche gehörte ihrem Ex-Mann und war zu groß. Der rosa Bademantel gehörte Randi und war zu klein. Aber der Kaffee war genau richtig, und es war warm hier drinnen, und Willie war todmüde und nervös, aber froh, daß er noch am Leben war, besonders nachdem ihm Randi den Teller hingestellt hatte. Sie hatte Rührei mit Cheddarkäse und Zwiebeln gemacht und Speck dazu angebraten, und das alles roch wie das Nirwana. Er fiel gierig darüber her.

»Ich glaube, ich habe mir etwas zurechtgereimt«, sagte sie. Sie setzte sich ihm gegenüber.

»Gut«, sagte er. »Ich meine die Eier. Ich meine, daß du dir etwas zurechtgereimt hast, ist auch gut, aber, mein Gott, ich habe diese Eier *gebraucht*. Du würdest nicht glauben, wie hungrig man wird...« Er verstummte plötzlich, dachte darüber nach, was für ein Idiot er war, und sah auf das Rührei hinunter, aber Randi hatte es nicht bemerkt. Willie griff nach einer Scheibe Speck und biß das Ende ab. »Rösch«, sagte er. »Gut.«

»Ich werde es dir erzählen«, sagte Randi, als hätte er überhaupt nichts gesagt. »Ich muß es jemandem erzählen, und du kennst mich schon so lange, daß du mich nicht einweisen lassen wirst. Du kannst ruhig lachen.« Sie sah ihn finster an. »Aber wenn du lachst, stehst du ruckzuck wieder auf der Straße – ohne Unterhosen und Bademantel.«

»Ich werde nicht lachen«, sagte Willie. Er glaubte nicht, daß es ihm viele Schwierigkeiten machen würde, nicht zu lachen. Er war in eher düsterer Stimmung. Er hörte auf zu essen.

Randi holte tief Luft und sah ihm in die Augen. Sie selbst hatte sehr schöne Augen, dachte Willie. »Ich glaube, mein Vater wurde von einem Werwolf getötet«, sagte sie im völligen Ernst und ohne zu blinzeln.

»Großer Gott«, sagte Willie. Er lachte nicht. Eine sehr große unsichtbare Anakonda schlang sich um seine Brust und begann zuzudrücken. »Ich«, sagte er. »Ich, ich, ich.« Weiter kam er nicht. Er stieß sich vom Tisch ab, warf den Stuhl um und lief zum Bad. Er schloß sich ein und drehte die Dusche ganz auf, den Heißwasserhahn bis zum Anschlag. Dampf machte sich im Bad breit. Er war nicht so gut wie ein Schuß aus seinem Inhalator, aber er wirkte gegen das Erstikken. Als sich der Dampf wirklich gut entwickelt hatte, war Willie auf den Knien und röchelte wie ein Mann, der versucht, einen Elefanten mit einem Strohhalm einzusaugen. Schließlich fing er wieder an zu atmen.

Er blieb ziemlich lange auf den Knien, bis das Wasser der Dusche Bademantel und Unterhosen durchnäßt hatte und sein Gesicht heiß und rot war. Dann kroch er über den Kachelboden, drehte die Dusche ab und stand unsicher auf. Der Spiegel über dem Waschbecken war beschlagen. Er wischte ihn mit einem Handtuch ab und betrachtete sich. Er sah beschissen aus. Naß und beschissen. Heiß und naß und beschissen. Und er fühlte sich noch schlimmer. Er versuchte, sich abzutrocknen, aber Dampf und Wasser waren überall hingelangt, und die Handtücher waren so naß wie er selbst. Er hörte, wie sich Randi draußen bewegte, Schubladen auf und zu machte. Er wollte hinaus und ihr gegenübertreten, aber nicht so. Ein Mann muß seinen Stolz haben. Momentan wollte er nur daheim im Bett sein und sein Primateen auf dem Nachttisch haben, aber dann fiel ihm ein, daß sein Schlafzimmer belegt war, als er zum letztenmal zu Hause gewesen war.

»Kommst du auch mal wieder raus?« fragte Randi.

»Ja«, sagte Willie, aber es war so leise, daß sie es wahrscheinlich nicht gehört hatte. Er richtete sich auf und rückte den rosa Bademantel zurecht. Das Unterhemd darunter sah aus, als hätte er bei einem Nasses-T-Shirt-Wettbewerb mitgemacht. Er seufzte, schloß die Tür auf und ging hinaus. Er bekam Gänsehaut in der Kälte.

Randi saß wieder am Tisch. Willie nahm seinen Platz wieder ein. »Tut mir leid«, sagte er. »Asthmaanfall.

»Habe ich gemerkt«, sagte Randi. »Streßbedingt, nicht?«

»Manchmal.«

»Iß die Eier auf«, sagte sie. »Sie werden kalt.«

»Ja«, antwortete Willie und überlegte sich, daß er das ruhig machen konnte, weil er dadurch Zeit zum Nachdenken haben würde, was er ihr erzählen sollte. Er nahm die Gabel.

Es war wie damals, als er einen schmutzigen Topf von der Herdplatte genommen hatte, der seit dem vorherigen Abend dort stand, und nicht gemerkt hatte, daß die Platte die ganze Zeit eingeschaltet gewesen war. Willie kreischte, und die Gabel fiel polternd auf den Tisch und prallte einmal, zweimal, dreimal ab. Sie landete vor Randi. Er leckte sich die Finger. Sie wurden bereits rot. Randi sah ihn sehr ruhig an und nahm die Gabel. Sie hielt sie, strich mit dem Daumen darüber, berührte nachdenklich die Zinken. »Ich habe das gute Silber geholt, während du im Bad warst«, sagte sie. »Echt Silber. Es ist seit Generationen im Familienbesitz.«

Seine Finger taten höllisch weh. »Mein Gott. Hast du Butter? Margarine, Öl, einerlei, alles geht...« Er verstummte, als sie mit der Hand unter den Tisch griff und einen Revolver hervorholte. Von Willies Position aus sah er wie ein ziemlich großer Revolver aus.

»Paß gut auf, Willie. Deine Finger sind das geringste Problem. Mir ist klar, daß du Schmerzen hast, daher lasse ich dir eine oder zwei Minuten Zeit, damit du deine Gedanken sammeln und mir anschließend sagen kannst, warum ich dir nicht gleich hier und jetzt den verdammten Kopf wegpusten sollte.« Sie spannte den Hahn mit dem Daumen.

Willie sah sie nur an. Er sah erbarmenswert aus, wie ein beinahe ertrunkener Welpe. Einen schrecklichen Augenblick dachte Randi, er würde noch einen Asthmaanfall bekommen. Sie war seltsam ruhig, nicht wütend und ängstlich oder auch nur nervös, aber sie glaubte nicht, daß sie einen Mann erschießen konnte, der zum Bad lief, nicht einmal, wenn er ein Werwolf war.

Glücklicherweise ersparte Willie ihr diese Entscheidung. »Du solltest mich nicht erschießen«, sagte er mit unter den Umständen bemerkenswerter Gelassenheit. »Es zeugt von schlechten Manieren, seine Freunde zu erschießen. Außerdem machst du ein Loch in den Bademantel.«

»Den konnte ich sowieso nie leiden. Ich hasse rosa.«

»Wenn du mich wirklich umbringen wolltest, hättest du mit dieser Gabel bessere Karten«, sagte Willie.

»Also gibst du zu, daß du ein Werwolf bist?«

»Ein Lykanthrop«, verbesserte Willie sie. Er leckte sich wieder die verbrannten Finger und sah sie scheel an. »Verklag mich doch. Es ist ein medizinischer Zustand. Ich habe Allergien, ich habe Asthma, ich habe einen kaputten Rücken und ich habe Lykanthropie, ist das meine Schuld? Ich habe deinen Vater nicht getötet. Ich habe überhaupt nie jemanden getötet. Ich habe einmal einen halben Stier verspeist, aber kannst du mir das zum Vorwurf machen?« Seine Stimme wurde nörgelnd. »Wenn du mich erschießen willst, nur zu, versuch es. Seit wann hast du überhaupt eine Waffe? Ich dachte, die ganze Scheiße über Privatdetektive, die Waffen einstecken, gäbe es nur im Fernsehen?«

»Waffen *tragen* ist der richtige Ausdruck, und es stimmt. Ich hole meine nur bei besonderen Anlässen heraus. Mein Vater hatte sie bei sich, als er gestorben ist.«

»Hat ihm nicht viel genützt, was?« sagte Willie leise.

Randi dachte einen Augenblick darüber nach. »Was würde passieren, wenn ich abdrücke?« Die Waffe wurde schwer, aber sie hielt die Hand ruhig.

»Ich würde versuchen, mich zu verwandeln. Ich glaube nicht, daß ich es schaffen würde, aber ich würde es versuchen. Auf diese Entfernung ein paar Kugeln in den Kopf, solange ich noch ein Mensch bin, ja, das dürfte wohl genügen. Aber du solltest nicht danebenschießen und du solltest mich *unter gar keinen Umständen* nur verwunden. Denn wenn ich verwandelt bin, sieht die Situation wieder ganz anders aus.«

»Mein Vater hat den Revolver leergeschossen, bevor er starb«, sagte Randi nachdenklich.

Willie betrachtete seine Hand und zuckte zusammen. »O Scheiße«, sagte er. »Ich bekomme eine Blase.«

Randi legte die Waffe auf den Tisch und ging in die Küche, um ihm Butter zu holen. Er nahm sie dankbar entgegen. Sie sah zum Fenster, während er die Brandblasen behandelte. »Die Sonne ist aufgegangen«, sagte sie. »Ich dachte, Werwölfe würden sich nur bei Nacht und Vollmond verwandeln.«

»Lykanthropen«, sagte Willie. Er spreizte die Finger, seufzte. »Diese Vollmondscheiße wurde von einem Drehbuchschreiber von Universal erfunden. Wir verwandeln uns wie wir wollen; Tag, Nacht, Vollmond, Neumond, das spielt keine Rolle. Manchmal ist mir bei Vollmond mehr nach einer Verwandlung *zumute,* das ist eine Hormon-Sache, aber es ist mehr wie Geilwerden, nicht irgendwie mystisch, wenn du verstehst, was ich meine.« Er griff nach der Kaffeetasse. Der Kaffee war inzwischen kalt, aber das hinderte ihn nicht daran, die Tasse leerzutrinken. »Scheiße, Randi, ich sollte dir das alles gar nicht erzählen, ich mag dich, du bist ein guter Freund, mir liegt etwas an dir, und du solltest diesen ganzen Morgen vergessen, glaub mir, das ist gesünder.«

»Warum?« fragte sie unverblümt. Sie hatte nicht vor, etwas zu vergessen. »Was wird aus mir, wenn ich es nicht vergesse? Wirst du mir die Kehle zerfleischen? Soll ich Joanie Sorenson und Zoe Anders auch vergessen? Und was ist mit Roy Helander und den vermißten Kindern? *Soll ich vergessen, was mit meinem Vater geschehen ist?«* Sie verstummte einen Moment und nahm sich zusammen. »Du bist zu mir gekommen, weil du Hilfe brauchtest, Willie, und ich bitte vielmals um Entschuldigung, aber du siehst aus, als würdest du sie immer noch brauchen.«

Willie sah sie mit einem mürrischen, verdrossenen Gesichtsausdruck über den Tisch hinweg an. »Ich weiß nicht, ob ich dich küssen oder schlagen soll«, gab er schließlich zu. »Scheiße, du hast recht, du weißt bereits zuviel.« Er stand auf. »Ich sollte meine eigene Kleidung anziehen, in dieser nassen Unterwäsche erkälte ich mich. Ruf ein Taxi, wir überprüfen mein Haus und reden. Hast du einen Mantel?«

»Nimm den Burberry«, sagte Randi. »Der ist im Schrank.«

An ihm war der Mantel noch größer als an Randi, aber immer noch besser als der rosa Bademantel. Als er aus dem Schrank kam und sich am Gürtel zu schaffen machte, sah er beinahe wieder wie ein Mensch aus. Randi kramte in der Schublade, wo sie das Silber aufbewahrte. Sie fand ein großes Fleischmesser, das ihr Vater am Erntedankfest immer benutzt hatte, und schob es in den Gürtel ihrer Jeans. Willie betrachtete es nervös. »Gute Idee«, sagte er schließlich, »aber nimm auch den Revolver mit.«

Der Taxifahrer war ein schweigsamer Typ. Die Fahrt durch die Stadt verlief in verlegenem Schweigen. Randi bezahlte, während Willie ausstieg und die Tür überprüfte. Es war ein verhangener Tag; der Fluß, der an den Pier brandete, sah grau und trüb aus.

Willie kickte in einem Wutanfall gegen die Tür und ging dann die Straße hinunter. Randi wartete am Pier und sah dem davonfahrenden Taxi nach. Ein paar Minuten später war Willie, der verdrossen dreinsah, wieder zurück. »Das ist lächerlich«, sagte er. »Die Hintertür ist seit Jahren nicht mehr aufgemacht worden; man bräuchte Hammer und Meisel, um nur durch den Rost zu kommen. Die Ladedocks sind verriegelt und mit einer Kette gesichert, und an der Kette ist das größte Vorhängeschloß aller Zeiten. Und die Eingangstür... ich habe Ersatzschlüssel im Auto, aber selbst wenn wir die holen würden, der Sperrbalken kann nur von innen entfernt werden. Ich frage dich also, wie, zum Teufel, ist es hineingekommen?«

Randi betrachtete die verwitterten Backsteinmauern der Brauerei abschätzend. Sie wirkten ziemlich solide, und die Fenster im zweiten Stock waren gut sechs Meter über der Straße. Sie ging zur Seitenwand und sah die Straße hinunter. »Dort ist ein Fenster kaputt«, sagte sie.

»Das war ich beim Herausspringen«, antwortete Willie, »nicht mein nächtlicher Besucher beim Eindringen.«

Das hatte sich Randi schon gedacht, als sie die Glasscherben auf dem Kopfsteinpflaster gesehen hatte. »Momentan interessiert mich viel mehr, wie *wir* hineinkommen sollen.« Sie zeigte mit dem Finger. »Wenn wir den Container etwas nach links schieben und hinaufklettern und du dann auf meine Schultern steigst, müßtest du dich hineinziehen können.«

Willie dachte darüber nach. »Und wenn es immer noch da ist?«

»Was?« sagte Randi.

»Das, was letzte Nacht hinter mir her war. Wenn ich nicht durch dieses Fenster gesprungen wäre, wäre ich jetzt ohne Haut, und glaub mir, mir ist auch so schon kalt genug.« Er sah zum Fenster, dem Container, wieder zum Fenster. »Scheiße«, sagte er, »wir können nicht den ganzen Tag hier stehen. Aber ich habe eine bessere Idee. Hilf mir, den Container ein Stück von der Wand wegzuschieben.«

Randi verstand nicht, tat aber, was Willie verlangte.

Sie stellten den Container auf die Straße, direkt gegenüber dem zerbrochenen Fenster. Willie nickte und knöpfte den Mantel auf, den sie ihm gegeben hatte. »Dreh dich um«, sagte er zu ihr. »Ich will nicht, daß du ausrastest. Ich muß mich nackt ausziehen, und die Fleischeslust könnte dich überwältigen.«

Randi drehte sich um. Die Versuchung, über die Schulter zu sehen, war überwältigend. Sie hörte den Mantel zu Boden fallen. Dann hörte sie etwas anderes... leise tapsende Schritte, wie die eines Hundes. Sie drehte sich um. Er war bis zum Ende der Straße gegangen. Die alte Unterwäsche ihres Ex-Mannes lag unordentlich auf dem Burberry-Mantel. Willie kam wieder zur Brauerei, er lief immer schneller. Wie Randi feststellte, war er kein sehr stattlicher Wolf. Sein Fell war dunkelgrau und irgendwie zerzaust, der Rumpf wirkte zu groß, die Beine zu dünn, und sein Laufen hatte etwas Linkisches an sich. Er legte zum letztenmal Geschwindigkeit zu, sprang auf den Container, schnellte über den Metalldeckel und durch das zerschmetterte Fenster hinein, wobei er noch mehr Glas zerbrach. Randi hörte ein lautes Poltern im Schlafzimmer.

Sie ging nach vorne. Augenblicke später wurden die Schlösser eines nach dem anderen geöffnet, und Willie machte die schwere Stahltür auf. Er hatte seinen eigenen Bademantel an, einen roten Flanellmantel, und die Hand voller Schlüssel. »Komm rein«, sagte er. »Keine Spur nächtlicher Besucher. Ich stelle Teewasser auf.«

»Der Scheißkerl muß aus dem Klo gekrochen sein«, sagte Willie. »Ich kann mir nicht vorstellen, wie er sonst hereingekommen sein könnte.«

Randi stand vor den Trümmern seiner Schlafzimmertür. Sie studierte das zertrümmerte Holz, strich mit dem Finger über einen langen, ungleichmäßigen Splitter, dann kniete sie nieder und betrachtete den Boden. »Was immer es war, es war kräftig. Sieh dir diese Kerben im Holz an. Wie scharf und sauber sie sind. Das kann man nicht mit einer Faust machen. Möglicherweise mit Krallen. Wahrscheinlicher mit einer Art Messer. Und sieh dir das an.« Sie deutete auf den Messingknauf der Tür, der inmitten von Splittern auf dem Boden lag.

Willie bückte sich, um ihn aufzuheben.

»Nicht anfassen«, sagte sie und packte seinen Arm. »Nur ansehen.«

Er ließ sich auf ein Knie hinunter. Zuerst bemerkte er nichts Besonderes. Aber als er sich hinunterbeugte, sah er, daß das Messing zerkratzt war.

»Etwas Scharfes«, sagte Randi, »und Hartes.« Sie stand auf. »Als du die Geräusche gehört hast, aus welcher Richtung sind sie gekommen?«

Willie dachte einen Augenblick nach. »Schwer zu sagen«, meinte er. »Von hinten, glaube ich.«

Randi ging nach hinten. Die Türen im Flur waren alle geschlossen. Sie studierte das Geländer oben an der Treppe, dann ging sie weiter und machte Türen auf und zu. »Komm her«, sagte sie bei der vierten Tür.

Willie stapfte den Flur entlang. Randi hatte die Tür angelehnt. Der Knauf auf der Flurseite war in Ordnung; der Knauf drinnen zeigte dieselben Kratzspuren wie der an seiner Schlafzimmertür. Willie war bestürzt. »Aber das ist die *Herrentoilette*«, sagte er. »Du meinst, es ist *tatsächlich* aus dem Klo gekommen? Herrgott, ich werde nie wieder scheißen gehen.«

»Es kam aus diesem Raum«, sagte Randi. »Ob aus

der Toilette, weiß ich nicht.« Sie ging hinein und sah sich um. Viel gab es nicht zu sehen. Zwei Toilettenkabinen, zwei Pissoirs, zwei Waschbecken und darüber ein langer Spiegel und antike Messingseifenschalen neben den Wasserhähnen, ein Behälter mit Papierhandtüchern, Willies Handtücher und Toilettenartikel. Kein Fenster. Nicht einmal ein winziges Milchglasfenster. Überhaupt kein Fenster.

Am anderen Ende des Flurs fing der Teekessel an zu pfeifen. Randi war nachdenklich, als sie ins Wohnzimmer zurückgingen. »Joan Sorenson starb hinter einer verschlossenen Tür, und der Killer konnte zu Zoe Anders gelangen, ohne ihre Schwester zu wecken, die direkt auf der anderen Seite des Flurs schlief.«

»Das verdammte Ding kann kommen und gehen, wie es ihm beliebt«, sagte Willie. Diese Vorstellung erfüllte ihn mit Entsetzen. Er sah sich nervös um, als er die Teebeutel herausholte, aber außer ihm und Randi war niemand da.

»Eben nicht«, sagte Randi. »Bei Sorenson und Anders war keine Spur von Beschädigungen festzustellen, keine Spur eines Einbruchs, rein gar nichts, nur die Leichen. Bei dir wurde der Killer durch eine einfach verschlossene Tür aufgehalten.«

»Nicht aufgehalten«, sagte Willie, »nur etwas gebremst.« Er unterdrückte ein Zittern und brachte den Tee zum Kaffeetisch.

»Hat er die richtige Anders-Schwester erwischt?« fragte sie.

Willie stand einen Augenblick ratlos da und hielt den Kessel über den Tassen. »Was meinst du damit?«

»Wir haben eineiige Zwillinge, die im selben Haus wohnen. Gehen wir davon aus, daß es ein Haus ist, in dem der Mörder noch nie gewesen ist. Irgendwie kommt er hinein, kettet eine von ihnen an, ermordet sie und häutet sie, nur *eine*, ohne die andere zu wekken.« Randi lächelte verschlagen zu ihm hoch. »Man kann sie nicht auseinanderhalten, wenn man sie ansieht; er wußte wahrscheinlich nicht, in welchem Zimmer sie schläft. Also bleibt die Frage: Hat er die Werwölfin erwischt?«

Es tat gut zu wissen, daß sie nicht unfehlbar war. »Ja«, sagte er, »und nein. Sie sind Zwillinge, Randi. Beide Lykanthropen.« Sie schien ehrlich überrascht zu sein. »Wie hast du es herausgefunden?« fragte er sie.

»Oh, wegen der Ketten«, sagte sie geistesabwesend. Ihre Gedanken waren weit entfernt und beschäftigten sich mit dem Rätsel. »Silberketten. Sie hatte überall Verbrennungen, wo die Ketten ihre Haut berührt hatten. Und Joan Sorenson war natürlich auch eine Werwölfin. Ja, sie war verkrüppelt ... aber nur als Mensch, nicht nach ihrer Verwandlung. Darum waren auch ihre Knöchel gefesselt, um sie zu halten, falls sie sich verwandelte.« Sie sah Willie mit einem verblüfften Gesichtsausdruck an. »Es ist sinnlos, eine zu töten und die andere unberührt zu lassen. Bist du sicher, daß Amy Anders auch eine Werwölfin ist?«

»Eine Lykanthropin«, sagte er. »Ja. Ganz sicher. Als Wölfe waren sie noch schwerer zu unterscheiden. Als Menschen haben sie sich wenigstens verschieden angezogen. Amy mochte weiße Spitzen, Rüschen und so weiter, und Zoe stand mehr auf Leder.« Auf dem Kaffeetisch stand ein Aschenbecher aus geschliffenem Glas, in dem sich Willies Party-Notausrüstung befand: Aspirin, Allerest und Tums. Er nahm eine Hand voll Tabletten und schluckte sie trocken.

»Hör zu, bevor wir weitermachen, möchte ich eine Karte auf dem Tisch haben«, sagte Randi.

Endlich war er ihr einmal voraus. »Wenn ich wüßte, wer deinen Vater ermordet hat, würde ich es dir sagen. Aber ich weiß es nicht, ich war beim Militär in Übersee. Ich kann mich vage an einen Artikel im *Courier* erinnern; aber, um die Wahrheit zu sagen, ich habe alles vergessen, bis du mich gestern nacht darauf angesprochen hast. Was kann ich dir sagen?« Er zuckte die Achseln.

»Red keinen Scheiß, Willie. Mein Vater wurde von einem Werwolf getötet. Du bist ein Werwolf. Du mußt etwas wissen.«

»Versuch mal, Werwolf in diesem Satz durch *Jude* oder *Diabetiker* oder *Kahlköpfiger* zu ersetzen, ob das auch noch einen Sinn ergibt. Ich sage nicht, daß du dich irrst, was deinen Vater anbelangt, weil es logisch ist; es paßt, alles paßt, vom Zustand der Leiche bis zur leergeschossenen Waffe. Aber selbst wenn man das akzeptiert, muß man sich fragen: *Welcher* Werwolf war es?«

»Wie viele *gibt* es denn?« fragte Randi ungläubig.

»Ich habe keine Ahnung«, sagte Willie. »Was denkst du dir eigentlich? Daß wir uns jeden Monat bei Vollmond zu einem Logentreffen versammeln? Von den Reinblütigen nicht mehr viele, verdammt, die Meute ist in den letzten Generationen ziemlich dünn geworden. Aber Mischlinge wie mich gibt es viele, Bastarde, Halbblut, was du willst; die alten Familien hatten auch ihren Teil Bastarde. Manche beherrschen die Verwandlung, manche nicht. Ich habe von einigen gehört, die sich eines Tages verwandeln und nicht mehr zurückverwandeln können. Und das gilt nur für die aus alter Abstammung, von Leuten wie Joanie ganz zu schweigen.«

»Du meinst, Joanie war anders?«

Willie nickte ihr widerwillig zu. »Du hast die Filme gesehen. Wenn man von einem Werwolf gebissen wird, verwandelt man sich in einen Werwolf, natürlich immer unter der Voraussetzung, daß noch genügend von einem übrig ist, sich überhaupt in etwas zu verwandeln, abgesehen von einem Leichnam.« Sie nickte, und er fuhr fort. »Nun, dieser Teil stimmt, jedenfalls teilweise, aber es kommt nicht mehr so oft vor wie früher. Wenn heutzutage einer gebissen wird, läuft er zum Arzt, läßt sich die Wunde mit Antiseptikum behandeln und säubern, bekommt seine Tetanusspritze und seine Tollwutspritze und sein Penicillin und weiß der Teufel noch alles, und es geht ihm gut. Die Wunder der modernen Medizin.«

Willie zögerte kurz und sah ihr in die Augen, die hübschen Augen, und überlegte, ob sie es verstehen würde, aber schließlich platzte er doch damit heraus. »Joanie war so ein liebes Mädchen; es brach mir das Herz, sie in diesem Rollstuhl zu sehen. Eines abends hat sie mir gesagt, daß Schlimmste wäre das Wissen, daß sie nie erfahren wird, wie es ist, mit einem Mann zu schlafen. Sie war Jungfrau, als sie den Unfall hatten. Wir hatten etwas getrunken, sie weinte, und... ich konnte es einfach nicht ertragen. Ich sagte ihr, was ich war und was ich für sie tun konnte, und sie glaubte mir natürlich kein verdammtes Wort, daher mußte ich es ihr zeigen. Ich biß sie ins Bein, weil sie da unten sowieso nichts spüren konnte, ich biß sie und hielt den Biß lange, weil ich wollte, daß es auch funktioniert. Und anschließend habe ich sie persönlich gepflegt. Keine Ärzte, keine Antiseptika, kein Tollwutserum. Wir sprechen hier von einer schlimmen Infektion; ein oder zwei Tage hatte sie so hohes Fieber, daß ich dachte, ich hätte sie umgebracht. Ihr Bein war fast schwarz geworden, und man konnte sehen, wie es sich in ihrem Körper ausbreitete. Ich muß gestehen, es war ziemlich schlimm, und ich habe keine Lust, es noch einmal auszuprobieren, aber es hat funktioniert. Das Fieber ließ nach, und Joanie verwandelte sich.«

»Ihr wart nicht nur Freunde«, sagte Randi mit Gewißheit. »Ihr wart Liebhaber.«

»Ja«, sagte er. »Als Wölfe. Ich schätze, mit Fell wirke ich wohl sexy, ich meine, noch mehr als sonst. Aber ich konnte nicht mit ihr mithalten. Joanie war ein ausgesprochen aktiver Wolf. Jede Nacht, und so.«

»Als Mensch war sie nach wie vor ein Krüppel«, sagte Randi.

Willie nickte und hielt die Hand hoch. »Schau her.« Die Brandblasen waren immer noch da, an seinem Zeigefinger hatte sich eine Blutblase gebildet. »Ein- oder zweimal hat mir die Verwandlung das Leben gerettet, als mein Asthma so schlimm wurde, daß ich glaubte, ich müßte ersticken. Solche Sachen kommen bei der Verwandlung nicht mit rüber, aber sie warten wieder auf einen, wenn man sich zurückverwandelt. Manchmal erlebt man sogar eine böse Überraschung. Wenn man als Wolf eine Kugel abbekommt, macht das gar nichts, ein Schlag und ein Stechen, heilt sofort; aber man kann dafür bezahlen, besonders dann, wenn man sich zu früh verwandelt und sich die ganze Sache entzündet. Und Silber verursacht Scheißverbrennungen, in welchem Stadium man sich auch befinden mag. LBJ, mein Lieblingspräsident, *liebte* diese Kupfer-Nickel-Vierteldollarmünzen.«

Randi stand auf. »Das ist alles ein wenig zuviel für mich. Gefällt es dir, ein Werwolf zu sein?«

»Ein Lykanthrop.« Willie zuckte die Achseln. »Ich

weiß nicht. Gefällt es dir, eine Frau zu sein? Ich bin es eben.«

Randi ging durchs Zimmer und sah zum Fenster hinaus auf den Fluß. »Ich bin sehr verwirrt«, sagte sie. »Ich sehe dich an, und du bist mein Freund Willie. Ich kenne dich seit Jahren. Aber du bist ein Werwolf. Ich habe mir, seit ich zwölf war, gesagt, daß es keine Werwölfe gibt, und jetzt finde ich heraus, daß es in dieser Stadt von ihnen wimmelt. Und jemand oder etwas ermordet und häutet sie. Sollte mich das berühren? Warum sollte es mich berühren?« Sie strich sich mit einer Hand durch das zerzauste Haar. »Wir wissen beide, daß Roy Helander die Kinder nicht getötet hat. Mein Vater wußte es auch. Er stellte weiter Ermittlungen an; eines Nachts wurde er zu den Viehhöfen gelockt, und eine Art Tier hat ihm die Kehle zerfetzt. Jedesmal, wenn ich daran denke, bin ich überzeugt, ich sollte diesen Werwolfmörder finden und mich mit ihm verbünden. Und dann sehe ich dich wieder an.« Sie drehte sich zu ihm um. »Und verflucht noch mal, du bist *immer noch* mein Freund.«

Sie sah aus, als würde sie gleich zu weinen anfangen. Willie hatte sie noch nie weinen sehen, und er wollte es auch nicht. Er haßte es, wenn Frauen weinten. »Weißt du noch, als ich dir einen Job angeboten habe und du ihn nicht nehmen wolltest, weil du gedacht hast, sämtliche Inkassoeintreiber wären Arschlöcher?«

Sie nickte.

»Lykanthropen sind Hautveränderer. Wir verwandeln uns in Wölfe. Ja, wir sind Fleischfresser, kapiert, du wirst in der ganzen Meute keinen einzigen Vegetarier finden, aber Fleisch und Fleisch sind zwei Paar Stiefel. Du wirst hier längst nicht so viele Ratten wie in anderen Städten dieser Größe finden. Ich will damit sagen: Die Haut mag sich verwandeln, aber was man tut, entspricht immer noch der inneren Persönlichkeit. Also solltest du aufhören, an Werwölfe und Werwolfmörder zu denken, und statt dessen nur einen Mörder sehen, denn genau damit haben wir es zu tun.«

Randi kam durchs Zimmer und setzte sich wieder. »Ich gebe es nur ungern zu, aber das klingt logisch, was du sagst.«

»Im Bett bin ich auch gut«, sagte Willie grinsend.

Der Hauch eines Lächelns huschte über ihr Gesicht. »Hast du eine Theorie über diese Morde? Die jetzigen *oder* die früheren.«

Manchmal konnte Randi nur eingleisig denken, dachte Willie; unglücklicherweise nie auf dem Gleis, das ins Bett führte. »Jonathan hat mir einmal von einer alten Legende erzählt«, sagte er.

»Jonathan?« sagte sie.

»Jonathan Harmon, ja, genau der, der alte Blut-und-Eisen, der *Courier*, Blackstone, die Meute, die Stammfamilie, alles miteinander.«

»Moment mal. Er ist ein Wer... ein Lykanthrop?«

Willie nickte. »Klar, der Anführer der Meute, er...«

Randi war ihm voraus. »Und das ist erblich?«

Er sah, worauf sie hinaus wollte. »Ja, aber...«

»Steven Harmon ist geistesgestört«, unterbrach ihn Randi. »Seine Familie sorgt dafür, daß nichts in die Presse gelangt, aber sie können die Gerüchte nicht unterbinden. Anfälle von Gewalttätigkeit, seltsame Ärzte, die in Blackstone ein- und ausgehen, Schockbehandlungen. Er ist eine Art Schmerzfreak, oder nicht?«

Willie seufzte. »Ja. Hast du je seine Hände gesehen? Handflächen und Finger sind voller Silberverbrennungen. Ich habe einmal gesehen, wie er die Hand um ein silbernes Feuerzeug geschlossen und es festgehalten hat, bis Rauch zwischen seinen Fingern herauskam. Es hat ihm ein hübsches rundes Loch mitten in die Handfläche gebrannt.« Er erschauerte. »Ja, Steven ist wirklich ein Freak, und er ist kräftig genug, dir den Arm aus der Schulter zu reißen und dich damit totzuschlagen; aber er hat deinen Vater nicht umgebracht, das könnte er nicht.«

»Sagst du«, meinte sie.

»Und er hat Joanie und Zoe auch nicht getötet. Sie wurden nicht nur ermordet, Randi. Sie wurden gehäutet. Und da kommt die Legende ins Spiel. Das Wort heißt *Hautveränderer*, erinnerst du dich? Was wäre, wenn die Gabe in der Haut sitzt? Man fängt einen Werwolf, häutet ihn, schlüpft in die blutige Haut... und verwandelt sich.«

Randi sah ihn mit einem entsetzten Gesichtsausdruck an. »Ist das wirklich so?«

»Jemand glaubt es.«

»Wer?«

»Jemand, der schon lange über Werwölfe nachdenkt. Jemand, der nicht mehr nur besessen ist, sondern regelrecht psychopathisch. Jemand, der glaubt, einmal einen Werwolf gesehen zu haben, jemand, der der Meinung ist, daß ihm Werwölfe Unrecht getan haben, der sie haßt, ihnen wehtun will, der Rache sucht... aber vielleicht auch jemand, der tief in seinem Innersten gerne wissen möchte, wie es ist.«

»Roy Helander«, sagte sie.

»Wenn wir sein verdammtes Geheimversteck im Wald finden könnten, wüßten wir es vielleicht genau.«

Randi stand auf. »Ich habe mir stundenlang das Gehirn zermartert. Wir könnten ein wenig in einigen Stadtparks herumstöbern, aber ich schätze unsere Erfolgsaussichten nicht sehr hoch ein. Nein, ich möchte mehr über diese Legenden erfahren und Steven mit eigenen Augen sehen. Hol dein Auto, Willie. Wir werden Blackstone einen Besuch abstatten.«

Er hatte befürchtet, daß sie so etwas sagen würde. Er streckte die Hand aus und füllte sie noch einmal aus seinem Party-Notvorrat. »Mein Gott«, sagte er und zerbiß einen Mundvoll Tabletten. »Weißt du, das ist nicht die Addams-Familie. Jonathan ist echt.«

»Ich auch«, sagte Randi, und Willie wußte, daß er auf verlorenem Posten stand.

Als sie den Courier Square erreichten, regnete es wieder. Willie wartete im Auto, während Randi in das Waffengeschäft ging. Zwanzig Minuten später, als sie wieder herauskam, schnarchte er hinter dem Lenkrad. Wenigstens war er vernünftig genug gewesen, die Türen seines alten Cadillac-Schlachtschiffs zu verriegeln. Sie klopfte an die Scheibe, und er fuhr hoch und sah sie einen Augenblick an, ohne sie zu erkennen. Dann wachte er auf, beugte sich herüber und schloß die Beifahrertür auf. Randi stieg ein.

»Wie ist es gelaufen?«

»Sie haben keine nennenswerte Nachfrage nach Silberkugeln, aber sie kennen jemanden außerhalb, der solche Arbeiten für Sammler ausführt«, sagte Randi in verdrossenem Tonfall.

»Du hörst dich nicht allzu begeistert an.«

»Bin ich auch nicht. Du kannst dir nicht vorstellen, was sie mir für einen Karton Silberkugeln abknöpfen, ganz zu schweigen davon, daß es zwei Wochen dauern wird. Erst sagten sie einen Monat, aber ich habe mein Angebot erhöht.« Sie sah düster zur regennassen Windschutzscheibe hinaus. Ein Strom grauen Wassers floß den Rinnstein hinab und riß ihr aus Zigarettenkippen und Fetzen alter Zeitungen bestehendes Treibgut mit sich.

»Zwei Wochen?« Willie drehte den Zündschlüssel herum und legte den Gang des Schlachtschiffs ein. »Verdammt, in zwei Wochen sind wir wahrscheinlich beide tot. Egal, die Vorstellung von Silberkugeln macht mich sowieso nervös.«

Sie fuhren über den Square, an der Fassade des Castle und an dem Courier Building vorbei, und fuhren mit rhythmisch hin und her klickenden Scheibenwischern die Central entlang. Ecke 13th bog Willie links ab und fuhr in Richtung Klippe weiter, während Randi den Revolver ihres Vaters herausholte und überprüfte, ob er auch voll geladen war. Willie beobachtete sie beim Fahren aus den Augenwinkeln. »Zeitverschwendung«, sagte er. »Werwölfe werden nicht von Kugeln getötet, Werwölfe werden von Werwölfen getötet.«

»Lykanthropen«, erinnerte Randi ihn.

Er grinste und sah einen Moment lang beinahe wie der Mann aus, mit dem sie sich vor langer Zeit ein Büro geteilt hatte.

Während sie die 13th hinunterfuhren und die großen Reifen des Caddy in Pfützen platschten, wurden sie beide zunehmend nervöser. Sie waren noch einen Block entfernt, als sie das kleine Auto sahen, das die Klippe herunterkam. Einen Augenblick später sah sie die roten und blauen Blinklichter.

Willie sah sie auch. Er trat auf die Bremse, geriet ins Schleudern und mußte heftig gegenlenken, damit er nicht ein geparktes Auto rammte. Als er das Auto schließlich zum Stehen gebracht hatte, stand ihm der Schweiß auf der Stirn, aber Randi glaubte nicht, daß die beinahige Kollision daran schuld war. »Mein Gott«, sagte er. »O mein Gott, nein, nicht auch noch Harmon, das kann ich nicht *glauben*.« Er fing an zu winseln und kramte in der Tasche nach seinem Inhalator.

»Warte hier, ich sehe nach«, sagte Randi zu ihm. Sie stieg aus, schlug den Mantelkragen hoch und ging den restlichen Weg zu Fuß, bis zum Ende der Sackgasse an der Klippe. Der Wagen der Gerichtsmedizinerin war zwischen drei Streifenwagen geparkt. Randi kam gleichzeitig mit der Drahtseilbahn an. Rogoff stieg als erster aus. Hinter ihm sah sie Cooney, den Polizeifotografen und zwei Uniformierte mit einem Leichensack. Es mußte auf dem Weg herunter ziemlich eng gewesen sein.

»Sie?« Rogoff schien überrascht, sie zu sehen. Der Regen hatte ihm schwarze Strähnen an die Stirn geklebt.

»Ich«, stimmte Randi zu. Das Plastik des Leichensacks war naß und glitschig, die Uniformierten hatten Probleme damit. Einer stolperte beim Heraussteigen, und Randi glaubte zu sehen, wie sich etwas in dem Sack bewegte. »Das paßt nicht ins Muster«, sagte sie zu Rogoff. »Die anderen Morde fanden nachts statt.«

Rogoff nahm ihren Arm und zog sie sanft aber bestimmt weg. »Das sollten Sie sich nicht ansehen, Randi.«

Sie hörte seinen Tonfall und sah ihn durchdringend an. »Warum? Kann nicht schlimmer sein als Zoe Anders, oder? Wer ist in dem Sack, Rogoff? Vater oder Sohn?«

»Keiner der beiden«, sagte er. Er sah hinter sich

zum oberen Rand der Klippe, und Randi folgte seinem Blick. Von Blackstone selbst war nichts zu sehen, aber der hohe schmiedeeiserne Zaun, der das Gelände umgab. »Diesesmal hat ihn sein Glück verlassen. Die Hunde haben ihn zuerst erwischt. Cooney sagt, der Blutgeruch von dem, was... was er angezogen hatte... nun, der muß die Hunde wild gemacht haben. Sie haben ihn in Stücke gerissen, Randi.« Er legte ihr die Hand auf die Schulter, als wollte er sie trösten.

»Nein«, sagte Randi. Sie fühlte sich benommen, gelähmt.

»Doch«, beharrte er. »Es ist vorbei. Und glaub mir, du solltest es wirklich nicht ansehen.«

Sie wich vor ihm zurück. Sie versuchten gerade, den Leichnam aus der Kabine zu holen, während Sylvia Cooney die Prozedur überwachte und ihre Zigarre im Regen rauchte. Rogoff versuchte noch einmal, sie zu berühren, aber sie wirbelte weg und lief zur Kabine der Seilbahn. »He!« sagte Cooney.

Der Leichnam lag auf der Plattform, halb drinnen und halb draußen. Randi griff nach dem Reißverschluß des Leichensacks. Einer der Polizisten packte ihren Arm. Sie stieß ihn weg und zog den Reißverschluß auf. Sein halbes Gesicht war nicht mehr da. Die rechte Wange, das Ohr und ein Teil des Kiefers waren weggerissen und bis auf den Knochen abgefressen worden. Die erhaltenen Gesichtszüge waren blutverschmiert.

Jemand versuchte, sie von der Plattform wegzuziehen. Sie wirbelte herum, trat ihm in die Eier, drehte sich wieder zu dem Leichnam um, packte ihn unter den Achseln und zog. Innen war der Leichensack glitschig von Blut. Der Leichnam glitt aus der Hülle wie eine Banane aus der Schale und fiel auf die Straße. Regen prasselte darauf, das Rinnsal im Rinnstein wurde rosa, dann rot. Eine Hand, oder der Teil einer Hand, fiel fast wie ein Nachspiel aus dem Sack heraus. Der Arm war fast völlig verschwunden, und Randi konnte Knochen sehen, und Stellen, wo große Stücke Fleisch aus Oberschenkeln, Schultern und Oberkörper herausgerissen worden waren. Er war nackt, aber zwischen den Beinen war nur eine rohe, rote Wunde, wo die Genitalien gewesen waren.

Etwas war um seinen Hals geschlungen und unter dem Kinn verknotet. Randi bückte sich, um es zu berühren, wich aber zurück, als sie sein Gesicht sah. Der Regen hatte es sauber gespült. Er hatte noch ein Auge, ein grünes Auge, das weit aufgerissen war. Regen sammelte sich in der Augenhöhle und lief an der Wange hinab. Roy war bis zur Ausgezehrtheit mager und hatte die Bartstoppeln einer Woche im Gesicht, aber das blonde Haar hatte immer noch dieselbe Farbe wie das all seiner Geschwister, das dunkle Helander-Blond.

Etwas war unter seinem Kinn verknotet, etwas, das wie ein langer, verdrehter Mantel aussah, der sich völlig verheddert hatte, als er gestürzt war. Randi wollte dieses Etwas geradeziehen, als sie sie an beiden Armen packten und brutal wegzogen. »Nein«, rief sie wütend. »Was hat er an? Was hat er an, verdammt? Ich muß es sehen!« Niemand antwortete. Rogoff hielt ihren rechten Arm in einem Griff wie Stahl. Sie kämpfte wild gegen ihn an, trat um sich und schrie, aber er hielt sie fest, bis ihre Hysterie abgeklungen war; und dann hielt er sie, weil sie sich schluchzend an seine Brust lehnte.

Sie wußte nicht, wann Willie gekommen war, aber plötzlich war er da. Er führte sie von Rogoff weg zum Cadillac, wo sie sich schweigend setzten, während zuerst der Wagen der Gerichtsmedizinerin und dann die Streifenwagen einer nach dem anderen wegfuhren. Sie war völlig blutverschmiert. Willie gab ihr Aspirin aus einem Röllchen im Handschuhfach. Sie wollte es schlucken, aber ihr Hals war rauh, und sie würgte es wieder heraus.» Schon gut«, sagte er immer wieder zu ihr. »Es war nicht dein Vater, Randi. Hör mir zu, bitte, *es war nicht dein Vater!«*

»Es war Roy Helander«, sagte Randi schließlich zu ihm. »Und er hatte Joanies Haut um.«

Willie fuhr sie nach Hause; sie war nicht in der Verfassung, Jonathan Harmon oder sonst jemandem gegenüberzutreten. Sie hatte sich zwar beruhigt, aber die Hysterie war noch da, unmittelbar unter der Oberfläche, er konnte sie in ihren Augen sehen, in ihrer Stimme hören. Und als würde das nicht genügen, sagte sie ihm immer wieder dasselbe. »Es war Roy Helander«, sagte sie, »und er hatte Joanies Haut um.«

Willie fand ihre Schlüssel und brachte sie in ihre Wohnung hinauf. Dort ließ er sie Schlaftabletten aus seiner Hausapotheke im Handschuhfach nehmen, dann klappte er das Bett herunter und zog sie aus. Er dachte sich, wenn sie etwas aufwecken würde, dann seine Finger, die ihre Bluse aufknöpften, aber sie sah ihn nur mit leerem, verträumtem Blick an und sagte ihm, daß es Roy Helander gewesen war, der Joanies Haut trug. Das große silberne Messer, das sie in den Gürtel gesteckt hatte, hielt ihn auf. Schließlich machte er ihren Reißverschluß auf, öffnete den Gürtel und zog die Jeans samt Messer und allem herunter. Sie hatte kein Höschen an. Das hatte er immer vermutet.

Als Randi schließlich im Bett lag und schlief, ging Willie ins Bad und übergab sich.

Hinterher machte er sich einen Gin Tonic, um den Geschmack des Erbrochenen aus dem Mund zu spülen, dann setzte er sich allein ins Wohnzimmer in einen ihrer roten Samtsessel. Er hatte diese Woche noch weniger geschlafen als Randi und fühlte sich, als würde er jeden Moment eindösen, aber er wußte irgendwie, daß es wichtig war, nicht zu schlafen. Es war Roy Helander, und er hatte Joanies Haut um. Also war es vorbei, er war sicher.

Er erinnerte sich daran, wie seine Tür gestern abend erbebt war, eine massive Holztür, und sie war gesplittert wie billiges Furnier. Dahinter war etwas Dunkles und Kräftiges gewesen, etwas, das Spuren an massiven Messingknaufen hinterließ und an Orten auftauchte, wo es eigentlich gar nicht hingelangen konnte. Willie wußte nicht, was auf der anderen Seite der Tür gewesen war, aber irgendwie glaubte er nicht, daß das schlacksige, halb aufgefressene, verbrauchte Zerrbild eines Menschen, das er auf der 13th Street gesehen hatte, auf diese Beschreibung paßte. Wenn er glaubte, daß sein nächtlicher Besucher Roy Helander gewesen war, ob mit oder ohne Joanies Haut, würde er auch glauben, daß der Mann von Hunden gefressen worden war! *Hunde!* Wie lange glaubte Jonathan, würde er mit dieser Scheiße durchkommen? Trotzdem konnte er ihm keinen Vorwurf machen, nachdem Zoe und Joanie ermordet wurden und Helander versuchte, sich, in eine Menschenhaut gekleidet, nach Blackstone zu schleichen.

... es gibt Wesen, die die Jäger jagen.

Willie griff zum Telefon und wählte Blackstone.

»Hallo.« Die Stimme war tonlos, ausdruckslos; die Stimme von jemandem, der sich um nichts und niemanden schert, nicht einmal um sich selbst.

»Hallo, Steven«, sagte Willie leise. Er wollte nach Jonathan fragen, als eine seltsame Art von Wahnsinn über ihn kam und er sich selbst sagen hörte: »Hast du zugesehen? Hast du zugesehen, was Jonathan mit ihm gemacht hat, Steven? Hat es dich aufgegeilt?«

Das Schweigen am anderen Ende der Leitung schien Ewigkeiten zu dauern. Manchmal vergaß Steven Harmon einfach, wie man redete. Aber diesesmal nicht. »Jonathan hat ihn nicht umgebracht. Ich war es. Es war leicht. Ich konnte ihn wittern, als er durch den Wald kam. Er hat mich nicht einmal gesehen. Ich war hinter ihm und warf ihn um und biß ihm das Ohr ab. Er war überhaupt nicht kräftig. Nach einer Weile verwandelte er sich in einen Menschen, und da war er ganz glitschig, aber das machte nichts, ich...«

Jemand nahm ihm den Hörer ab. »Hallo, wer ist da?« ertönte Jonathans Stimme aus dem Hörer.

Willie legte auf. Er konnte später zurückrufen. Sollte Jonathan ruhig eine Weile darüber schwitzen, wer am anderen Ende der Leitung gewesen sein mochte. »Nach einer Weile verwandelte er sich in einen Menschen«, wiederholte Willie laut. Steven hatte es selbst getan. Steven konnte es nicht selbst tun. Oder doch? »Mein Gott«, sagte Willie.

Irgendwo, weit entfernt, läutete das Telefon.

Randi drehte sich im Bett herum. »Joanis Haut«, murmelte sie benommen mit leisen, kaum verständlichen Silben. Sie war nackt, das Laken hatte sich um sie verheddert. Es war stockdunkel. Das Telefon läutete noch einmal. Sie richtete sich auf; die Decke war um ihren Hals gewickelt. Es war kalt im Zimmer, und ihr Kopf dröhnte. Sie zerrte die Decke weg und warf sie beiseite. Warum war sie nackt? Was war los, zum Teufel? Das Telefon läutete noch einmal, und der Anrufbeantworter schaltete sich ein. »Dies ist die Detektei AAA-Wade, Randi Wade. Ich bin im Augenblick nicht zu Hause, aber Sie können nach dem Signalton eine Nachricht hinterlassen. Ich rufe Sie umgehend zurück.«

Randi streckte den Arm aus und hob den Hörer in dem Augenblick, als der Pfeifton erklang. Sie zuckte zusammen. »Ich bin es«, sagte sie. »Ich bin hier. Wie spät ist es? Wer ist da?«

»Randi, ist alles in Ordnung? Ich bin es, Onkel Joe.« Joe Urquharts derbe Stimme war eine Erleichterung. »Rogoff hat mir gesagt, was vorgefallen ist, und ich habe mir große Sorgen um dich gemacht. Ich versuche seit Stunden, dich zu erreichen.«

»Stunden?« Sie sah auf die Uhr. Mitternacht vorbei. »Ich habe geschlafen. Glaube ich.« Dann fiel es ihr wieder ein: Es war Tag gewesen, und sie und Willie waren auf dem Weg nach Blackstone auf der 13th gefahren...

Es war Roy Helander, und er hatte Joanies Haut um.

»Randi, was ist los? Bist du sicher, daß alles in Ordnung ist? Du hörst dich beschissen an. Verdammt, *sag etwas.*«

»Ich bin noch da«, sagte sie. Sie strich das Haar aus den Augen. Jemand hatte das Fenster aufgemacht, die kalte Luft war beißend auf ihrer Haut. »Mir geht es gut«, sagte sie. »Nur... ich habe geschlafen. Es hat mich erschüttert, das ist alles. Wird schon wieder gut.«

»Wenn du meinst.« Urquhart hörte sich zweifelnd an.

Willie mußte sie nach Hause und ins Bett gebracht haben. Aber wo war er dann? Sie konnte sich nicht vorstellen, daß er sie einfach abgeliefert hatte und dann verschwunden war. Das paßte überhaupt nicht zu Willie.

»Paß auf«, sagte Urquhart griesgrämig. »Hast du überhaupt mitbekommen, was ich gesagt habe?

Hatte sie nicht. »Tut mir leid. Ich bin etwas durcheinander, das ist alles. Es war ein seltsamer Tag.«

»Ich muß dich sprechen«, sagte Urquhart. Seine Stimme klang plötzlich drängend. »Sofort. Wir sind die Akten über Roy Helander und seine Opfer durchgegangen. Da stimmt etwas nicht, etwas Beunruhigendes. Und je mehr ich die Akten studiere und Cooneys Autopsiebericht lese, desto mehr muß ich an Frank denken und daran, was in jener Nacht geschehen ist.« Er zögerte. »Ich weiß nicht, wie ich es sagen soll. All die Jahre... Ich wollte nur dein Bestes, aber ich war nicht... war nicht ganz aufrichtig zu dir.«

»Sag es mir«, meinte sie. Plötzlich war sie viel wacher.

»Nicht am Telefon. Ich muß dich persönlich sehen, damit ich es dir zeigen kann. Ich komme vorbei und hol dich ab. Bist du in fünfzehn Minuten fertig?«

»Zehn«, sagte Randi.

Sie legte auf, sprang aus dem Bett und machte die Schlafzimmertür auf. »Willie?« rief sie hinaus. Keine Antwort. »Willie!« wiederholte sie lauter. Nichts. Sie machte das Licht an, ging barfuß den Flur entlang und war überzeugt, daß er auf dem Sofa schnarchen würde. Aber das Wohnzimmer war verlassen.

Ihre Hände waren trocken wie Sandpapier, und als sie sie ansah, stellte sie fest, daß sie mit altem Blut bedeckt waren. Ihr Magen hob sich. Sie fand die Kleidungsstücke, die sie angehabt hatte, auf einem Haufen auf dem Schlafzimmerboden. Auch auf ihnen war braunes, verkrustetes Blut. Randi drehte die Dusche auf und stellte sich gut fünf Minuten unter den Strahl, den sie so heiß machte, daß er brannte, wie die Silbergabel Willies Hand verbrannt haben mußte. Das Blut wurde weggespült, das Wasser, das in den Abbluß floß, war blaßrosa. Sie frottierte sich gründlich und holte ein warmes Flanellhemd und ein frisches Paar Jeans. Mit ihrem Haar machte sie sich keine Mühe; der Regen würde sowieso bald wieder alles zunichte machen. Aber sie holte den Revolver ihres Vaters und steckte das lange silberne Fleischmesser in die Gürtelschlaufen.

Als sie sich bückte, um das Messer aufzuheben, fand Randi ein weißes Stück Papier auf dem Boden neben dem Nachttisch. Sie mußte es heruntergeschubst haben, als sie nach dem Telefon griff.

Sie hob es auf und faltete es auseinander. Es war mit Willies bekannt krakeliger Handschrift bedeckt, eine ganze Seite hastigen Gekritzels. *Ich muß weg, du bist nicht in der Verfassung,* lautete der Anfang. *Geh nicht weg und sprich mit niemandem. Roy Helander ist nicht dorthin geschlichen, um Harmon zu töten; mir ist endlich alles klar geworden. Das verdammte Geheimnis der Familie Harmon, das überhaupt kein Geheimnis ist. Ich hätte gleich daraufkommen müssen, Steven...*

Soweit war sie gekommen, als es an der Tür läutete.

Willie klammerte sich nach einer Strecke von zwei Dritteln an der Klippe fest; um ihn herum prasselte der Regen, und das Herz hämmerte ihm in der Brust, während er sich an den Felsen festhielt. Irgendwie wirkte der Hang gar nicht so steil, wenn man mit der Seilbahn fuhr. Er drehte sich um und sah weit unten die 13th Street. Ihm wurde schwindlig. Wäre die Bahn nicht gewesen, wäre er nicht einmal bis hierher gekommen. Wenn der Hang fast senkrecht wurde, hatte er sich von einem Pfeiler zum nächsten hangeln und sie wie eine Leiter benützen können. Seine Hände waren voller Splitter, aber es war besser, als am nassen Fels hochzuklettern und sich an Farnen festzuhalten, um nicht abzustürzen.

Er hätte sich natürlich verwandeln und die Pfeiler mühelos erklimmen können, aber irgendwie hielt er das nicht für eine gute Idee. *Ich konnte ihn wittern,* hatte Steven gesagt. In einer Stadt voller Menschen war der Menschengeruch nicht so leicht wahrzunehmen. Er konnte nur hoffen, daß sich Steven und Jonathan in der Nacht im neuen Haus verbarrikadiert hatten. Aber wenn sie draußen herumstreunten, hatte Willie, dachte er, auf diese Weise wenigstens den Hauch einer Chance.

Er hatte sich lange genug ausgeruht. Er neigte den Kopf zurück und sah zu dem hohen, schmiedeeisernen schwarzen Zaun auf, der am Rand der Klippe verlief, und versuchte abzuschätzen, wieviel er noch vor sich hatte. Dann nahm er einen tiefen Zug aus dem Inhalator, biß die Zähne zusammen und kletterte zum nächsten Pfeiler.

Die Scheibenwischer glitten beinahe lautlos hin und her, während das lange, dunkle Auto durch die Nacht fuhr. Die Fenster waren grau getönt und so dunkel, daß sie fast schwarz wirkten. Urquhart trug Zivil, ein schwarz-rotes Holzfällerhemd, eine dunkle Stoffhose und eine gefütterte, unförmige Jacke. Die Polizeimütze war das einzige Zugeständnis an eine Uniform. Er starrte beim Fahren unverwandt in die Dunkelheit hinaus. »Du siehst schrecklich aus«, sagte sie zu ihm.

»Ich fühle mich noch schrecklicher.« Sie fuhren unter einer Überführung durch und auf die lange Zufahrt zur River Road. »Ich fühle mich alt, Randi. Wie diese Stadt. Diese ganze verdammte Stadt ist alt und verrottet.«

»Wohin fahren wir?« fragte sie ihn. Um diese nächtliche Stunde war kaum Verkehr zu sehen. Der Fluß war eine schwarze Leere links von ihnen. Rechts schwammen Straßenlaternen in verregneten Heiligenscheinen, während sie an einem kalten, verlassenen Block nach dem anderen auf dem Weg zur Klippe dahinfuhren.

»Zur Packerei«, sagte Urquhart. »Wo es passiert ist.«

Die Heizung des Autos stieß einen konstanten Strom warmer Luft aus, aber plötzlich war Randi tödlich kalt. Sie griff mit der Hand in den Mantel und umklammerte den Griff des Messers. Das Silber fühlte sich tröstlich und angenehm an. »Also gut«, sagte Randi. Sie holte das Messer heraus und legte es zwischen sie auf den Sitz.

Urquhart sah zu ihr. Sie beobachtete ihn sorgfältig. »Was ist das?« sagte er.

»Silber«, sagte Randi. »Heb es auf.«

Er sah sie an. »Was?«

»Du hast schon richtig gehört«, sagte sie. »Heb es auf.«

Er sah auf die Straße, in ihr Gesicht, wieder auf die Straße. Er traf keine Anstalten, das Messer zu berühren.

»Ich mache keine Witze«, sagte Randi. Sie rutschte von ihm weg ans andere Ende des Sitzes und drückte den Rücken gegen die Tür. Als Urquhart sie wieder ansah, hatte sie den Revolver hervorgeholt und zielte damit zwischen seine Augen. »Heb es auf«, sagte sie betont deutlich.

Er wurde aschfahl. Er wollte etwas sagen, aber Randi schüttelte brüsk den Kopf. Urquhart leckte sich die Lippen, nahm eine Hand vom Lenkrad und hob das Messer auf. »Da«, sagte er und hielt es linkisch, während er mit der anderen Hand lenkte. »Ich habe es aufgehoben. Und was soll ich jetzt damit machen?«

Randi ließ sich in den Sitz sinken. »Leg es wieder hin«, sagte sie erleichtert.

Joe sah sie nur an.

Er blieb lange im Gebüsch am Klippenrand liegen, lauschte dem Regen und hatte Angst davor, welche Laute er noch hören könnte. Er bildete sich ständig ein, daß sich leise Schritte hinter ihn schlichen, und einmal glaubte er, rechts von sich ein leises Knurren zu hören. Er konnte spüren, wie sich seine Nackenhärchen aufrichteten, und bis zu diesem Augenblick hatte er nicht einmal gewußt, daß er Nackenhärchen *hatte;* aber es war nichts, nur die Nerven, die ihm Streiche spielten. Willie hatte immer schwache Nerven gehabt. Die Nacht war kalt und schwarz und einsam.

Als er endlich wieder zu Atem gekommen war, schlich sich Willie am neuen Haus vorbei und hielt sich, so weit er konnte, in den Büschen, weg von den Fenstern. Ein paar Lichter waren an, aber sonst keine Spur von Leben. Vielleicht waren sie alle zu Bett gegangen. Er hoffte es.

Er bewegte sich langsam und vorsichtig und bemühte sich, so leise wie möglich zu sein. Er paßte auf, wo er hintrat, und sah sich alle paar Meter um und lauschte. Er konnte sich binnen eines Augenblicks verwandeln, wenn er jemanden hörte ... oder *etwas* ... das auf ihn zukam. Er wußte nicht, ob ihm das etwas nützen würde, aber vielleicht, vielleicht, hatte er dadurch eine Chance.

Der Regenmantel zog an ihm; er war eine vollgesogene zweite Haut und so schwer wie Blei. Auch seine Schuhe waren vollgesogen, das Leder quietschte bei jedem Schritt. Willie entfernte sich vom Haus und ging tiefer zwischen die Bäume, bis die Lichter hinter einer Wegbiegung verborgen waren. Erst dann wagte er – nach einem vorsichtigen Blick in beide Richtungen, ob auch nichts zu sehen war – den kurzen Lauf über die Straße.

Auf der anderen Seite drang er tiefer in den Wald ein, und jetzt ging er schneller und ein wenig wagemutiger. Er fragte sich, wo Roy Helander gewesen war, als Steven ihn erwischt hatte. Irgendwo hier in der Nähe, dachte Willie, irgendwo in diesem dunklen, uralten Wald, von jahrhundertealten Bäumen umgeben, wo Generationen Blätter und Moos und tote Wesen in der Erde unter seinen Füßen verfaulten.

Je weiter er sich von der Klippe und der Stadt entfernte, um so dichter wurde der Wald, bis sich die Bäume schließlich so dicht aneinander drängten, daß er den Himmel nicht mehr sehen konnte und ihm die Regentropfen nicht mehr auf den Kopf tropften. Hier war es fast trocken. Über ihm trommelte der Regen unablässig auf den Baldachin der Blätter. Willies Haut fühlte sich klamm an, und einen Augenblick war ihm, als hätte er sich verirrt, als wäre er in eine schreckliche Höhle tief unter der Erde geraten, einen gräßlichen kalten Ort, wo niemals ein Lichtstrahl hinfiel.

Dann stolperte er zwischen zwei uralten, knorrigen Eichen hindurch, spürte plötzlich wieder Luft und Regen im Gesicht, hob den Kopf, und da war es vor ihm. Die zerbrochenen Fenster gafften wie blinde Augen aus Mauern hervor, welche aus Stein gemeißelt waren, der wie die Mitternacht glänzte und alles Licht und alle Hoffnung verschluckten. Der Turm ragte rechts von ihm auf, eine monströse, verrückt geneigte Erektion vor dem Hintergrund der Sturmwolken.

Willie hörte auf zu atmen, griff nach seinem Inhalator, fand ihn, ließ ihn fallen, hob ihn wieder auf. Das Mundstück war mit Erde verschmiert. Er wischte es am Ärmel ab, schob es in den Mund, nahm eine Dosis, zwei, drei, und konnte endlich spüren, wie er wieder Luft bekam.

Er schaute sich um, hörte nur Regen, sah nichts. Er ging auf den Turm zu. Roy Helanders Versteck.

Das große Doppeltor in dem hohen Maschendrahtzaun war seit zwei Jahren verschlossen, aber heute nacht war es offen, und Urquhart fuhr ohne anzuhalten durch. Randi fragte sich, ob das Tor auch für ihren Vater aufgemacht worden war. Wahrscheinlich schon.

Joe hielt in der Nähe eines Ladedocks im Schatten des alten backsteingemauerten Schlachthauses an. Das Gebäude schützte sie etwas vor dem Regen, aber Randi zitterte dennoch in der Kälte, als sie ausgestiegen war. »Hier?« fragte sie. »Hier hast du ihn gefunden?«

Urquhart sah in den Viehhof. Es war ein riesiges Gelände, das an der zu den Schienen gelegenen Seite in ein Dutzend Pferche unterteilt war. Ein Labyrinth brusthoher Zäune, das sie den ›Parcours‹ nannten, befand sich zwischen dem Schlachthaus und den Pferchen, damit die Kühe gezwungen wurden, in einer Reihe zu laufen und man sie so nach drinnen leiten konnte, wo ein Mann mit blutverschmierter Schürze und einem Hammer in der Hand wartete. »Hier«, sagte Joe, ohne sie anzusehen.

Es folgte ein langes Schweigen. Randi glaubte, irgendwo in der Ferne ein leises, wildes Heulen zu hören, aber vielleicht lag das nur an Wind und Regen. »Glaubst du an Gespenster?« fragte sie Joe.

»Gespenster?« Der Chief hörte sich geistesabwesend an.

Sie zitterte. »Es ist ... als könnte ich ihn spüren, Joe. Als wäre er immer noch da, nach all den Jahren, und wachte über mich.«

Joe Urquhart drehte sich zu ihr um. Sein Gesicht war naß, vom Regen, möglicherweise von Tränen. »Ich habe über dich gewacht«, sagte er. »Er hat mich gebeten, auf dich aufzupassen, und ich habe mein Bestes getan.«

Randi hörte irgendwo in der Nacht ein Geräusch. Sie drehte den Kopf, runzelte die Stirn, lauschte. Reifen knirschten auf Kies, und sie sah Scheinwerfer außerhalb des Zauns. Es kam noch ein Auto.

»Du bist deinem Vater sehr ähnlich«, sagte Joe ergeben. »Störrisch. Hörst auf niemanden. Ich habe gut für dich gesorgt. Habe ich nicht gut für dich gesorgt? Ich hatte selbst Kinder, aber es hat dir nie an etwas gefehlt, oder? Also warum hast du nicht auf mich gehört, verflucht noch mal?«

Da wußte Randi Bescheid. Sie war nicht überrascht. Irgendwie war ihr, als hätte sie es schon lange gewußt. »In jener Nacht wurde nur ein Telefonanruf getätigt«, sagte sie. »Du warst am Telefon und hast Verstärkung angefordert, nicht Dad.«

Urquhart nickte. Einen Moment stand er im Licht der Autoscheinwerfer, und Randi sah, daß sein Kiefer zitterte, während er sich bemühte, die Worte herauszubekommen. »Schau ins Handschuhfach«, sagte er.

Randi machte die Autotür auf, setzte sich auf den Rand des Sitzes und tat, was er gesagt hatte. Das Handschuhfach war nicht abgeschlossen. Drinnen befanden sich ein Röllchen Aspirin, ein Druckverband, ein paar Karten und eine Schachtel Munition. Randi machte die Schachtel auf und schüttete ein paar in die Handfläche. Sie leuchteten matt im Licht des Autos. Sie ließ die Schachtel auf dem Sitz, stieg aus, kickte die Tür zu. »Meine Silberkugeln«, sagte sie. »Ich hatte sie nicht so schnell erwartet.«

»Das sind diejenigen, die sich Frank vor achtzehn Jahren machen ließ«, sagte Joe. »Als er beerdigt war, ging ich zum Waffenschmied und holte sie ab. Wie ich schon sagte, ihr seid euch sehr ähnlich.«

Das zweite Auto hielt an und strahlte sie mit den Scheinwerfern an. Randi hielt geblendet eine Hand vor die Augen. Sie hörte, wie eine Autotür aufgemacht und zugeschlagen wurde.

Urquharts Stimme klang wütend. »Ich habe dir gesagt, du sollst die Finger von der Sache lassen, verdammt noch mal. *Ich habe es dir gesagt!* Verstehst du denn nicht? Ihnen *gehört* diese Stadt!«

»Er hat recht. Sie hätten auf ihn hören sollen«, sagte Rogoff und trat ins Licht.

Willie tastete sich mit einer Hand an der Wand entlang durch den langen, dunklen Flur und setzte sorgfältig einen Fuß vor den anderen. Die Steinmauern waren so dick, daß er nicht einmal das Prasseln des Regens hören konnte. Nur das Echo seiner vorsichtigen Schritte und das Dröhnen des Blutes in seinen Ohren.

Die Stille in dem alten Haus war umfassend und nervtötend, und auch die Mauern machten ihm irgendwie zu schaffen. Es war kalt, aber die Steine waren unter seinen Fingern feucht und seltsam warm, und Willie war froh, daß es dunkel war.

Schließlich kam er zum Fuß des Turms, wo Lichtstrahlen über ausgetretene, schmale Steinstufen fielen, die spiralförmig aufwärts verliefen. Willie fing an hinaufzusteigen. Zuerst zählte er die Schritte, aber bei zweihundert verlor er den Überblick, der Rest war eine grimmige Prüfung, die er stumm über sich ergehen ließ. Er dachte mehr als einmal daran, sich zu verwandeln. Aber er widerstand dem Impuls.

Als er den Gipfel erreichte, taten seine Beine von der Anstrengung weh. Er setzte sich einen Augenblick auf die Steinstufen und preßte den Rücken gegen die feuchte Mauer. Er atmete schwer, aber er konnte den Inhalator nicht mehr finden. Wahrscheinlich hatte er ihn im Wald verloren. Er konnte spüren, wie sich seine Lunge vor Panik zusammenzog, aber es war eben nichts zu machen.

Willie stand auf.

Das Zimmer roch nach Blut und Urin und noch etwas, ein Geruch, den er nicht einordnen konnte, der ihn aber irgendwie erschauern ließ. Das Dach war nicht mehr da. Willie stellte fest, daß es zu regnen aufgehört hatte, seit er im Inneren war. Er sah auf, als die Wolken aufrissen und ein bleicher Mond zu ihm heruntersah.

Und rings herum leuchteten andere Monde schimmernd auf, die sich in den hohen, leeren Spiegeln reihum in dem Zimmer spiegelten. Sie reflektierten den Himmel oben und sich gegenseitig, Mond für Mond für Mond, bis das Zimmer in silbernem Mondlicht und Spiegelbildern von Spiegelbildern von Spiegelbildern schwamm.

Willie drehte sich langsam im Kreis, und ein Dutzend andere Willies drehten sich mit ihm. Auf den mondbeschienenen Spiegeln war getrocknetes Blut, und über ihnen ein Ring grausamer Eisenhaken, die aus den Steinmauern ragten. An einem hing eine Menschenhaut, die sich langsam in einem Wind bewegte, den er nicht spüren konnte; und wenn das Mondlicht auf sie fiel, schien sie sich zu winden und zu verwandeln, von einer Frau in einen Wolf und wieder in eine Frau, beides und keins von beiden.

Da hörte Willie die Schritte auf der Treppe.

»Die Silberkugeln waren eine schlechte Idee«, sagte Rogoff. »Wir haben eine lokale Vereinbarung hier. Die Polizei wird jedesmal benachrichtigt, wenn jemand ungewöhnliche Munition bestellt. Ihr Vater hat denselben Fehler gemacht. Die Meute wird nervös, wenn Silberkugeln im Spiel sind.«

Randi fühlte sich seltsam erleichtert. Einen Augenblick hatte sie befürchtet, daß Willie sie betrogen hatte, daß er doch einer von ihnen war, von Anfang an, und dieser Gedanke war wie Gift in ihrer Seele gewesen. Sie hatte die Finger immer noch fest um ein Dutzend Kugeln verkrampft. Sie betrachtete sie; so nah und doch so fern.

»Selbst wenn sie noch gut sind, würden Sie sie nicht schnell genug laden können«, sagte Rogoff.

»Du brauchst die Kugeln nicht«, sagte Urquhart zu ihr. »Er will nur reden. Sie haben mir versprochen, Kleines, daß niemand verletzt werden wird.«

Randi machte die Hand auf. Die Kugeln fielen zu Boden. Sie drehte sich zu Joe Urquhart um. »Du warst der beste Freund meines Vaters. Er sagte, du hättest mehr Mumm als jeder andere Mann, den er jemals kennengelernt hatte.«

»Sie lassen einem keine andere Wahl«, sagte Urquhart. »Ich hatte selbst Kinder. Sie sagten, wenn Roy Helander über die Klinge springt, würden keine Kinder mehr verschwinden; sie versprachen, sie würden sich darum kümmern. Aber wenn ich weiter ermittelte, würde eines meiner Kinder das nächste sein. So läuft das in dieser Stadt ab. Alles wäre in Ordnung gewesen, aber Frank gab einfach keine Ruhe.«

»Wir töten nur zur Selbstverteidigung«, sagte Rogoff. »Menschenfleisch schmeckt herrlich, ja, es reizt außerordentlich, aber es lohnt das Risiko nicht.«

»Was ist mit den Kindern?« sagte Randi. »Habt ihr die auch zur Selbstverteidigung getötet?«

»Das ist lange her«, sagte Rogoff.

Joe hatte den Kopf gesenkt. Er war geschlagen, sah Randi, und ihr wurde klar, daß er schon ziemlich lange geschlagen war. Sie wußte, daß er trotz der vielen Trophäen an der Wand das Jagen in der Nacht aufgegeben hatte, als ihr Vater gestorben war. »Es war sein Sohn«, murmelte Joe leise und mit zutiefst beschämter Stimme. »Steven ist nie richtig im Kopf gewesen, das wissen alle; er war derjenige, der die Kinder getötet und *gefressen* hat. Es war schrecklich, das hat Harmon mir selbst gesagt, aber er wollte uns Steven trotzdem nicht ausliefern. Er sagte, er würde... würde Stevens Appetit zügeln, wenn wir... den Fall abschlossen. Er hielt auch Wort, er gab Steven Medikamente, und es hörte auf; die Morde hörten auf.«

Sie sollte Joe Urquhart hassen, wurde ihr klar, aber statt dessen tat er ihr leid. Soviel Zeit war vergangen, aber er begriff immer noch nicht. »Joe, er hat gelogen. Es war niemals Steven.«

»Es war Steven«, beharrte Joe. »Er mußte es sein, er ist verrückt. Die anderen... man kann Geschäfte mit ihnen schließen, Randi, glaub mir, man kann mit ihnen reden.«

»Wie du«, sagte sie. »Wie Barry Schumacher.«

Urquhart nickte. »Ganz recht. Sie sind genau wie wir, sie haben ein paar Verrückte, aber nicht alle sind bösartig. Du kannst ihnen nicht zum Vorwurf machen, daß sie ihre Art schützen, das tun wir auch, nicht? Sehen Sie sich Mike hier an, er ist ein guter Polizist.«

»Ein guter Polizist, der sich in ein oder zwei Minuten in einen Wolf verwandeln und mich zerfleischen wird«, sagte Randi.

»Randi, Liebes, hör mir zu«, sagte Urquhart. »So weit wird es nicht kommen. Du kannst frei hier weggehen, wenn du das Wort sagst. Ich nehme dich in die Polizei auf, du kannst mit uns arbeiten, uns helfen... den Frieden zu wahren. Dein Vater ist tot, den kannst du nicht zurückbringen, und der junge Helander, er hat bekommen, was er verdient hat; er hat sie umgebracht, sie gehäutet, es war Selbstverteidigung. Steven ist krank, er ist immer krank gewesen...«

Rogoff betrachtete sie unter seinem dunklen Haarschopf hervor. »Er begreift es immer noch nicht«, sagte sie. Sie drehte sich zu Joe um. »Steven ist kränker, als du denkst. Etwas fehlt ihm. Möglicherweise zu inzüchtig. Denk darüber nach. Anders und Rochmont, Flambeaux und Harmon, die vier großen Gründerfamilien, allesamt Werwölfe, die Generationen lang nur unter sich geheiratet haben, um die Abstammung rein zu halten – seit wie vielen Jahrhunderten? Sie hielten die Abstammung rein, durchaus. Sie haben Steven hervorgebracht. Er hat die Kinder nicht umgebracht. Roy Helander hat einen Wolf gesehen, der seine Schwester fortgeschleppt hat, und Steven kann sich nicht in einen Wolf verwandeln. Er hat die Blutgier, er hat übermenschliche Kräfte, er brennt, wenn er Silber berührt, aber das ist alles. Der letzte der Reinrassigen *kann sich nicht verwandeln.*«

»Sie hat recht«, sagte Rogoff leise.

»Was meinst du, warum du nie Leichen gefunden hast?« warf Randi ein. »Steven hat die Kinder nicht getötet. Sein Vater hat sie verschleppt, nach Blackstone.«

»Der alte Mann hatte die irre Vorstellung, wenn Steven genügend Menschenfleisch fressen würde, könnte ihn das heilen, gesund machen«, sagte Rogoff.

»Es hat nicht funktioniert«, sagte Randi. Sie nahm Willies Brief aus der Tasche und ließ das Blatt zu Boden fallen. Es stand alles da. Sie hatte es gelesen, bevor sie nach unten zu Joe gegangen war. Frank Wades kleine Tochter ließ sich nicht zum Narren halten.

»Es hat nicht funktioniert«, wiederholte Rogoff, »aber da war Jonathan auf den Geschmack gekommen. Wenn man einmal angefangen hat, kann man nur schwer wieder aufhören.« Er sah Randi lange an, als würde er etwas abwägen. Dann fing er an...

... sich zu verwandeln. Reine, kalte Luft strömte in seine Lungen, durch seine Muskeln und Knochen strömte das Feuer der Verwandlung. Er streifte Mantel und Hosen ab und hörte, wie seine restliche Kleidung zerriß, als sein Körper sich wand, das Fleisch wie heißes Wachs verlief und sich neu formte.

Jetzt konnte er sehen und hören und riechen. Das

Turmzimmer war mondhell, jede Einzelheit so deutlich wie am hellen Nachmittag zu erkennen, und die Nacht war von Geräuschen erfüllt; Wind und Regen und das Rascheln von Fledermäusen im umliegenden Wald, Verkehrslärm und Sirenen aus der fernen Stadt. Er war am Leben und strotzte vor Kraft, und etwas kam die Treppe herauf. Es kam langsam und unermüdlich, und seine Gerüche schwängerten die Luft. Über allem der Geruch von Blut, darunter witterte er Rasierwasser, das einen ungewaschenen Körper einhüllte, Schweiß und getrockneter Samen auf der Haut, heftiger Rauchgeruch im Haar, und unter alledem schließlich der Gestank von Krankheit – süßlich verdorben, wie Grabgeruch.

Willie wich ans äußerste Ende des Zimmers zurück, sah zum Torbogen und formte ein Knurren in der Kehle. Er entblößte lange, gelbliche Zähne, zwischen denen Geifer hervortroff.

Steven blieb unter der Tür stehen und sah ihn an. Er war nackt. Die roten Augen des Wolfs sahen in seine kalten blauen, und es war schwer zu sagen, welche unmenschlicher waren. Einen Augenblick dachte Willie, daß Steven gar nicht ganz begriff. Bis er lächelte und nach der Haut griff, die an einem eisernen Haken über ihm baumelte.

Willie sprang.

Er erwischte Steven oben am Rücken und riß ihn zu Boden, ohne daß er die Hand von Zoes Haut genommen hätte. Einen Augenblick hätte Willie seinen Hals packen können, aber er zögerte, und der Augenblick ging vorbei. Steven packte Willies Vorderpfote mit seiner vernarbten Faust und brach sie entzwei wie ein normaler Mensch einen Zweig auseinanderbrechen mochte. Die Schmerzen waren unerträglich. Dann hob Steven ihn hoch und stieß ihn von sich. Er prallte heftig gegen einen der Spiegel und spürte, wie dieser unter der Wucht zerschellte. Scharfkantige Scherben flogen wie Messer umher; eine drang ihm in die Seite.

Willie rollte sich weg, der Glasspeer zerbrach unter ihm, er winselte. Gegenüber stand auch Steven wieder auf. Er streckte eine Hand aus, um sich zu stützen.

Willie rappelte sich auf. Das gebrochene Bein heilte bereits, aber es tat noch weh, wenn er es belastete. Bei jedem Schritt schnitten Glasbruchstücke in ihn. Er konnte sich kaum bewegen. Ein schöner Werwolf war er.

Steven streifte seinen abscheulichen Mantel über; er zog Hautfetzen über das eigene Gesicht. Eine Maskerade, dachte Willie, ja, genau das war es, und in wenigen Augenblicken würde Steven mit dieser verdammten Haut das machen, was er aus eigener Kraft nicht konnte, er würde sich *verwandeln*, und dann würde er Hackfleisch aus Willie machen.

Willie sprang ihn mit aufgerissenem Maul an, aber er war zu langsam. Stevens Fuß sauste wie ein Kolben herunter, erwischte ihn so hart, daß er keine Luft mehr bekam, und nagelte ihn am Boden fest. Willie wollte sich befreien und wand sich, aber Steven war zu stark. Er drückte und zerquetschte ihn. Plötzlich mußte Willie an den Zwischenfall mit dem Hund vor so vielen Jahren denken.

Willie wand sich beinahe ganz nach hinten und riß einen Bissen aus Stevens Wade heraus.

Das Blut lief ihm in den Mund und explodierte in ihm. Steven wirbelte zurück. Willie sprang auf, schnellte vorwärts, biß ihn noch einmal. Diesesmal biß er die Zähne zusammen, grub sie ins Fleisch und zerrte daran. In seinem Kopf pochte es wie Donner. Er war von Kraft erfüllt, er konnte spüren, wie sie in ihm wuchs. Plötzlich wußte er, daß er Steven in Stücke reißen, daß er das köstliche Fleisch dicht am Knochen kosten, daß er die Musik seiner Schreie hören und sich vorstellen konnte, wie es sein würde, wenn er ihn zwischen den Kiefern hielt und wie eine Flickenpuppe schüttelte und spürte, wie das Leben mit einem letzten, schwindelerregenden Aufbäumen aus ihm entwich. Es kam über ihn, und Willie biß und biß und biß, riß Fleischfetzen heraus und war trunken von Blut.

Dann hörte er Steven weit entfernt schreien, mit der hohen, schrillen Stimme eines kleinen Jungen schreien: »Nein, Daddy«, schrie er immer wieder. »Nein, bitte, beiß mich nicht, Daddy, beiß mich nicht mehr.«

Willie ließ ihn los und wich zurück.

Steven saß schluchzend auf dem Boden. Er blutete wie ein abgestochenes Schwein. An Waden, Schultern und Füßen fehlten ganze Stücke. Seine Beine waren blutüberströmt. An der rechten Hand fehlten drei Finger. Seine Wangen waren blutverschmiert.

Plötzlich hatte Willie Angst.

Einen Augenblick lang verstand er nicht. Steven war geschlagen, das konnte er sehen, er konnte ihm die Kehle zerfetzen oder ihn am Leben lassen, das spielte keine Rolle mehr. Es war vorbei. Aber etwas stimmte nicht, etwas stimmte auf eine ekelhafte, gräßliche Weise nicht. Es war, als wäre die Temperatur um hundert Grad gefallen, jedes Haar seines Fells kribbelte und war aufgestellt. Was war hier los, verdammt noch mal? Er knurrte tief und wich zurück, zur Tür, wobei er Steven argwöhnisch im Auge behielt.

Steven kicherte. »Jetzt bist du dran«, sagte er. »Du hast ihn gerufen. Du hast Blut auf die Spiegel gebracht. Du hast ihn wieder gerufen.«

Das Zimmer schien sich zu drehen. Mondschein huschte schwindelerregend von Spiegel zu Spiegel zu Spiegel. Vielleicht war es auch kein Mondschein.

Willie sah in die Spiegel.

Die Spiegelbilder waren nicht mehr da. Willie, Steven, der Mond, nichts mehr da. Auf den Spiegeln war Blut, und sie waren voller Nebel, einem silbernen, blassen Nebel, der schimmerte, wenn er sich bewegte.

Etwas bewegte sich im Nebel, glitt von Spiegel zu Spiegel zu Spiegel, immer rund herum. Etwas Hungriges, das heraus wollte.

Er sah es, verlor es aus den Augen, sah es wieder. Es war vor ihm, hinter ihm, seitlich. Es war ein hagerer, schrecklicher Bluthund; es war eine schuppige, widerliche Schlange; es war ein Mann mit Augen wie Gruben und mit Messern anstelle von Fingern. Es blieb nicht still; jedesmal, wenn er hinsah, schien sich die Gestalt zu verändern, und jede Gestalt war schlimmer als die vorhergehende, verzerrter und obszöner. Alles daran war böse und grausam. Die Finger waren spitz, so spitz, Willie sah sie an und spürte ihre Liebkosung, die unter seine Haut glitt, an den Nerven entlangstrich und Schmerzen und Blut und Feuer nach sich zog. Es war schwarz, schwärzer als schwarz, ein Schwarz, welches ewiglich alles Licht trank, aber es war auch glänzendes Silber. Es war ein Alptraum, der in einem Spiegelkabinett hauste, das Wesen, das die Jäger jagte.

Er konnte das Böse durch das Glas pulsieren spüren.

»Häuter«, rief Steven.

Die Oberfläche der Spiegel schien zu zerfließen und sich zu wölben, gleich einer Woge, die in einem Meer aus Quecksilber gischtet. Der Nebel wurde dünner, merkte Willie voll plötzlichem Entsetzen; er konnte jetzt deutlicher sehen, und er wußte, daß es ihn auch sehen konnte. Und mit einem Mal wußte Willie Flambeaux, was vor sich ging; er wußte, wenn sich der Nebel verzogen hatte, würden die Spiegel keine Spiegel mehr sein, sie würden Türen sein, *Türen*, und der Häuter würde kommen...

... nach vorne, durch die Fetzen seiner Kleidung, die zusammengekniffenen Augen glühten wie Kohlen über einer nachtschwarzen Schnauze. Er war fast eineinhalbmal so groß, wie Willie gewesen war, und sein Fell war dicht und schwarz und zottig; als er den Mund aufmachte, schimmerten seine Zähne wie Dolche aus Elfenbein.

Randi schlich an der Seite des Autos zurück. Sie hatte das Messer in der Hand, Mondschein spiegelte sich auf der silbernen Klinge, aber irgendwie machte es einen läppischen Eindruck. Der riesige schwarze Wolf kam auf sie zu, die Zunge hing ihm zwischen den Zähnen hervor; sie preßte sich mit dem Rücken gegen die Autotür und wappnete sich für seinen Sprung.

Joe Urquhart trat zwischen sie.

»Nein«, sagte er. »Nicht sie auch noch; du schuldest mir etwas, sprich mit ihr, gib ihr eine Chance, ich werde zusehen, daß sie es einsieht.«

Der Wolf knurrte warnend.

Urquhart wich nicht, und plötzlich hatte er den Revolver aus dem Halfter und hielt ihn mit zwei zitternden Händen. Schweißperlen standen ihm auf der Stirn. »Stehenbleiben. Es ist mein Ernst. Sie hatte keine Zeit, die gottverdammten Silberkugeln zu laden, aber ich hatte achtzehn verdammte Jahre Zeit dazu. Ich bin der verdammte Polizeichef in dieser verdammten Stadt, und du bist verhaftet.«

Randi tastete mit der Hand nach dem Türgriff und zog ihn auf. Der Wolf stand einen Moment starr da und hatte die haßerfüllten Augen auf Joe gerichtet. Sie dachte, daß es tatsächlich klappen würde. Sie erinnerte sich an früher, an die Pokerabende bei ihrem Vater; er hatte immer gesagt, daß Joe, anders als Barry Schumacher, ein verdammt guter Bluffer war.

Dann warf der Wolf den Kopf zurück und heulte, und Randi wurde leichenblaß. Sie kannte diesen Laut. Sie hatte ihn tausendmal in ihren Träumen gehört. Er war in ihrem Blut, dieser Laut, ein Echo von weit her, aus grauer Vorzeit, als die Welt noch ein Wald gewesen war und die Menschen nackt und panisch vor der jagenden Meute geflohen waren. Er hallte von der Mauer des alten Schlachthauses wider und über die Stadt hinaus, und sie mußten ihn überall in den Mietshäusern gehört haben; wahrscheinlich sahen sie nervös hinaus und vergewisserten sich, ob alle Türen verriegelt waren, bevor sie die Fernseher lauter stellten.

Randi machte die Tür weiter auf und glitt mit einem Fuß ins Auto, als der Wolf sprang.

Sie hörte Urquhart schießen, dann noch einmal, und dann prallte der Wolf gegen seine Brust und stieß ihn gegen die Autotür. Randi war halb im Auto drinnen, aber die Tür wurde heftig zugeschlagen und klemmte ihren linken Fuß mit schrecklicher Wucht ein. Sie hörte einen Knochen brechen und kreischte über die plötzlichen Schmerzen. Draußen schoß Urquhart noch einmal, dann stieß er einen Schrei aus. Reißende Laute, weitere Schreie, dann spritzte etwas Nasses auf ihren Knöchel.

Ihr Fuß war eingeklemmt, und der Kampf draußen schlug die Tür ständig dagegen. Jeder Schlag glich einer kleineren Explosion, weil zerschmetterte Knochen aneinander rieben und an bloßliegenden Nerven scheuerten. Joe schrie, und Blutstropfen bedeckten die getönte Scheibe wie Regen. Ihr war schwindlig, und Randi glaubte einen Moment, daß sie vor Schmerzen besinnungslos werden würde, aber sie warf ihr ganzes Gewicht gegen die Tür, schob sie gerade so weit auf, daß sie den Fuß hereinziehen konnte. Und als der nächste Aufprall kam, schlug dieser die Tür fest zu, und Randi drückte die Verriegelung herunter.

Sie lehnte sich ans Lenkrad und hätte sich beinahe übergeben. Joe hatte aufgehört zu schreien, aber sie konnte hören, daß der Wolf ihn immer noch zerfetzte und ganze Fleischstücke aus seinem Körper riß. *Wenn man einmal angefangen hat, kann man nur schwer wieder aufhören,* dachte sie hysterisch. Sie holte den 38er heraus, klappte den Zylinder mit zitternden Händen auf und schüttelte die Patronen heraus. Dann tastete sie auf dem Vordersitz herum. Sie fand den Karton, kippte ihn um, bekam ein paar Silberkugeln zu fassen.

Draußen war es still. Randi hielt inne, sah auf.

Er saß auf der Motorhaube.

Willie *verwandelte* sich.

Er handelte inzwischen rein instinktiv, er wußte nicht, weshalb er es machte, er machte es eben. Die Schmerzen waren da und warteten in seiner menschlichen Gestalt auf ihn, aber das hatte er gewußt. Sie heulten wie eine Windbö durch ihn hindurch; er fiel wimmernd zu Boden. Er konnte die Glasscherbe unter den Rippen spüren, gefährlich nahe an einem Lungenflügel, und sein linker Arm knickte an einer unnatürlichen Stelle auf ekelerregende Weise ab; als er versuchte, ihn zu bewegen, schrie er und biß sich auf die Zunge, und sein Mund füllte sich mit Blut.

Der Nebel war jetzt ein dünner, fahler Dunst; der ihm am nächsten gelegene Spiegel wölbte sich nach außen und pulsierte wie etwas Lebendiges.

Steven saß an der Wand, seine blauen Augen sahen sich strahlend und lebhaft um, während er das eigene Blut aus den Stümpfen der Finger saugte. »Verwandeln wird dir nichts nützen«, sagte er mit der ihm eigenen, unheimlich toten Stimme. »Dem Häuter ist das einerlei. Er weiß, was du bist. Wenn er gerufen wird, muß er eine Haut haben.« Willies Sicht war von Tränen verschleiert, aber da sah er es wieder im Spiegel hinter Steven, es drängte gegen den dünnen Nebel und wollte heraus, heraus.

Er kam taumelnd auf die Füße. Schmerzen klopften in seinem Kopf. Er hielt den gebrochenen Arm an den Körper, ging einen Schritt in Richtung Treppe und hörte Glasscherben unter seinen Füßen knirschen. Er sah nach unten. Überall lagen Bruchstücke des zerschellten Spiegels herum.

Willie sah ruckartig auf. Er sah sich panisch und benommen um und zählte. Sechs, sieben, acht, neun... der zehnte war zerschellt. Also neun. Er schnellte vorwärts und warf das gesamte Körpergewicht gegen den nächsten Spiegel. Er barst unter der Wucht des Aufpralls und zerbrach in tausend Scherben. Willie zertrampelte die großen Stücke ohne nachzudenken mit den Füßen, bis seine Füße blutig waren. Er handelte, ohne zu denken. Er wirbelte durch das Zimmer, setzte den eigenen Körper als Waffe ein und lauschte der lieblichen, klirrenden Musik zerschellenden Glases. Die Welt verschwand in einem roten Nebel der Schmerzen. Tausend winzige Messer schnitten überall in ihn hinein, und er fragte sich, ob er den Unterschied überhaupt bemerken würde, sollte der Häuter tatsächlich herüberkommen und ihn erwischen.

Dann stolperte er von einem weiteren Spiegel weg, weißglühende Nadeln bohrten sich bei jedem Schritt in seine Sohlen und verwandelten sich in Lanzen, wenn sie in Richtung Knöchel drangen. Er stolperte und stürzte heftig. Umherfliegende Glasscherben hatten ihm das Gesicht in Fetzen geschnitten, Blut rann ihm in die Augen.

Willie blinzelte und wischte mit der intakten Hand das Blut fort. Sein alter Regenmantel war unter ihm, er war mit Blut vollgesogen und mit zermalmtem Glas und Spiegelscherben übersät. Steven stand über ihm und sah herunter. Hinter ihm war ein Spiegel. Oder war es eine Tür?

»Du hast einen vergessen«, sagte er tonlos.

Etwas Hartes bohrte sich in seine Eingeweide, merkte Willie plötzlich. Er schob die Hand unter sich, ließ sie in die Tasche des Regenmantels gleiten, bekam kaltes Metall zu fassen.

»Jetzt kommt der Häuter zu dir«, sagte Steven.

Willie konnte nichts sehen. Wieder war ihm Blut in die Augen geflossen. Aber er konnte immer noch fühlen. Er schob die Finger durch die Ösen, drehte sich herum und stieß die Hand knapp und hart aufwärts. Er nahm alle ihm verbliebene Kraft zusammen und stieß Mr. Schere durch die Haut von Stevens Lenden.

Als letztes hörte er einen Schrei und das Klirren von berstendem Glas.

Ruhig, dachte Randi, *ruhig*, aber das Grauen in ihr war mehr als nur Angst. Sein Maul war blutverschmiert, die haßerfüllt rotleuchtenden Augen starrten sie durch die Windschutzscheibe hindurch an. Sie sah rasch weg und versuchte, eine Kugel zu laden. Ihre Hände zitterten, die Kugel fiel herunter auf den Autoboden. Sie achtete nicht darauf und versuchte es mit einer anderen.

Der Wolf heulte, drehte sich um, floh. Einen Moment verlor sie ihn aus den Augen. Randi drehte den Kopf und sah nervös in die Dunkelheit hinaus. Sie sah in den Rückspiegel, aber der war beschlagen und nutzlos. Sie zitterte vor Angst und Kälte. *Wo ist er*? dachte sie verzweifelt.

Dann sah sie ihn; er rannte auf das Auto zu.

Randi sah nach unten, lud eine Kugel und hatte gerade die zweite in den Fingern, als er über die Haube geflogen kam und gegen die Scheibe prallte. Sprünge breiteten sich spinnwebartig über die Windschutzscheibe aus. Der Wolf fauchte sie an. Geifer und Blut verschmierten das Glas. Dann prallte er wieder gegen die Scheibe. Noch einmal. Noch einmal. Randi zuckte bei jedem Aufprall zusammen. Die Windschutzscheibe knirschte, dann wurde ein großes Stück in der Mitte milchig und brüchig.

Sie hatte die zweite Kugel im Zylinder. Sie lud eine dritte. Ihre Hände zitterten vor Kälte und Angst. In dem Auto war es eiskalt. Sie sah durch einen Nebel aus Sprüngen und verschmiertem Blut in die Dunkelheit hinaus, lud eine vierte Kugel und klappte gerade den Zylinder zu, als er nochmals gegen die Scheibe prallte und alles über ihr zusammenbrach.

Eben hatte sie die Waffe noch, und im nächsten Augenblick war sie fort. Das Gewicht lag auf ihrer Brust, und das Sicherheitsglas, das in eine Million Stücke zerbrochen war, die aber immer noch zusammenhafteten, fiel wie ein Leichentuch über ihr Gesicht. Dann brach es entzwei, und das blutverschmierte Maul und die rotglühenden Augen waren direkt vor ihr.

Der Wolf riß das Maul auf, sie spürte die Hochofenhitze seines Atems und roch den gräßlichen Fleischfressergestank.

»Du Wichser!« schrie sie und hätte beinahe gelacht, weil das nicht eben tolle letzte Worte waren.

Etwas Scharfes und Silbernes schnitt von hinten durch seinen Hals.

Es ging so schnell, daß Randi gar nicht begriff, was vor sich ging, ebensowenig wie er. Plötzlich schwand die Blutgier aus den roten Augen, sie waren voller Schock und Schmerzen und zuletzt Angst; sie sah weitere Silbermesser, die durch seinen Hals schnitten, und sein Mund füllte sich mit Blut. Dann erbebte und zuckte der gewaltige schwarze Leib, weil ihn etwas von ihr wegzog; seine Pfoten schlugen einen Trommelwirbel auf dem Vordersitz. Der Geruch verbrennender Haare hing in der Luft. Als der Wolf zu schreien anfing, hörte es sich fast wie bei einem Menschen an.

Randi schluckte die eigenen Schmerzen hinunter, drückte mit der Schulter gegen die Tür und schob die sterblichen Überreste von Joe Urquhart beiseite. Als sie halb zur Tür draußen war, drehte sie sich noch einmal um.

Die Hand war verkrümmt und brutal, die Finger lange, glänzende Silbermesser, fahl und kalt und höllisch scharf. Die Finger hielten den Hals des Wolfs wie fünf lange, schmiegsame Finger gepackt, zogen ihn zurück, und das Blut floß jetzt in Strömen aus seinem Maul, die Beine traten erschöpft aus. Etwas zerrte an ihm, sie hörte ein übelkeiterregendes feuchtes Reißen, als das Ding anfing, den Wolf mit unvorstellbarer, übermenschlicher Kraft durch den Rückspiegel auf die andere Seite – was immer dort sein mochte – zu zerren. Der schwarze Leib schien einen Augenblick zu wabern und sich zu verändern, und das Wolfsgesicht nahm einen beinahe menschlichen Ausdruck an.

Als er ihr in die Augen sah, war das rote Leuchten verschwunden; sie erblickte nur noch Schmerzen und Flehen darin.

Sein Vorname war Mike, fiel ihr ein.

Randi sah nach unten. Ihre Waffe lag auf dem Boden.

Sie hob sie auf, überprüfte den Zylinder, klappte ihn zu, hielt den Lauf an seinen Kopf und drückte viermal ab.

Als sie aus dem Auto ausstieg und das Gewicht auf den Knöchel verlagerte, rasten Schmerzen wie gewaltige Wogen durch sie hindurch. Randi brach auf Hände und Knie zusammen. Sie übergab sich, als sie die fernen Sirenen hörte.

»... eine Art Tier«, sagte sie.

Der Polizist warf ihr einen langen, mißbilligenden Blick zu und klappte das Notizbuch zu. »Mehr können Sie mir nicht sagen?« fragte er. »Daß Chief Urquhart von einer Art Tier getötet wurde?«

Randi wollte eine heftige Erwiderung machen, aber die schmerzstillenden Mittel hatten sie vollkommen versaut. Sie hatten ihr zwei Klammern in den Knöchel machen müssen, und er tat trotzdem noch teuflisch weh; sie mußte noch mindestens eine Woche in der Klinik bleiben, sagten die Ärzte. »Was soll ich Ihnen sagen?« fragte sie erschöpft. »Das habe ich gesehen, eine Art Tier. Einen Wolf.«

Der Polizist schüttelte den Kopf. »Glänzend. Also

wurde der Chief von einer Art Tier getötet, möglicherweise einem Wolf. Und wo ist Rogoff? Sein Auto war dort, sein Blut ist überall im Auto des Chief, also sagen Sie mir... *wo, zum Teufel, ist Rogoff?*«

Randi machte die Augen zu und tat so, als wäre es vor Schmerzen. »Ich weiß nicht«, sagte sie.

»Ich komme wieder«, sagte der Polizist, bevor er ging.

Sie blieb einen Moment mit geschlossenen Augen liegen und dachte, sie könnte wieder einschlafen, als sie hörte, wie die Tür auf- und zugemacht wurde. »Das wird er nicht«, sagte eine leise Stimme zu ihr. »Dafür werden wir sorgen.«

Randi schlug die Augen auf. Am Fußende des Bettes stand ein alter Mann mit langem weißem Haar, der sich auf einen Stock mit einem Wolfskopf als Griff stützte. Er trug einen schwarzen Anzug, einen Traueranzug, und das Haar fiel bis auf die Schultern. »Mein Name ist Jonathan Harmon«, sagte er.

»Ich habe Ihr Bild gesehen. Ich weiß, wer Sie sind. Und was Sie sind.« Ihre Stimme klang heiser. »Ein Lykanthrop.«

»Bitte«, sagte er. »Ein Werwolf.«

»Willie... was ist aus Willie geworden?«

»Steven ist tot«, sagte Jonathan Harmon.

»Gut«, stieß Randi hervor. »Steven und Roy, sie haben es gemeinsam getan, sagte Willie. Wegen der Häute. Steven haßte die anderen, weil sie sich verwandeln konnten, und er nicht. Aber nachdem Ihr Sohn diese Haut hatte, brauchte er Helander nicht mehr, oder?«

»Ich kann nicht sagen, daß ich sehr trauere. Um ehrlich zu sein, Steven war nie der Erbe, den ich mir gewünscht hatte.« Er trat ans Fenster, zog die Vorhänge auf und sah hinaus. »Wissen Sie, dies war einmal eine große Stadt, eine Stadt von Blut und Eisen. Heute ist alles Rost geworden.«

»Scheiß auf Ihre Stadt«, sagte Randi. »Was ist mit Willie?«

»Eine Schande, das mit Zoe, aber wenn der Häuter gerufen wird, jagt er so lange, bis er eine Haut bekommen hat, von einem Spiegel zum nächsten. Er kennt unseren Geruch, aber er entfernt sich nicht gerne weit von seiner Pforte. Ich weiß nicht, wie es Ihrem Mischlingsfreund gelungen ist, ihm zweimal zu entkommen, aber er hat es geschafft... zu Zoes und Michaels Pech.« Er drehte sich um und sah sie an. »Sie werden dieses Glück nicht haben. Beglückwünschen Sie sich nicht zu sehr, mein Kind. Die Meute kümmert sich um ihre Angelegenheiten. Der Arzt, der Ihr nächstes Rezept schreibt, der Apotheker, der es annimmt, der Junge, der die Medikamente liefert... jeder könnte einer von uns sein. Wir vergessen unsere Feinde nicht, Miß Wade. Ihre Familie täte gut daran, das nicht zu vergessen.«

»Sie waren es«, sagte sie voller Überzeugung. »Beim Schlachthof... in der Nacht, als mein Vater...«

Jonathan nickte brüsk. »Er war ein Meisterschütze, das muß ich ihm lassen. Er hat mir sechs Kugeln verpaßt. Ich nenne sie meine Kriegsverletzungen. Sie sind auf Röntgenbildern noch zu sehen, aber meine Ärzte haben gelernt, nicht neugierig zu sein.«

»Ich werde Sie umbringen«, sagte Randi.

»Das glaube ich nicht.« Er beugte sich über das Bett. »Vielleicht komme ich eines nachts persönlich zu Ihnen. Sie sollten mich sehen, Miß Wade. Mein Fell ist jetzt weiß wie Schnee, aber die Statur, die Majestät, die Kraft, die habe ich noch. Michael war ein Halbblut, und Ihr Willie war kaum mehr als ein Hund. Die Reinblütigen sind da etwas ganz anderes. Wir sind die Wolfskönige, die Alpträume eurer Rassenerinnerung, die ewiglich außerhalb des Lichts eurer Lagerfeuer kreisen.«

Er lächelte auf sie herunter, dann drehte er sich um und entfernte sich. Unter der Tür blieb er stehen. »Schlafen Sie gut«, sagte er.

Randi schlief nicht gut, nicht einmal als die Nachtschwester kam und trotz ihres Flehens das Licht ausmachte. Sie lag im Dunkeln, sah zur Decke hinauf und fühlte sich einsamer als je in ihrem Leben. Er war tot, dachte sie, Willie war tot, sie sollte sich besser an diese Vorstellung gewöhnen. In der dunklen Abgeschiedenheit ihres Einzelzimmers fing sie ganz leise an zu weinen.

Sie weinte ziemlich lange, um Willie und Joan Sorenson und Joe Urquhart, und schließlich, nach all den Jahren, um Frank Wade. Die Tränen versiegten, aber sie weinte trotzdem weiter; ihr Körper wurde von trockenem Schluchzen geschüttelt. Sie bebte immer noch, als die Tür leise aufgemacht wurde und ein dünner Spalt Licht vom Flur hereinfiel.

»Wer ist da?« sagte sie heiser. »Antworten Sie, sonst schreie ich.«

Die Tür ging leise zu. »Pssssst. Still, sonst hören sie mich.« Es war eine Frauenstimme, jung und ein wenig ängstlich. »Die Schwester sagte, ich könnte außerhalb der Besuchszeiten nicht zu Ihnen, aber er hat mir gesagt, ich sollte unverzüglich zu Ihnen.« Sie kam näher ans Bett.

Randi machte das Leselämpchen an. Ihre Besucherin sah nervös zur Tür. Sie war dunkel und hübsch, kaum älter als zwanzig, und hatte Sommersprossen auf der Nase. »Ich bin Betsy Juddiker«, flüsterte sie. »Willie sagte, ich sollte Ihnen eine Nachricht bringen; aber das ist total verrücktes Zeug...«

Randis Herz setzte einen Schlag aus. »Willie... sagen Sie es mir! Einerlei, wie verrückt es ist, sagen Sie es mir getrost.«

»Er sagte, er könnte Sie nicht selbst anrufen, weil die Meute wahrscheinlich mithört, daß er schwer verletzt wurde, aber ansonsten über dem Berg ist. Er ist im Norden und hat einen Tierarzt gefunden, der sich gut um ihn kümmert. Ich weiß, das klingt albern, aber das hat er gesagt, einen Tierarzt.«

»Weiter.«

Betsy nickte. »Er hörte sich am Telefon an, als hätte er Schmerzen, und er sagte, er könne sich momentan nicht... nicht verwandeln, nur ein paar Minuten, um anzurufen, weil er verletzt ist und die Schmerzen immer auf ihn warten, aber der Tierarzt konnte fast alle Scherben entfernen und hat sein Bein geschient, und es wird alles wieder gut werden. Und dann sagte er, in der Nacht, als er fortging, wäre er vor *meinem* Haus gewesen und hätte etwas für Sie dort gelassen, und ich sollte es holen und hierherbringen.« Sie machte die Handtasche auf und kramte darin. »Es war in den Büschen neben dem Briefkasten. Mein Junge hat es gefunden.« Sie gab es ihr.

Es war ein Stück von einem zerschellten Spiegel, sah Randi, ein Stück, das so lang und schlank wie ein Finger war. Sie hielt es einen Augenblick verwirrt und unsicher in den Händen. Das Glas fühlte sich kalt an, und es schien noch kälter zu werden, während sie es hielt.

»Vorsicht, es ist wirklich scharf«, sagte Betsy. »Noch etwas; ich verstehe es zwar nicht, aber Willie sagte, es ist wichtig. Er sagte, wo er ist, ist kein Spiegel, kein einziger, aber wie er gesehen hat, befinden sich ziemlich viele in Blackstone.«

Randi nickte, sie verstand es nicht ganz, noch nicht. Sie strich mit einem Finger nachdenklich an dem Stück Glas entlang.

»Sehen Sie nur«, sagte Betsy. »Ich habe es Ihnen doch gesagt. Jetzt haben Sie sich geschnitten.«